ROTBUCH KRIMI

Mark Timlin, geboren 1950, begleitete jahrelang T. Rex und The Who als Tour Manager, lebt seit 1988 als Krimiautor in London. Bisher bei Rotbuch erschienen: *Die Frau im Rollstuhl* (Nr. 83) und *Shooting Stars* (Nr. 99). Mit *Schnee und Rosen* tragen wir den ersten Nick Sharman unserer Mark-Timlin-Serie nach, die natürlich fortgesetzt wird.

Zu diesem Buch: Nick Sharman muß neu anfangen, und wie viele abgehalfterte Bullen wird er Privatdetektiv. Bei der Polizei hatte er sich das Hirn aus dem Schädel gekokst, und nach seinem Rausschmiß stehen »die Bierflaschen am Rande seines Tages wie Meilensteine am Rande der Straße«. Sein Urteilsvermögen ist noch etwas getrübt und von dem engelsgleichen Foto eines jungen Mädchens benebelt, als er einem zwielichtigen Spielautomatenkönig verspricht, dessen Tochter Patsy zu suchen. Die Unschuld erweist sich als gar nicht so unschuldig, und obwohl Nick Sharman runter ist vom Koks, ist es wieder der Schnee, der die Blütenträume der Rosen in Vaters Garten erfrieren läßt.

Mark Timlin hackt seine Krimis herunter und weigert sich, jemals einen einmal hingeschriebenen Text zu korrigieren. »Du wirst niemals wieder die Dynamik und den Rausch der ersten Fassung zurückkriegen, wenn dir der Computer einmal abgestürzt ist«, sagt Timlin in einem Interview. Und zu seinem Stoff bemerkt er: »Ich hab' meine Recherchen gemacht, als ich nach dem Ausstieg aus dem Musikbusiness arbeitslos in Südlondon rumhing. Ich hab' in den Pubs gehockt und den Leuten zugehört. Fliegenden Markthändlern und vielen Ganoven – wir nahmen ein paar Drinks, spielten Pool und warfen Darts.« *The Bookseller*
»Der beste Privatdetektiv von London.«
Liverpool Daily Post

MARK TIMLIN
SCHNEE UND ROSEN

Aus dem Englischen
von Ulrich Hoffmann

Rotbuch Verlag

1. Auflage 1995

Originaltitel: A Good Year for Roses

Die Rotbuch Krimi-Reihe wird herausgegeben
von Gabriele Dietze
Umschlagmotiv von Henning Wagenbreth
Herstellung:
Das Herstellungsbüro, Hamburg
Satz, Druck und Bindung:
Wagner, Nördlingen
Printed in Germany 1995

ISBN 3 88022 363 7

Der erste ist für Mum

*Letzte Nacht bin ich wieder aufgewacht.
Ich habe wieder von Rosen geträumt.
Derselbe immer wiederkehrende Alptraum,
den ich schon so gut kenne.*

*Ich lag mit offenen Augen im Dunkeln
und spürte, wie der kalte Schweiß auf meiner
Haut trocknete. Als ich versuchte, wieder
einzuschlafen, mußte ich – wie so oft – an die
entsetzlichen Tage im letzten Sommer denken.*

1

Ich eröffnete mein Detektivbüro an einem eiskalten Augustmorgen. Es war ohnehin ein kühler und nasser Sommer gewesen. Die Überschriften der Zeitungen teilten mir mit, daß es ein Strahlungsleck im Atomkraftwerk Sellafield gegeben hatte, daß Beirut den dritten Tag in Folge bombardiert worden war, daß ein vierzehnjähriges Mädchen in Clapham vergewaltigt und ermordet worden war und daß England das Endspiel in Edgbaston verloren hatte. Bestimmt hatte irgend jemand Geburtstag oder feierte Hochzeitstag. Irgend jemand hatte bestimmt einen Grund zum Feiern. Zu mir jedenfalls kam der Bürgermeister nicht, um ein rotes Band zu zerschneiden.

Ich schloß mein Büro auf und sah mich in dem Zimmer um, das von einem second-hand-Möbelhändler eingerichtet worden war, ließ mich in meinen second-hand-Schreibtischstuhl fallen und stellte meinen Fuß in die offene Schublade meines second-hand-Schreibtisches. Mein Fuß tat weh. Zwei Jahre zuvor hatte man mir mit einem .38 Colt Detective Special dort hineingeschossen. Diese Bleikugel hatte letztendlich dazu geführt, daß ich saß, wo ich jetzt saß. Obwohl ich offiziell als 100% geheilt galt, hinkte ich immer noch, wenn es feucht oder kalt war – und, wie gesagt, in jenem Jahr war es feucht *und* kalt. Es war angenehm, die alte Wunde zu entlasten. Zu Fuß war ich kein As mehr.

Ein neues Geschäft aufzumachen gab mir irgendwie ein anti-klimaktisches Gefühl. Aber andererseits hatte ich zu jener Zeit jeden Morgen beim Aufwachen ein anti-klimaktisches Gefühl.

Mein Kontoauszug ähnelte den Staatsschulden einer kleinen südamerikanischen Bananenrepublik, und ich ruhte darauf wie andere Männer auf ihren Lorbeeren. Ich war in den besten Jahren, und meine Kreditwürdigkeit war unter Null.

Das Büro, das ich gemietet hatte, befand sich in einer Sackgasse, die im tiefsten Südlondon zu einem Bahnhof führte. Ich war in dieser Gegend geboren worden und aufgewachsen, und als ich klein war, hatte meine Mutter lange Spaziergänge mit mir auf dem Gelände einer Reitschule unternommen, wo mittlerweile Sozialwohnungen standen, in denen zweitausend Seelen lebten. Mutter hatte unser Gemüse auf einem Markt gekauft, auf dem inzwischen Gebrauchtwagen feilgeboten wurden.

Die Stadt hatte sich wie ein riesiges Krebsgeschwür in die Vororte gefressen und die kleinen Dörfer eins nach dem anderen verschluckt. Sie hatte eine unendliche Folge von Einkaufszentren, Wohn-Slums und Reihenhäusern hervorgebracht, die sich seelenlose Meile um Meile am Fluß entlang zogen. Die paar verbliebenen Grünflächen waren von Beton und Ziegeln umzingelt worden wie ein Siedlertreck von Apachen.

Für die meisten Leute war die kleine Gemeinde, in der ich erneut Wurzeln ausgetrieben hatte, bloß ein unwichtiger Name auf der Karte, ein Flecken, durch den sie hindurchfuhren, um in die Innenstadt zu gelangen oder zu den grünen Hügeln Südenglands. Die South Circular Road schnitt durch Tulse Hill wie ein Draht durch weichen Käse. Auf der einen Seite der Straße lebten die Habenichtse, auf der anderen die, die noch weniger hatten. Die Wegweiser waren eine ständige Erinnerung daran, daß es auch besser sein könnte.

Das war natürlich nicht immer so gewesen. Es war eine angenehme Gegend gewesen, mit vielen älteren Frauen, die in kleinen Cafés zusammen Kaffee tranken und von jungen Mädchen in hübschen Uniformen bedient wurden. Jetzt war es die Hitliste heruntergerutscht und voller Läden, die fettige Imbiß-Kost verkauften oder Möbel verramschten. Die alten Frauen waren gestorben oder nach Surrey gezogen. Die Mädchen waren verheiratet und lebten in einem Sozialbunker. Der Kreis hatte sich geschlossen. Nach kurzer Abwesenheit war ich zu den Kebabs und Chop Sueys und dem Müll auf dem Bürgersteig zurückgekehrt. Ich hatte meine Chance auf ein Ticket nach oben verspielt.

Der kleine Laden, in dem ich saß, hatte vorher einen Kohlenhandel beherbergt. Er befand sich in einem hundert Jahre alten Wohnblock, dessen Mauern schwarz vom Rauch der Eisenbahn waren. Die kleinen Fenster der Wohnungen über den Läden führten auf den alten Parkplatz neben dem Bahnhof. Der ganze Block war zum Abriß vorgesehen, und so sah er auch aus.

Das Innere des Ladens bestand aus einem großen, hohen Verkaufsraum. An der einen Wand stand ein defekter alter Gasofen, der mitten in einen angeschlagenen, braun gekachelten Kamin gekeilt worden war. Die Vorderseite des Büros bestand fast komplett aus einem großen Glasfenster, was mir einen Panoramablick auf die Straße verschaffte. Vom Fenster nur durch ein weiß gestrichenes Holzbrett getrennt war eine schmale Tür, in die auf Kopfhöhe eine Scheibe Milchglas eingesetzt war. In der Wand gegenüber vom Fenster befand sich eine ähnliche Tür, die in einen kleineren, fensterlosen Innenraum führte, in dem sich bloß ein alter Spülstein mit einem tropfenden Kaltwasserhahn befand. Durch eine weitere Tür erreichte man einen winzigen, schmutzigen, hoch ummauerten Hof, in dem nichts außer einer Außentoilette zu finden war. Ich gratulierte mir selbst dazu, ein Büro ergattert zu haben, das all meine Bedürfnisse befriedigte. Aber es war billig; das Penthouse konnte später kommen. Ich hatte alle Wände weiß gestrichen und ein paar Regalbretter angebracht, um eine Auswahl ledergebundener Gesetzesbücher aufzustellen, von denen ich hoffte, daß sie beeindruckend und *business-like* aussahen. An dem Tag, an dem ich die Schlüssel abgeholt und meine neue Unterkunft begutachtet hatte, war ein großer alter Kater vorbeigekommen, um mich auszuchecken. Er war schwarzweiß und hatte ein eingerissenes Ohr und ein blindes Auge, das irgendwo in die Ferne hinter meiner Schulter zu starren schien, wenn er mich ansah. Ich hatte ihm ein paar Bröckchen von dem Cheeseburger hingeworfen, den ich mir als Mittagessen gegönnt hatte. Er fraß sie auf und wollte mehr. Aus meinem Leben war in den letzten Monaten soviel verschwunden, daß es ungefährlich schien, ihn mit den Resten der Fast-Food-Sachen zu füttern, von denen ich mich meistens ernährte. *Fish and chips* mochte er am liebsten, dicht gefolgt von Hühnchen *tikka* vom Inder.

Ich wollte keine langfristige Beziehung, also nannte ich ihn einfach »Kater« und weigerte mich, ihn zu streicheln. Ich glaube, wir waren beide mit diesem Arrangement zufrieden. Wenn er zum Essen kam, saßen wir einfach auf gegenüberliegenden Seiten seines Napfes und starrten einander an.

Zumindest bot ein Tier eine gute Entschuldigung, mit mir selbst zu reden, ohne dafür in die Anstalt zu wandern. Davon hatte ich genug für ein ganzes Leben.

So ergab sich eine vorsichtige Verbindung zu Kater. Es war ein Anfang und ungefähr soweit, wie ich für eine Weile zu gehen bereit war.

Für meinen großen Tag hatte ich mich nicht besonders angezogen, ich trug ein gelbes Baumwoll-Polohemd, alte Blue Jeans und dazu weiche italienische Mokassins. Kein Jackett. Ich war die halbe Nacht aufgewesen und hatte das Dekor vervollständigt, und außerdem hatte ich kein Schulterholster zu verbergen. Jedenfalls noch nicht.

Ich hatte eine kleine Anzeige in die Lokalzeitung gesetzt, bloß meinen Namen, Adresse und Telefon, und eine einfache Beschreibung meines Berufes. »Diskrete Ermittlungen« stand da. Ich hatte noch keine Post bekommen, jedenfalls nichts, das an mich adressiert gewesen wäre. Bloß ein Werbezettel, der mir die Möglichkeit verschaffte, einen neuen Volvo zu gewinnen, und dann hatte noch jemand Kohlen bestellt. Gegen zehn oder elf war mir ziemlich langweilig, und ich begann, mich wie eine kalte Flasche Bier zu fühlen. Ich überlegte, ob ich einen Zettel an die Tür kleben sollte, daß ich im Pub wäre, falls es jemand interessierte.

Plötzlich brach die Sonne durch die Wolken. Sie schien hinunter auf die Dächer der Gebäude auf der anderen Straßenseite und außerdem direkt durch das Fenster in meine Augen. Das Zimmer wurde rosa, und ich konnte die Wärme auf meinem Handrücken fühlen. Das Licht war hell und stechend.

Ich grübelte so rum, hatte gerade geblendet die Augen geschlossen und genoß die Wärme der Sonne im Gesicht, als ein dunkler Schatten über mich fiel. Jemand stand in der offenen Tür. Ich schielte nach oben und sah den Umriß eines Mannes in der Türöffnung. Sein Kopf und Körper wurden von der Sonne, die über seine Schulter schien, zu schwarzen Schatten gemacht. Ich spürte einen kalten Schauer über meinen Rücken rinnen, als wäre jemand über den Platz gegangen, an dem eines Tages mein Grab sein würde. Dann kam er auf mich zu, und ich veränderte meine Sitzposition ein wenig, damit ich ihn mir genauer ansehen konnte.

Er war groß, über einsfünfundachtzig, und vielleicht Mitte fünfzig. Er erinnerte mich an einen etwas verwahrlosten Burt Lancaster mit scharfen, klaren Zügen, die jedoch langsam unter dem Fett verschwanden. Unter einem braunen Schimmer war er blaß, was seinem Gesicht einen gelben, ungesunden Farbton verlieh. Sein Haar war kräftig und frisch geschnitten, graue Strähnen verzierten den jugendlichen Stil.

Er trug einen klassischen dunkelblauen Anzug, ein weißes Hemd, einen roten Schlips und schwarz polierte Schnürschuhe. In der rechten Hand hielt er eine schwarze Aktentasche mit Chromschlössern, die im Sonnenlicht glitzerten. Er sah aus wie der Manager einer erfolgreichen Werbeagentur, wie der wichtigste Finanzberater eines privaten Krankenhauses oder wie der Mann von der Steuerfahndung.

2

»Ist Ihr Name Sharman?« fragte der Mann aggressiver, als ich für nötig hielt. »Ich will mit Ihnen reden.«

Sein Akzent kam eindeutig aus London, aber aus der netten Ecke.

»Guten Morgen«, sagte ich höflich. »Bitte nehmen Sie Platz.«

Ich nickte zu einem der beiden Metallstühle, die vor meinem Schreibtisch standen. Er sah sie an, als hätte er solche Möbelstücke noch nie gesehen, und nach einem kurzen Zögern zog er einen zu sich hin und setzte sich. Ich bekam das Gefühl, daß er ihn gerne mit seinem Taschentuch abgewischt hätte, bevor er sich setzte. Er starrte mich mit einem Blick an, der normalerweise für etwas reserviert ist, was unerwünschterweise aus der Salatbeilage kriecht.

»Sind Sie ein registrierter Privatdetektiv?« fragte er.

»Bei wem registriert?« fragte ich zurück.

»Nun, Sie müssen doch sicher bei irgend jemand registriert sein, oder?« fragte er mit erstauntem Blick.

Jetzt war ich dran, erstaunt zu sein.

»Ich weiß nicht, was Sie meinen«, sagte ich.

»Das ist es doch, was Sie tun, ermitteln?« Er zog ein Stückchen Zeitung aus seiner Jackett-Tasche und deutete auf meine Anzeige.

Ich fing an zu verstehen. Vielleicht ein bißchen spät, aber ich war schließlich außer Übung.

»Ja«, sagte ich. »Das ist es, was ich tue, aber wir sind hier nicht in Los Angeles. In London braucht man keine Lizenz, um zu ermitteln.«

»Das wußte ich nicht«, sagte er. »Haben Sie irgendwelche Qualifikationen vorzuweisen?« Mein Gott, dachte ich, er will mein Zeugnis sehen. Dann sagte ich: »Ich war ein Polizist, zehn Jahre im Dienst.«

»Sie sind zu jung, um in Rente zu sein. Warum sind Sie gegangen?« fragte er beinahe vorwurfsvoll.

»Ich habe aus privaten Gründen gekündigt«, sagte ich. »Falls Sie das irgend etwas angeht.«

»Es geht mich etwas an, wenn ich Sie bezahle, für mich zu arbeiten«, sagte er.

Ich zuckte mit den Achseln. »Und ich dachte, Sie wären ein Steuerfahnder.«

Langsam wurde die Sache klarer. Ich holte einen Notizblock und einen Stift aus der obersten Schreibtischschublade und legte sie ordentlich vor mich hin. Ich schlug auf dem Notizblock eine neue Seite auf und sagte: »Fangen wir mal von vorne an. Wie ist Ihr Name?«

»Bright, George Bright«, entgegnete er.

»Adresse, Telefonnummer?«

Er gab mir die gewünschten Informationen.

»Nun gut, Mr. Bright«, sagte ich. »Sagen Sie mir, was das Problem ist.«

»Es ist meine Tochter Patricia. Sie ist weg«, sagte er.

Wie ich ihm so in dem kleinen schäbigen Zimmer gegenüber saß, erinnerte mich stark an den Anfang eines dieser fünfziger-Jahre-schwarz-weiß-Detektiv-Filme, die nachmittags gesendet werden oder nach Mitternacht. Gefiel mir gut.

»Erzählen Sie mir mehr«, forderte ich. Ich machte es mir gemütlich. Er sprach langsam, dachte zurück.

»Vor zwei Monaten, heute sind es genau zwei Monate, ging Patsy abends aus. Sie verließ die Wohnung, nachdem wir zu Abend gegessen hatten. Sie hatte Salat für uns beide gemacht. Krabbensalat«, sagte er und sah aus, als hätte er den Geschmack noch auf der Zunge. »Sie kam und sagte auf Wiedersehen, während ich in der Bibliothek Fernsehen schaute.« Ich machte mir eine geistige Notiz, daß dieser Mann nicht in einer Sozialsuite lebte. »Sie sagte mir, daß sie eine Freundin besuchen wollte«, fuhr er fort.

»Wo?« fragte ich.

»In Brixton. Ich bat sie, vorsichtig zu sein. Das ist keine Gegend für ein junges Mädchen, nachts und allein. Sie versprach mir, daß sie nicht zu spät und mit dem Taxi nach Hause kommen würde.«

»Warum haben Sie ihr nicht angeboten, sie abzuholen?«

Er bedachte mich mit einem schmerzlichen Blick. »Sie machen Witze; sie ist ein sehr unabhängiges Mädchen.«

Offensichtlich, dachte ich.

»Aber sie ist nicht zurückgekommen«, sagte ich.

»Nein.«

»Wann haben Sie angefangen, sich Sorgen zu machen?«

»Als ich sie am nächsten Morgen wecken wollte und bemerkte, daß niemand in ihrem Bett geschlafen hatte.«

»Also sind Sie nicht wach geblieben?« fragte ich. Ich glaube, er verstand es als Vorwurf.

»Ich hatte keinen Grund dazu«, entgegnete er schnell. »Auf Patsy konnte man sich verlassen. Manchmal war sie ein bißchen vage. Aber wenn sie mir sagte, daß sie nach Hause käme, hatte ich keinen Grund zu glauben, daß sie das nicht tun würde.«

»Ist sie oft die ganze Nacht weggeblieben?« fragte ich.

»Nein, nie; nur, wenn sie es vorher mit mir besprochen hatte. Wegen einer Party oder so etwas. Aber ich wußte es immer.«

»Wen hat sie in jener Nacht besucht?« fragte ich.

»Was?«

»Sie haben gesagt, daß sie eine Freundin besuchen wollte«, sagte ich geduldig. »Wer war das?«

»Ich weiß nicht«, sagte er und wand sich auf seinem Stuhl.

»Keine Idee?« bohrte ich.

»Sie legte sich nicht gern fest«, erklärte er. »Ich habe Ihnen schon gesagt, daß sie ein bißchen vage war. Meistens absichtlich.« Sein ganzes Verhalten deutete auf zahllose Streitgespräche über Umgang und Lokale hin.

»Aber Sie wußten immer, ob sie nach Hause kommen würde oder nicht?« fragte ich.

»Ja.« Jetzt klang er sicherer. Ich entschied mich, ihm zu glauben.

»Hatte sie einen Freund?« Ich wechselte das Thema.

»Nein, sie war nicht wild auf Jungs«, antwortete er deutlich gereizt von der Frage.

Klar, dachte ich, du mußt es ja wissen. Ich kritzelte eine Notiz auf meinen Block.

»Also waren es eine Freundin oder Freundinnen«, sagte ich.

»Ich nehme an.«

»Sie scheinen nicht besonders sicher zu sein, Mr. Bright«, sagte ich.

»Ich bin überhaupt nicht mehr sicher. Ich sitze nachts da und versuche mir zu überlegen, ob sie wußte, daß sie nicht zurückkommen würde. Es war so schwierig mit ihr, seit meine Frau gestorben ist. Ich habe versucht, mein Bestes zu geben ...« Er sprach den Satz nicht zu Ende, schwieg einfach und rutschte tiefer in seinen Stuhl. »Dann habe ich das hier bekommen.« Er steckte seine Hand in die Innentasche seines Jacketts und zog eine Brieftasche hervor. Sie war aus schwarzem Leder, teuer, abgescheuert und dick. Er klappte sie auf einem Knie auf und zog einen Umschlag heraus. Aus dem Umschlag holte er ein gefaltetes Stück Papier. Er beugte sich vor und legte das Papier mitten auf den Tisch. Ich nahm den Zettel auf und faltete ihn vorsichtig auseinander. Er war offensichtlich viele Male gelesen worden. Die paar Worte waren mit schwarzem Kugelschreiber geschrieben. Die Handschrift war schick und doch irgendwie kindlich. Da stand:

Lieber Daddy,
mach Dir keine Sorgen, es geht mir gut.
Ich brauche ein bißchen Zeit für mich selbst,
um ein paar Dinge zu überlegen.
Ich melde mich bald.

Love,
Patsy

Ich saß da und hielt den Brief in der Hand.

»Wann ist das gekommen?« fragte ich.

»Ungefähr eine Woche, nachdem sie verschwunden ist«, entgegnete er.

»Ist das ihre Schrift?«

»Ja.«

»Wo wurde er eingesteckt?«

»Stockwell.«

»Da haben Sie es«, sagte ich. »Sie wird bald zurück sein. Ich glaube nicht, daß ich Ihnen viel nützen werde. Wir würden beide unsere Zeit verschwenden.«

»Lassen Sie mich das beurteilen«, sagte er.

»Ich nehme an, daß Sie bei der Polizei waren«, sagte ich nach einem Augenblick der Stille. Er starrte mich ärgerlich an.

»Natürlich war ich das. Sie haben all die verdammten Formulare ausgefüllt, und das war's dann. Es scheint ihnen egal zu sein. Sie ist doch bloß ein Kind«, fügt er hinzu, als ob das irgend etwas bedeutete.

»Wie alt ist sie, Mr. Bright?« fragte ich.

»Achtzehn.«

»Wann geworden?«

»Letzten März, am vierundzwanzigsten März.«

»Dann ist sie vor den Augen des Gesetzes eine Erwachsene.«

»Was zum Teufel soll das heißen?« Er unterbrach mich mit hoher, angespannter Stimme. »Sie könnte tot sein.«

»Es heißt, daß sie kommen und gehen kann, wie sie will«, entgegnete ich ruhig. »Und die Polizei hat zuviel zu tun, um besondere Zeit mit solchen Fällen zu verbringen, es sei denn, es treten verdächtige Umstände auf. Außerdem haben Sie diesen Brief bekommen.« Ich tippte auf den Zettel auf dem Tisch, um mein Argument zu unterstreichen.

»Scheiß auf den Brief und die Polizei«, rief er. Dann sagte er wieder ruhiger: »Werden Sie nach ihr suchen?«

Ich tippte wieder auf den Brief.

»Sie haben den der Polizei gezeigt, oder?«

»Ja, natürlich.« Er bedachte meine Frage mit einer unwirschen, fahrigen Handbewegung.

»Und die haben Sie zur Heilsarmee geschickt«, sagte ich.

»Oder zu einem Privatdetektiv«, ergänzte er meinen Satz.

Seine Worte hingen wie unerwünschte Gäste in der warmen Luft meines Büros.

»Wann haben Sie die Polizei informiert?« fragte ich.

»An dem Tag, nachdem ich entdeckt hatte, daß sie verschwunden war«, antwortete er. »Ich habe sie zuletzt am Sonntag abend gesehen. Am Montag habe ich den ganzen Tag zu Haus auf sie gewartet. Am späten Nachmittag war ich verzweifelt. Ich hatte kein Wort von ihr gehört. Kein Anruf, nichts. Ich ging raus und fuhr durch die Straßen, suchte nach ihr.«

»Aber Sie wußten nicht, wo Sie suchen sollten?« unterbrach ich.

»Das war mir egal, ich bin einfach nur ein paar Stunden rumgefahren. Dann bin ich nach Hause zurückgekehrt und habe die ganze Nacht dagesessen und gehofft, daß sie zurückkommen oder sich zumindest melden würde. Aber das hat sie nicht getan. Also bin ich am Morgen des nächsten Tages, Dienstag, zur Polizei gegangen.«

»Wo?« Ich haßte es zu fragen.

»Brixton.«

»Das war vermutlich richtig so. Mit wem haben Sie dort gesprochen?«

»Mit einem Detective Sergeant. Reid war sein Name. Ich habe seine Karte hier.« Er hob seine Brieftasche.

»Ich hätte es mir denken können«, sagte ich und spürte wieder den kalten Schauer.

»Das heißt, Sie kennen ihn?« fragte Bright.

»Flüchtig«, antwortete ich.

3

»Was ist mit ihm? Sie scheinen nicht sehr begeistert zu sein. Auf mich wirkte er wie ein ziemlich harter Brocken; stimmt das?« fragte George.

»Er ist ein ziemlich harter Brocken«, entgegnete ich. »Und es lag mit an ihm, daß ich meinen Dienst quittiert habe.«

»Warum?«

»Er hat auf mich geschossen«, sagte ich und zeigte auf meinen Fuß, den ich wieder in die offene Schreibtischschublade gestellt hatte. »In meinen gottverdammten Fuß.«

George Bright sah mich an, als wünschte er, daß John Reid mich in den Kopf geschossen hätte. Manchmal wünsche ich mir das selbst. Vor allem in langen dunklen Nächten, wenn der Schlaf nicht kommen will und die Geister der Fehler meiner Vergangenheit mein Bett umkreisen.

Brights Blick gefiel mir überhaupt nicht. Er starrte mich an, als wollte er mir ein wortloses Zeichen machen. Plötzlich dämmerte es mir.

»Was ist mit ihr los, Mr. Bright?« fragte ich. »Irgend etwas Kitzliges? Klaut sie? Oder nimmt sie Drogen?«

Er antwortete nicht gleich. Schließlich sagte er: »Ich bin nicht sicher. Ich habe ein paar Sachen gefunden, als ich ihr Zimmer durchsucht habe.«

»Was für Sachen?«

»Eine Schachtel, die sie in ihrem Schrank versteckt hatte. Hier, sehen Sie.«

Sie steckte in seiner Aktentasche. Eine schmale, flache, schwarz lackierte Kiste mit Klappdeckel und einem kleinen Messingschloß. Sah nicht billig aus.

»Die war unter ein paar Sweatern versteckt«, verkündete Bright freiwillig.

»War sie abgeschlossen?« fragte ich, bloß um etwas zu sagen.

»Nein«, sagte er.

Ich öffnete sie. Nichts besonderes drin. Bloß das übliche Zeug von Dope-Rauchern. Rizla-Zigarettenpapier, ein paar durchgebrochene Zigaretten. Silk Cut kingsize, bemerkte ich, meine alte Marke. Ein paar zerrissene Visitenkarten, die für Kleinwagen-Firmen und indische Restaurants warben, ein Skalpell und eine Pinzette. Kam mir deprimierend bekannt vor, schließlich hatte ich selbst jahrelang so ein Ding gehabt; bis ich aufgehört hatte. Unten in der Schachtel, eingewickelt in Silberfolie, lag ein Klümpchen Hasch. Schwarz, stechender Geruch, ungefähr so groß wie ein Suppenwürfel.

»Keine große Sache, George«, sagte ich und benutzte zum erstenmal seinen Vornamen. »Dope macht schließlich nicht dumm. Jeder probiert das irgendwann mal.« Er sah schockiert aus. »Naja, fast jeder«, fügte ich hinzu. »Haben Sie der Polizei gesagt, daß Sie das in ihrem Zimmer gefunden haben?« fragte ich, während ich mit der Schachtel und ihrem Inhalt herumspielte.

»Nein«, entgegnete er.

»Nicht sehr klug, oder? Vielleicht hätten sie mehr Interesse an den Tag gelegt, wenn Sie es ihnen gesagt hätten.« Ich gab ihm die Schachtel zurück, und er steckte sie vorsichtig in seine Jackett-Tasche.

Mein Instinkt sagte, ich sollte George Bright rauswerfen. Ihm ein paar milde Worte mit auf den Weg geben und ihn loswerden. Statt dessen stellte ich weitere Fragen über seine Tochter.

»Wie ist sie hingekommen, wo auch immer sie hinwollte? Ist sie mit dem Auto gefahren?« Es wär einfacher, sie zu finden, wenn irgendwo auf der Straße ein Wagen herumstünde.

»Nein, sie hat es nie gelernt«, entgegnete er. »Ich habe ihr zum nächsten Geburtstag einen Wagen versprochen, aber das schien sie nicht zu interessieren.«

»Wurde sie abgeholt?«

»Ich glaube nicht. Die Bibliothek liegt hinten im Haus,

wissen Sie. Aber niemand hat für sie angerufen. Das weiß ich«, fügte er nachträglich hinzu.

»Aber jemand hätte warten können.«

»Ja, ich schätze schon.«

»Haben Sie Ihre Nachbarn gefragt, ob die etwas gesehen haben?«

»Ich habe meinen Nachbarn nichts davon gesagt«, entgegnete er.

»Warum nicht?« fragte ich.

»Es geht sie nichts an.«

»Aber vielleicht haben sie etwas gesehen.«

»Das möchte ich bezweifeln«, sagte er.

»Machen Sie sich Sorgen, was die über Sie denken könnten?«

Er sagte nichts. »Wenn ja, ist es Unsinn. Weil es nämlich nichts ausmacht, was die Leute denken.«

Er sah mich angewidert an. »Natürlich macht es etwas aus. Die Welt dreht sich um Geld und was die Leute denken.«

Darauf gab es keine Antwort.

Ich versuchte es anders.

»Möchten Sie vielleicht etwas trinken?« fragte ich, schon halbwegs auf den Beinen.

Er starrte mich ungläubig an.

»Bleiben Sie ernst, Sharman«, sagte er. »Es ist wichtig.«

»Ich meine es ernst. Wir können im Pub reden. Um diese Zeit ist es ruhig dort«, sagte ich. »Kommen Sie, Sie sehen aus, als könnten Sie etwas zu trinken vertragen.« George stand zögernd von seinem Stuhl auf, und ich scheuchte ihn aus dem Büro.

Als ich die Tür hinter uns abschloß, sah ich Kater an, der uns die ganze Zeit zugehört hatte. Ich zuckte mit den Achseln, und er sah aus, als zuckte er mit seinen Katzenschultern, bevor er sich der überlebenswichtigen Aufgabe widmete, sein eingerissenes Ohr mit feuchten Pfoten sauberzuwischen.

George Bright und ich überquerten die Straße und gingen durch die Tür des Pubs. Die Bar roch nach Bier und alter Zigarettenasche, wie alle Bars, wenn sie aufmachen. Urplötzlich wollte ich neue Zigarettenasche hinzufügen, kämpfte das Verlangen aber nieder.

»Was trinken Sie?« fragte ich.

»Irgendwas, ist mir egal«, antwortete er.

Ich ging zum Tresen, bestellte zwei Flaschen kaltes Heineken und sah mich um. Nur ein paar Frühtrinker waren da. Ich nickte Hilary und Hubert zu, Stammgästen, die oft nach ihrem Besuch im Supermarkt vorbeischauten. Sie hatten beide braungefärbtes Haar und trugen stets passende schwarze Outfits. Sie hockten auf ihren Barhockern wie zwei schwule alte Krähen, die von einem Gartenzaun aus zwei Gin-Tonics leerpickten.

Ich führte George an einen leeren Tisch, und wir saßen stumm da, während wir unsere Biere tranken. Seinem Gesicht nach zu urteilen brauchte er ganz bestimmt eine Aufmunterung. Bei mir war es unvermeidlich. In letzter Zeit trank ich zuviel. Ich entschied, kürzer zu treten. Vielleicht ab morgen.

»Werden Sie mir helfen?« fragte George schließlich.

»Ich weiß nicht«, entgegnete ich. »Als ich bei der Metropolitan Police aufgehört habe, hat meine Frau mich verlassen. Sie hat fast alles bekommen. Also fange ich von vorne an. Ich habe diesen Beruf gewählt, weil es das ist, was ich kann. Ich war lange Zeit Cop, ich habe nie etwas anderes getan. Aber ich bin kein Polizist mehr, kein richtiger. In erster Linie arbeite ich jetzt für Anwälte und Finanzberater und überbringe einstweilige Verfügungen, Unterhaltspfändungen und andere juristische Papiere. Ich stöber' verschwundene Ehemänner auf, oder Leute, die ihre Raten nicht bezahlen oder das Video nicht zur Videothek zurückgebracht haben.

Ich habe die Anzeige bloß für mich selbst in die Zeitung gesetzt. Um mir zu beweisen, daß es mich wieder gibt. Ich war eine Weile weg. Verschwunden.«

Ich war froh, daß George diskret genug war, nicht zu fragen, wo ich gewesen war. Die Antwort hätte ihm vielleicht nicht gefallen.

»Hören Sie«, fuhr ich fort. »Es sind nette kleine Jobs, vermißte Personen zu suchen und Schulden einzutreiben.«

»Aber meine Patsy ist doch eine vermißte Person«, unterbrach George.

»Das stimmt wohl«, sagte ich. »Aber es ist dennoch etwas anderes. Ich kann mich in ihrer Altersgruppe nicht unauffällig bewegen. Normalerweise sehe ich in Wahlregistern nach und wühle Zeitungsarchive durch. Ein paar kleine Recherchearbeiten. Lasse ein paar Worte in die richtigen Ohren fallen. Dies ist etwas anderes. Es gibt eine definitive *Drug-Connection*, und ich kann es nicht riskieren, mich auf so etwas einzulassen. Außerdem sind die letzten Leute, die ich wiedertreffen will, meine alten Kollegen aus Brixton.«

»Zu gefährlich?« fragte er höhnisch.

»Es gibt mehr als eine Art von Gefahr«, entgegnete ich. »Als ich in Brixton stationiert war, arbeitete ich zum Beispiel einige Zeit im Drogendezernat, Undercover. Tja, und dann gewann ich Geschmack an unserer Beute. Das ist auch ein Grund, warum ich den Job geschmissen habe.«

»Sie haben Drogen genommen, als Sie Polizist waren?« fragte George.

»Polizisten sind keine Heiligen; wenn man mit dem Messer auf sie losgeht, bluten sie wie jeder andere auch«, entgegnete ich.

»Gott, Sie sind mir der Richtige. Aber zumindest kennen Sie sich mit Drogen aus, oder? Das könnte Patsy helfen, falls sie damit zu tun hat.«

Wem machte er etwas vor? Natürlich hatte sie etwas damit zu tun. Ich versuchte, ernst zu bleiben und sagte: »Ich weiß viel zu viel über Drogen, und außerdem ist das eine Weile her. Zwei Wochen können ein Leben lang sein, wenn man sich mit Dope einläßt.«

»Aber Sie suchen Arbeit, oder?«

»Ja, und ich bin teuer.«

»Wieviel?«

»Zweihundert Pfund am Tag plus Spesen und Kilometer.«

»Sie werden in nullkommanichts höllisch viel Einkommensteuer bezahlen müssen«, bemerkte George trocken. Ich glaube nicht, daß er beeindruckt war.

»Nicht unbedingt«, sagte ich. »Die meiste Arbeit erledige ich *pro rata*. Eine Stunde hier, eine da. Deswegen kann ich auch hier mit Ihnen sitzen und was trinken. Ich bin nicht gerade überarbeitet. Außerdem bin ich pleite.«

George beugte sich über den Tisch.

»Hören Sie, Sie sind meine letzte Chance«, sagte er. »Helfen Sie mir, bitte. Hier, sehen Sie.« Er nahm seine Aktentasche hoch, die er mit in den Pub genommen hatte. Er legte sie auf den Tisch und klappte sie auf. Er holte einen großen braunen Umschlag heraus und zog ein Foto daraus hervor, das er vor mich hinlegte.

»Das ist Patsy«, sagte er stolz.

Das Foto war ein 10x13-Profi-Porträt einer extrem ansehnlichen jungen Blondine.

»Sie wollte Model werden«, sagte er.

Es schien ihm nicht aufgefallen zu sein, daß er in der Vergangenheitsform sprach. Ich betrachtete das Foto eine Weile. Das Mädchen erinnerte mich an meine eigene Tochter Judith. Judith war zwar zehn Jahre jünger, aber die Ähnlichkeit war verblüffend. Judith sagte mir immer, wenn sie groß wäre, würde sie Filmstar werden.

»Schauen Sie auf die Rückseite«, sagte George.

Ein weißes Stück Papier klebte hinten auf dem Foto. Darauf waren Patricia Brights Lebensdaten getippt worden. Alles, von ihrem Geburtstag bis zu ihrer Handschuhgröße.

»Ich habe ein paar Dutzend davon hier«, sagte George und tippte auf den Umschlag. »Sie können sie benutzen. Ich habe auch Geld. Ich bin kein armer Mann.« Er sagte das mit einem gewissen Stolz. Er zog sein Scheckbuch hervor, schlug es auf und legte es vor sich auf den Tisch. Wir sahen alles an, bloß nicht einander. Dann bemerkte ich, daß er weinte.

Obwohl ich den Mann nicht sonderlich mochte, tat er mir außerordentlich leid.

»Na gut«, sagte ich. »Ich gebe auf. Ich sage Ihnen was, geben Sie mir hundert, und ich seh' mich mal um. Ich red' mit der Polizei und melde mich nach dem Wochenende bei Ihnen. Ist das okay?«

George zog sein Taschentuch hervor und tupfte sich die Augen trocken. Ich fiel regelmäßig auf diese Unglücksraben rein. Außerdem wußte ich, wie ich mich fühlen würde, wenn Judith weg wäre.

»Vielen Dank«, sagte George. Er suchte in seiner Aktentasche nach einem Stift und schrieb einen Scheck über die vereinbarte Summe aus, riß ihn aus dem Heft und schob ihn zu mir herüber.

»Ich möchte dann auch die Schachtel haben«, sagte ich.

Er holte sie aus seiner Tasche und reichte sie mir.

»Was tun Sie, George?« fragte ich und lehnte mich in meinem Stuhl zurück. »Beruflich, meine ich.«

»Freizeit«, entgegnete er. »Ich bin im Freizeit-Business. Musikboxen und Glücksspielautomaten. Ich bin bekannt in der Branche. Ich habe ein Ladengeschäft in Herne Hill; ich gebe Ihnen besser meine Karte.«

Er holte eine Visitenkarte wie ein Zauberer aus seiner Tasche hervor. Ich steckte sie in den Umschlag mit den Fotos, dann schob ich den Scheck sorglos in die hintere Tasche meiner Jeans.

Und so kam ich an einem Augustmorgen, den keiner von uns je vergessen würde, zu meinem ersten zahlenden Kunden.

Ich hätte George fragen sollen, warum ich seine letzte Chance war. Ich hätte auf meinen Instinkt hören sollen.

Ich hätte ihn einfach weinen lassen sollen.

4

Nachdem George gegangen war, trank ich noch ein Bier. Ich behielt mein Büro durch die Tür des Pubs im Auge, aber niemand sonst kam mit irgendwelchen kleinen Jobs, die ich nicht wollte, vorbei. Falls das Telefon klingelte, hörte ich es nicht. Als ich mein Bier ausgetrunken hatte, ging ich mit den Fotos von Patsy Bright und ihrer Lack-Box zurück ins Büro.

Zumindest war das Wetter besser geworden. Die Sonne schien immer noch hell. Ich war dankbar. In der Wärme konnte ich fast ohne zu hinken gehen.

Ich setzte mich hinter meinen Schreibtisch, legte die Box in die unterste Schublade und schloß sie ab. Ich ließ den Umschlag oben auf dem Schreibtisch liegen. Ich sah auf meine Uhr, es war fast zwölf.

Ich dachte darüber nach, was es bedeuten würde, Reid anzurufen. Bei den Bullen waren wir dicke Kumpel gewesen. Ich hatte eine zeitlang ziemlich abgedreht, hatte wie ein Verrückter gesoffen und mit Leuten herumgehangen, mit denen Police Officers eigentlich nicht herumhängen sollten.

John hatte mich monatelang gedeckt. Er war ein paar Jahre älter als ich, und wir hatten uns gleich miteinander angefreundet. Er trank gern einen, und wir hatten eine ziemlich gute Zeit miteinander. Aber schließlich ging es sogar für ihn zu weit. Ich riß mir etwas Kokain von einem gesprengten Drogenring unter den Nagel.

Immer noch wurde mir heiß und kalt, wenn ich daran dachte.

Ich war den Fluß ohne Wiederkehr damals weit, viel zu weit heruntergepaddelt. Es war mir völlig egal, daß John für das Beweismaterial, das ich hatte mitgehen lassen, verantwortlich war. Am Morgen nach meinem kleinen Klau waren John und ich unterwegs, um einen bewaffneten Räuber zu erledigen. Ich flog hoch wie ein Drachen auf Coke, war betrunken und hatte seit drei oder vier Tagen nicht mehr geschlafen.

Vielleicht wissen Sie, wie das ist. Alles wirkt irgendwie durchscheinend. Nichts ist wirklich. Niemand ist wichtig, und die Paranoia wieselt einem um die Füße herum wie eine fiese schleimige Ratte. Man raucht zuviele Zigaretten und trinkt zuviele Drinks, und die Innenseiten der Wangen kaut man zu einer blutigen Masse. Man vergißt zu essen und ignoriert im Hunger nach Speed seine Familie. Speed ist das einzige, was zählt.

Gerade, als wir uns also über den Typen hermachen wollten, kreuzten auch irgendwelche Dorfpolizisten auf, die den Kerl ebenfalls wegen irgendeiner Waffengeschichte einbuchten wollten. Keiner kapierte, was los war, aber alle Mann standen rum wie Falschgeld und schrien, so laut sie konnten. Irgendeine Pistole ging los, und sofort beschossen sich die anwesenden Polizisten gegenseitig. Der einzige, der sicher sein konnte, daß es alle auf ihn abgesehen hatten, war unsere Zielperson. Solange er sich also nicht mit seiner Mum anlegte, bei der er wohnte, war alles bestens für ihn.

Er hatte keine Ahnung, ob wir Organe der Rechtspflege waren oder nicht, und es war ihm auch völlig egal. Es war wie der Schluß von »Butch Cassidy & the Sundance Kid«. Der Gangster kam in Unterhose mit Eingriff aus seinem Schlafzimmer, in jeder Hand einen .45er Colt Revolver. Er schoß auf alles, was sich bewegte. Der einzige Vorteil war, daß wir wußten, daß er keine Reservemunition hatte. Kein Platz in seinem Slip dafür.

Ich war stoned. Ich hatte noch nicht mal meine Waffe gezogen. Ich war auch noch am falschen Platz, als es passierte, halb hoch auf einer metallenen Feuertreppe hinten am Haus. Die Zielperson sprang aus einem Fenster im ersten Stock über mich hinweg. John Reid kam aus seinem Versteck bei der hinteren Gartenpforte hervor und schoß nach oben. Die Kugel ging geradewegs durch die Sohle meines Bass Weejun, zerschmetterte einen Haufen kleiner Knochen und trat durch das Oberleder des Schuhs in einem Schauer von Blut, Haut und Kunstfaser-Socke wieder aus. Ich werde nie vergessen, wie ich auf die rote Masse hinuntersah, die auf mein Hosenbein spritzte. Ich spürte zu der Zeit keinen Schmerz. Ich war zu gut betäubt. John blieb nicht einmal, um zu sehen, wie schwer ich verwundet war. Zwei andere Officer lösten meine Finger vom Metall der Leiter, an die ich mich klammerte, und trugen mich zu einem Transit-Van und fuhren mich ins Krankenhaus. Glücklicherweise war das Ding in einem Winkel ausgetreten. Wenn es geradeaus geflogen wäre, hätten auch noch meine Eier dran glauben müssen. Es war auch ein glücklicher Umstand, daß John Standard-Munition benutzt hatte. Keine Teflonbeschichtung oder Dum-Dum-Geschosse, und die Kugeln waren auch nicht in Scheiße oder Strichnin gestippt worden, damit sich die Wunde entzündete.

Die Zielperson entwischte. Zwei weitere Polizisten wurden leicht verwundet. Das einzige, was wir vorweisen konnten, war, die Mutter für Hehlerei in Haft zu nehmen. Kein besonders gutes Ergebnis für drei Wochen Arbeit.

Ich habe mit John seit jenem Tag nicht mehr gesprochen. Er war kurz davor, seine Pension – wenn nicht sogar seinen Job – zu verlieren, weil die Drogen fehlten. Und nun saß ich da und steckte meine Nase in etwas, das eindeutig seine Sache war. Ich zog das Telefon heran und wählte die altbekannte Nummer. Als der Officer in der Telefonzentrale sich meldete, bat ich um Detective Sergeant John Reid. Ich erkannt seine Stimme, als er sich meldete.

»Reid«, sagte er.

»Hallo, John. Ich bin's, Nick, Nick Sharman.«

»*Fuck me*, was willst du?«

»Eine kleine Hilfestellung.«

»Was ist los? Hast du deinen Gehstock verloren?«

»Sehr lustig«, sagte ich.

»Ich muß zugeben, daß wir dachten, wir würden deinen Namen nie wieder hören. Aber was passiert, da stehst du diese Woche in der Lokalzeitung. Kriegst du keinen vernünftigen Job?«

»Versuch' nicht, witzig zu sein, John, ich bin nicht in der Stimmung. Ich muß etwas über Patricia Bright wissen.«

Ich ging sofort in die Offensive. Ob das richtig von mir war oder nicht, wußte ich auch nicht.

Er schwieg einen Augenblick, und ich lauschte den Echos in der Leitung. Dann fragte er: »Wer?«

»Patricia Bright, sie ist einer deiner Fälle. Eine vermißte Person.«

Ich las ihm ein paar Details von der Rückseite des Fotos vor.

»Ich erinnere mich«, sagte er. »Was hast du damit zu tun?«

»Ihr Vater hat mich engagiert, um nach ihr zu suchen.«

Wieder schwieg er, diesmal so lange, daß ich dachte, er hätte aufgelegt. Schließlich sagte er: »Mein Gott, muß der verzweifelt sein.«

»Wenn er das ist, dann deshalb, weil er den Glauben daran verloren hat, daß ihr sie finden könnt.«

»Erzähl mir keinen Scheiß, Nick. Die kleine Fotze ist zu ihren Junkie-Kumpeln durchgebrannt.«

»Woher weißt du, daß sie ein Junkie ist?« fragte ich. »Hast du sie gesehen?«

»Nein, aber ich habe einen Report zusammengestellt. Ich bin nicht dumm, Nick. Es ist offensichtlich.«

»Was hat dich auf Drogen gebracht?« fragte ich. »Ich glaube nicht, daß ihr Vater irgendwas davon gesagt hat.«

»Hat er nicht, aber er hat mir gesagt, daß sie mit ein paar krummen Typen herumhing. Ich habe mich erkundigt und rausgekriegt, daß sie einfach alles nahm.«

»Wo hast du dich erkundigt?« fragte ich. »Mit wem hast du gesprochen?«

»Ich glaube nicht, daß ich dir das erzählen sollte«, entgegnete John.

»Genaugenommen meinst du, daß du dir kein Bein ausgerissen hast, um Patsy zu finden. Willst du das sagen?«

»Nerv mich nicht, Nick. Du weißt doch, wie das ist. Sie hat ihm ein bißchen später einen Brief geschrieben, wenn ich mich richtig erinnere, in dem sie behauptet, daß sie zurückkommt. Bright hat ihn mir gezeigt. Er hat gesagt, daß es ihre Schrift war. Wir haben nicht die Zeit, jedes familiäre Problem zu lösen. Und das ist alles, was es war, wenn du mich fragst. Wahrscheinlich ist sie im Moment bei irgendeinem Arschloch, das ihr das Hirn aus dem Kopf vögelt. Falls wir sie finden, würde sie wahrscheinlich uns allen, inklusive ihrem Alten, sagen, wir sollten uns verpissen.«

»Vielleicht solltest du ihm die Chance nicht nehmen.«

»Du alter Wichser. Nick, was hast du vor? Dich über die Ersparnisse des alten Mannes hermachen? Du hattest immer schon eine Auge für gute Gelegenheiten.«

»Nein, John, ich habe mir einen halben Tag im voraus bezahlen lassen, und das ist alles. Ich hab' bloß gedacht, ich frag' mal nach, wie unsere Freunde und Helfer heutzutage Steuergelder verwenden.«

»Du bist ein unverschämter Bastard, Nick«, sagte John. »Ich bin nicht deine persönliche Verbindung zum Polizeicomputer. Du hast gekündigt, erinnerst du dich? Kurz bevor du gefeuert worden wärst.«

»Das lag auch an dir, nicht wahr, John?« Ich war auf gefährlichem Grund und wußte es.

Wieder Stille. Die Leitung dehnte sich, als wäre sie elastisch.

»Möglicherweise«, knurrte er widerwillig.

»Also schuldest du mir was.«

»Keine Chance. Es war eher deine Schuld als meine. Wenn du so weitergemacht hättest, so wie du drauf warst – ständig zu –, hättest du dich wahrscheinlich selbst erschossen.«

»Ich möchte es bezweifeln, John, aber wenn du meinst ...« Mehr Stille.

»John?«

»Was?«

»Können wir uns treffen und über dieses Bright-Mädchen reden? Und vielleicht kannst du deine Unterlagen mitbringen?«

Die Frage war ein Risiko.

Er lachte, aber ohne dabei zu lachen.

»Dann treffen wir uns doch auf einen Drink.« Ich mußte einfach weiterdrängeln.

»Ich möchte nicht mit dir gesehen werden.«

»In Ordnung, komm heut' abend zu mir.«

»Nicht heute abend, ich hab' schon was vor.« Er schien weich zu werden. »Vielleicht am Wochenende. Wo wohnst du jetzt? Ich hab' gehört, deine Frau hat dich rausgeschmissen.«

»Nicht nur das, John, wir sind geschieden, und sie hat wieder geheiratet. Ich hab' eine kleine Wohnung in der Norwood Road.«

Ich gab ihm meine Privatnummer und sagte ihm, daß ich die nächsten paar Tage noch nichts besonderes vorhätte. In Wirklichkeit hatte ich den ganzen Rest meines Lebens noch nichts besonderes vor.

»Okay, ich komm' vorbei, wenn's geht«, sagte er zögerlich. »Aber keine Notizen, und ich hab' auch die Schlüssel zu dem Raum mit dem Beweismaterial nicht. Erinnerst du dich? Wo wir die Drogen aufbewahren.«

Ich fing an, die Geduld zu verlieren.

»Ich bin clean, John«, sagte ich. »Ich rauche nicht mal mehr.«

»Schon gut, ich glaube dir«, log er.

»Ich wäre dir sehr dankbar, wenn du kommen könntest«, sagte ich schließlich.

Der Satz klang in meinen Ohren unglaublich melodramatisch.

»Wir werden sehen«, sagte John. »Und falls ich komme, versuch' bitte, bei Sinnen zu sein, Nick. Ich will meine Zeit nicht verschwenden.«

Bevor ich etwas antworten konnte, hatte er aufgelegt. Ich hielt den toten Hörer einen Augenblick lang in der Hand, bevor ich ihn zurück auf die Gabel legte.

5

Als erstes am nächsten Morgen entschied ich, den Fotografen zu besuchen, dessen Adresse auf der Rückseite des Fotos von Patsy Bright angegeben war. Sein Studio lag in Holborn.

Ich kannte bereits ein paar Profi-Fotografen und hatte keine besondere Lust, noch einen kennenzulernen, aber ich rede halt mit jedem.

Ich fuhr mit dem Wagen durch den späten Berufsverkehr Richtung Stadt. Ich hatte einen 1972 E-Type Jaguar hard top, mit Automatik. Ich hab' ihn billig gekauft, kurz nachdem ich zur Polizei gekommen war. Er war bei einem Juwelenraub in Tooting benutzt worden. Die Diebe hatten die Kraft des V-12-Motors unterschätzt, und der Fahrer war geradewegs durch eine Ziegelmauer gekachelt, als er versuchte, einer scharfen Kurve in der Nähe von Amen Corner zu entkommen. Das ganze schöne Blech war bei dem Unfall zerstört worden. Der Besitzer hatte einen Totalschaden geltend machen können, und ich hatte der Versicherungsgesellschaft ein Angebot unterbreitet. Damals waren E-Types ausgesprochen unmodisch, und sie hatten mir das Geld geradezu aus der Hand gerissen.

Ein alter Freund von mir, ein Autobastler, hatte den Wagen hervorragend zusammengeflickt. Er war schwarz lackiert, die Radkappen glänzten, und die Weißwandreifen schimmerten vor sich hin. Die Sitze waren mit rotem Leder bezogen – ich liebte den Wagen einfach. Allerdings war selbst mir aufgefallen, daß ich mir einen Mietwagen holen müßte, wenn ich mal jemand beschatten sollte. Der Jaguar war, sagen wir mal, nicht ganz unauffällig.

Ich schlüpfte auf den Fahrersitz und schob eine Bluegrass-Cassette zwischen die Kiefer des Recorders. Ich fuhr los, während Bill Monroe und seine Band aus den Lautsprechern bollerten.

Ich schnurrte über die Blackfriars Bridge und dann in die

kleinen Sträßchen um Chancery Lane. Ich investierte in einen möglichen Strafzettel in der Nähe meines Zieles und leistete mir einen Cappuccino in einer Sandwich-Bar im Schatten des Prudential-Gebäudes. Das Studio lag direkt neben dem Café, und ich entdeckte mehrere hübsche Mädchen, die kleine Päckchen und Mappen mit Fotos bei sich trugen und ein leichtes Frühstück vor der Arbeit einnahmen.

Ich zahlte für den Kaffee und marschierte hinüber zu dem alten Lagerhaus, in dem sich die Studios befanden. Auf einer Tafel an der Wand hinter dem Haupteingang standen die Namen von über einem Dutzend Fotografen. Der Mann, zu dem ich wollte, saß im dritten Stock. Es gab keinen Pförtner, also ging ich einfach hoch. Die Treppe war schmal und wurde von nackten Birnen, die von der Ziegeldecke hingen, kaum erhellt. Keine Spur von Tageslicht. Den dritten Stock betrat man durch ein paar schwarze Holztüren, die von hinterlistigen Federn zugehalten wurden. Ich zwang die Türen auseinander und quetschte mich durch den Spalt. Ein Pfeil, der an die Wand gemalt war, sandte mich tiefer hinein in das Gebäude. Es war kalt und ich zitterte. Während ich den Korridor hinunterging, traf ich einen Jungen mit einem zweifarbigen Haarschnitt und fragte ihn, ob Howard Mayles da wäre. Er zeigte mit dem Daumen. »Da lang«, sagte er. Ich stieß ein weiteres Paar Türen beiseite, diesmal in blaßblau, und dann spürte ich die Gegenwart des Genies.

Das Studio war groß, deutlich über dreißig Meter lang. Es gab keine Fenster. Der Raum war hoch, und auch durch das Glasdach sickerte kaum Licht, aber ich konnte immerhin Wasserrohre und allerlei Apparate und Hebel ausmachen, die unter dem Dach montiert waren. Mein Studioende lag im Halbdunkel, aber das andere Ende war hell erleuchtet. Scheinwerfer, manche auf einem Gerüst montiert, andere in Stativen, beleuchteten den Boden, der mit dickem, weißem Papier ausgelegt war. An der Wand gab die Pariser Skyline den Hintergrund. Drei Stative standen vor dem Set. Auf jedem war eine Kamera befestigt. Stromkabel lagen auf dem Boden und steckten in allerlei Geräten, die ich nicht kannte. Ein paar Leute standen plaudernd um einen Tisch herum, auf dem eine Kaffeemaschine, eine Midi-HiFi-Anlage und eine große Wanne voller Eis standen, aus der die Flaschenhälse von etwa einem Dutzend Weinflaschen ragten.

Ungefähr auf halbem Wege war ein langer Tisch an der Wand angebracht, unterhalb eines horizontalen Spiegels, der von kleinen Glühbirnen umgeben war. Der Tisch stand voll mit Kosmetika. Vor dem Tisch saßen zwei Models auf hohen Stühlen und wurden von zwei Mädchen, die aussahen, als sollten sie selbst Models sein, zurechtgemacht.

Ich hielt die Tür einen Augenblick lang offen, dann ließ ich sie mit lauten Krachen zufallen. Jeder Kopf im Raum, außer meinem, schoß herum. Ich stand im Düstern und sah ins Licht.

Ein hochgewachsener, junggesichtiger Lockenkopf mit einem japanischen Anzug und einem Akzent aus Bermondsey schützte seine Augen mit der Hand vor dem Licht und rief: »Dies ist ein geschlossenes Set.«

Ich stand einfach nur da und sagte nichts. Er trat aus dem Lichtkreis und kam auf mich zu. »Bist du taub, verdammt nochmal? Ich hab' gesagt, keine Besucher auf diesem Set.«

Ich schwieg weiterhin. Er kam nah heran und sagte: »Du kannst hier nicht reinkommen, wir arbeiten.«

»Ich suche nach Howard Mayles«, sagte ich.

»Du kannst ihn jetzt nicht treffen. Wir bereiten uns auf eine Aufnahme vor.«

»Welcher ist es?« fragte ich.

»Das tut nichts zur Sache. Mr. Mayles hat ausgesprochen viel zu tun und darf nicht gestört werden.«

»Welcher ist es?« wiederholte ich.

»Wer sind Sie?« fragte das Junggesicht. »Wenn Sie von Client sind, sollten Sie eigentlich nicht hier sein. Und wenn Sie nach Clive suchen, der ist krank, und ich vertrete ihn für die Agentur. Tut mir leid, was ich eben gesagt habe, aber es ist immer ein bißchen hektisch hier.« Er ruderte hastig zurück. Ich war Clive dankbar, daß er heute krank war. Offensichtlich dachte der Lockenkopf, daß ich jemand war, der ich nicht war. Ich ließ ihn weiterdenken.

»Machen Sie sich keine Sorgen, junger Mann«, sagte ich. »Jeder macht mal einen Fehler.«

Ich ging an ihm vorbei und ließ ihn mit sich selber reden. Ich ging dorthin, wo die Kameras darauf warteten, abgefeuert zu werden. Das Grüppchen hatte sich aufgelöst. Vier Personen standen noch im Schein der Lampen. Drei in einer Reihe nebeneinander sahen mich an. Links von mir eine hochgewachsene Frau mit grobporiger Haut und einem Karo-Anzug. Sie trug ein Clipboard. Sie hatte dunkles Haar, halblang und fettig, und an ihrem linken Knöchel eine zehn-Zentimeter-Laufmasche. Ganz schön schlampig, dachte ich.

In der Mitte stand ein sehr großgewachsener Typ, der aussah wie ein chinesisches Eßstäbchen im Ausgehanzug.

Rechts von mir ein Traum in italienischem Knitterleinen und verwaschenen Jeans. Er hatte abgekaute Nägel und eine Hautfarbe, die schrie: böse Coke-Sucht. Seine Pupillen hatten die Größe von Billardkugeln, aber noch viel eindeutiger verriet ihn der feine weiße Staub auf seiner Oberlippe, wo er sich die Nase nach seiner letzten Line nicht ordentlich geputzt hatte. Er sah aus wie ein kleiner Junge, der an der Eistorte gewesen war.

Das vierte Gruppenmitglied war ein chinesisches Mädchen, das mit den drei montierten Kameras außerordentlich komplizierte Dinge anstellte. Sie sah zu mir herüber und fragte: »Möchten Sie ein Glas Wein?«

»Sehr gern«, entgegnete ich.

Lockenkopf war an meiner Schulter wieder aufgetaucht. »Dieser Herr ist von Client«, sagte er. Alle standen stramm.

Ich war froh, daß ich an jenem Morgen in etwas sackartig aus Kammgarn geschneidertes geschlüpft war, komplett mit pastellfarbenem Hemd und Paisley-Schlips. Ich sehe gerne so gut wie möglich aus, wenn ich einen reichen Klienten markiere. »Darf ich Sie vorstellen?« Lockenkopf konnte wahnsinnig höflich sein, wenn er wollte.

Die Grobporige hieß Kathy irgendwas-so-und-so und machte PR für irgendeinen Scheiß. Das Eßstäbchen war Anzeigentexter, seinen Namen habe ich nicht verstanden. Mr. aller-Zaster-durch-die-Nase war mein Mann, Howard Mayles. Das Chinesenmädchen war Jackie, sie brachte mir ein Glas kalten Weißwein.

Lockenkopf war Dominick, Junior Executive von BBD&W oder irgendwelchen anderen Initialen. Ich hab' nicht zugehört. Ich wollte mit Howard reden.

Dann kamen wir zu mir. Und ich wurde ausgerechnet von Prince gerettet. Der Zweifarb-Kopf kam mit einer Tüte zurück, die nach Schinken-Sandwiches roch, ließ sie auf den Tisch mit der HiFi-Anlage fallen und schaltete sie ein. »Kiss« dröhnte aus den Lautsprechern, und ich lächelte Dominick einfach nur an, als er versuchte, mir einen Namen zu entlocken. Dom stürmte davon, um die Musik leiser zu drehen, und ich nippte an meinem Wein.

Ich holte eine meiner Karten aus meiner Innentasche und hielt sie Howard hin. Bei ihrem Anblick erbleichte er. Die Musik wurde leiser. »Ich dachte, sie wären von Client?« hauchte Howard.

»Das habe ich nie gesagt«, entgegnete ich.

»Dominick!« brüllte er.

»Ich möchte mit Ihnen reden«, sagte ich.

»Worüber?«

»Patsy Bright.«

»Wer?«

Ich holte eine gefaltete Kopie ihres Fotos aus einer anderen Tasche, breitete sie aus und reichte sie Howard. »Die«, sagte ich.

Er hielt das Bild ins Licht. »Was ist mit ihr?« fragte er.

»Sie wird vermißt.«

»Damit habe ich nichts zu tun.«

»Ihr Name steht auf der Rückseite.«

Er drehte es um. Dominick kam mit hastig auf dem Holzboden klappernden Ledersohlen herbeigehastet.

»Schaff diesen Mann hier raus«, befahl Howard. »Er ist Detektiv.«

Dom wurde grau. »Er ist was?« fragte er ungläubig.

»Detektiv«, sagte ich, nur damit es leichter für ihn wurde. »Ich wollte einfach nur mit Mr. Mayles sprechen.«

»Polizei?« fragte Dominick.

»Privat«, entgegnete ich.

»Dann haben Sie Hausfriedensbruch begangen, und ich rufe die richtige Polizei, wenn Sie nicht sofort verschwinden.«

»Dominick, alter Junge«, sagte ich. »Rufen Sie doch die Polizei, aber wenn ich Howard hier anschaue, möchte ich doch mal annehmen, daß hier und da in diesem Studio ein bißchen weißer Puder herumliegt, und ich bin sicher, die Bullen würden nur zu gern eingeladen werden, herumzuschnüffeln, wenn Sie die Wortwahl entschuldigen wollen. Ich war mal Cop, und wenn Sie möchten, rufe ich selbst an. Gerade in Holborn haben sie eine fiese kleine Drogentruppe und 'ne Menge Hunde.« Es war ein Schuß ins Dunkle, aber ich traf ins Schwarze.

Howard legte seine Hand auf Dominicks Arm. »Vergiß die Polizei, Dominick.«

Er sagte: »Ich werde mit ...« Er sah noch einmal auf meine Karte. »... mit Mr. Sharman reden, aber nicht jetzt. Wir müssen arbeiten. Um eins machen wir eine Stunde Pause. An der Ecke gegenüber ist ein Pub. Wir treffen uns dort.« Er sah mich an. »Punkt eins, ist das in Ordnung?«

Ich nickte. »Aber kommen Sie auch«, sagte ich. »Versuchen Sie nicht, die Zeit zu nutzen, um das Coke verschwinden zu lassen. Sie wären erstaunt, wo man das Zeug noch finden kann. Hervorragender Wein, übrigens«, sagte ich und reichte Dominick mein leeres Glas. »Ein Uhr«, sagte ich zu Howard und suchte mir durch das Kabelgewirr den Weg zur Tür.

6

Ich verbrachte den Rest des Morgens mit einem Einkaufsbummel. Ich kaufte sogar ein paar Bücher und Zeitungen, nichts Wichtiges.

Um zwölf saß ich in dem Pub gegenüber von Mayles Studio. Ich besetzte einen Tisch nah an der Tür und machte es mir gemütlich.

Gegen halb eins wurde es voller. Der Pub war keiner dieser Ausspucken-und-Sägespan-Schuppen. Die Klientel rasant auf demn aufsteigenden Ast. Eine Menge schicker Typen in Wildlederjacketts. Und nicht das Leder, das man irgendwo für £39,99 ergattert.

Um Punkt ein Uhr stieß Howard die Eingangstüre auf. Er war nicht allein. Er hatte eins der Models, die vorhin geschminkt worden waren, im Schlepptau.

Sie war groß, größer als Howard, und sie trug eine lederne Motorradjacke zu einem Jeans-Minirock. Ihr honigfarbenes Haar fiel zu einer wilden Löwenmähne. Ich fragte mich, ob er sie zu meinem Vergnügen mitgebracht hatte. Ich fragte mich, ob ich so tun sollte, als sei ich schwul. Da würden sie sich aber ärgern.

Ich stand auf, als sie in der Bar umhersahen. Howard entdeckte mich und ging in meine Richtung, das Mädchen hinterher. Howard stellte uns einander vor. Sie hieß Matilda. Sie sah zu mir auf. »Meine Güte, sind Sie groß«, sagte sie.

Ich dachte an die Chandler-Zeile und benutzte sie. Warum nicht, irgend jemand muß das schließlich hin und wieder tun. »Ich geb' mir alle Mühe«, sagte ich.

Sie kicherte. Howard sah mich angewidert an. Offensichtlich hatte er *Der große Schlaf* gelesen. Er erbot sich, uns ein paar Drinks von der Bar zu holen. Ich wollte ein Glas Lager. Matilda wählte Perrier. Howard entschied sich für Scotch, einen doppelten, pur, kein Eis, kein Mix. Ein echter Männer-Drink.

Ich holte einen Extra-Stuhl für Matilda. Als sie sich setzte und ihre Beine über Kreuz schlug, konnte ich ihren weißen Baumwollslip aufblitzen sehen. Yeah, ich weiß, ich hätte nicht gucken sollen. Aber wenn man durchgestanden hat, was ich durchgestanden habe und wenn man solange aus dem Verkehr gezogen war wie ich, und wenn einem dann soviel nackter Schenkel unter die Nase gehalten wird, glauben Sie mir – dann guckt man.

Als wir es uns alle bequem gemacht hatten, legte ich los. »Howard«, sagte ich. »Es macht Ihnen doch nichts aus, wenn ich Sie Howard nenne, oder?«

Er schüttelte den Kopf.

»Patsy Bright ist verschwunden. Sie ist vor zwei Monaten aus dem Haus gegangen, um sich mit Freunden zu treffen, und nicht wieder zurückgekehrt.« Ich legte das Foto vor ihm auf den Tisch. »Nach dem, was ich von ihrem Vater erfahren habe, was nicht viel war, haben Sie vor einer Weile ein paar Fotos von ihr gemacht. Ich möchte damit überhaupt nicht andeuten, daß Sie irgend etwas über ihr Verschwinden wissen, aber vielleicht wissen Sie etwas über Patsy. Erzählen Sie es mir.«

»Zum Beispiel was?« fragte er.

»Erstens: Wissen Sie, wo sie ist?« Es gibt nichts besseres, als sich Hals über Kopf in die Scheiße zu stürzen.

»Nein«, antwortete er.

»Okay. Glauben Sie, daß sie eine Chance hatte, es als Model zu schaffen?«

Er zuckte mit den Achseln. »Wer weiß das schon? Wenn ich das wüßte, hätte ich vor vielen Jahre meine eigene Agentur eröffnet und würde mich schon längst nur noch in der Sonne aalen. Vielleicht ja, vielleicht nein.«

»Was für ein Model?« fragte ich.

»Jedenfalls nicht Seite drei«, sagte er. »Nicht genug obenherum, und ich meine damit nicht Hirn-Abteilung. Keine Titten zu sehen. Aber vielleicht Anzeigen oder Laufsteg.«

»Sonst nichts?«

»Wie meinen Sie das?«

»Glamour, Pornos, ich kenne mich da nicht aus.«

Urplötzlich sah er müde aus. »Nein, Mr. Sharman. Sowas mache ich nicht. Das habe ich nicht nötig.«

»Wie kam es, daß Sie diese Bilder gemacht haben?«

»Sie hat mich bequatscht«, sagte er.

»Wie nennen Sie solche Bilder noch? Demo-Shots?«

»Naja, jeder muß sich schließlich irgendwie präsentieren können«, entgegnete er, als rede er mit einem Dummkopf.

»Aber nach dem zu urteilen, was ich heute morgen gesehen habe, würde jemand Ihres Kalibers normalerweise keine solche Session machen.«

Er liebte die Schmeichelei. Matilda lachte sich beinahe schlapp. Das gefiel mir.

»Hat sie Sie bezahlt?« machte ich weiter.

»Ich habe es umsonst gemacht, am Ende einer anderen Session«, entgegnete er.

»Weil sie Sie bequatscht hat?« fragte ich skeptisch.

»Kurz gesagt, ja.«

»Wo haben Sie sie getroffen?«

»In einem Club. Ich glaube im Legends.«

»Was ist passiert?«

»Sie ist auf mich zugekommen und hat gesagt, daß sie ein Model werden will, und sie hat mich um Hilfe gebeten.«

»Einfach so?«

»Einfach so.«

»Helfen Sie allen angehenden Models, die Sie in Nachtclubs anbaggern?« fragte ich mit etwas mehr Sarkasmus in der Stimme.

»Nein.«

»Warum dann Patsy?«

»Sie hatte etwas, etwas Frisches, eine Ausstrahlung.« Ich ließ es dabei bewenden.

»Was haben Sie davon gehabt?« fragte ich.

»Nichts.«

»Nichts?«

»Nein.«

»Hat sie, wie soll ich das sagen, Ihnen irgendwelche Gefälligkeiten angeboten?«

Er lachte, Matilda ebenfalls. »Ich hätte nicht zugegriffen, wenn sie es getan hätte. Das ist nicht mein Ufer.«

Gute Güte, was für ein Glück, daß ich nicht den weichen Händedruck markiert hatte. Ich hätte vielleicht mehr bekommen, als ich gewollt hätte. Ich glaube, ich wurde rot.

»Entschuldigen Sie«, sagte ich.

»Keine Ursache«, entgegnete er.

»Das war alles?« fragte ich. »Eine Session für eine Setcard?«

»Genau.«

»Wann haben Sie sie das letzte Mal gesehen?«

»Ich hab' sie mal getroffen, vielleicht vor ungefähr drei Monaten.«

»Wie ging es ihrer Karriere als Model?«

»Nicht gut.«

»Selbst mit Fotos von Ihnen?«

Er lächelte, schluckte meinen Köder aber nicht. »Kein Elan«, sagte er. »Reicher Daddy, zuviele lange Nächte. Das war ihr Problem. Sie war nicht hungrig genug. Nicht wie Matilda hier. Perrier, strikt vegetarische Diät, eine Menge Sport und früh ins Bett, nicht Matilda?«

»Genau«, sagte Matilda. Ich hätte nichts dagegen gehabt, bei der zweiten Hälfte der vier Tätigkeiten dabeizusein.

»Hat sie Drogen genommen?« fragte ich so unschuldig wie möglich.

»Nein, ich glaube nicht. Das ist mein Gift, wie Sie schon richtig geraten haben. Sie war zu jung für sowas.«

»Ich weiß, daß sie Dope geraucht hat«, sagte ich.

»Das ist keine Droge«, entgegnete er. »Es ist fast legal, oder?«

Ich überlegte, ob sie die Drogengesetze geändert hatten, seit ich im Bau gewesen war. »Okay«, sagte ich, »und vielen Dank. Tut mir leid, Sie wissen schon, worauf ich vorhin angespielt habe. Ich wollte nur sicher sein, daß Sie mit mir reden.«

»Und das ist Ihnen gelungen.«

»Sie sind nicht sauer?«

»Nein, solange Sie *schtumm* über das andere bleiben.«

»Absolut«, versprach ich.

Ich lud sie zu einem Drink ein. Howard war okay. Er trug mir nichts nach. Matilda war auch okay. Ich bekam sogar ihre Telefonnummer, bevor sie ging, aber ich bezweifelte, daß ich sie je wählen würde. Andererseits: Wer weiß?

Aus irgendeinem Grund fühlte ich mich ziemlich depressiv, als ich aus dem Pub kam. Ich versumpfte im West End und kümmerte mich an jenem Tag nicht mehr um Patsy Bright. Ich frequentierte ein paar Wasserlöcher in der Tottenham Court Road. Ich traf ein paar Leute, die ich kannte, und ein paar, die ich nicht kannte. Gegen acht machte ich Schluß und befreite den Wagen aus dem Parkhaus. Ich war zu betrunken, um nach Hause zu fahren, aber ich tat es trotzdem.

Ich zog mich aus und hängte meinen Anzug ordentlich auf. Ich nahm eine Pille, damit ich schlafen konnte, und trank zwei Flaschen Moosehead, damit ich besser schlafen konnte.

7

Am nächsten Morgen ging ich spät ins Büro. Ich trank zuviele Tassen Tee, lehnte mich gegen den kalten Ofen in der Küche und drückte mich davor, das Haus zu verlassen.

Ich ging zu Fuß und kaufte mir unterwegs eine Zeitung. Sie war voller schlechter Nachrichten, und ich warf sie in den Mülleimer. Ich schloß die Eingangstür auf, und als ich sie öffnete, rannte Kater unter einem geparkten Wagen hervor, quetschte sich durch den schmalen Spalt zwischen dem Türrahmen und meinen Beinen und setzte sich vor seine leere Schüssel. »Du fängst an, von mir abhängig zu werden«, sagte ich zu ihm. »Paß besser auf, oder es wird ein Ende mit Tränen. Irgendwann werde ich dich fallenlassen. So ist das immer.« Kater sah mich vorwurfsvoll an, und ich ging und sah in die Speisekammer. Leer. »Ich hab's dir ja gesagt«, sagte ich. Kater sagte nichts. Ich nahm ihn hoch und setzte ihn raus auf die Straße. »Geh und schnorr bei jemand anderem«, sagte ich. Kater fauchte spielerisch und entfernte mit seinen Krallen einen schmalen, drei Zentimeter langen Streifen Haut von meinem linken Handrücken, als ich ihn losließ. Ich fluchte und saugte die kleinen Blutstropfen weg, die aus der Wunde quollen. Kater reckte sich und verschwand wieder unter dem Wagen. »Neun Leben«, sagte ich. »Aber treib's nicht zu weit, Junge.«

Ich ging zurück ins Büro und setzte mich hinter den Schreibtisch. Ich lutschte weiter an meinem Handrücken, während ich durchs Fenster starrte.

Ich schätze, ich saß dort ungefähr zwanzig Minuten und tat nichts. Schließlich holte ich mein Adreßbuch aus der obersten Schreibtischschublade. Ich öffnete es bei ›S‹ und fuhr mit dem Finger die Seite hinunter, bis ich den sorgfältigen Eintrag SOUTHALL, TERRY fand. Noch ein alter Freund, noch ein Gesicht aus der Vergangenheit, aus dem Schutt, der meinen Kopf anfüllte.

Ich fragte mich, ob es auch ihn immer noch gab. Während ich die Nummer wählte, dachte ich über unsere Freundschaft nach. Terry war ungefähr zehn Jahre älter als ich. Das hieß, etwa fünfundvierzig. Aber er sah älter aus und benahm sich jünger.

Er war in Hackney oder Stepney oder Plaistow geboren worden oder irgendwo sonst im East End, wo gute Südlondoner nie auftauchten, außer mit dem Taxigeld nach Hause versteckt im Schuh. Er war den endlosen Reihenhäusern und Bombenkratern früh entkommen. Erst machte er Mode, dann fotografierte er. Wie gesagt, ich mag Fotografen grundsätzlich nicht, aber mit Terry war das etwas anderes. Er war ein echter London-Mod gewesen, ein

Gesicht, das plötzlich in der Arbeiterklassenmafia von Popstars, Designern und Werbeleuten aufgetaucht war, die in den Sechzigern teilweise mehr zu sagen gehabt hatten als die echten Aristokraten.

Damals war er ein Speed-Freak gewesen, hatte von Purple Hearts und French Blues gelebt, die er mit Scotch und Coke runterspülte. Seine hochempfindlichen Sinne verlangten Abenteuer, die nicht einmal Swinging London ihm bieten konnte. Also hat er seine Kameras genommen und ist in die Staaten gegangen. Drüben war er in einer noch schnelleren New Yorker Clique untergetaucht, die eine Weile lang seine Bedürfnisse befriedigt hatte. Dann, während er Fernsehen guckte, hatte er eines Tages einen Bericht über den Vietnam-Krieg gesehen. Die Story hatte ihn auf eine Idee gebracht, und er hatte Time Magazine dazu überredet, ihn mit einer Fotoreportage aus dem Blickwinkel eines Engländers zu beauftragen.

Er war begeistert. Begeistert vom Fernen Osten, begeistert vom Abenteuer Krieg, begeistert von den leicht erhältlichen Drogen und Frauen und schließlich, glaube ich – so wie er es erzählte –, begeistert von dem ganzen Macho-Army-Bullshit, den er im nüchternen alten England nie erlebt hatte. Er lebte gut in Südost-Asien, zumindest die ersten paar Jahre. Seine Arbeiten wurden hochgelobt, zuerst in den USA, dann auch in Europa. Er hatte in Schlamm und Beschuß mit den GIs gelebt, hatte in ihren Feldlagern geschlafen und war bei offenen und verdeckten Missionen vor und hinter den feindlichen Linien dabei. Er hatte ihre Rationen und ihre Joints geteilt, hatte mit seinen geliebten Buddies gezittert und gefeiert, hatte diverse Geschlechtskrankheiten durchgemacht. Ende '68 ging irgend etwas schief. Er hatte Syphilis, hing an der Flasche und steckte irgendwo im Nirgendwo vom An Hoa Basin. Die Rangers waren losgezogen, einen Vietcong-Kommandoposten niederzumachen. Terry war mitgegangen. Er hatte sich mit seiner Kamera an die Außenseite eines Huey-Helikopters schnüren lassen, und als die Jungs Feindkontakt aufnahmen Film um Film durchgejagt. Der Huey war beschossen worden. Eine Brandbombe, aus einem russischen Raketenwerfer abgefeuert, war in dem Helikopter explodiert. Alle Insassen waren tot. Terry war aus seinen fest zugeschnürten Kampfstiefeln gerissen und zwanzig Meter tief in den Fluß geschleudert worden. Er war verdattert, aber unverletzt. Doch das schlimmste kam erst noch. Ein weiterer Hubschrauber war in der Nähe abgestürzt. Die Crew hatte überlebt und war gefangengenommen worden. Die Vietcong zerrten Terry aus dem Fluß und stießen und traten ihn hinüber zu den anderen Gefangenen. Mehr Marines waren zu Hilfe gerufen worden. Über zwanzig Hubschrauber kamen aus Richtung Sonnenuntergang; sie sahen aus wie riesige Käfer, während ihre Gewehrsalven die Blätter von den Bäumen rissen. Die Vietcong hatten mit ihren eigenen Automatikwaffen auf die kleine Gruppe Kriegsgefangener gefeuert. Terry hatte Glück gehabt, er stand in der Mitte. Die Körper der anderen Männer hatten ihn vor den Maschinengewehrsalven geschützt. Eine Kugel hatte die Kamera getroffen, die immer noch um seinen Hals hing. Außerdem hatte er Wunden an Armen und Beinen davongetragen, aber er lebte. Die übrigen sechs Männer nicht mehr. Die Marines-Einheit landete und packte die Toten in Leichensäcke. Terry kam in ein Militärhospital. Die Ärzte nähten seine Wunden zusammen und kurierten die Folgen der Lust. Nach einem Monat erachteten sie ihn für geheilt und entließen ihn.

Es ging ihm gut, außer, daß er jedesmal, wenn er eine Kamera in die Hand nahm, anfing zu zittern. Seine Karriere war zu Ende. Ein Jahr später kehrte er nach England zurück. Mittlerweile war er frei von Alkohol- und Drogensucht.

Pleite und entmutigt war er Drogenrehabilitations-Berater geworden. Unglücklicherweise konnte er sich nicht in ein Team einfügen, also gründete er mit Hilfe der Londoner Stadtverwaltung eine Ein-Mann-Drogenklinik in

Stockwell. Das war Mitte der Siebziger, wenig später traf ich ihn.

Während er in Vietnam gewesen war, hatte er einen eigenartigen Cockney- and Westernakzent entwickelt, gespickt mit Army-Slang und französischen und vietnamesischen Schimpfwörtern. Er hatte ihn nie mehr abgelegt. Ich persönlich fand es ziemlich affig. Aber ich war nie dagewesen, also was wußte ich schon.

Das Telefon klingelte am anderen Ende, und ich erkannte seine Stimme. »TS«, sagte er. Ja, daran erinnerte ich mich auch. Er liebte Initialen.

»Hallo, Terry«, sagte ich. »Ich bin's, Nick Sharman.«

»Gott ver*flucht*«, sagte er und dehnte die zweite Silbe endlos. »Nick, mein Freund, *long time no see.*«

»Hi, Tel, ich hab' mich gefragt, ob es dich noch gibt.«

»Klar gibt es mich, wie immer. Aber wo zum Teufel warst du? Ich meine, wie lange ist's her? Zwei Jahre?«

»Ungefähr«, stimmte ich zu. »Was hast du in der Zwischenzeit angestellt?«

»Du hast mich unter der alten Nummer erwischt, nichts hat sich geändert. Ich versuche immer noch, die Probleme anderer Leute zu lösen. Genau wie sonst.«

Das war, was ich gehofft hatte.

»Aber hör mal«, fuhr er fort. »Wo zum Teufel bist du? Und was tust du?«

»Du wirst es vielleicht nicht glauben«, sagte ich. »Aber ich bin ein Privatdetektiv.«

»Oh, klar glaube ich das«, unterbrach er mich. »Nick Sharman, *PI*. Das beste, was ich seit langem gehört habe. Einfach perfekt.«

»Freut mich, daß es dich amüsiert«, sagte ich. »Aber ich meine es ganz ernst. Ich bin engagiert worden, ein junges Mädchen wiederzufinden. Sie scheint Drogen zu nehmen. Deshalb habe ich dich angerufen. Ich habe gehofft, daß du mir wegen der Klinik vielleicht ein paar Informationen geben kannst. Sie ist aus der Gegend«, fügte ich hinzu.

»Das ist hoffentlich nicht der einzige Grund«, sagte er.

»Und außerdem warst du, zumindest als wir uns das letzte Mal trafen, selbst ein Experte, was bewußtseinserweiternde Substanzen angeht.«

»Nicht auch du, Terry«, sagte ich. »Hör mal, ich bin durch damit. Und selbst wenn nicht, ich war zulange weg. Ich muß mit jemand reden, der *up to date* ist. Ich hab' ein paar Fotos von dem Mädchen, nach dem ich suche, vielleicht weißt du sogar, wo sie ist. Können wir uns treffen?«

»Klar, wann?«

»Wie wär's mit heute?«

»Warum nicht?«

Ich sah auf die Uhr, es war halb zwölf. »Wie steht's mit einem Bier zum Mittagessen?«

»Klar.«

»Ich hol dich dann gegen eins ab.«

»Freu mich drauf«, sagte Terry.

Wir verabschiedeten uns und legten auf.

Ich hing noch eine Weile im Büro rum, und dann entschied ich mich zu einer Reise *down Memory Lane*.

Ich fuhr via Brixton nach Stockwell. Während ich durch die bekannten Straßen gurkte, konnte ich beinahe den Druck und die Unzufriedenheit durch die Risse im Asphalt aufsteigen fühlen. Es war lange her, daß ich hier gewesen war. Ich hatte die Gegend gemieden, seit ich zurück war, aber jetzt war mir die Reise in die Vergangenheit willkommen. Ich fuhr absichtlich die Railton Road entlang, die alte Frontlinie, um die Veränderungen zu checken. Es gab eine Menge. Ganze Reihen von Häusern waren abgerissen worden. Cafés und Geschäfte, die ich gut gekannt hatte, waren verkauft worden oder standen leer. Es war massenhaft Kosmetik geleistet worden. Neue gelbe Ziegelhäuser waren gebaut worden, um die Lücken zu schließen, die die Molotow-Cockatils und Brandsätze gerissen hatten. Ein paar tapfere Versuche, regionalen Stolz zu wecken, waren unternommen worden, aber irgendwie schien nichts funktioniert zu haben. Ich konnte immer noch die Anspannung in der Luft spüren. Ich konnte die alte Hexe Verzweiflung beinahe von Haus zu Haus eilen und mich durch die schmutzigen Vorhänge hindurch anstarren sehen. Wenn ich hinsah, trat sie schnell einen Schritt zurück ins Dunkel.

Die Sonne schien hinunter auf die Einheimischen, die auf der Straße herumhingen. Rastafaris saßen auf den Eingangsstufen der Häuser, plauderten und rauchten. Kleine Grüppchen schick angezogener Jugendlicher schlängelten sich zügig zwischen den Fußgängern hindurch und wippten im Takt der Musik, die aus den riesigen Cassettenrecordern auf ihren Schultern plärrte. Der Markt war lebendig wie immer. Ich stellte den Wagen ab und strolchte umher. Ich sah eine Menge Gesichter, die ich kannte, versuchte aber nicht, mit irgend jemand ins Gespräch zu kommen, obwohl ich ein paar Blicke des Erkennens bemerkte, als ich vorbeiging.

Ich weiß noch, wie ich nach Deckung suchte, als meine Kollegen und ich vor nur ein paar Jahren Zielscheiben für Ziegel und Molotow-Cocktails gewesen waren. Ich schüttelte mich innerlich und bahnte mir einen Weg durch den Müll zurück zum Wagen.

Ich wußte, daß in diesen Straßen nichts in Ordnung war. Das Leben wirkte an der Oberfläche ganz normal, aber ich kannte die Gegend gut genug, um zu bemerken, daß die Wut unter der Oberfläche pulste wie ein Geschwür, das kurz davor stand, aufzuplatzen und das Blut zu vergiften. All meine Instinkte sagten mir, daß nur zu bald die Gewalt in die Straßen zurückkehren würde. Brixton würde wieder brennen.

Ich fuhr die Haupteinkaufsstraße entlang, vorbei an der Brixton Police Station, in der ich den Großteil meines Arbeitslebens verbracht hatte, und dann bog ich nach links in die Stockwell Road ein.

Ich fand eine Parkuhr in einer stillen Nebenstraße und stellte den Wagen ab. Ich ging durch ein abgewracktes Wohngebiet zu der Klinik, die sich in einem ebenerdigen Ladengeschäft in der Nähe des Glockenturms befand.

Ich drückte die Glastür auf und betrat die Klinik. Sie war

mit Sperrholzplatten in zwei Büros geteilt worden. Der vordere Teil, in dem ich stand, war mit Postern von Konzerten, Arbeitslosenhilfsveranstaltungen und der Labour-Partei dekoriert. Ein alter Tisch war in eine Ecke geknallt worden und lag voll mit Flugblättern für verschiedene Drogenentzugsprogramme und Sozialhilfeprogramme. In der Nähe der Tür stand ein alter Metallschreibtisch, hinter dem ein Mädchen über die Papiere geneigt saß. Ich hüstelte höflich. Sie ignorierte mich.

»Entschuldigen Sie«, sagte ich. Langsam hob sie den Kopf und sah mich an. Ihre Augen hatten exakt die Farbe von Lavendelblüten. Sie starrte mich an, sagte aber nichts.

»Ist Terry da?« fragte ich, obwohl ich völlig sicher war, daß er es war. Sie sah mich weiter mit diesen wunderschönen Augen an. Dann wandte sie den Blick ab. »Da drin«, sagte sie mit einem Seufzen, das mir beinahe das Herz brach, und zeigte auf eine Tür in der Holztrennwand. Ich hatte das Gefühl, als hätte ich etwas nicht mitbekommen. »Gehen Sie einfach rein«, fuhr sie fort. Ich schlenderte hinüber zu der Tür, klopfte an und öffnete sie. Ich sah zu ihr zurück, aber sie hatte ihren Kopf immer noch über den Tisch gebeugt. Ich betrat den kleinen Raum. Terry saß hinter dem Zwilling des Schreibtisches aus dem vorderen Büro. Die Füße hatte er obenauf gelegt.

Er sah so aus wie früher, bloß in schlechterer Verfassung. Aber ich nehme an, niemand von uns wird jünger. Terry war sehr groß, einssiebenundachtzig oder -neunzig. Sein schwarzes Haar war mit grauen Strähnen durchzogen und hing lang und fettig auf seine Schultern. Oben auf seinem Kopf befand sich ein runder, kahler Fleck. Terry schien abgenommen zu haben, seit ich ihn das letzte Mal gesehen hatte, und das konnte er sich eigentlich nicht leisten. Sein eckiger Körper steckte in einem abgewetzten Tarnanzug, dazu passend trug er eine alte lederne Fliegerjacke. Seine Füße steckten in schwarzen Cowboystiefeln mit flachen Absätzen und Silberbeschlägen an Spitzen und Fersen.

Er sah mich an, wie ich hereinkam. »Nick«, sagte er. »Welch Labsal für meine angestrengten Augen.«

»Hi, Terry«, sagte ich. »Ich störe dich nicht, oder?«

»Ich meditiere bloß, Mann«, entgegnete er. »Sehe in mein Inneres, auf der Suche nach Wahrheit.«

»Ich hab's auch versucht«, sagte ich. »Und herausgekriegt, daß man genauso viel Wahrheit findet, wenn man das Innere eines Hühnchen-Sandwiches betrachtet.«

»Ganz der alte Zyniker, Nick. Entspann dich ein bißchen. Du warst schon immer angespannt.«

»*Roger and out*, Terry. Ich versuch' mein Bestes. Was ist los?«

»Alles wie immer. Bloß andere Spieler, das ist alles«, entgegnete er. »Das Entzugs-Geschäft ist nicht mehr, was es mal war. Ich wurde früher behandelt wie St. Peter, der seine Hände auf die Junkies legt und Wunder vollbringt. Mittlerweile kriegt man Ausschlag, wenn man die kleinen Bastarde bloß anguckt.«

»Hast du den da so gekriegt?« Ich betrachtete eine große Pustel auf Terrys Oberlippe.

»Scheiß-Herpes«, sagte er mit einem schmerzerfüllten Lächeln. »Ich habe es von einer Mund-zu-Vagina-Beatmung.«

»Dein *life style* ist offensichtlich genauso angenehm wie früher«, sagte ich. »Wirst du niemals erwachsen werden?«

»Erwachsen werden?« echote er. »Und das sagst du! Privatdetektiv, alles klar. Ich kann den Abspann vor mir sehen.« Sein amerikanischer Akzent wurde noch stärker. »Die Stadt ist eine Hure«, intonierte er.

»Zum Totlachen«, entgegnete ich trocken. »Ich bin gekommen, weil ich Hilfe brauche; also, wie steht's?«

»Bei was?« fragte er unschuldig. »Doch nicht bei Drogen. Wie ich vorhin schon gesagt habe, du warst doch selber Experte, was den Scheiß angeht.«

»Laß uns ein paar Dinge klarstellen«, sagte ich. »Die Vergangenheit ist Vergangenheit. Ich bin jetzt clean. Die Sache, mit der ich zu tun habe, ist eine Ausnahme. Ich wollte den

Fall eigentlich nicht annehmen. Ich helfe bloß jemandem, der vor ein paar Tagen an meiner Schulter geweint hat. Es ist Zufall, daß es dabei auch um Drogen geht. Aber deshalb brauche ich ein paar Informationen. Ich arbeite jetzt freiberuflich, genau wie du, und ich brauche jeden Freund, den ich erwischen kann. Aber das funktioniert in beide Richtungen. Du hilfst mir jetzt, und vielleicht kann ich dir irgendwann mal helfen. Sind wir im Geschäft?«

Ich hatte gehofft, daß ich nicht fragen müßte. Ich war sicher, daß ich mich auf Terry verlassen konnte. Er schuldete mir einen Gefallen von ganz früher.

Es war fünf oder sechs Jahre her. Ich ermittelte im Stockwell Park Estate irgend etwas. In Wirklichkeit hatte ich die Zeit bis zum Ende meiner Schicht an einem heißen Sommertag totgeschlagen, als mir ein Polizeiwagen auffiel, der vor der Einfahrt zu einer der Tiefgaragen eines Wohnblocks stand. Aus reiner Neugier marschierte ich die Rampe in die muffige Dunkelheit hinunter. In einer leeren Parkbucht entdeckte ich zwei uniformierte Polizisten. Einer hielt Terry im Schwitzkasten, während der andere auf einen schwarzen Teenager eintrat. Der Junge lag in einer brackigen Pfütze, zusammengekrümmt vor Schmerzen. Terry wehrte sich und schrie die uniformierten Männer an; seine Worte hallten nutzlos zwischen den Betonmauern. Ich zeigte meine Marke, und die Situation entspannte sich. Ich brachte den Jungen ins Krankenhaus, wo seine gebrochenen Rippen und seine Kieferfraktur behandelt wurden.

Natürlich wurden die entsprechenden Officers niemals angeklagt. Ich hätte nie gegen Cop-Kollegen ausgesagt. Damals gehörte ich wirklich zum Establishment. Heutzutage würde ein Polizeiwagen wahrscheinlich mit Steinen vom Gelände vertrieben, bevor dem Jungen überhaupt ein Haar gekrümmt werden könnte. Ich fragte mich, ob das ein Fortschritt war.

Nach diesem ersten Treffen waren Terry und ich in Verbindung geblieben, und bald waren wir auf irgendeine merkwürdige Art Freunde geworden. Ich war dazu übergegangen, nach der Arbeit auf ein oder zwei oder auch neun Bier in seine Wohnung zu kommen. Dort hatte ich die Vietnam-Geschichten angehört und seine Fotos, in abgegriffene Lederbände gebunden, gesehen. Gute Bilder. Er war vielleicht kein Bailey oder Donovan, aber sein Talent war offensichtlich.

»Das klingt fair«, sagte Terry und unterbrach meine Gedankenkette.

»Erinnerst du dich noch an den schwarzen Jungen, den wir vor den Bullen gerettet haben?« fragte ich. »Hast du jemals wieder von ihm gehört? Was ist am Ende passiert?«

»Wer kennt schon das Ende?« Terry zuckte mit den Achseln. »Er ist wieder nach Norden zu seinen Eltern gezogen. Danach hab' ich nichts mehr von ihm gehört. Er konnte vermutlich die südliche Gastfreundlichkeit nicht ertragen.«

Terry sah auf die Uhr. »Wie auch immer«, sagte er. »Wie steht's mit Lunch? Um die Ecke ist ein Pub. Bißchen langweilig, aber zumindest können wir in Ruhe reden.«

Er stemmte sich aus seinem Stuhl, schnappte sich ein Päckchen Marlboros und ein Feuerzeug von seinem Tisch und wollte gehen. Ich packte ihn am Ärmel und fragte: »Was ist mit dem Mädchen da draußen los?«

»Wer, Precious?«

»Was?«

»Precious, so heißt sie. Precious Smith. Hat sie dir den Blick gezeigt?«

»Ich glaube schon, wieso?«

Terry lächelte, und das veränderte sein Gesicht so sehr, daß ich wieder wußte, warum er mein Freund war.

»Sie sucht nach Liebe. So einfach ist das. Tun wir das nicht alle? Sie zeigt jedem, der reinkommt, den Blick. Aber niemand scheint den Test zu bestehen, dich eingeschlossen. Das Problem ist, daß niemand weiß, woraus der Test besteht. Ich hoffe, daß sie eines Tages findet, wonach auch immer sie sucht. Sie hat eine Menge zu geben.«

Ich sah Precious an, als wir hinausgingen. Zumindest

sah ich ihr geschmeidiges schwarzes Haar von oben. Sie machte sich nicht die Mühe aufzublicken.

Der Pub, war in einer stillen, nett aussehenden Straße. Ein typischer viktorianischer Gin-Palast in einem alten Wohnhaus. So wie es aussah, war der Pub in besserem Zustand als die Wohnungen. Selbst zur Mittagszeit war es still in der Kneipe, genau wie Terry es gesagt hatte.

Das Innere der großen, mit poliertem Holz und Milchglasscheiben eingerichteten Saloon-Bar war nur spärlich bevölkert. Ein paar Arbeiter in farbbespritzten Overalls hockten am Tresen. Einige Alte saugten Stout durch ihre Gebisse. Ein oder zwei Punks starrten ins Nichts, und ein paar schwarze Jungs spielten Pool. Jemand dudelte *A Whiter Shade of Pale* auf der Jukebox. Aber das scheint immer irgend jemand in jeder Bar, in die ich gehe, zu spielen. Terry und ich gingen in die Lounge, wo die Musik nicht so laut war. Ich bestellte zwei Gläser Bier, während er einige traurig aussehende Sandwiches unter einer Plastikfolie oben auf dem Bartresen inspizierte.

Ich ging schon vor zum Tisch, während Terry sein Mittagessen bestellte. Ein dicker Greis in einem alten Anzug döste zwei Sitze weiter über seinem Bier, davon abgesehen waren wir alleine. Terry nahm einen Schluck Bier und sagte: »Es ist wirklich schön, dich wiederzusehen, Nick. Wo hast du gesteckt? Warum hast du dich nie gemeldet?« Das war eine Frage, die ich in den nächsten Tagen noch öfter hören würde. Ich antwortete nicht. Er starrte mich an. »Weißt du, du hast dich überhaupt nicht verändert.« Das hörte ich gern, glaubte ihm aber nicht unbedingt. Immerhin guckte ich jeden Morgen in den Spiegel.

»Du auch nicht«, log ich. »Du siehst genauso alt aus wie immer.« Zumindest das stimmte. Im Licht des Pubs sah er angegriffen und krank aus, und er hatte ein paar Stoppeln verfehlt, als er sich an jenem Morgen rasiert hatte.

Er lachte laut. »Nur weil du 'ne Uniform anhattest, glaubtest du, einer von denen zu sein. Und jetzt siehst du auch nicht besser aus, schau dich nur an.«

»Ich habe gearbeitet«, protestierte ich. »Tapeziert und renoviert. Ich hatte nicht angenommen, daß ich so bald einen Job hätte.«

Wir waren beinahe schon auf dem gleichen Fuß wie früher, und ich war erleichtert. Während wir plauderten und tranken, erfuhr ich, daß er von der Schießerei von damals wußte, und er konnte kaum aufhören zu lachen, als ich ihm die ganze Geschichte erzählte.

»Mach nur weiter, Terry«, sagte ich. »Lach du nur, aber es ist nicht so witzig, wenn einem das ganze Leben blitzartig vor Augen steht. Oder wenn man an kalten Morgenden halb verkrüppelt umherhinkt.« Dann begriff ich erst, was ich gesagt hatte. Er wußte genausogut wie ich, wie es ist, wenn auf einen geschossen wird. Wenigstens war ich nicht für tot liegengelassen worden. Jetzt lachte er nicht mehr. Er schien es auch nicht lustig zu finden, als ich ihm von der Trennung von Laura und meinem Aufenthalt im Krankenhaus erzählte. Eins muß ich zugeben, Terry hatte immer schon ein Herz für Underdogs gehabt. Das hatte ich schon bemerkt, als er versuchte, einen dünnen Jungen vor zwei hünenhaften Cops in einer stinkenden Tiefgarage zu retten.

Nach einer Weile, nach dem Vorspiel, als das erste Bier ausgetrunken war, sagte ich schließlich, worum es ging.

»Was passiert an der Front?« fragte ich.

»Sag' mir erst, warum es dich interessiert«, entgegnete er. »Was genau hast du vor?«

Ich schilderte ihm, was ich von George Bright und John Reid erfahren hatte. Am Ende der Story zog ich ein Foto von Patsy Bright aus dem Umschlag und zeigte es Terry.

Er betrachtete es eine Weile, dann sah er mich an. Dann las er die Angaben auf der Rückseite. Schließlich sagte er: »Das Gesicht kommt mir irgendwie bekannt vor. Aber ich sehe in der Klinik und auch sonst so viele Leute, daß das nichts heißen muß. Für mich ist sie sowieso zu alt.«

Das war noch eins von Terrys Problemen. Er war ausgesprochen fasziniert von – und faszinierend für – junge

Mädchen. Ich meine: richtig jung. Eindeutig Minderjährige waren seine Sache. Ich glaube, das hat etwas mit seiner Zeit im Fernen Osten zu tun.

»Wieso darfst du eigentlich immer noch arbeiten?« fragte ich. »Haben die Behörden nichts dagegen, daß du Vierzehnjährige vögelst?«

»Sie wissen nichts davon«, entgegnete er. »Außerdem wird die ganze Sache nächstes Jahr, wenn die überregionale Stadtverwaltung aufgelöst wird, sowieso versanden. Keine Zuschüsse mehr, keine Klinik mehr, kein Terry mehr.«

Ich wollte nichts von seinen Problemen hören. Heute wünsche ich mir, daß ich ihm zugehört hätte.

»Komm schon, Terry«, sagte ich. »Konzentrier dich, versuch mir zu helfen. Warum hat sie den Brief geschrieben? Das ist es, was mich stört, und ich habe keine Ahnung warum. Bist du sicher, daß niemand dich ihretwegen angerufen hat?«

»Natürlich bin ich sicher. Wir haben 'ne Menge solches Zeug. Ausgerissene Kinder und so weiter. Aber ich behalte die Einzelheiten eigentlich immer im Kopf, und sie ist niemand, den ich erkenne. Vielleicht mag dein Klient keine Sozialarbeiter. Das ist es, was die meisten Leute glauben, was ich bin, weißt du?«

»Ja«, sagte ich. »Aber ich nicht. Also, jetzt kennst du die Story. Wie wäre es jetzt mit ein paar Informationen?«

Er nahm einen langen Schluck von seinem zweiten Bier und fragte: »Hast du in letzter Zeit keine Zeitung gelesen? Oder ferngesehen? Die Fakten, die sie einem präsentieren, sind keineswegs falsch, nur was sie damit machen, ist scheiße.« Ich dachte, es wäre besser, ihm nicht zu sagen, daß dort, wo ich gewesen war, keine Zeitungen erlaubt waren. Und daß wir im Fernsehen bloß Komödien geguckt hatten.

»Wir«, fuhr er fort, »nun ja, die Gesellschaft, oder wie auch immer du es nennst, nicht daß ich einen von uns beiden dazu zählen möchte, haben ein Problem. Vor allem in dieser beschissenen Gegend. Die Lunte brennt und Gott allein weiß, wann die Bombe hochgeht. Wir haben bislang nur den Anfang gesehen. Ich bin älter als du, und ich weiß, wovon ich rede. Ich habe es in den Staaten gesehen, und ich habe es im Osten gesehen. Wenn's einmal anfängt, gibt es kein Halten mehr. Wir waren es, unsere Generation, die den Stein ins Rollen gebracht haben.

Und jetzt, wo wir was zu sagen haben und versuchen, dieses Land zu kontrollieren, fällt der ganze Dreck auf uns zurück.« Er sah mir ins Gesicht. »Ich weiß, Nick, du glaubst nicht, daß ich überhaupt irgendetwas kontrolliere, aber ich hätte... anstatt rumzujammern, hätte ich es versuchen sollen. Die Hühnchen kommen nach Haus, um gebraten zu werden. Es ist so Gott verflucht einfach, heutzutage Drogen zu kriegen, daß sie einfach jeder nimmt.« Er tippte auf Patsys Foto, das auf dem Tisch zwischen uns lag. »Was nimmt sie überhaupt? Was auch immer, es wird irgendeinen schicken Spitznamen haben. Die Medien lieben diese Namen. Es gibt sogar Hitparaden der Drogen. Bücher, Filme und überhaupt jede Fernsehshow, die ich sehe, beziehen sich irgendwie darauf.«

»So war es doch schon immer«, sagte ich.

»Aber es war noch nie so leicht, das Zeug zu kriegen.«

»Wie leicht?« fragte ich.

»Ich kann dir alles in nur einer Stunde besorgen, wenn ich wollte, so einfach ist es.«

»Wie teuer?«

»Billig.«

»Wie billig ist billig?«

»Für was?«

»Heroin?«

»Fünfzig bis sechzig Pfund pro Gramm«, entgegnete er.

»Coke?«

»Achtzig Pfund pro Gramm.«

»Dope?«

»Hundert die Unze.«

»Wer bringt es her?«

»Jeder. Schwarze, Weiße, Asiaten, Stewardessen, Piloten, Öltanker-Kapitäne, Lastwagenfahrer. Die ganze Welt scheint ein paar Gramm in ihren Hosentaschen oder in ihren Unterhosen zu haben. Oder den Volvo-Kofferraum voller Hasch.«

»Was könnte man unternehmen?«

»Nichts. Die Strömung ist gegen uns. Und die Medien sind unser schlimmster Feind.«

Terry hatte wirklich was gegen die Medien. Ich wollte ihn fragen warum. Vielleicht hatte er einen Brief an *Time Out* geschickt, und sie hatten ihn nicht gedruckt. Ich hatte keine Zeit, und er kam schon wieder vom Thema ab.

»In einen Augenblick sind die Zeitungen auf Kriegspfad gegen den Heroinmißbrauch«, fuhr er fort, »und im nächsten schlagen sie vorsichtig vor, daß jeder, der cool ist, halb Bolivien vor dem Frühstück die Nase hochzieht. Ich möchte wirklich kotzen. Jede Woche lese ich, daß irgendein beschissener Popstar oder Fernsehheld aufgehört hat. Was sie wirklich sagen, ist, wenn du genug Asche hast, kommst du mit deinem Dope davon. Aber wenn du arbeitslos bist, ist es eine schreckliche Sünde. Also stehlen die Kids, die pleite sind, um für ihre Drogen zu zahlen. Und dann jammern die Scheißzeitungen über eine Verbrechenswelle. Die zynischen Schweine, die Reporter kümmert's doch nicht, solange sie ihre zwanzig Riesen im Jahr kriegen und dazu einen BMW als Firmenwagen. Hauptsache, ihr schnuckeliges kleines Haus in Clapham ist einbruchssicher. Ich sag' dir was, Nick, manchmal bin ich total verzweifelt.«

Er sah so wütend aus, während er redete, daß ich ihn nicht zu unterbrechen wagte. Als es so klang, als sei er fertig, und er sich wieder über sein Bier hermachte, sagte ich: »Ich wage es kaum, die Polizei zu erwähnen.«

Er sah mich abschätzig an und sagte: »Warum auch? Die sind noch schlimmer als alle anderen. Die Polizei ist eine rassistische Privatarmee. Sie arbeiten für die Tory-Partei, brechen Streiks und unterdrücken die Arbeiterklasse. Es ist absolut in ihrem Interesse, ein bißchen Dope auf den

Straßen zu lassen. Das hilft, Kids ruhigzustellen, die vielleicht wirklich Ärger machen würden. Die Cops können es benutzen, um jemand zu bestechen, es profitabel verkaufen und außerdem jedem unterschieben, den sie ins Loch stecken wollen.«

»Schön gesagt«, sagte ich.

Im Hintergrund hörte ich die Byrds *Mr. Tambourine Man* singen. Die Kneipe war ein echter Oldie-Himmel. Terry entschuldigte sich abrupt und rannte fast aufs Klo. Ich saß da und wartete auf ihn und trank noch ein bißchen Bier und hörte mit meinem geistigen Ohr etwas, das TS vor fast zwanzig Jahren gehört haben mußte.

Mit halb geschlossenen Augen in der Stille der Bar und mit dem Klang der Akkorde einer zwölfsaitigen Gitarre im Ohr, konnte ich mir vorstellen, wie die Hubschrauber tief über ein modriges Flußbett jagten, in dessen Mitte bloß ein dünnes Rinnsal gurgelte. Schwärme von Moskitos hingen über dem Wasser, hungrig nach dem süßen Blut der Amerikaner, die von einer Diät lebten, die aus rohem Fleisch und meist aus Coca-Cola bestand. Hin und wieder konnte ich Schüsse aus dem verlassenen Dorf hören. Und irgendwo in dem dichten grünen Dickicht lag mein abgedrehter Freund unter einem Stapel seiner toten Kameraden.

Terry kehrte zurück. Er wirkte aufmerksamer und beinahe entspannt.

»Du nimmst wieder was, oder?« Plötzlich war es mir klar. Er nickte und zeigte ein halbherziges Grinsen.

»Ich wußte immer, daß du zu empfindsam bist, um ein Cop zu sein«, sagte er. »Ich wette, du hast dich jedesmal in den Schlaf geweint, wenn du jemand verhaften mußtest.«

»Wechsel nicht das Thema, TS«, sagte ich. »Ich bin kein Cop mehr, und du solltest das, was du tust, nicht tun.«

Seine Augen wurden zu schmalen Schlitzen. »Okay, also bin ich ein verdammter Scheinheiliger, aber richte nicht über mich, Nick, nicht ausgerechnet du. Ich glaube, ich erinnere mich daran, wie aus einem Raum in einer bestimmten Polizeistation Beweise in Form eines Viertel Kilogramm Kokain verschwanden, und das ist noch nicht so lange her.«

Ich hielt den Mund. Er hatte recht. »Aber warum?« fragte ich schließlich, meine feuchten Finger rutschten fast am Glas ab.

»Ich brauche einfach das Feeling, Nick«, entgegnete er. »Ohne raste ich aus. Und dann liegt mein Körper da, total schlapp, und mein Geist schwirrt frei zwischen den Planeten herum, bei den Sternen. Du weißt doch, was ich meine.«

»Klar weiß ich das«, entgegnete ich. »Aber man muß immer zurückkommen, und normalerweise liegt man dann in irgendeinem fremden Bett, die Laken zerknittert, und irgendein Mädchen sabbert einem aufs Laken, und sie sieht dich an, als wärst du total durchgeknallt. Du weißt doch, was ich meine?«

»Ja«, sagte er mit einem breiten Grinsen. »Prima, nicht?«

Selbst ich mußte darüber lachen. Dann wurde ich wieder ernst.

»Es wird dich umbringen«, sagte ich.

»Quatsch«, sagte er. »Es ist bloß ein bißchen Smack. Guter Stoff.«

»Es wird dich umbringen«, sagte ich wieder.

»Das ist Unfug, Nick. Nicht das Smack bringt dich um, sondern das, was diese beschissenen Dealer hineinschneiden.«

»Du wirst nie davon loskommen.«

»Davon loskommen, warum sollte ich? Wer sagt denn, daß ich das will? Hör mal, Nick, jeder kann H loswerden. Es ist einfach, ich hab's tausendmal gemacht.« Wieder das breite Grinsen. »Ich meine, ich kann's über Nacht lassen. Es ist viel schwieriger, Pillen oder Alkohol oder Zigaretten aufzugeben, um Gottes Willen. Smack ist einfach, Mann. Die verdammten Junkies, laß mich mit denen in Ruhe. Die machen es sich selber schwer. Die glauben ihre eigene Publicity. Die meisten von ihnen haben Schiß, es überhaupt zu versuchen. Sie haben soviele Horror-Geschichten über *cold turkey* gehört. Es ist ungefähr so schmerzhaft wie die Grippe.«

»Aber du hast es doch nicht nötig, wieder damit anzufangen«, protestierte ich.

»Hey, das weiß ich«, sagte er. »Du hast kein Heroin genommen, aber Coke ist schlimmer, Nick, viel schlimmer. Das war dein Ding, und es hat dich fast umgebracht. Du hast dich geändert, das kann ich sagen. Ich glaube, es ist dumm von dir, dich mit etwas einzulassen, was wieder mit Drogen zu tun hat. Warum läßt du's nicht einfach und kümmerst dich um deinen eigenen Kram?«

»Ich hab' sonst nichts zu tun«, sagte ich. »Ich möchte dieses Mädchen finden, das müßte ich doch noch hinkriegen. Ich war ein Cop, das weißt du, und manchmal sogar ein guter. Außerdem muß ich einfach wieder auftauchen. Ich will wieder anfangen zu leben.«

»Wozu, es ist kaum die Mühe wert«, sagte er.

Ich wußte, daß ich ihn wieder heruntergebracht hatte, also hielt ich den Mund. Wir tranken schweigend aus. Terry knabberte an seinem Sandwich, ließ das meiste davon aber liegen.

Wir spazierten aus dem Pub und trennten uns an der Ecke zur Stockwell Road. Ein kurzer Abschied und das Versprechen, in Kontakt zu bleiben. Ich ging zurück zu meinem Wagen und fuhr langsam durch den Nachmittagsverkehr zurück zu meinem Büro.

Es hatte sich in meiner Abwesenheit nicht verändert. Ich saß ein oder zwei Stunden hinter meinem Schreibtisch und dachte an alte Zeiten. Das tat ich in letzter Zeit ziemlich häufig. Ich kaufte mir Fish and Chips und teilte mit Kater. Er hatte mir mein Benehmen von vorhin verziehen, wirkte aber irgendwie schlecht gelaunt, wie er da lethargisch sein Essen in seinem Freßnapf umherschob.

Irgendwann gingen wir beide. Kater irgendwohin, und ich von Bar zu Bar, bis ich den Anblick und das Geräusch der Geselligkeit anderer Leute leid war und im Dämmerlicht des späten Abends heimkehrte.

8

Samstag morgen war hell und sonnig; eine leichte Süd-Brise flirtete mit den Vorhängen vor dem offenen Fenster an meinem Bett. Ich lag eine Weile da und beobachtete den Vorhang, der bewegte Schatten auf den Teppich warf. Dann rollte ich mich aus dem Bett, um einen weiteren Tag zu beginnen.

Ich schaltete das Radio ein, während ich mich rasierte und anzog. Ich erwählte eine ausgewaschene, ausgebeulte Liberto-Jeans, einen violetten Baumwollsweater, antike Nike-Stiefel und violette Socken. Ich kam mir ausgesprochen modern und bunt vor.

Ich entschied mich, auswärts zu frühstücken, weil ich nichts im Haus hatte. Ich spazierte zu meinem Lieblings-Café. Unterwegs kaufte ich mir beim Zeitungshändler an der Ecke einen Viertelliter Milch und einen Daily Telegraph, damit ich das Kreuzworträtsel lösen konnte. Ich warf einen Blick auf die Überschriften und wartete auf mein Bacon-Sandwich und meinen Kaffee. Nichts besonderes.

Nach dem Essen flirtete ich mit der Kellnerin, während ich verdaute und mich nach einer Zigarette sehnte. Sie lehnte eine nylonverpackte Hüfte gegen meinen Tisch und erlaubte mir, einen Blick auf die schummrige Spalte zwischen ihren Brüsten zu werfen. Ich hätte sie beinahe auf einen Drink eingeladen, aber der Lack auf ihren Fingernägeln war gesplittert, und als ich meine Rechnung bezahlte und sie mich absichtlich streifte, roch sie intensiv nach altem Fett und getrocknetem Schweiß.

Auf dem Nachhauseweg überlegte ich, ob ich zu wählerisch wurde. Ich öffnete die Tür und joggte nach oben, vor allem auf dem linken Fuß. Ich schloß meine Wohnungstür auf und betrat den leeren Raum. Ich warf die Zeitung auf das ungemachte Bett und verstaute die Milch im Kühlschrank. Dann ließ ich mich in den Sessel fallen und bedachte den Tag. Die Stunden erstreckten sich vor mir wie ein endloser Strom. Ich hatte nichts zu tun, bis ich wieder zu Bett gehen konnte. Draußen in der Welt freuten sich die Leute auf einen warmen Samstag beim Schwimmen oder Polo-Spiel, oder beim Autorennen, dann in die Oper und anschließend ein leichtes Essen im Nachtclub. Ich überlegte, ob ich mir die Zehennägel schneiden und mich danach betrinken sollte. Ich fragte mich, wo die Action war und bereute es, keine Verabredung mit der willigen Kellnerin getroffen zu haben.

Mein Leben tröpfelte davon wie Kartoffelwasser durch ein Sieb, und es war auch ungefähr so interessant.

Nachdem ich noch eine Weile den Himmel durch mein Fenster angestarrt hatte, stand ich auf und begann, hin und her zu gehen. Ich kam bis in die Küche und starrte meine leeren Regale an. Ich entschied mich, einkaufen zu gehen, fand meine Autoschlüssel und ging, bewaffnet mit neuem Lebenssinn und meiner überzogenen Access Card, los. Ich durchschnitt mit dem Jaguar den Wochenendverkehr und fuhr nach Vauxhall. Ich schlitterte vor die Einfahrt des Sainsbury's Parkhauses und kassierte einen Parkschein und ein breites Lächeln von dem Mädchen, das die Einfahrt bewachte. Ich erwiderte ihr Lächeln und fuhr den Wagen in eine Lücke, die gerade ein Mini-Metro freigemacht hatte. Der Supermarkt befand sich in einem gedrungenen, niedrigen Gebäude neben dem New Covent Garden Market. Ich schloß den Wagen ab und marschierte hinüber zum Eingang, zwischen Fahrern hindurch, die nach freien Plätzen suchten. Ich entdeckte einen Einkaufswagen und schob ihn durch die Klimaanlagen-Kälte des Supermarktes.

Seit meiner Studentenzeit, als ich mich darauf freute, meinen Weg in der Welt zu machen, hatte ich einige immer wiederkehrende Phantasien. Ich war davon überzeugt, daß ich eines Tages die Frau meiner Träume in einem Supermarkt oder einem Waschsalon treffen würde. Beides hat sich nicht bewahrheitet. Ich hatte natürlich hin und wieder Einkaufswagen-Zusammenstöße mit jungen Müttern, die sich mit ihren Gören plagten, und wir tauschten heiße Blicke über gefrorenen Erbsen. Aber das war auch alles. Einmal wurde ich von der Frau, bei der ich auch meine dreckige Wäsche abgab, angemacht, aber sie entpuppte sich als Transvestit, der für seine Operation sparte, also verschwand diese kleine Romanze zusammen mit dem Seifenschaum im Ausguß. Auch dieser Sonnabend erwies sich nicht als Ausnahme von der Regel. Ich spazierte zwischen den Borden und Regalen umher, nahm irgendwelche exotischen Einmachgläser zur Hand und stellte sie sofort mit einem angewiderten Grinsen wieder zurück, als wollte ich sagen: Würde ein Mann wie ich scharfe Krabbensauce zu seinem milden Cheddar-Dip haben wollen? Ich suchte aber immer weiter, und schließlich befanden sich in meinem Einkaufswagen gefrorene Hash Browns, sechs freilaufende Eier, Frühstücksspeck, Baked Beans, zwei Liter Orangensaft, zwei Dutzend Dosen Bier, ein kleines Brot und ein Fäßchen Margarine mit Butteraroma. Bevor ich zur Kasse ging, suchte ich noch die Tierfutter-Abteilung auf und kaufte Kater ein halbes Dutzend Dosen. Es kam mir wie eine freundschaftliche Geste vor, und ich fühlte mich gut.

Ich stand mit ungefähr zehn weiteren Einkäufern in einer Schlange und wartete geduldig, während die Kassiererin die Bon-Rolle austauschte, eine Kundenkarte verlor, mit dem Sicherheitsaufseher flirtete und schließlich Teepause machte. Als ich endlich bezahlt und meine Einkäufe in einen braunen Papiersack gepackt hatte, marschierte ich zum Wagen und fuhr zurück nach Tulse Hill. Ich packte das Zeug in den Kühlschrank und gönnte mir einen Ausflug in den Pub.

Unterwegs machte ich einen kurzen Zwischenstopp und fütterte Kater. Er schien sich zu freuen, mich zu sehen, während er das Futter fraß. In dem Gefühl, ein Philanthrop zu sein, ging ich in die Kneipe, um mir mit meinen Saufkumpanen gegenseitig die Hucke vollzulügen. Ich kippte ein paar und wurde von einem raffinierten alten Iren im

Pool geschlagen. Er versuchte, mit mir eine Wette abzuschließen, ob er komplizierte Banden-Stöße hinkriegen würde. Ich lehnte ab und spendierte ihm statt dessen ein Glas Guinness.

Als die Drei-Uhr-Glocke erschallte, trödelte ich zurück nach Haus. Patsy Bright war die ganze Zeit in meinem Hinterkopf gewesen. In der Dämmerung meines Zimmers betrachtete ich ihr Foto. Sie starrte rätselhaft schmollend zurück. Im Geiste warf ich eine Münze und verlor. Ich ging zum Telefon und wählte George Brights Nummer.

Er war zu Hause, saß neben dem Telefon, sagte er. Wartete auf Nachricht von seiner verlorenen Tochter.

Wir tauschten angestrengte Höflichkeiten aus, dann sagte ich, daß ich gern einige weitere Fragen stellen und mir Patsys Zimmer und ihre Sachen ansehen würde.

Er sagte, das könne ich gerne tun. Es schien ihm so oder so egal zu sein. Ich bekam das Gefühl, er hatte erwartet, daß ich seine Tochter aus der Luft greifen würde, wie einen Geist aus der Lampe.

Was auch immer ich tat, es würde ihn enttäuschen, soviel konnte ich sagen.

Ich wollte ihn trösten, aber ich hatte keine Worte dafür.

Ich sagte ihm, ich würde in einer Stunde bei ihm sein.

Ich hatte wirklich keine Ahnung, ob mein Besuch sinnvoll wäre, aber ich ging trotzdem. Vielleicht wollte ich einfach nur ein Date mit einem Phantom haben. Es schien, als hätte ich zulange im Dunkeln getanzt, um aufzuhören.

9

Die Adresse, die George Bright mir gegeben hatte, befand sich durchaus in der Nähe meiner Wohnung, war aber auf der sozialen Leiter weit, weit von mir entfernt. Das Haus lag am Ende einer baumbestandenen Straße in Dulwich, in der Nähe der South Circular Road.

Das war ein Teil Londons, der sich mit den Jahren nicht sehr verändert hatte, und wahrscheinlich würde er das auch nie. Nur wenige Bauspekulanten hatten hier Abdrücke ihrer gierigen kleinen Finger hinterlassen können. Die Gegend stank nach Geld. Nach altem Geld, verdient im achtzehnten und neunzehnten Jahrhundert und eiskalt umklammert während vieler Aufs und Abs, Depressionen und Kriege. Dazu kam hübsches neues Geld aus Medien und Aktienfonds. Außerdem war es mit dem Range Rover nur zwanzig Minuten von Londons Innenstadt entfernt. Natürlich war es vorteilhaft, wenn man die Tatsache ignorieren konnte, daß die Fahrt einen durch einige der übelsten Vororte West-Europas führte. Aber wenn man einmal da war, konnte man die Glas-Chrom-Denkmäler des Kommerz genießen. Ich hatte in letzter Zeit eine Menge über die ausländischen Banken gelesen, die auf unsere kleine Insel gezogen waren, um sie als Wasch-Anlage für Geldan- und -verkauf zu nutzen. Wie eine abgelegene Bohrinsel, die Profite ausspuckte. Das verrückte war, daß niemand je zu sehen schien, womit sie eigentlich handelten. Es waren bloß kleine grüne Zahlen auf einem Computerschirm oder ordentliche schwarze Reihen auf einem Ausdruck. Ach zum Teufel, ich war bloß neidisch.

Ich stellte den Wagen ab, damit er sich in der Gegenwart des Geldes sonnte. Ich konnte mir kaum vorstellen, daß nur ein paar hundert Meter von hier über tausend Wagen die Stunde auf einer riesigen Durchgangsstraße entlang brausten.

Die Stadtverwaltung hatte sich nicht um die Straße

gekümmert, die ich entlang fuhr. Ich nehme an, die Kapitalisten hielten das für dörflich. Sie war voller Löcher und hatte keinen Rinnstein. Wahrscheinlich wurde sie bei jedem schweren Regen überflutet. Die Äste der Bäume hingen hinunter bis auf den Kiesweg, und zusammen mit dichten Buschhecken versteckten sie die weit vom Weg entfernt gelegenen Häuser gut.

Die Leute, denen diese Grundstücke gehörten, legten Wert auf ihre Privatsphäre. Auch wenn die Stadtverwaltung nicht asphaltierte, war sie auch nicht blöd. Sie wußte, wer die Steuern zahlte, und die Straße war makellos sauber. Es gab keine geplatzten schwarzen Müllsäcke am Rand, keine verlassenen Autowracks, und der einzige Mann, den ich mit seinem Hund spazierengehen sah, trug sogar ein Schäufelchen für Hundekacke in der Hand.

Schließlich erreichte ich einen Torpfosten, an den ein Schild mit dem Namen von Georges Haus in schönen weißen Buchstaben genagelt war. Ich mußte aus dem Wagen steigen, um ein vergittertes Tor zu öffnen. Beinahe hatte ich erwartet, von einer Herde holsteinischer Schwarzbunter begrüßt zu werden. Ich fuhr durch das Tor und ließ es hinter mir offen stehen. Der Weg führte geradeaus, dann machte er eine Kurve und verschwand zwischen Bäumen. Ich fuhr langsam. Zwischen den Bäumen entdeckte ich eine düstere Villa, dunkel und abwehrend wie das *House of Usher*. Schließlich weitete sich die Einfahrt zu einem kreisförmigen Parkplatz vor dem Haus.

Aus der Nähe wirkte das Gebäude noch finsterer. Es war eine gruselige Monströsität, die mitten in einem Wald gebaut worden und immer noch auf allen Seiten von Bäumen umgeben war. Es erinnerte mich an das Krankenhaus, in dem ich zuviele Monate verbracht hatte. Es war drei Stockwerke hoch, und es war mit Türmchen und Schnörkeln verziert, die es noch höher wirken ließen. Es war aus dunkelroten Ziegeln erbaut, die mit den Jahren beinahe schwarz geworden waren. Ich konnte die Jahrzehnte wie Sprungfedern im Gemäuer lauern fühlen, bereit, sich jeden

Augenblick zu lösen und ihre Geheimnisse freizugeben. Das Dach war mit dunkelgrauen Ziegeln bedeckt, die einen grünen Stich hatten. Die Fenster starrten blind auf mich herunter. Zwei Löwen aus hellem Stein flankierten drei Treppenstufen, die zu einer massiven Haustür führten. Davor stand ein glitzernder dunkelblauer Mercedes Saloon. Ich parkte den Jaguar dahinter und stieg aus.

Vor dem Haus wuchsen große Rosenbüsche. Ich erkannte die meisten Sorten. Die Blüten wirkten im Spätnachmittagslicht wächsern, ihr Duft erfüllte meine Nüstern. Ich berührte erst eine Blüte, dann eine andere; einige Blütenblätter lösten sich und segelten vor meinen Füßen zu Boden.

Das ganze Haus wirkte leblos. Es war, als hätte Patsys Abgang alles Menschliche von dem Haus genommen und ein Vakuum hinterlassen. Ich erklomm die Treppe und kämpfte mit der altmodischen Glockenkette. Ich hörte ein leises Läuten von drinnen und wartete. Irgendwie erwartete ich, daß Vincent Price die Tür öffnen würde, aber dann war es doch nur George. Er erschien in einem schwarzen Trainingsanzug. Selbstverständlich paßte er wie ein Handschuh.

»Guten Tag, George«, sagte ich. »Netter Schuppen hier.«

»Hallo«, sagte er vage und ignorierte meinen Kommentar.

Ich stand auf den Marmorstufen und scharrte mit den Füßen.

Ich fühlte mich unwohl hier.

Ich wandte mich um und sah zur Einfahrt.

»Sie haben ein paar prima aussehende Büsche da«, sagte ich und deutete in den Garten.

»Sie verstehen etwas von Rosen?« fragte er, und einen Augenblick lang wirkte er beinahe lebendig.

»Ja«, entgegnete ich. »Zumindest habe ich das mal.«

»Es war ein gutes Jahr«, sagte er. »Ein gutes Jahr für die Rosen.«

Sonst allerdings nicht, dachte ich.

»Warum kommen Sie nicht rein?« sagte George schließlich. »Deswegen sind Sie doch hier.«

Ich murmelte leise irgendwas und überquerte die Schwelle, um mich in einem dunkel getäfelten Flur wiederzufinden.

Vor mir führte eine mit einem braunen Wollteppich beschlagene Treppe in den ersten Stock. George nahm mich am Arm und führte mich durch eine Doppeltür in das, was er als seine Bibliothek bezeichnete. Dort gab es mindestens vier Bücher. Ein riesiger Billardtisch dominierte den Raum, und an einer Wand erstreckte sich ein professioneller Tresen samt fünf gepolsterten Barhockern davor.

Hat was, dachte ich.

Vor einem der Stühle stand oben auf der Bar eine Flasche Remy Martin und daneben ein halbvolles Glas bernsteinfarbener Flüssigkeit.

Ein riesiger Farbfernseher mit integriertem Video zeigte mit abgeschaltetem Ton Cartoons.

»Einen Drink?« fragte George.

»Vielleicht später«, entgegnete ich. »Kann ich zuerst Patsys Zimmer sehen?«

George warf seinem Glas einen leidenden Blick zu und bedeutete mir, den Raum wieder zu verlassen. Ich erlaubte ihm, mich die breite Treppe hinaufzuführen. Oben bogen wir nach links ab und gingen durch einen dunklen Flur, in dem dunkle Bilder von dunklen alten Männern in großen, dunklen Rahmen hingen.

Ich war nicht überrascht, daß Patsy hatte verschwinden wollen. Ich wollte es auch, und ich war erst zwei Minuten da.

10

Am Ende des düsteren Flurs stoppte George vor einer Tür, zögerte und öffnete sie dann.

Nach der Dunkelheit zuvor war es, als gingen wir in eine andere Welt. Das Zimmer war groß, hell und geräumig. Irgendjemand hatte eine Menge Zeit und Geld mit dem Habitat-Katalog verbracht, damit es so aussah, wie es aussah. Die Wände waren weiß gestrichen, und darauf hingen gerahmte Poster von Marilyn Monroe und James Dean, die per Airbrush-Technik in eine romantische Unwirklichkeit geschickt worden waren.

Sorglos daneben geklebt waren Fotos von Madonna und Curiosity Killed the Cat, die aus Zeitungen ausgeschnitten worden waren.

Es gab ein Doppelbett mit einer hell bedruckten Tagesdecke. Auf einem Tisch vor dem Fenster stand eine Sony-Midi-Anlage, schwarz und chrom. Unter dem Tisch standen ordentliche Stapel Schallplatten. Eine Zimmerseite nahmen ein begehbarer Kleiderschrank und ein Ankleidetisch ein. Die Schranktüren waren voll verspiegelt. Vor dem Ankleidetisch stand ein niedriger Stuhl. In der Mitte des Zimmers befand sich ein Leder-Metall-Sessel. Der Teppich war dunkelblau, und die Vorhänge vor dem großen Fenster waren hellgelb. Alles schien an seinem Platz zu sein, und das ganze Zimmer war abartig sauber.

Oben auf dem Ankleidetisch befand sich ein kleiner geflochtener Korb, in dem sich billiger Schmuck und Anstecker befanden.

Ich sah mich langsam um.

George stand hinter mir und zerrte mit den Fingern an den Säumen seines Hausanzugs.

»Was wollen Sie sehen?« fragte er.

»Ist schon okay, George«, sagte ich. »Ich würde mich lieber allein umsehen, wenn das für Sie in Ordnung ist.«

Er wirkte unsicher.

»Ich werd' die Handtücher schon nicht klauen«, sagte ich.

»Hier gibt es keine Handtücher«, sagte er. »Patsys Bad ist nebenan.«

»Witz, George«, sagte ich und wünschte mir, daß ich gelernt hätte, den Mund zu halten.

»Na schön, wenn Sie es so wollen«, sagte er und verließ mit einem letzten traurigen Blick auf mich das Zimmer.

Ich begann meine Suche beim Bett. Ich sah darunter. Der Raum zwischen Bettrahmen und Boden war leer. Dann fühlte ich unter die Matratze. Nichts. Schließlich drehte ich die Matratze um. Immer noch nichts.

Ich ging zum Schrank und öffnete ihn. Dabei sah ich mich in den großen Spiegeln selbst. Ich sah müde und häßlich aus.

Ich öffnete schnell die Schranktür, um das Spiegelbild verschwinden zu lassen. Drinnen war viel Platz, und dicht an dicht hingen Kleider und Jacken auf Bügeln. Links gab es einige Regalbretter, auf denen sorgsam gefaltete T-Shirts und Sweater lagen. Da mußte die Lack-Box versteckt gewesen sein.

Ich nahm vorsichtig die Sachen von den Brettern, ein Teil nach dem anderen. Nichts zu sehen.

Ebenso vorsichtig legte ich sie wieder zurück. Methodisch durchsuchte ich die Kleidungsstücke auf den Bügeln. Wo es Taschen gab, faßte ich hinein. Sie waren leer. Am Boden des Schrankes lagen Stapel von Kinderspielzeug und Büchern. Ich wühlte darin herum, kam mir vor wie ein Eindringling, der ich war. Ich fand eine Cindy-Puppe, Puzzles und Spiele. Wieder nichts Besonderes. Ich war froh, als ich endlich die Tür schließen konnte.

Ich ging hinüber zum Fenster, kniete mich hin und betrachtete die Plattensammlung. Genau das, was ich erwartet hatte. Hinten standen die Helden von gestern, Adam Ant und David Essex. Weiter vorne waren Wham! und noch neuere Bands, deren Namen ich kaum mehr kannte. Ich sah in ein paar Hüllen, wußte aber auch nicht, warum.

Schließlich setzte ich mich auf den Stuhl vor dem Ankleidetisch. Ich untersuchte das Zeug in dem Körbchen oben drauf.

Ein Schulanstecker und ein paar billige Silberringe, ein Champagnerkorken, in dessen Unterseite ein Fünf-Pence-Stück gedrückt worden war, und ein paar Cocktailquirle samt der kleinen Plastiktiere, die man dazu kriegte. Unten drin ein paar Münzen. Als ich damit fertig war, sah ich in den Spiegel vor mir.

Ich wußte, daß die Geheimnisse, falls es welche gab, sich im Ankleidetisch befinden würden. Deswegen hatte ich damit bis zuletzt gewartet. Ich kam mir vor wie ein Voyeur. Ich hatte nie Befriedigung daraus gezogen, das Intimleben anderer Leute zu untersuchen, ganz im Gegensatz zu anderen Cops. Dann betrachtete ich mein Spiegelbild genauer – das lüsterne Glitzern in meinen Augen – und war mir nicht mehr so sicher.

Ich öffnete die Schublade vor mir. Voll mit Make up. Schachteln, Tuben, Flaschen, alle Farben, alle Marken, Glitzer; alles da.

Lethargisch schob ich ein paar Teile umher. Ich öffnete eine riesige Schachtel Gesichtspuder und fand bloß Gesichtspuder. Ich schob die Schublade wieder zu. Blieben noch vier. Zwei links von mir, zwei rechts.

Die oberste Schublade rechts enthielt einen Fön und eine Tüte mit dicken Plastiklockenwicklern. In der Schublade darunter lagen eine Auswahl Handschuhe und Gürtel, ein Wollhut und ein paar Socken.

In der oberen Schublade links fand ich Patsys sorgfältig gefaltete Pyjamas und Nachthemden. Nichts Besonderes, einfach das, was jedes durchschnittliche 18jährige Mittelklassemädchen tragen würde, zumindest soweit ich wußte.

Als ich die letzte Schublade aufzog, entdeckte ich, was durchschnittliche Achtzehnjährige normalerweise nicht tragen.

Sie war vollgepfropft mit Unterwäsche. Keine Schulmädchen-Slips, sondern provokatives Sexy-Zeug. Ich zog

G-Strings aus glatter Seide hervor und Strapsgürtel, die nicht mehr waren als ein Hauch Spitze. BHs, die nur aus Strippen zu bestehen schienen, und mindestens ein Dutzend Strümpfe in verschiedenen Farben. Einige waren sogar noch in Cellophan verpackt.

Und es waren gute Sachen. Das erkannte ich an den Labels. Eher Bond Street als East Street. Ich saß da mit einer Handvoll Seide und Spitze und spürte, wie mir schwindelig wurde. Schnell stopfte ich die Unterwäsche zurück in die Schublade und knallte sie zu.

Und George hatte mir erzählt, daß Patsy nicht an Jungs interessiert war.

Ich blieb noch eine Weile in dem eigenartigen Zimmer sitzen, das voller Schatten war, die nichts zu tun hatten mit der Nachmittagssonne, die durch das Fenster schien. Ein Zimmer, das zu jemandem gehörte, der noch halb Kind und schon halb Frau war.

Das merkwürdigste und irgendwie schlimmste war, daß es keine Fotos gab, keine Briefe, kein Tagebuch, kein Adreßbuch. Ich hätte in einem Hotelzimmer sein können, dessen Bewohnerin gerade hinuntergegangen war, um die Zeitung zu holen.

Hatte Patsy jeden Schnipsel Papier, der irgendwie wichtig für ihr Leben gewesen war, vernichtet, oder hatte George das getan, oder hatte es überhaupt nie so etwas gegeben?

Ich dachte an Judiths Zimmer, das überquoll von Briefen an sie selbst und Übungsheften voller kindischem Gekritzel, und dazu hatte sie alle Geburtstagskarten, die sie je bekommen hatte, an die Wand gepinnt.

Ich dachte an mein eigenes Zimmer, als ich achtzehn gewesen war, wo man sich nicht hatte bewegen können, weil soviel Müll herumlag.

Patsys Zimmer wirkte wie ein Leichenschauhaus. Ich konnte es nicht mehr ertragen und ging.

Direkt rechts von mir befand sich eine weitere Tür. Ich vermutete, daß es Patsys Badezimmer war. Ich ging hinein.

Es war gut ausgestattet, aber relativ klein für das Haus. Höchstens so groß wie meine ganze Wohnung. Das Zimmer war in blaßblau gehalten, die Badewanne leuchtete dunkelblau. Alles sehr geschmackvoll und farb-koordiniert.

Dunkelblaue Handtücher hingen über einer Stange. Ich faßte sie an. Knochentrocken, genauso wie das Innere der Wanne und das Waschbecken. Ich fand ein paar blonde Haare, die innen in der Wanne klebten. Ich hielt sie zwischen meinen Fingern, als könnte ich irgendwie aus diesen paar Fasern ein Gefühl für das Mädchen bekommen. Ich berührte sie mit meiner Zunge, schmeckte aber nichts außer uraltem Shampoo.

Ich öffnete das Badezimmerschränkchen. Darin befanden sich ein neues Stück Seife, Aspirin, Tampax, eine trockene Zahnbürste in einem Glas und eine Tube Zahnpasta. Ich schaute sogar in den Wasserkasten der Toilette, starrte aber bloß altes Wasser an.

Ich schaltete das Licht aus und verließ den Raum.

Langsam ging ich die Treppe hinunter ins Erdgeschoß. Ich fand George, der in der Bibliothek saß wie der Priester in einem fremden Haus und darauf zu warten schien, daß der Tod kam.

Ich spürte, daß er nicht mehr in diese große Villa gehörte; vielleicht wollte er auch nicht mehr hierher gehören, seit Patsy gegangen war. Mit beiden Händen hielt er ein volles Glas Brandy.

Als ich ins Zimmer kam, goß er mir ungefragt einen Drink ein. Ich nahm ihn. Ich hatte das Gefühl, ihn verdient zu haben.

»George«, sagte ich, »hatte Patsy kein Adreßbuch?«

»Doch, natürlich«, entgegnete er.

»Wo ist es?«

»Sie hat es immer in ihrer Handtasche bei sich gehabt.«

»Keine alten Briefe?«

»Sie hat nicht gern was aufgehoben. Postkarten hat sie gelesen und dann weggeworfen.«

»Wie steht's mit Freunden? Hat niemand sie angerufen oder besucht?«

»Sie hat sich hier nicht mit ihren Freunden getroffen. Sie wußte, daß ich die nicht mag.«

Jetzt kamen wir weiter.

»Warum?« fragte ich. »Was war nicht in Ordnung mit ihnen?«

»Dreck, die meisten von ihnen.« Er spie es aus, die Augen zusammengekniffen. »Ich wollte nicht, daß sie sich mit denen einläßt.«

»Wissen Sie irgendwelche Namen oder Adressen?« fragte ich.

»Nein.«

»George«, sagte ich langsam. »Sie wissen nicht viel, oder? Sie haben mir nur wenig verraten, mit dem ich etwas anfangen kann. Wie steht es mit ihren Model-Kontakten? Die haben Sie doch bestimmt überprüft? Sie scheinen nichts dagegen zu haben, daß sie in dieser Branche arbeitet. Bestimmt haben Sie die Solidität der Leute, mit denen sie arbeitete, überprüft?«

Er schien nicht so sicher zu sein.

»Also, haben Sie?« fragte ich wieder.

»Ich habe viel zu tun«, entgegnete er lahm.

»Was Sie mir hier erzählen«, unterbrach ich ihn, bevor er weiterreden konnte, »ist, daß genau vor zwei Monaten, am neunten Juni, ihre achtzehn Jahre alte Tochter verschwunden ist. Sie wissen, daß sie Drogen genommen hat. Das ist alles, was Sie wissen. Sie wissen nicht, wohin sie gegangen ist oder mit wem. Sie wissen nicht, ob sie einen Freund hatte. Sie kennen keinen ihrer Freunde. Sie wissen nicht, was sie getan hat, wenn sie nicht hier war. Sie scheinen überhaupt nichts über sie zu wissen. Es ist eine unmögliche Aufgabe für einen Mann, sie zu finden. Vor allem, wo die Polizei bereits versagt hat.«

George reagierte nicht auf meinen Ausbruch. Er saß einfach da und spielte mit seinem Glas.

»Ich haue ab, wenn Ihnen das lieber ist«, sagte ich schließlich.

»Nein«, sagte er. »Sie haben wahrscheinlich recht. Ich war nicht unbedingt der perfekte Vater.«

Wer von uns kann schon sagen, daß er das war, dachte ich.

Ich zögerte, dann stellte ich meine nächste Frage.

»Ihre Tochter hat einen exotischen Geschmack bei der Unterwäsche, nicht?«

George sah mich an, als wollte er mich umbringen. Ich nahm es ihm nicht übel.

»Sie machen vor nichts halt«, sagte er.

»Sie haben nicht gesagt, daß ich das soll. Ich habe bloß nach Hinweisen auf Patsys Aufenthaltsort gesucht.«

»In ihren Höschen?« fragte er sarkastisch.

Jetzt war ich damit dran zu schweigen. Nach einer Weile sagte ich: »Überhaupt ist ihre ganze Garderobe ziemlich teuer.«

»Ich bin kein armer Mann«, entgegnete George. »Patsy hat Kleider gebraucht. Das ist notwendig, wenn man eine Model-Karriere anfängt. Wenn sie wollte, konnte sie in den Läden, in denen ich Konten eröffnet habe, mit Karte bezahlen.«

»Hatte sie viel Geld bei sich, als sie ging?« fragte ich.

»Ich weiß nicht, bestimmt nicht viel. Vielleicht fünfzig Pfund, schätze ich.«

»Das ist nicht schlecht für ein Mädchen ihres Alters.«

»Ich gebe ihr schließlich Taschengeld«, sagte George steif. »Das ist ihr's, sie kann damit tun, was sie will.«

»Hat sie ein eigenes Konto?«

»Natürlich.«

»Hat sie es benutzt, seit sie verschwunden ist?«

»Ich weiß nicht.«

Der Mann war hoffnungslos.

»Hatte sie einen Job?«

»Sie hatte das Glück, nicht arbeiten zu müssen. Manchmal hat sie mir im Büro geholfen. Ich finde nie eine gute Sekretärin. Im Moment verlasse ich mich auf den Anrufbeantworter. Zu blöd. Patsy hat es gut gemacht.«

»Und jetzt erzählen Sie mir«, bat ich: »Wie war sie wirklich? Als Person, als Tochter?«

Zum erstenmal sah ich Georges Augen leuchten.

»Sie ist wunderschön«, sagte er. »Voller Leben und enthusiastischer Pläne. Hier, sehen Sie.«

Er ging hinüber zu der Kommode, auf der der Fernseher stand, und öffnete die Doppeltür unter dem TV-Gerät.

Er holte einen Stapel Fotoalben hervor und brachte sie hinüber zur Bar. Er ließ sie vor mir auf das Mahagoniholz plumpsen. Ich schlug das erste Buch auf und bemerkte, daß George Patsys Leben gesammelt hatte, wie eine Ausstellung unter Glas. Baby-Bilder, dann Kinderbilder, auf denen sie in dem Garten des Hauses, in dem ich jetzt saß, zu sehen war. Auf den Bildern war ein jüngerer George zu sehen, mit etwas längeren Haaren, und manchmal eine hübsche Frau, die seine letzte Ehefrau gewesen sein mußte.

Es gab Fotos von Patsy auf der Straße, im Zoo, am Strand, auf dem Rummel und überall sonst, wo Kinder gerne hingehen. Wieder einmal war ich fasziniert von ihrer Ähnlichkeit mit meiner eigenen Tochter. Ich hatte Judith George gegenüber noch nicht erwähnt, da ich ihn nicht noch weiter quälen wollte. Obwohl sie nicht bei mir war, wußte ich zumindest, wo sie war. Im Moment saß sie wahrscheinlich am Eßtisch und aß Abendbrot vor denselben Cartoons, die immer noch stumm aus Georges Fernseher quollen. Bald würde sie hübsch eingekuschelt in ihrem eigenen kleinen Bett schlafen.

Ich fragte mich, wo Patsy in dieser Nacht schlafen würde. Mir wurde kalt, als mir einfiel, daß sie vielleicht jenen letzten Schlaf schlief, den wir alle einmal schlafen werden.

Plötzlich konnte ich keine glücklichen Schnappschüsse mehr sehen. Ich langte nach meinem Glas. Nachdem ich einen großen Schluck genommen hatte, sah ich George an und fragte: »Was hatte sie an, als sie ging?«

Er dachte einen Moment nach, dann sagte er: »Jeans und eine Lederjacke, dazu ein gelbes T-Shirt. Und sie hatte eine große schwarze Handtasche bei sich.«

»Groß genug für Kleidung?« fragte ich.

»Nein, das war immer so ein Witz zwischen uns. Ihre Tasche war immer so voll mit irgendwelchem Schrott, daß da bestimmt kein Platz für Kleidung war.«

»Fehlt irgend etwas aus ihrem Zimmer?«

»Nein, soweit ich weiß, nicht.«

Aber woher sollte er das auch wissen? fragte ich mich. Wenn sie alles mit Karte bezahlt hatte, hatte sie vielleicht einen Koffer draußen versteckt, als sie ging.

George's Stimmung schien sich wieder verschlechtert zu haben. Wir saßen da, zwei Männer, die ihre Töchter vermißten.

Wir saßen da und hofften, daß der andere unser Elend lindern würde, aber das schaffte keiner. Und wir hofften auf die Linderung der Flasche, die überhaupt keine Linderung ist. Wir waren gefangen im Elend, und während wir stumm beisammensaßen, spuckte der Fernseher weiterhin knallbunte Glücksbilder aus, die wir beide ignorierten.

Die Minuten dehnten sich. Ich konnte die Anspannung in meinem Innenohr hören, als würden Fingernägel über eine Tafel im Inneren meines Kopfes gezogen, bis ich schreien wollte.

Als das Telefon klingelte, ließ es die Stille splittern wie eine Axt, die auf ein verrottetes Stück Holz traf. George ging zum Telefon und meldete sich.

Es entstand kein großes Gespräch. George hörte mehr zu, als er sprach. Schließlich sagte er: »Ich kann jetzt nicht reden. Jemand ist hier. Ruf' mich wieder an.« Dann legte er auf.

Er kam zurück zur Bar und sagte: »Tut mir leid, Geschäft.«

Ich sah auf die Uhr. Es war kurz vor halb sieben.

»Ich gehe wohl besser«, sagte ich und trank aus. »Ich habe noch etwas zu tun. Ich melde mich am Montag bei Ihnen.«

Ich sagte George, daß ich alleine hinausfinden würde, und überließ ihn seinen Schätzen. Bloß daß sein kostbarstes Schätzchen fehlte. Vielleicht war genau das das Problem. Vielleicht hatte Patsy es satt, sein kleines Mädchen zu sein. Dem Inhalt ihrer Unterwäsche-Schublade nach zu urteilen, war sie mehr Frau als ich in letzter Zeit gesehen hatte, falls das ein Weg ist, Frauen zu beurteilen, und ich schätze schon, daß es einer ist.

Erschöpft stieg ich in den Jaguar und fuhr nach Hause.

Während der Fahrt überlegte ich, worauf ich mich mit diesem Job eingelassen hatte. George Bright erzählte offensichtlich nicht die ganze Wahrheit.

Im einen Augenblick war er stolz wie Oskar auf seine Tochter. Im nächsten kannte er sie kaum und wußte nicht, was sie tat.

Ich kapierte das nicht.

Ich trank den ganzen Abend Bier. Das Foto von Patsy Bright hatte ich vor mich hingelegt. Ich prostete ihr mit jeder neuen Dose zu.

Ich bastelte am Kreuzworträtsel des Telegraph rum, konnte mich aber nicht konzentrieren. Ich kurbelte am Programmregler meines Radios und wünschte mir, daß ich einen Fernseher hätte.

Ich ging gegen elf ins Bett, lag wach und lauschte den Wagen, die am Haus vorbeifuhren, bis ich in den frühen Morgenstunden endlich einschlief.

11

Samstagnacht ist die einsamste Nacht der Woche, heißt es. Ich weiß nicht so recht; damals war jede Nacht und jeder Tag einsam. Aber ich glaube, Sonntagmorgen gewann den Preis. Der Zeitungsjunge brachte mir vier Zeitungen. The

Sunday Times, The Observer, The Sunday Mirror und The News of the World.

Es war Zeit für meine Nachrichten-Dosis, und ich las alles: von Prinzessin Dianas neuen Schuhen über Stories von wilden Orgien auf dem flachen Land, bei denen sich mein Haar aufrollte, bis zu Präsident Reagans Krebsoperation.

Ich hatte das Gefühl, ein sehr langweiliges Leben zu leben. Kein Mitglied im lokalen Swinger-Club, keine nächtlichen Touren durch Stripbars, keine fünfzig Mille vom Bingo. Ich hatte ja keine Ahnung, was mir bevorstand.

Nachdem ich die Zeitungen durchgelesen hatte, ging ich in meinem Zimmer auf und ab wie ein Schimpanse im Käfig. Ich fühlte mich gefangen in einem Käfig aus Langeweile. Ich betrachtete zum tausendsten Mal das Foto von Patsy Bright. Ich wollte sie in Fleisch und Blut sehen, um herauszufinden, ob sie wirklich so schön war, wie sie aussah. Aber gleichzeitig spürte ich, daß mir das nur noch mehr Ärger einbringen würde. Etwas, worauf ich gut verzichten konnte.

Ich duschte und setzte mich mit einer frischen Tasse Kaffee wieder hin. Ich las alle interessanten Artikel nochmal und fühlte mich in der Stille meiner Wohnung so unwichtig wie ein Sandkorn am Strand.

Die Zeit verging, und ich kochte ein paar der Dinge, die ich am Tag zuvor gekauft hatte. Ich spülte mein Essen mit kaltem Bier herunter und lauschte der Oldie-Hitparade im Radio.

Gegen vier Uhr nachmittags klingelte das Telefon.

Es war John Reid, der mir mitteilte, er würde mich am Abend besuchen, um über den Fall Bright zu reden. Er klang kühl und distanziert, und ich hatte das Gefühl, daß er eigentlich etwas besseres vorhatte, als zu mir zu kommen.

John war pünktlich, wie immer.

Er lief um genau sieben Uhr auf und stützte sich auf die Türklingel. Ich drückte auf den Öffner und ließ meine Wohnungstür offen, damit er wußte, wo ich steckte.

»Gott«, sagte er, als er das Zimmer betrat. »Diese verdammte Treppe.«

Er sah genauso aus wie früher. Klein, gerade noch oberhalb der Mindestgrößenanforderung für die Metropolitan Police, aber breit, mit dickem Körper und Nacken. Seine Haut war dunkel, Fünf-Uhr-Schatten bedeckten sein Gesicht schon am Morgen. Er hatte Haar verloren, seit ich ihn zuletzt gesehen hatte, unternahm aber nichts dagegen. Die Überreste waren sehr kurz geschnitten, beinahe stoppelig. Er trug einen Burberry-Regenmantel über einem schicken dunklen Anzug. Sein weißes Oxford-Hemd hatte einen Button-Down-Kragen und dazu trug er einen diskreten dunklen Schlips. An den Füßen schwarz polierte Slipper mit kleinen Goldkettchen auf dem Spann.

»Du siehst aus wie ein Versicherungsvertreter«, sagte ich.

Ich wußte nicht, wie ich freundlicher hätte klingen können. Ich wußte nicht, ob wir uns als alte Freunde wiedertrafen oder ob er mir einen reinwürgen wollte.

»Quatsch«, entgegnete er. »Man nennt es Corporate Image. Ich hab's auf eine Beförderung abgesehen, damit ich diesen Mist«, er zeigte zum Fenster hinaus, »endlich hinter mir lassen kann.«

Er sah sich in der Wohnung um. »Bißchen klein, nicht?« schnarrte er. »Man könnte hier nicht mit 'nem Hamster werfen.«

Ich hatte meine Abfindung in die Wohnung gesteckt. Ein umgewandeltes altes Einfamilienhaus in Tulse Hill. Angeblich hatte ich ein »Studio Appartement« – also eine Dachkammer mit kleiner Küche und Dusche/Toilette. Das Zimmer war samt Teppich und Vorhängen, Kühlschrank und von mir selten benutztem Herd fertig eingerichtet gewesen. Ein ideales Sprungbrett, oder ein prima Unterschlupf.

Ich hatte ein Doppelbett hinzugefügt, einen Schaukelstuhl und einen kleinen Tisch, auf dem eine Lampe stand, ein Radio und ein Telefon. Meine Socken und Unterwäsche steckten in einer Kommode.

»Wie gut, daß ich sowieso nicht auf kleine Pelztiere stehe«, schnarrte ich zurück.

»Hast du aber mal«, entgegnete er.

Ich ignorierte die Bemerkung und sagte: »Entspann' dich, John. Schnall deinen Revolvergürtel ab und setz dich.«

»Wo?« fragte er und betrachtete den einzigen Sessel.

»Da rein«, sagte ich. »Ich setz' mich aufs Bett. Ich hab nicht viele Besucher.«

»Überrascht mich nicht. Wirst du aber. Du bist gesehen worden, weißt du?«

»Gott, ich bin doch erst ein paar Tage zurück«, sagte ich.

»Laß das jetzt. Ich meine, diese komische Anzeige in der Zeitung? Und deine verrückte Schüssel ist auch nicht gerade unauffällig, oder? Du bist Freitag mittag gesehen worden, wie du an der Wache vorbeifuhrst. Wenn du unsichtbar bleiben willst, hol' dir einen Ford Cortina.«

»Was, so eine müde Kiste, wie du sie hattest?«

Wir beide lachten bei der Erinnerung.

»Der gelbe Cortina paßte zur Gegend«, entgegnete er.

»Und jetzt ist es Corporate Image?«

»Klar, und ein Rover drei-fünf gehört dazu.«

»Na toll, willst du was trinken?«

»Natürlich will ich das, was hast du?«

»Bier«, sagte ich.

»Dann muß das reichen, nehme ich an. Du bist kein besonders guter Gastgeber.«

Ich ging zum Kühlschrank und holte ihm eine Dose Heineken. Er zog seinen Mantel aus und ging hinüber zu meiner Garderobe, damals ein verchromter Kleiderständer. Er warf seinen Mantel oben auf und besah sich dann meine Klamotten. Ich überlegte, ob ich ihn nach seinem Durchsuchungsbefehl fragen sollte.

»Nette Sachen«, sagte er.

»Ich mußte neue kaufen«, sagte ich. »Alles war außer Mode, als ich aus dem Krankenhaus kam.«

»Du Armer«, sagte er und betrachtete mich intensiv.

Er ging zurück und setzte sich in den Sessel. Drehte ihn so, daß er hin und wieder zum Fenster hinausschauen konnte.

»Paranoia?« fragte ich.

»Nein, gesunder Menschenverstand. Eines Tages wird diese Straße Feuerzone sein«, sagte er beiläufig.

»Sag' das nicht«, entgegnete ich. »Ich mach' mir Sorgen um fallende Immobilienpreise.«

»Nimm mich beim Wort«, sagte er.

So wie er guckte, glaubte ich ihm beinahe.

Wir saßen eine Weile da und tranken still vor uns hin.

»Erzähl mir von George und Patsy Bright«, sagte ich schließlich.

»Da gibt es nichts zu erzählen.«

»Komm mir nicht damit. Sie wird vermißt. Es muß irgend etwas zu erzählen geben.«

»Wenn du wüßtest, was ich alles zu tun habe«, sagte er.

»Laß das, John«, unterbrach ich ihn. »Komm mir nicht mit dieser alten Story.«

»Na gut«, kapitulierte er. »Ich sage dir, was in der Akte steht.«

»Hast du sie mitgebracht?«

»Hör' mal, Junge, wenn ein bestimmter Chief Inspector wüßte, daß ich dir auch nur auf eine Meile nahe käme, könnte ich Goodbye zu jeder Beförderungschance sagen, die mir geblieben ist. Aber wenn er glauben würde, daß ich dir irgendein offizielles Schriftstück gezeigt habe, würde ich morgen früh den Verkehr vor Woolworth regeln.«

»Schon gut, schon gut. Red' weiter«, sagte ich.

Er erzählte mir genau das, was auch George Bright erzählt hatte, als ich ihn zum erstenmal getroffen hatte.

»Das ist also alles«, sagte ich, als er fertig war. »Du bist nach zwei Monaten kein bißchen weiter als ich nach fünf Tagen.« Er zuckte mit den Achseln.

»Zum Beispiel«, fuhr ich fort. »Wen hat sie in jener Nacht besucht?«

»Niemand weiß es.«

»Nicht mal du, John? Ich dachte, du weißt alles, was hier passiert.«

»Halt den Mund«, sagte er wütend. »Woher soll ich es wissen, wenn sie es nicht mal ihrem Vater sagt?«

»Ich nehme an, du hast recht, aber ihn nervt das ziemlich.«

»Seine Nerven, am Arsch. Ich finde, er macht sich ziemlich spät Sorgen. Reine Schuldgefühle, wenn du mich fragst.«

Vielleicht hatte er recht.

»Er war bereit, mich zu bezahlen«, sagte ich John. »Er hat mir einen Scheck gegeben.«

»Blutgeld«, sagte John. »Wieviel?«

»Hundert Mäuse. Halber Tag.«

»Bei diesen Sätzen kannst du dich bald zur Ruhe setzen.«

»Träum' weiter«, sagte ich.

»Hör mal«, sagte John. »Du hast mehr getan, als einen halben Tag zu arbeiten. Behalt das Geld und sag' ihm, daß nichts läuft.« Er zuckte mit den Achseln. »Dumm gelaufen.«

»Ich weiß, John, aber was glaubst du, ist passiert?«

Er zählte an den Fingern ab: »Erstens, sie ist schwanger und mit dem Vater durchgebrannt oder irgendwohin verschwunden, um das Baby zu kriegen. Sie hatte nicht unbedingt zuwenig Geld. Zweitens und höchstwahrscheinlich ist sie schwer auf Drogen, und wie ich schon früher gesagt habe, hat sie ihr Aussehen verändert und ist abgetaucht. Drittens, sie hat einen Typen getroffen, der das gewisse Etwas hat, und jetzt leben sie irgendwo zusammen, was heißt, daß sie früher oder später zurückkommen wird.«

»Viertens«, unterbrach ich. »Sie hat sich den Zigeunern angeschlossen oder ist mit den Feen weggelaufen oder mit einem Wanderzirkus. Wir wär's mit fünftens, jemand hat sie kaltgemacht?«

»Bißchen dramatisch, nicht?« Weißt du, wieviel Leute jeden Tag in Großbritannien verschwinden? Wenn die alle ermordet würden, könnten wir vor lauter Leichen nicht über die Straße gehen.«

»Hast du das hier gesehen?« fragte ich, ging hinüber zur Kommode und öffnete die oberste Schublade, in die ich die schwarze Kiste gelegt hatte, die George mir gegeben hatte.

Ich warf sie John herüber.

»Was ist das?« fragte er.

»Mach sie auf. Guck rein»

Er tat es und schob den Inhalt mit dem Zeigefinger umher. »Wo hast du das her?« fragte er.

»Von George Bright«, sagte ich.

»Und wo hat Mr. Bright es her?«

»Er hat es in Patsys Zimmer gefunden.«

»Mein Gott, was für ein Dummkopf. Was wollte er verstecken?«

»Ist doch offensichtlich«, entgegnete ich. »Er wollte nicht, daß du glaubst, daß seine einzigartige Tochter Dope raucht.«

»Als wenn wir das nicht rauskriegen würden. Ich hab' dir schon gesagt, daß ich davon weiß. Und dann gibt er das hier einem Deppen wie dir. Ich glaub' es nicht.«

»Was hast du rausgefunden?«

»Ich bin nicht hier, um dir alles zu sagen, was ich weiß. Ich hab' bestimmte Quellen, du weißt das.«

»Wie du willst«, sagte ich. Ich kannte John schon lange, und es gab keine Möglichkeit, ihn unter Druck zu setzen. Er würde es mir sagen, wenn er wollte – oder eben nicht.

Er warf die offene Schachtel aufs Bett. Sie landete auf der Seite, und die Zigarettenpapierchen purzelten auf die Bettdecke.

»Manche von diesen Wichsern glauben echt, daß wir blöd sind.«

»Nicht blöd, John«, sagte ich. »Bloß überarbeitet, das ist alles.«

»Das ist mehr, als man von dir sagen kann.«

»Schon gut, John, du kannst dir das weitere schenken.

Ich glaube, daß du gesucht hast, und ich glaube, daß du absolut recht mit dem Drogenaspekt hast. Wahrscheinlich ist es eine vergebliche Jagd. Aber ich hab' so ein komisches Gefühl.«

»Ich weiß noch, wie du einmal ein komisches Gefühl hattest bei einem Truck voll mit Zigaretten. Das Ergebnis war, daß drei von uns das kälteste Wochenende des Jahres hinten in einem Thames-Van auf einem Parkplatz in Camberwell verbrachten. In der Zwischenzeit, wenn ich dich daran erinnern darf, hat die Firma, der gegenüber du das komische Gefühl entwickelt hattest, einen Laster voll gefrorenem Fisch aus Vauxhall herangekarrt. Ganz easy.«

»Ich erinnere mich«, sagte ich. »Ich hab' die ganze Zeit gedacht, daß der Fall irgendwie fischig wäre.«

Er lachte sich nicht gerade tot über diesen Scherz, aber ich spürte, wie die Anspannung wich.

»Wo wir gerade über etwas Fischiges reden«, sagte er, »hast du deine Frau in der letzten Zeit gesehen?«

»Ich habe keine Frau, du Fiesling. Das habe ich dir schon gesagt.«

»Na gut, Ex-Frau«, sagte er. »Wo steckt sie?«

»In Forest Gate, mit einem Zahnarzt. Und mach' jetzt keinen Scherz darüber, daß er bei ihr bohrt, okay?«

»Ich doch nicht, Nick. Ich dachte bloß gerade daran, wie sehr ich Frauen bewundere, die sich Profis aussuchen.«

»Sehr lustig«, sagte ich.

»Lief das schon, bevor sie dich verlassen hat?«

»Ich glaube schon, aber die Krönung war natürlich, als ich gekündigt habe.«

Eine unangenehme Stille breitete sich aus. Keiner von uns wollte sich an diese Sache erinnern, nicht, wo wir gerade wieder nett zueinander waren.

»Jetzt haßt du sie, schätze ich.«

»Sie hassen? Nein. Überhaupt nicht.«

»Was fühlst du ihr gegenüber?«

»Enttäuschung, nehme ich an. Und Ärger, daß die Zeit,

die wir zusammen verbracht haben, verschwendet war. Wertvolle Zeit für uns beide.«

»Aber sie war nicht völlig verschwendet, oder? Du hast Judith.«

»Ich habe niemanden. Der verfluchte Zahnarzt hat Judith. Ich seh' sie an einem Wochenende im Monat.«

»Warum ist es so mies gelaufen?« fragte John nach einer Pause.

»Vor allem der Job; aber wir haben uns beide verändert. Natürlich haben wir uns gegenseitig die Schuld gegeben, aber Leute verändern sich einfach in zwölf Jahren. Ach Gott, wir waren bloß Kinder, als wir geheiratet haben. Unsere Ziele wurden immer unterschiedlicher. Es war eher meine Schuld als ihre, nehme ich an. Ich habe sie tagelang allein gelassen, wenn ich arbeitete oder mich rumtrieb. Sie fühlte sich vernachlässigt, nachdem das Baby da war. Ich erwartete, daß sie klarkam, und das konnte sie nicht. Nicht alleine.

Es schien irgendwie, als machte ich alles falsch. Wirklich alles. Und nichts machte ihr mehr Spaß, jedenfalls nicht, wenn ich dabei war. Schließlich war's soweit, daß, wenn ich etwas trank oder einen Joint rauchte oder sogar bloß eine gottverdammte Zigarette, sie es mir verbieten wollte. Es ist verrückt; ich hab' inzwischen das Rauchen aufgegeben, aber so ist das nun mal. Jedenfalls hat sie nie viel gesagt, sondern mich nur mit diesem gebrochenen Blick angesehen, als hätte ich sie geschlagen. Schließlich entstand so eine Situation, in der einer nur glücklich sein konnte, wenn der andere unglücklich war. Und dann ist es einfach Zeit, Schluß zu machen. Aber das haben wir natürlich nicht getan. Wir haben einfach weitergemacht damit, so zu tun, als würde sich alles irgendwann klären. Sex war natürlich sowieso kein Thema mehr. Sie war unersättlich, als wir heirateten. Am Ende vögelten wir einmal im Monat, wenn's hochkam, und auch das hat sich kaum gelohnt. Das Verrückte war, je weniger sie wollte, desto mehr wollte ich. Am Ende lief sie rum wie eine professionelle Pennerin, bloß um mich abzuschrecken. Früher hatte sie alles mögliche angestellt, bloß um mich rumzukriegen, und dazu brauchte es wirklich nicht viel.« Ich hielt inne. Irgendwie war ich irritiert darüber, so offen zu sprechen, und ging in die Küche, um mehr Bier zu holen. Das Geräusch, mit dem ich die Dosen öffnete, hallte laut durch die Stille des Zimmers. John holte ein Päckchen Zigaretten hervor und bot mir eine an. Ich lehnte ab und ging, ihm einen Aschenbecher zu holen. Als wir uns wieder niedergelassen hatten, fragte er:

»Also hast du auf anderen Weiden gewildert?«

»Nur ein bißchen.«

»Yeah, ich erinnere mich.«

»Und in letzter Zeit gar nicht, schon lange nicht.«

»Aber du hast die Wohnung und neue Klamotten und den Jag. Das muß doch 'n echter Mädchen-Magnet sein.«

»Nicht mehr, Mann. Es ist einfach nur ein Transportmittel. Eine Möglichkeit von A nach B zu kommen. Laura hat den Fiesta gekriegt und ich den Jag.«

»Du wirst weich.«

»Es interessiert mich nicht. Nicht mehr. Laura hat mich davon geheilt.«

»Klingt so, als wären ein paar harte Worte gefallen.«

»Natürlich. Ich glaube nicht, daß ich ihr je vergeben habe, mich nicht mehr zu lieben. Aber ich brauchte immer noch sie und das Baby, um weiterzumachen. Und dann habe ich alles verloren.«

»Du liebst sie immer noch, oder?«

Ich sah ihn an. »Nicht wirklich«, sagte ich. »Sie ist eiskalt geworden, es ist ekelhaft.«

Wir saßen da und tranken schweigend. Schließlich fragte ich: »Und wie steht's bei dir, John? Wie läuft's heutzutage?«

»Alles wie immer, Nick. Margie hält alles zusammen. Die Kinder sind jetzt auf der Gesamtschule. Die Rechnungen werden jeden Monat höher. Manchmal brauch' ich was Neues. Margie sagt nie was, wenn ich mal 'ne Nacht wegbleibe. Das Leben geht weiter, Mann. Leb' es einfach. Du denkst zuviel nach. Das war schon immer dein Problem. Ihr verfluchten gescheiterten Studenten seid alle gleich. Du warst zu sensibel für den Job, und das ist Fakt. Du kannst kein Blut sehen. Du bist wie 'ne Jungfrau, die beim ersten Fick das Höschen anbehalten will. Kein Körperkontakt, verstehst du? Wenn du dabeigeblieben wärst, wärst du irgendwann Aufseher bei der Nachbarschafts-Patroullie in Kingston oder so geworden.«

Er zündete sich noch eine Zigarette an. Ich wünschte mir, daß ich immer noch rauchte.

»Du hast ständig auf deinen eigenen Bauchnabel gestarrt«, fuhr er fort.

»Du klingst wie ein verfluchter Psychiater«, sagte ich.

»Wirklich?«

»Yeah«, sagte ich. »Und ich hab' Erfahrungen mit welchen. Aber das weißt du natürlich, oder?«

»Ja, ich hab's gehört.«

»Ich bin ein bißchen durchgedreht, nachdem Laura mich rausgeworfen hat. Die Ärzte nannten es einen Nervenzusammenbruch. Ich hab' durchgedreht und das Haus ein bißchen demoliert. Ich bin nicht stolz darauf, aber es ist passiert.«

»Jetzt ist alles in Ordnung?«

»Also, ich werde dir kein Brotmesser in die Perücke rammen, wenn es das ist, was dir Sorgen macht.«

Vorsichtig berührte er mit der Handfläche seinen Oberkopf.

»Immer noch empfindlich bei dem Thema?« fragte ich und grinste.

Er sprang plötzlich auf und sagte: »Hör mal, ich hab' eine Flasche Wodka im Wagen. Blue Label Smirnoff.«

Ich nahm an, daß das seine Art war, zu sagen, daß wir wieder Freunde waren.

»Beruht deine Überarbeitung möglicherweise auch auf Nebentätigkeiten?« fragte ich unschuldig.

»Vielleicht. Wenn ein zufriedener Kunde mir seinen

Dank symbolisch ausdrücken will, wer bin ich denn, ihm dieses Recht zu nehmen? Hast du irgendwas zum Mixen?«

»Wie der Zufall so will, stehen ein paar Kartons Orangensaft im Kühlschrank. Ich muß schließlich mein Vitamin C kriegen.«

»Als nächstes erzählst du mir auch noch, daß du immer dein Gemüse aufißt. Naja, trotzdem, gut genug. Ich geh' die Flasche holen. Du polierst die Gläser.«

Er ging hinunter zum Wagen und holte den Wodka. Es war unser Lieblingsgetränk. Wir hatten mehr Flaschen davon gesehen, als ich wahrhaben möchte.

Wir sprachen in jener Nacht nicht mehr über Patsy Bright. Ich glaube, wir haben beide zeitweilig vergessen, daß sie der Grund gewesen war, daß wir uns wieder getroffen hatten. Statt dessen machten wir den Alk alle und lauschten einem Soul-Piratensender auf meinem kleinen FM-Radio.

Wir redeten über die alten Zeiten, die Leute, die wir kannten, und die Dinge, die wir getan hatten.

Ich weiß nicht mehr, was genau wir sagten, aber ich erinnere mich, daß sich John irgendwann entschuldigte, auf mich geschossen zu haben. Schließlich, als jeder Tropfen Alkohol vernichtet war, fuhr er in den frühen Morgenstunden nicht mehr so ganz gradlinig mit dem Wagen nach Hause.

Ich stand am Fenster und sah die roten Lichter seines Wagens verschwinden. Durch den Dunstschleier der Trunkenheit kam mir der Gedanke, daß, wenn schon nichts anderes, der Fall Bright immerhin innerhalb der ersten paar Tage zwei Freundschaften wiederbelebt hatte.

12

Als ich am nächsten Morgen die Augen aufschlug, fühlte ich mich, als hätte mich jemand mit einem Knüppel K.O. geschlagen. Während meiner Bewußtlosigkeit schien etwas ausgesprochen Unangenehmes in meinen Mund gekrabbelt und dort verendet zu sein. Ich lag eine Weile da und betete. Irgendwann entschied ich mich aufzustehen. Mein Hals war sandpapiertrocken, und eine Atombombenversuchsexplosion fand in meinem Schädel statt. Ich grabschte auf dem Tisch neben meinem Bett nach meiner Uhr und warf ein Glas zu Boden. Es rollte unter das Bett und tröpfelte eine klebrige Spur des Wodka-Orange von letzter Nacht auf den Teppich. Ich ließ es liegen. Meine Uhr verriet mir, daß es schon nach neun war. Ich wußte nicht mal, ob morgens oder abends.

Ich krabbelte aus dem Bett und teilte vorsichtig die Vorhänge. Die Sonne stand hoch. Ein neuer Morgen. Ich sah die Welt durch einen feinen Gazefilter. Ein Halbliter-Kater. Hatte ich lange nicht gehabt. Ich hoffte, daß es ebenso lange dauern würde, bis ich wieder einen hatte.

Ich nahm mir vor, nicht wieder mit einem Polizisten zu trinken. Die wissen einfach nicht, wann man aufhören soll. Doch, eigentlich schon. Wenn der Alkohol alle ist.

Auf meinem langsamen Weg in die Küche, wo ich den Wasserkessel aufsetzte, sammelte ich die Überreste vom Wiedersehen der letzten Nacht ein. Ich stellte die Gläser in die Spüle und warf alles andere in den Mülleimer. Als ich Patsy Brights Foto mit dem Bild nach unten auf dem Boden fand, entschuldigte ich mich laut bei ihr und lehnte das Bild gegen meinen Spiegel, während ich mich rasierte.

Ich plauderte mit ihr, dieweil ich die Stoppeln aus meinem Gesicht kratzte, und setzte beim Teetrinken die Konversation fort.

Ich hatte beschlossen, mich an Johns Rat zu halten und den Fall aufzugeben. Ich würde George Bright anrufen und ihm mein Scheitern mitteilen. Er könnte sein Geld zurückhaben, oder auch nicht, wie er wollte. Ich hatte mehr als einen halben Tag gearbeitet. Doch das hätte mich kaum weniger interessieren können. Alles, was mich interessierte, war die Zwergenarmee, die in meinem Kopf umhermarschierte.

Ich fragte Patsy um Rat, aber sie war nicht sehr hilfsbereit. Irgend etwas lag allerdings in ihren Augen, was mir sagte, ich sollte weitermachen. Warum konnte ich bloß das verdammte Bild nicht aus meinem Kopf drängen?

Ich fand ein paar saubere Sachen und zog mich an. Es war kühl und trocken, also schlüpfte ich in mein Jackett, bevor ich das Haus verließ. Ich frühstückte wieder in meinem Lieblings-Café in der High Street. Vielleicht habe ich sogar ein paar Scherze mit der muffigen Kellnerin ausgetauscht, aber ich kann mich nicht erinnern.

Als ich die Tür zu meinem Büro aufschloß, fühlte ich mich nach dem Essen etwas besser; ein wenig, nicht sehr viel. Meine Haut fühlte sich immer noch an, als würde sie sich ablösen, aber das passiert nun mal, wenn man starke Sachen trinkt. Ich sammelte meine Post ein und ließ mich in meinen Stuhl fallen. Es schien, als hätte ich endlich wieder Glück. An jenem Morgen konnte ich eine Reise nach Barbados gewinnen oder ein Päckchen King-size Zigaretten.

Ich überantwortete die Post dem Papierkorb und versuchte, meinen Tag zu planen.

Ich wollte George anrufen, aber zuerst mußte ich einige Freunde und Bekannte in der Rechts- und Finanzwelt befragen, ob ich ein paar *Schillings* verdienen könnte, um wieder ehrbar zu leben.

Ich war bereits inoffizieller Mitarbeiter einer großen Kanzlei aus der Stadt. Natürlich wieder die Alte-Freunde-Nummer. Eines der Sozietätsmitglieder war ein Typ, dem ich mal bei einem großen Fall geholfen hatte, als ich anfing, wieder zivile Klamotten zu tragen. Bei der Klage gegen eine Firma, deren illegale Gewinne im Millionenbereich lagen, war sein Star-Zeuge verschwunden. Die Familie des Zeugen war von den Angeklagten aus der U-Haft heraus auf unangenehm drastische Weise eingeschüchtert worden. Also war der Zeuge aus dem Rampenlicht abgehauen.

Ich fand ihn. So einfach war das. Hätte er es geschafft, versteckt zu bleiben, hätte mein Anwalts-Freund wieder Autoversicherer vor Landgerichten verklagen dürfen. So wie es gelaufen war, machte er jetzt natürlich größere Sachen.

Nachdem ich aus dem Krankenhaus gekommen war, lebte ich von der Hand in den Mund und meldete mich wieder bei ihm. Er hieß mich willkommen und lieh mir die Miete fürs Büro und ein bißchen Spielgeld. Er muß ziemlich dankbar gewesen sein, denn normalerweise kriegt man aus einem Anwalt soviel Geld wie Blut aus einem Ziegelstein.

Als wir uns trafen, um übers Geschäft zu reden, hatte ich ihn kaum erkannt. Der nervöse junge Mann, an den ich mich aus dem Lambeth Crown Court erinnerte, war durch einen plumpen, stromlinienförmig aufstrebenden Typen ersetzt worden, der den Tick hatte, seinen einen Nasenflügel zu berühren und zu zwinkern, wenn man ihm eine direkte Frage stellte. Wie jemand aus einem Dickens-Roman.

Ich konnte ihn nicht mehr leiden, aber Schicksal und Geld sorgen für merkwürdige Bettgenossen, also hängte ich mich an diesen aufgehenden Stern. Dann, gerade als ich mein Büro öffnen wollte, entwischte er mit Frau und Kind in seine Villa an der Algarve und ließ mich einfach sitzen wie eine Hähnchenkeule in einem vegetarischen Restaurant.

»Mach' dir keine Sorgen«, sagte er, als ich mit ihm telefonierte, während er zum Flughafen fuhr, »du wirst bald 'ne Menge Arbeit haben. Ich schick' dir 'ne Karte. Wenn du irgendwas brauchst, melde dich bei meiner Sekretärin. Sie wird sich um dich kümmern, bis ich wieder da bin.« So allein gelassen strich ich das Büro zu Ende, setzte die Anzeige in die Zeitung, und das hatte ich nun davon.

Nach ein paar Stunden hatte ich durch geschickten Einsatz des Namens meines Gönners und meines eigenen dazu ein bißchen was erreicht. Ich muß zugeben, daß ich einige der pikanteren Details meiner Polizistenkarriere ausgelassen hatte. Nichts Definitives hatte sich ergeben, aber mit etwas Glück würden in ein oder zwei Wochen ein paar Jobs für mich rüberkommen.

Kurz nach Mittag fühlte ich mich langsam etwas besser und versuchte, George zu erreichen. Bei ihm zu Hause ging niemand ans Telefon, also probierte ich die Nummer auf seiner Visitenkarte aus, die ich an eins von Patsys Fotos geheftet hatte. Nach dreimal Klingeln schaltete sich der Anrufbeantworter ein. Eine Stimme, die ich nicht erkannte, hallte durch die Leitung und teilte mir mit, daß ›Bright Freizeit‹ augenblicklich nicht erreichbar wäre und ich bitte nach dem Pfeifton eine Nachricht hinterlassen sollte. Ich legte auf, ohne etwas zu sagen, weil es mir immer irgendwie komisch vorkam, mit einer Maschine zu reden. Ich hatte genug Probleme, wenn ich mit Menschen redete.

Ich sah auf die Uhr. Genau zwölf Uhr dreißig. Mein Mund war wieder knochentrocken, also strolchte ich rüber zum Pub, um mir flüssigen Lunch zu besorgen, den ich, zurück an meinem Schreibtisch, direkt aus der Flasche zu mir nahm.

Während ich trank, dachte ich darüber nach, wie schnell die Standards sinken, wenn man den Großteil seiner Zeit allein verbringt. Kater kam vorbei, als ich gerade mein Bier ausgetrunken hatte, aber ich konnte ihn nicht dazu bringen zu bleiben.

Um eins klingelte das Telefon. Im Geiste hakte ich eine weitere Premiere meiner beruflichen Laufbahn ab und meldete mich. Halb erwartete ich eine Kohlenbestellung. Der Anrufer war männlich und sprach mit einem starken westindischen Akzent. Konnte schnell in unverständliches Straßenkauderwelsch umschlagen, wenn der Sprecher befürchtete, belauscht zu werden. Er fragte mit Namen nach mir.

»Am Apparat«, sagte ich.

»Sie suchen nach einem Mädchen«, sagte die Stimme.

Eine Feststellung, keine Frage.

»Tun wir das nicht alle, Mann«, entgegnete ich.

»Sie suchen nach einem bestimmten Mädchen.«

Wieder eine Feststellung.

»Könnte sein. Wer ist da?«

»Keine Namen, mein Freund. Sie suchen nach Patsy Bright.«

Plötzlich war ich sehr interessiert.

»Könnte sein«, wiederholte ich. »Was haben Sie damit zu tun?«

Er kicherte. »Ich hab' ein paar Informationen für Sie.«

»Was?«

»Wird Sie was kosten, Mann. Geld.«

»Wieviel?« fragte ich irritiert.

»Fünfzig Mäuse«, entgegnete er.

»Wofür?«

»Ich bring' Sie zu ihr.«

»Wann?«

»Jetzt, wenn Sie wollen.«

Ich wollte.

»Wo?« fragte ich.

»Treffen wir uns, dann zeig ich's Ihnen«, sagte er.

»Wo?«

Diese einsilbige Konversation fing an, mich zu deprimieren.

»Haben Sie 'ne Schüssel?«

»Natürlich. Also, wo?«

»Der Park vor dem Rathaus in Brixton, gegenüber der Kirche.«

»Okay, aber spielen Sie keine dummen Spiele mit mir. Ich bin nicht in der Stimmung.«

»Alles cool, Mann, machen Sie sich keine Sorgen«, sagte er. »Ich will Sie nicht ärgern. Was fahren Sie?«

Ich beschrieb meinen Wagen und sagte, daß ich ungefähr eine halbe Stunde brauchen würde, da ich den Wagen von zu Hause holen müßte. Er sagte, er würde warten. Wir legten beide auf, und ich suchte mein ganzes Bargeld zusammen. Ich hatte exakt sechzig Scheine bei mir. Ich zählte fünfzig Mäuse ab, die ich in meine Hemdtasche steckte. Den Rest legte ich unter »C« für *Cash* in mein Adreßbuch, das ich in einer meiner Schreibtischschubladen einschloß.

Ich ging zu Fuß zurück nach Hause und befreite den Jag, mit dem ich langsam nach Brixton fuhr, immer noch geschwächt von dem Kater, den das Fläschchen Bier natürlich auch nicht vertrieben hatte.

Ich hielt wie besprochen vor dem Rathaus und wartete mit laufendem Motor. Ein großer schwarzer Typ in einem ausgewaschenen T-Shirt, Jeans und Turnschuhen für achtzig Mäuse stieß sich von der Mauer ab, gegen die er gelehnt gestanden hatte, und schlenderte hinüber zu meinem Wagen.

Er hatte die Figur eines Schwergewicht-Boxers. So ein Körper, der mehr Muskeln zu haben schien, als die Haut zusammenhalten konnte. Sie eierten unter dem dünnen Stoff seiner Klamotten umher, als suchten sie nach einer Möglichkeit zu fliehen. Wahrscheinlich arbeitete er jeden Tag stundenlang mit Gewichten. Ich kann diesen Quatsch nie ernst nehmen. Jedesmal, wenn ich im Fitneß-Studio war, trieben mich die ganze Anstrengung und Ernsthaftigkeit, mit der Leute ihre Körper trainieren, bloß in den nächsten Pub. Deswegen werde ich immer so hager sein und am Strand kein Mädel von meinen Qualitäten überzeugen können.

Ich beugte mich rüber und schob den Riegel der Beifahrertür hoch. Er öffnete die Tür und faltete seinen langen Körper auf den Sitz neben mir.

»Hi, Mann«, sagte er und sah sich im Wagen um. »Nette Schüssel. Mußt 'ne Menge Asche haben.«

»Sie wären überrascht«, entgegnete ich.

»Hast du mir was mitgebracht?«

»Nur die Ruhe, Mann«, sagte ich. »Und woher wissen Sie, daß ich nach dem Mädchen suche?«

»Spricht sich rum, Mann. Ein alter Bekannter, der was sucht, macht Wellen.«

Er machte eine Wellenbewegung mit der Hand und grinste.

»Wo ist sie?« fragte ich.

»Nicht weit, Mann. Du fährst. Ich zeig's dir.«

Ich blinkte und reihte mich wieder in den Verkehr ein. Ich fuhr über die Ampel vor dem Rathaus.

»Nicht so schnell«, sagte er. »Du mußt beim Plattenladen links abbiegen.«

Ich tat wie geheißen, und wir fuhren in die Nebenstraßen.

»Jetzt langsamer. Halt bei dem Telefonhäuschen an.«

Ich kannte die Gegend gut. Ich war auf diesen Straßen Streife gelaufen. Sie waren klaustrophobisch dicht mit Wohnblöcken vollgeklotzt. Die meisten in ziemlich schlechtem Zustand. Hier und da versuchte irgendein junges Yuppiepaar, eine Ecke des alten Brixton zu gentrifizieren. Man konnte das immer sehen. Es erinnerte mich zu sehr an meine Jahre bei der Polizei, wenn ich in Häuser wie diese gehen mußte, nachdem die Einbrecher dagewesen waren und irgendein Appartement verwüstet und irgendwelche Sachen geklaut hatten. Oder wenn wir mit einem Durchsuchungsbefehl kamen, um irgendeinen hoffnungslosen Kleingauner abzuführen. Es war mir gelungen, den Großteil dieser Zeit zu vergessen, und ich wollte mich jetzt nicht daran erinnern. Urplötzlich wünschte ich mir, nicht hier zu sein, daß George Bright nicht zu mir gekommen wäre. Ich wußte instinktiv, daß es in diesem Haus Geheimnisse gab, die ich nicht kennenlernen wollte, Dinge, die ich nicht sehen wollte, und Menschen, die ich nicht treffen wollte.

Nur der Gedanke an den Blick des Mädchens auf dem Foto ließ mich weitergehen.

Ich gebe zu, daß ich Angst hatte.

Plötzlich sehnte ich mich danach, wieder im Krankenhaus zu sein. Sicher und warm, und die Schwestern in ihren steifen Uniformen kümmerten sich um alles.

Ich erinnere mich vor allem an eine, eine hübsche Rothaarige, die kaum mit mir gesprochen hatte, während ich dort war. Als ich entlassen wurde, kaufte sie mir als Abschiedsgeschenk ein Buch. Eine Sammlung Kurzgeschichten von Elmore Leonard. Sie wußte, daß er mein Lieblingsautor war. Sie küßte mich kurz auf den Mund, dann wandte sie sich ab und floh zurück ins Krankenhausgebäude. Als ich endlich den Mut hatte, sie anzurufen, drei Wochen später, war sie weg. Sie arbeitete jetzt in Australien.

Soviel zu meiner Wirkung auf das andere Geschlecht.

»Kommst du, oder nicht?«

Das Schwergewicht unterbrach meinen Gedankenfluß. Er stand auf der Treppe und sah zu mir herunter. »Ich komme«, sagte ich.

Die Treppenabsätze im Haus waren leer. Unsere Schritte hallten durch das Treppenhaus, während ich ihm die Treppe hinauf folgte. Ich blinzelte durch die Dämmerung. Die Haustür war hinter uns wieder zugefallen, und niemand kam aus einer der Türen, an denen wir vorbeigingen.

Das Haus fühlte sich kalt und verlassen an. Oben auf der Treppe, drei niedrige Stockwerke hoch, blieben wir vor einer violett gestrichenen Tür stehen, auf die in Schwarz das Anarchisten-A gesprayt worden war. Die Farbe blätterte bereits ab. Der Türgriff war aus schmutzigem weißen Plastik.

Der Schwergewichtler donnerte seine Faust gegen die Tür; die Scharniere klapperten.

»Irgend jemand zu Hause?« rief er, dann drückte er die Klinke herunter und öffnete die Tür.

Ich stand auf dem kleinen Treppenabsatz direkt hinter ihm, während er das tat. Plötzlich drehte er sich um und packte mich am Oberarm. Halb zog er, halb schob er mich an sich vorbei ins Zimmer.

Das erste, was mir auffiel, war ein ekelhafter Geruch, viel stärker als der des Hauses. Ich blieb direkt hinter der Tür stehen. Der Schwergewichtler befand sich jetzt hinter mir und stieß mich kraftvoll weiter ins Zimmer. Dann knallte er die Tür hinter sich zu.

Nach der Dunkelheit auf der Treppe wirkte das Zimmer hell, und ich brauchte einen Augenblick, bis meine Augen sich darauf eingestellt hatten. Als sie das getan hatten, sah ich zwei andere Männer und ein Mädchen im Zimmer. Zwei lebende Männer und ein ausgesprochen totes Mädchen.

Die beiden Männer waren Weiße. Einer war sogar noch größer als der Schwergewichtler. Aber bei ihm waren die Muskeln zu Fett geworden. Er hatte eine Halbglatze, und sein verbleibendes Haar hatte er darüber gekämmt. Als Kompensation hatte er sich lange Koteletten wachsen lassen. Er trug ein schlichtes weißes Hemd und eine schwarze Schlaghose.

Sein fetter Bauch drückte die Knöpfe seines Hemdes auseinander und lappte über seinen Hosenbund. Er saß direkt vor einem offenen Fenster, so weit wie möglich von der Leiche entfernt. Er hielt sich ein Taschentuch vor die Nase.

Der andere Mann war kleiner, blond und trug einen ausgebeulten grauen Anzug mit einem schwarzen Hemd und einem schmalen, weißen Lederschlips. Er hielt eine abgesägte Schrotflinte in der Hand. Er zielte damit auf mich. Die Flinte war kurz und hatte zwei Läufe, um die für einen besseren Griff schwarzes Klebeband gewickelt war. Der lange Griff war zu einem kurzen Pistolenknauf zurechtgesägt worden. Alles in allem eine durchaus beeindruckende Waffe.

Auf kurze Distanz in einem geschlossenen Raum tödlich, aber auf größere Entfernungen ungefähr genauso effektiv, wie nach dem Gegner zu spucken.

»Wie hübsch!« sagte ich zu dem Blonden. »Bloß eine Kanone für euch drei, und heute darfst du sie halten. Sagt mal, Jungs, wer ist heute dran mit dem Fahrtenmesser?«

Ich muß zugeben, daß Spott möglicherweise unter den gegebenen Umständen nicht die vernünftigste Reaktion war, schließlich zielte die Flinte direkt auf meine Gürtelschnalle. Aber ich hatte schon immer die Neigung gehabt, dumme Sprüche abzulassen, wenn es gefährlich wurde. Ich nehme an, das war irgendeine Form von nervösen Zuckungen.

Blondie machte eine kleine Bewegung mit der Waffe. »Halts Maul«, schnarrte er.

Ich hielt mein Maul und sah mich in dem verwohnten Zimmer um. Der ekelhafte Geruch kam vom Körper eines jungen Mädchens, das steif in einem alten Sessel vor der hinteren Wand des Zimmers saß. Sie trug ein schmutziges weißes Kleid, wie eine Vogelscheuche. Ihre Haut, im Tode dunkel geworden, bildete einen starken Kontrast. Mattblondes Haar bedeckte ihren Kopf. Obwohl ihr Gesicht sich im Todeskrampf verzogen hatte, wußte ich, daß es nicht Patsy Bright war.

»Schön, daß Sie so schnell kommen konnten«, sagte der Blonde. »Es ist ein bißchen muffig hier drin.«

Ich sah hinüber zu Schlaghose.

»Bringen wir es hinter uns«, sagte er durch das Taschentuch, »und hauen wir ab.«

»Sie wollten einen Junkie«, sagte der Blonde. »Nun, hier ist einer. Wir hoffen, daß Sie glücklich miteinander werden.«

»Ich suche nach jemand«, sagte ich. »Aber ich will mit Ihren Händeln nichts zu tun haben. Das ist nicht Patsy Bright, und das wissen Sie auch.«

»Rühren Sie sich nicht, oder ich erschieße Sie«, sagte der Blonde.

Ich sah über meine Schulter zu dem Schwergewichtler, der mich, wenn auch nicht sehr überzeugend, angrinste. Weiter unten im Haus hörte ich eine Tür zuknallen, und dann kamen langsam Schritte die Treppe hoch.

»Wenn Sie auf mich schießen, treffen Sie auch Ihren Kumpel«, sagte ich.

Der Blonde kam zu mir herüber und knallte mir die Flinte in die Weichteile.

»Ich schieß' Ihnen die Eier ab, wenn Sie nicht vorsichtig sind.«

Ich wußte, daß er es ernst meinte. Er gehörte zu diesen Leuten, denen einfach alles egal war. Das sind die schlimmsten. Sie sind Frauen gegenüber höflich und wippen kleine Babies auf den Knien. Die hacken einem ohne mit der Wimper zu zucken die Rübe ab, und dann gehen sie heim und essen zu Abend, als wäre nichts passiert. Was sie betrifft, ist ja auch nichts passiert.

Für sie gibt es nur zwei Arten von Menschen auf der Welt: solche wie sie – und den Rest. Wenn man einer vom Rest war, Pech gehabt.

»Hört mal, Leute«, sagte ich. »Es ist ja ganz nett bei euch, aber ich hab' viel zu tun. Also warum sagt ihr mir nicht einfach, was ihr wollt?«

Der Blonde sprach sehr sanft und deutlich, wie mit einem zurückgebliebenen Kind. »Wir wollen, daß Sie Ihre Nase aus Sachen raushalten, die Sie nichts angehen. Wir wollen, daß Sie sich um ihren eigenen Kram kümmern. Und wir werden dafür sorgen, daß Sie das auch tun. Wir werden Sie umbringen.«

Jeden neuen Aspekt unterstrich er, indem er mir die Flinte in die Eier drückte. Die Schritte auf der Treppe kamen näher. Das Schwergewicht lehnte sich gegen die Tür.

»Was soll das eigentlich?« fragte ich und deutete auf das tote Mädchen.

»Tja, Arschloch«, entgegnete der Blonde. »Wir lassen dich hier bei ihr, für wenn die Bullen kommen. Eine rührende Szene. Du und deine Freundin in der Hölle«.

»Sie sollten wirklich Ihr Abo vom *Boy's Own Crime Club* kündigen«, sagte ich. »Übermäßiges Lesen ist nicht gut für Ihren Kopf.«

Er schlug mich seitlich gegen den Kiefer.

Ich hätte es besser wissen müssen: Man kritisiert nicht den Literaturgeschmack eines anderen Mannes. Mein Kopf knickte zur Seite, Blut füllte meinen Mund. Ich begann zu schwitzen, und der Geruch der Leiche schien schlimmer zu werden.

Aus dem Augenwinkel sah ich das Drogenzubehör am Boden neben dem toten Mädchen. Und mir fiel auf, daß sie immer noch eine Spritze in der Hand hielt.

Die Schritte stoppten auf dem Absatz vor der Tür. Ich schüttelte meinen Kopf, um den Schwindel zu vertreiben. Ich drehte mich zum Schwergewichtler um, und genau in diesem Moment nahm ich wahr, wie der Blonde die Flinte über seinen Kopf hob. Ich hörte, wie sie durch die Luft über meinem Kopf zischte. Plötzlich spürte ich einen schrecklichen Schmerz, und dann gingen alle Lichter aus.

Es war schlimmer als ein Dutzend Kater. Ich fiel in einen schwarzen Ozean, und mit meinem letzten bißchen Bewußtsein war ich überzeugt, daß ich nie wieder auftauchen würde.

Dann spürte ich nichts mehr.

13

Langsam erwachte ich aus meinem Traum.

Zuerst glaubte ich, in meinem Bett zu liegen, neben meiner Frau und meiner Tochter, an einem dieser glücklichen Tage, die wir gemeinsam verbracht hatten.

Ich versuchte, sie in meinen Armen in Sicherheit zu wiegen, aber sie bewegten sich immer weiter weg von mir. Das Bett meiner Träume war hart und unbequem. Während ich wach wurde, flüsterte ich ihren Namen, das weiß ich noch.

Ich lag mit dem Gesicht nach unten auf einem Stück stinkenden Teppich. Was ich für Lauras Stimme gehalten hatte, war in Wirklichkeit ein Mann, der fragte, ob ich okay sei. Ich zwang meine Augen auf und starrte ein offizielles Paar Polizeistiefel an.

Ich jammerte laut, als ich in die Wirklichkeit zurückkehrte. »Er ist wach, glaube ich«, sagte der uniformierte Polizist, der neben mir kniete.

Um sicherzugehen, packte er mein rechtes Ohrläppchen mit zwei Fingern und versuchte, es abzuschrauben.

Sowas bringen sie einem heutzutage bei der Polizei bei. »Schon gut«, sagte ich durch den Schmerz. »Laß das.«

Ich versuchte, mich aufzusetzen, aber meine Kopfschmerzen waren zu schlimm. Ich konnte nicht mehr nur die Überreste meines Katers spüren, zudem war mein Kiefer geschwollen, und der Schlag mit dem Lauf der Flinte hatte mir eine lange Platzwunde eingetragen. Dazu eine Riesenbeule auf meinem Hinterkopf.

Und zu allem Überfluß versuchte jetzt so ein Clown, mein halbes Ohr abzureißen.

Vorsichtig berührte ich meinen Nacken. Blut klebte dick in meinem Haar. Ich fühlte mich beschissen. Nicht der richtige Augenblick, neue Leute kennenzulernen. Ich versuchte zu sprechen, aber mein Mund war trocken. Ich schmeckte Blut, meine Zunge war geschwollen und klebte oben an meinem Gaumen.

Der Geruch im Zimmer war schrecklich. Mühsam drehte ich meinen Kopf, und zwei Police-Constables erschienen vor meinen Augen. Der eine versuchte, mir aufzuhelfen. Der andere starrte mit angeekelter Faszination die Leiche im Sessel an. Er sah aus, als fürchtete er, daß sie plötzlich aufspringen und ihn beißen könnte. Nichts erinnerte mehr an die anderen drei Anwesenden.

Ich spürte, wie die Überreste vom Wodka letzter Nacht zusammen mit meinem englischen Frühstück meinen Hals hochstiegen.

»Frische Luft«, keuchte ich. »Ich brauche frische Luft.«

»Laß das Arsch nicht entwischen«, sagte der Cop vor der Leiche.

»Der kommt nicht weit«, sagte der andere.

»Ich muß hier raus«, sagte ich und versuchte, mich hochzustemmen.

Der eine Polizist half mir auf und führte mich aus dem Zimmer auf den Treppenabsatz. Er hielt mich am Arm fest und dirigierte mich zum Fenster. Mit viel Kraft zwang er die Fensterscheibe im verzogenen Holzrahmen auf. Ich lehnte mich hinaus und atmete Frischluft ein.

Normalerweise riecht die Luft dort draußen faulig, aber jetzt schmeckte sie klar und half mir, wieder zu mir zu kommen. Sofort fühlte ich mich besser.

»Gott!« sagte ich matt. »Ich glaub', mir wird schlecht.«

In der Ferne konnte ich eine Sirene hören, die näher kam.

»Krankenwagen, Phil«, sagte der Officer neben mir und drehte sich zu der offenen Tür um, ohne seinen Griff an meinem Arm zu lockern.

»Die können ihre Sirene auch ausschalten. Keine Eile mehr«, sagte der Officer aus dem Zimmer.

»Stell' dich in die Ecke, aus dem Weg. Und rühr dich nicht von der Stelle«, sagte mein Polizist zu mir.

Ich nickte und ließ mich von ihm wieder über den Treppenabsatz führen. Ich sackte zu Boden und lehnte meinen Kopf gegen das Geländer, während ich versuchte, wieder etwas Kraft zurück in meinen Körper zu zwingen.

Der Cop, der wie ein Turm vor mir stand, sagte: »Sieht so aus, als wär's daneben gegangen, Mann.«

Ich machte mir nicht die Mühe zu antworten. Fragte bloß: »Haben Sie Wasser?«

Er sah in das Zimmer, in dem das tote Mädchen saß.

»Phil. Hol ein bißchen Wasser, ja?«

»Hier ist doch kein Café«, war die Antwort.

»Tun Sie mir den Gefallen«, greinte ich.

»Komm schon, Phil«, sagte er wieder.

Einen Augenblick später tauchte Phil, dessen Namen ich jetzt wenigstens kannte, mit einer Tasse Wasser auf. Ich packte sie und trank gierig, obwohl die Tasse nicht allzu sauber war. Normalerweise bin ich da ziemlich eigen.

Dann hörte ich, wie die Haustür aufgerissen wurde und schwere Schritte die Treppe herauf kamen. Das Geräusch brachte die Erinnerung zurück. Ich begann zu zittern.

Nicht so schlimm, daß es jemandem aufgefallen wäre, aber schlimm genug.

»Er soll aus dem Weg bleiben, John«, sagte Phil. »Und zieh' ihm besser Handschellen an, bloß um sicherzugehen.«

»Sie verhaften mich doch nicht, oder?« fragte ich.

»Handschellen, John«, wiederholte Phil, dann wandte er sich an mich und sagte: »Machen Sie jetzt bloß keine dummen Sprüche, Mann. Da drin liegt eine Leiche.«

Er zeigte ins Zimmer. »Was glauben Sie wohl, was wir tun? Ihnen ein Taxi rufen und Sie nach Hause fahren lassen?«

Ich trank den Rest Wasser und ließ mir Handschellen anlegen. Zumindest behandelten sie mich ordentlich.

Die Schritte entpuppten sich als zwei Sanitäter, die die Überdosis abholen wollten.

Sie mußten warten, bis der Polizeiarzt da war.

Er kam ein paar Minuten nach ihnen.

Gleichzeitig kamen zwei Detectives und die Spurensicherung. Die beiden Männer in Zivil kannte ich nicht.

Der Arzt schien mindestens zweihundert Jahre alt zu sein und brauchte den ganzen Tag, um die Treppe hinaufzugehen.

Alle warteten, mit unterschiedlichen Graden von Geduld. Einer der Krankenwagenfahrer kaute auf seinen Nägeln, und der größere der Detectives starrte mich an, als wäre ich ein Tier im Zoo.

Das ist etwas, was man am Tatort lernt, warten.

Der Arzt brauchte nicht lange, um die Leiche zu untersuchen. Ein Blinder mit durchschnittlich entwickeltem Geruchssinn hätte sagen können, daß das Mädchen tot war. Er murmelte den Detectives leise etwas zu, während er sich die Gummihandschuhe auszog. Er verschwand genauso langsam, wie er erschienen war. Erst, als ich die Haustür hinter ihm zuschlagen hörte, fiel mir ein, daß ich ihn hätte bitten sollen, sich die Wunde an meinem Hinterkopf anzuschauen.

Ich blieb mit Handschellen auf dem Treppenabsatz sitzen, während die Krankenwagenfahrer ihre unangenehme Arbeit verrichteten. Sie nörgelten, daß der Körper zu steif sei, um auf einer Bahre zu liegen, und mußten zurückgehen und einen Rollstuhl holen. Den ganzen Weg über fluchten und schimpften sie.

Die Silberknöpfe blieben bei mir, während die Detectives die paar Dinge im Raum beschrifteten und in Tüten taten.

Schließlich kamen sie auch zu mir, um mich zu beschriften und in einen Sack zu stecken.

Sie entließen die uniformierten Officer mit dem knappen Befehl, daß sie sofort ihre Berichte fertigstellen sollten, und stellten sich dann als Detective Sergeant Bachmann und Detective Constable King vor.

Sie machten das echt klasse. Irgendwie kam ich auf die Idee, daß sie sich für ziemlich schick angezogen hielten.

Bachmann war groß und trug eine alte Windjacke über einem zeltförmigen T-Shirt. Dazu eine Breitcordhose, die ungefähr drei Zentimeter über seinen Adidas-Stiefeln endete.

King war ein fetter, bärtiger Riese. Ganz offensichtlich war er Besitzer einer Kundenkarte von C&A. Er nannte eine scheußliche braune Lederjacke sein eigen, ein abartig rotes Hemd und eine blaßblaue Hose.

Ein tolles Team. Sie sahen aus wie zwei Dart-Spieler auf Vereinsausflug und markierten das härteste Duo seit den Wiederholungen vom »A-Team«.

Bachmann zerrte mich auf die Füße und starrte mir ins Gesicht, während ich mich gegen die Mauer lehnte.

»Also, mein Freund«, fragte King, der gute Cop: »Wer sind Sie? Was sind Sie? Und warum haben Sie das Mädchen umgebracht?«

Er sagte das so freundlich, als ob er sofort ein Geständnis erwartete und daß ich mich an der Schulter seiner Lederjacke ausweinen würde. Pech gehabt.

Unter Schmerzen erzählte ich die ganze Geschichte, angefangen mit dem Besuch von George Bright, dann vom Anruf des Schwergewichtlers und schließlich, wie ich auf dem Teppich erwacht war. Mein Name schien ihm nichts zu sagen.

»Sie erwarten doch nicht, daß wir diesen Bullshit glauben?« fragte Bachmann, als ich fertig war. »Sie haben das Mädchen umgelegt, das ist völlig klar.«

»Mein Gott!« sagte ich und streckte meine Handschellen-Gelenke aus. »Natürlich. Sie haben mich erwischt. Buchten Sie mich ein. Sind Sie blind? Ich bin erst seit kurzem hier, und sie ist seit mindestens drei Tagen tot. Hat der Doc Ihnen das nicht gesagt?«

»Das heißt ja nicht, daß Sie nicht auch hier waren, als sie gestorben ist«, sagte Bachmann. »Und woher wissen Sie, wie lange sie tot ist? Es sei denn, Sie waren dabei.«

»Ist doch offensichtlich«, entgegnete ich. »Hat man Ihnen die Nase abgehackt? Und falls ich hier gewesen wäre, was sollte ich denn getan haben? Mir von hinten auf den Kopf schlagen und warten, bis Sie kommen? Und wieso sind Sie eigentlich gekommen? Wer hat Sie angerufen?«

»Ein Informant«, sagte Bachmann.

»Na klar«, sagte ich. »Und wann hat er das getan? Letzten Donnerstag?«

Während wir diese ulkige kleine Unterhaltung führten, hatte King geistesabwesend meine Taschen durchsucht.

Ich war davon ausgegangen, daß er meine Wagenschlüssel und nicht viel mehr finden würde.

Aber – Überraschung! – er zog einen Umschlag aus meiner hinteren Hosentasche. »Was haben wir denn hier?« fragte er.

Ich konnte es kaum erwarten.

Er öffnete den Umschlag und nahm ein paar längliche Papier-Päckchen in die Hand. Er tat alle bis auf einen zurück in den Umschlag, den er in seine Tasche steckte. Vorsichtig faltete er das verbliebene Stückchen Papier auf, in dem sich eine kleine Menge bräunlich-weißer Puder befand. Er leckte seinen Zeigefinger an und tippte damit vorsichtig in den Puder. Er leckte den Zeigefinger ab und schnitt ein Gesicht.

»Bitte nicht verraten«, sagte ich. »Heroin?«

»Allerdings«, sagte er, faltete das Papierchen wieder zusammen und steckte es in die Tasche, in der schon der Umschlag steckte.

»Sie ungezogener Junge«, sagte Bachmann. »Sie sind verhaftet.«

Meine übrigen Taschen waren nicht weiter ergiebig. Bloß die Wagenschlüssel, wie erwartet.

»Meine Hemdtaschen«, sagte ich. »Irgendwas drin?«

»Nichts«, sagte King.

Also hatte der Schwergewichtler seine fünfzig Mäuse abkassiert!

»Sie reisen mit leichtem Gepäck«, sagte Bachmann. »Bloß ein bißchen Dope für die schönen Momente allein.«

Ich machte mir nicht die Mühe zu antworten.

Jetzt legte Bachmann los. Er drückte mich über das Geländer, bis ich glaubte, daß mein Rückgrat bräche.

»Es schmerzt ein wenig«, sagte ich durch zusammengebissene Zähne.

Plötzlich knallte er mir eine Ohrfeige rechts ins Gesicht.

»Ich erinnere mich jetzt an Sie«, sagte er. »Sie haben nicht gesagt, daß Sie ein Ex-Cop sind. Der Junge mit den blauen Augen, der zu den Bösen übergelaufen ist. Ich dachte mir doch, daß ich Sie kenne. Sharman. Stimmt, und jetzt sind Sie wieder da, wo Sie schon mal waren.«

Es war mir zu blöd, darauf hinzuweisen, daß ich braune Augen hatte.

»Wenn Sie mich je wieder schlagen, werden Sie's bereuen«, sagte ich.

Er schlug mich wieder. Diesmal fester, mit der geballten Faust. Vielleicht bereute er es, aber sicherlich nicht so sehr wie ich.

»Wir sehen uns wieder«, sagte ich.

»Ich zittere am ganzen Körper«, entgegnete er.

»Bachmann«, sagte King. »Nehmen wir ihn mit auf die Wache. Jemand muß nach seinem Kopf sehen.«

Dem konnte ich nur zustimmen, allerdings nicht unbedingt so, wie er es gemeint hatte.

Ich mußte verrückt gewesen sein, überhaupt in diese Situation zu kommen. Aber auch King hatte recht. Bachmanns beide Schläge hatten die Blutungen wieder beginnen lassen, sowohl in meinem Mund, als auch auf meinem Hinterkopf. Ich konnte spüren, wie es warm und klebrig meinen Nacken hinunterlief und wie sich mein Mund mit Blut füllte. Ich spuckte einen mundvoll auf den Boden, dicht neben Bachmanns Fuß. Er runzelte in meine Richtung die Stirn, sagte aber nichts. Plötzlich war ich kurz davor zu weinen. Ich war nicht halb so *tough*, wie ich gerne von mir glauben würde.

King hatte immer noch meine Wagenschlüssel. Bachmann betrachtete sie und bemerkte den außergewöhnlichen Anhänger.

»Fahren Sie einen alten Jaguar?« fragte er, während sich ein breites Grinsen auf seinem häßlichen Gesicht ausbreitete.

»Ja«, entgegnete ich.

»Jetzt nicht mehr«, sagte er erfreut, »Sie Arschloch.«

Ich wußte nicht, was ich erwarten sollte, als sie mich nach unten führten. King hielt mich am Arm, damit ich nicht stürzte, erschöpft und handgeschellt wie ich war.

14

Als wir unten ankamen, schien die August-Sonne immer noch hell. Ich blinzelte über den Bürgersteig dorthin, wo ich den Wagen hatte stehenlassen. Wenn ich eben schon fast geweint hätte, war ich jetzt noch dichter davor. Jemand hatte meinen Stolz, meine Freude, mit einem Vorschlaghammer bearbeitet. Die Windschutzscheibe des Jaguar war eingeschlagen worden, die Scheinwerfer waren zertrümmert. Es schien, als habe jemand auf der Motorhaube getanzt, und die Farbe auf dem Dach war mit einem Schraubendreher oder etwas ähnlichem bearbeitet worden.

Die Polizisten ließen mich in den Innenraum schauen. Die Vordersitze lagen voll mit zerbrochenem Glas, und das Leder war aufgeschlitzt. Mein Jackett war zu einem Ball zusammengeknüllt und auf den Rücksitz geworfen worden. King holte es für mich heraus und durchsuchte die Taschen, bevor er es mir über die Schultern hängte.

»Sie könnten mit dem Auto einen Preis gewinnen«, sagte Bachmann. »Konkursmasse.« Ich schluckte. »Und sehen Sie mal nach den Reifen«, fuhr er fort.

Ich hätte es wissen müssen. Zum Rinnstein hin waren beide Reifen platt, der Wagen stand auf den Felgen. Ich konnte die Schlitze in den weißen Wänden sehen. Bachmann ging um den Wagen herum. »Auf dieser Seite auch«, sagte er. »Yeah, yeah, das wird Sie was kosten.«

»*Fuck you*, Bachmann«, gelang es mir zu sagen.

»Ich war das doch nicht, Mann«, entgegnete er grinsend. »Aber wenn Sie das Ding hier lange stehenlassen, wird nichts mehr da sein, was Sie irgendwas kostet. Ist ja auch egal; da wo Sie jetzt hinkommen, werden Sie sowieso 'ne Weile nicht fahren.«

Bachmann führte mich hinüber zu einem blauen Ford Granada und stieß mich auf den Rücksitz. Er setzte sich neben mich. King klemmte sich hinters Steuer.

Als wir wegfuhren, war das letzte, was ich von meinem wunderhübschen E-Type sah, das zerbrochene Glas der Scheinwerfer, das im Sonnenlicht glitzerte, als wir um die Ecke bogen.

Unterwegs erfreute sich Bachmann daran, King von meinen Missetaten bei der Polizei zu erzählen. Er wußte nicht einmal die Hälfte.

Als ich die Wache in Brixton verlassen hatte, war das unter üblen Umständen geschehen, aber ich hätte nie gedacht, daß ich das nächstemal, wenn ich durch diese Türen käme, mit Handschellen an einen Beamten in zivil gefesselt wäre.

Ich wurde durch den Wachraum geschleust. Bekanntes Territorium.

Anschließend landete ich in einem Vernehmungsraum und wurde einem jungen unifomierten Officer überantwortet. Bevor King mich verließ, nahm er mir die Handschellen ab.

»Greaves«, sagte King zu dem jungen Polizisten. »Hol' dir den Erste-Hilfe-Kasten und sieh mal nach dem Kopf dieses Mannes. Und dann mach' ihm Tee.«

»Vielleicht habe ich eine Gehirnerschütterung«, sagte ich.

»Übertreiben Sie's nicht, Sharman«, entgegnete er. »Schätzen Sie sich glücklich, daß wir uns überhaupt um Sie kümmern. Wir haben nicht gerne Heroin-Dealer hier.«

Das gab der Sache einen Namen.

Der Uniformierte holte den Erste-Hilfe-Kasten und einen feuchten Waschlappen. Er wischte mich sauber, dann klebte er zwei der größten Pflaster, die er finden konnte, auf meinen Kopf. »Dicke Beule hier, befürchte ich«, sagte er. »Und das Hemd können Sie wegschmeißen.«

»Es war eins meiner Lieblingshemden«, sagte ich. »Hat irgend jemand was von Tee gesagt?«

»Okay«, sagte er und ging welchen holen. Er schloß hinter sich die Tür ab. Als er zurückkehrte, sagte ich, daß ich mich mit meinen Schnürsenkeln hätte aufhängen können.

»Aber das wollten Sie dann doch nicht, oder?« verkündete er fröhlich. »Denn dann hätten Sie keinen Tee bekommen.«

Cops! dachte ich.

Mit der heißen, dunklen, süßen Flüssigkeit spülte ich den Geschmack von Blut aus meinem Mund und entspannte mich zum ersten Mal seit dem Anruf des Schwergewichtlers.

Der junge Bobby bot mir eine Zigarette aus seinem

Päckchen Silk Cut an. Ich wünschte mir eine, lehnte aber ab.

Ich sah auf die Uhr. Zehn nach vier.

Es ist unglaublich, wie schnell die Zeit vergeht, wenn man seinen Spaß hat.

Niemand kam, um mit mir zu reden. Ich saß bloß da und litt. Ich fragte den jungen Cop, ob ich telefonieren könnte. Er lehnte ab. Schließlich schmollte ich und wünschte mir, nie geboren worden zu sein. Das würde sie aber ärgern, dachte ich.

Die Stunden vergingen, und kurz nach sieben schwang die Tür zum Vernehmungszimmer auf und meine absolute Lieblingsperson kam herein. Detective Inspector Daniel Fox. Desperate Dan für seine Freunde und Feinde. Ich persönlich hatte ihn immer als Poxxy Fox bezeichnet, aber was erwarten Sie?

Fox bedeutete dem uniformierten Mann, das Zimmer zu verlassen, dann setzte er sich auf den harten Holzstuhl mir gegenüber. Er legte sorgsam ein Päckchen Dunhill und ein goldenes Feuerzeug vor sich auf den Tisch. Wie oft hatte ich dieses Vorspiel zu einem Verhör gesehen?

Fox war überdurchschnittlich groß und hatte einen Körper wie ein Bulle. Seine Launen waren gefürchtet. Ich hatte gesehen, wie er altgediente Cops beinahe zum Weinen brachte, und was er mit kleinen Gaunern anstellen konnte, war legendär. Aber er hatte auch eine merkwürdig stille Seite. Ich wußte, daß er stundenlang stumm mit Verdächtigen dasitzen konnte, nichts sagte. Dann, mit ein paar geflüsterten Fragen, kam er freundlich zu einem Geständnis. Ich hatte ihn oft gelinkt und wußte, daß er fand, man hätte mir ohnehin nie eine Uniform aushändigen dürfen. Typisch für mein Glück, daß er Dienst hatte.

»Guten Abend, Mister Sharman«, sagte er. »Erinnern Sie sich an mich?«

Als könnte ich ihn je vergessen. »Ja, Mister Fox«, entgegnete ich. Ich kam mir von wie ein Kind, das vor den Direktor geschleift worden war, weil es im Unterricht gekichert hatte.

»Ich hättet nie gedacht, daß wir uns wieder treffen, wissen Sie«, fuhr er fort. »Nicht nach dem letzten Mal.«

Er sah über meine Schulter hinweg in die Ferne, als dächte er über die Unberechenbarkeit der Welt nach.

»Nein, Mister Fox«, entgegnete ich.

»Aber da sind wir nun. Und wieder einmal auf verschiedenen Seiten des Tisches, wie gehabt.«

Ich sagte nichts.

»Jetzt sagen Sie mir bitte, was heute nachmittag passiert ist.«

Ich wiederholte meine Geschichte.

»Sie hätten nie wieder in diese Gegend zurückkehren sollen, nicht?« bemerkte er.

»Ich habe hier beinahe mein ganzes Leben verbracht.«

»Aber Ihr Leben ist vorbei, zumindest, was mich angeht, Mister Sharman. Alles, worauf Sie sich freuen können, sind zehn Jahre im Bau.«

»Mister Fox, wenn ich unterbrechen darf«, unterbrach ich. »Zehn Jahre sind sehr lange, und wofür?«

»Hat der Schlag auf Ihren Kopf eine Amnesie ausgelöst, Mister Sharman? Da ist die Kleinigkeit des toten Mädchens. Sie ist an einer Überdosis Heroin gestorben. Sie wurden neben der Leiche gefunden, und zufällig waren Sie im Besitz derselben Droge.«

So, wie er das sagte, klang es nach: eröffnen und abgeschlossen. Ich schüttelte den Kopf und sagte: »Sehr nett, das muß ich sagen. Fast schon zu nett. Alles, was fehlt, ist ein unterschriebenes Geständnis. Übrigens, wer war das Mädchen?«

»Sie wollen sagen, daß Sie sie nicht kannten?« fragte er. »Ich bin sehr überrascht.«

»Es war jedenfalls nicht Patsy Bright, oder?«

»Ah ja, das Bright-Mädchen. Einer meiner jungen Officer hat mir vorhin gesagt, daß Sie sich für sie interessieren. Ich bin sicher, Sie wissen, von wem ich rede.«

»Ich habe keine Ahnung, von wem Sie sprechen«, sagte ich unschuldig.

»Lassen wir das Thema erst einmal«, sagte er, legte seine Fingerspitzen aneinander und sah mich über die kleine Pyramide hinweg an. »Wir haben Mister Bright am Nachmittag lokalisieren können, und er hat uns mitgeteilt, daß das Mädchen, das gefunden wurde, definitiv nicht seine Tochter ist, jene, die im Juni dieses Jahres vermißt gemeldet wurde.«

»Wer ist sie dann?«

»Nachdem, was wir dem UB40-Formular, das wir in ihrem Zimmer gefunden haben, und anderen Dokumenten entnehmen können«, er zog ein Notizbuch aus der Tasche und setzte eine Kassenbrille auf, »war ihr Name Jane Lewis.«

»Ich wußte, daß es nicht Patsy war. Ihr Haar paßte überhaupt nicht«, sagte ich ohne besonderen Grund.

Er sprach weiter, als hätte ich nichts gesagt. »Sie haben sie mit Drogen beliefert, und höchstwahrscheinlich war sie nicht die einzige. Aus einem Grund, den Sie selbst am besten kennen, haben Sie sich entschieden, die Qualität des verkauften Heroins drastisch zu steigern. Erste Untersuchungen verraten uns bereits, daß die Droge, die sich noch in der Spritze befand, zu 98 Prozent rein war.«

»Gutes Zeug«, sagte ich.

»Das Mädchen ist tot, Sharman. Vielleicht ist sie nicht die einzige.« Der Mister war verschwunden. »Sie wurden bei dem verschiedenen Mädchen gefunden. Ich finde Humor unter den gegebenen Umständen außerordentlich unangebracht.«

»Wie lang war sie schon tot, als sie gefunden wurde, Mister Fox?« Ich sagte immer noch Mister, alte Angewohnheiten sterben langsam.

»Ein paar Tage«, entgegnete er.

»Das Blut auf meinem Hemd ist frisch, Mister Fox. Ich habe schon diesen Idioten von Bachmann gefragt: Warum zum Teufel soll ich tagelang in diesem Loch campiert haben? Es ist ja wohl kaum das Inn on the Park, und der Zimmerservice ist mies. Und während ich darauf wartete, daß die Bullen kommen, habe ich vermutlich meinen eigenen Wagen zu Schrott geschlagen, damit ich bloß nicht weg konnte, selbst wenn ich wollte?! Sie machen Witze.«

»Sharman, warum Sie die Dinge tun, die Sie tun, war mir schon immer ein Rätsel.«

»Und jetzt bin ich ein Drogen-Dealer«, sagte ich. »Und gleichzeitig suche ich im Auftrag ihres Vaters nach einem potentiellen Drogenopfer. Das ist ein merkwürdiger Gegensatz, finden Sie nicht?«

»Eine clevere Deckung.«

»Ach Quatsch, Fox.«

Ich war so wütend, daß jetzt auch ich den Mister wegließ.

»Lassen Sie das jetzt. Ich war bis vor kurzem nicht in London, und ich hatte wohl kaum die Zeit, seit meiner Rückkehr einen Drogenring aufzubauen. Das können Sie überprüfen, wenn Sie wollen.«

Ich dachte daran, ihm den Namen meines Anwalts-Freundes zu nennen, vermutete aber, daß ein Anruf in Portugal nicht im Budget vorgesehen war. Also behielt ich das As im Ärmel.

»Das haben wir bereits«, sagte Fox. »Ich verbringe meine Nachmittage nicht damit, zu warten bis Tee serviert wird, wie Sie sich möglicherweise erinnern. Sie haben neun Monate in einer Heilanstalt verbracht, einer psychiatrischen Heilanstalt. Dann drei Monate im Haus Ihrer Mutter in Sussex.«

»Ich war freiwillig dort.«

»Gibt es auch andere Möglichkeiten?« fragte er sarkastisch.

Ich sagte nichts.

»Wir haben die zwanzig Gramm, die Sie im Besitz hatten, analysiert.«

»Zwanzig Gramm«, unterbrach ich. »Meine Güte, diese Jungs geben ja richtig was aus.«

Er starrte mich über seine Brille an, dann fuhr er fort. »Es ist ebenfalls zu 98 Prozent rein. Es ist Heroin aus derselben Partie, die Jane Lewis das Leben gekostet hat.«

»Hätte mich gewundert, wenn nicht«, sagte ich. »Mir zwanzig Tütchen Talkum-Puder in die Tasche zu schieben wäre genauso nützlich wie eine Pussy in einer Schwulen-Bar.«

»Dieser unwiderstehliche Witz, Sharman. Werden Sie es nie lernen?«

»Ich habe bereits früh gelernt, was es heißt, reingelegt zu werden, Mister Fox.« Ich erwartete das Schlimmste, also fügte ich den Mister wieder ein. Ich konnte kaum glauben, was er schließlich sagte. Er starrte mich an und schnippste etwas Staub von seinem Anzugaufschlag. »Ich glaube, Sie haben möglicherweise recht. Ich kenne Sie von damals, Sharman, und Sie sind zu aalglatt, um sich so erwischen zu lassen.«

»Das darf nicht wahr sein«, staunte ich. »Also glauben Sie mir?«

»Bis zu einem gewissen Punkt. Wir werden natürlich Ihre Story überprüfen. Ich muß zugeben, daß die ganze Sache sehr laienhaft wirkt, wer auch immer die sind.« Er schien einen Moment lang seinen Gedanken nachzuhängen. »Aber sehen Sie sich vor, das nächste Mal machen sie es vielleicht professioneller. Folgen Sie meinem Rat und steigen Sie aus, solange es noch geht.«

»Dann bin ich frei und kann gehen?«

»Ich denke, wir werden Sie gehen lassen. Tut mir leid mit Ihrem Wagen. Es wird Ihnen nicht gefallen, mit öffentlichen Verkehrsmitteln unterwegs zu sein. Das paßt wohl kaum zu Ihrem Image. Übrigens werden diese Leute Sie das nächste Mal vielleicht umbringen, was dem Staat Zeit und Geld spart.«

»Sie waren schon immer sehr vorausschauend, Fox.«

Zum erstenmal zeigte er ein Gefühl. »Hören Sie, Sie Idiot«, sagte er und hob ein wenig die Stimme. »Ich erklär's Ihnen sogar. Ich will Sie in meinem Teil der Welt nicht haben, es sei denn, hinter Gittern. Und glauben Sie mir, da könnten Sie längst sein, wenn ich Wert darauf legte, und zwar eine lange Zeit. Ich will nicht, daß Sie meine Officers verderben. Ich will nicht, daß Sie Ihre miesen kleinen Ermittlungen in dieser Gegend anstellen. Das ist jetzt Ihre einzige Chance. Ich glaube, Sie sind ein kleiner Mann, der immer jemanden hatte, der hinter ihm herlief und den Dreck weggewischt hat. Ein kleiner Mann, der immer einen Samariter im Schlepptau hatte. Sie hatten sogar einen bei der Polizei, und Gott sei Dank ist er weg, genau wie Sie.«

Fox spielte auf einen Chief Super an, der mit meinem Vater zur Schule gegangen war. Der alte Mann hatte meine Karriere in die Hand genommen und geholfen, meinen Weg zu ebnen. Unglücklicherweise war er an einem Weihnachtsabend erwischt worden, als er von einer Party nach Hause fuhr. Er hatte fünfmal so viel Alkohol im Blut, wie erlaubt war. Das wäre normalerweise totgeschwiegen worden. Wenn er nicht einen Range Rover der Polizei gefahren und damit drei geparkte Wagen, eine Bushaltestelle, ein Linksabbiegerschild und das Schaufenster von Streatham Sainsbury's demoliert hätte, bevor der Wagen mit den Rädern nach oben liegenblieb. Er ging noch vor Neujahr in Frührente, und damit bewegte sich meine Karrierekurve nach unten.

Fox sprach weiter. »Also, kleiner Mann«, sagte er, »jetzt sind Sie dran. Gehen Sie mir aus den Augen und kommen Sie nie wieder. Sie sind ekelerregend. Aber vergessen Sie nicht«, er zeigte mit dem Finger auf mich, »Sie sind auf Bewährung draußen, auf meiner Bewährung. Wenn sich herausstellt, daß Sie das Mädchen auf dem Gewissen haben, hole ich Sie persönlich zurück. Keine alten Freunde, keine Deppen, keine Bullen – ich! Und Sie erinnern sich bestimmt noch, was einem Gauner passiert, der in meine Fänge gerät.«

Ich erinnerte mich, und es war keine schöne Erinnerung. Fox auf dem Kriegspfad war ein erhebender Anblick.

»Gehen Sie also jetzt«, sagte er abschließend. »*Fuck off.*«

Ich ging davon aus, daß es nicht besonders klug wäre, ihn zu fragen, ob ich mal telefonieren könnte.

Ich verließ die Wache durch die Hintertür. Ich sah Fox nicht nochmal, auch Bachmann nicht oder King, oder John Reid. Alles, was ich sah, waren hallende Korridore und nackte Türen. Als ich draußen war, war das erste, worum ich mich kümmern wollte, mein Wagen.

Ich fand eine funktionierende Telefonzelle und ein einzelnes Zehn-Pence-Stück in meiner Jeanstasche. Ich rief meinen Automechaniker-Freund an. In seiner Werkstatt ging niemand ran, also versuchte ich es bei ihm zu Hause. Eine junge, nette, weibliche Stimme meldete sich.

»Ist Charlie da, bitte?« fragte ich.

Plötzlich war sie nicht mehr ganz so nett. Sie schien darauf gewartet zu haben, daß ihr Freund anrief. »Ich guck nach«, sagte sie und legte mich beiseite. Sie war solange weg, daß ich schon erwartete, daß mein Geld alle wäre. Wäre typisch für mich, dachte ich.

Schließlich eine männliche Stimme. »Hallo«, sagte sie.

»Charlie?«

»Yeah.«

»Ich bin's, Nick. Nick Sharman.«

Ich hatte mit Charlie seit über zwei Jahren nicht gesprochen. Er hätte auch tot sein können. Keine enthusiastische Begrüßung, keine Aufregung und Gott sei Dank keine persönlichen Fragen. Alles, was er sagte, war: »Hallo, Nick, wie geht's dem Wagen?«

Er wußte schon immer, was ihm wichtig war.

»Deswegen ruf' ich an. Jemand hat ihn kaputt gemacht.«

»Bist du verletzt?«

»Kein Unfall, Vandalismus.«

»Jesus Christus, wo?«

Ich sagte ihm den Straßennamen, und er sagte: »Wenn er da jetzt noch steht, dann bestimmt nicht mehr morgen früh.«

»Kannst du mir helfen, Charlie?«

»Ich wollte gerade in den Pub.«

»Ich lad' dich später auf einen Drink ein. Hör' mal, ich hab' keine Zehner mehr.«

Er dachte einen Augenblick lang nach. »Ich hab' draußen einen neuen Tieflader. Ich schätze, ich könnte in zwanzig Minuten da sein.«

»Ich schulde dir was, Charlie«, sagte ich erleichtert.

»Schon gut«, sagte er abschließend. Dann piepte es, also legte ich auf und marschierte los, um die Überreste meines geliebten Autos zu begutachten.

Ich mußte den Kragen meines Jacketts hochschlagen, da der blutdurchtränkte Kragen meines Hemdes selbst in der Brixton Road zu dieser späten Stunde ein ungewöhnlicher Anblick war.

Der gute Charlie kam nicht viel später als ich. Er war beinahe genauso frustriert wie ich über den Zustand des Wagens. Immerhin hatte er viele lange Stunden in die Restaurierung gesteckt. Es gelang uns, den Jaguar auf den Anhänger zu schieben, der an seinem Ford Transit-Truck hing, und er fuhr damit zu seiner Werkstatt in Norwood. Er lehnte meine Einladung auf einen Drink ab und brachte mich bei mir zu Hause vorbei. Ich war erleichtert, weil ich deprimiert, verletzt und pleite war.

Um zehn Uhr lag ich in meinem Bett und pflegte meine Kopfschmerzen und meinen Stolz.

15

Das Radio überrollte mich. Ich hatte wieder die bekannten Symptome eines Katers, ausgenommen die Erinnerung an eine schöne Zeit. Ich lag auf dem Rücken und versuchte, mich zu erinnern, wo ich gewesen war. Toller Detektiv, dachte ich. Dann kehrten die Ereignisse des vergangenen

Tages zurück. Ich wünschte, ich hätte mich nicht erinnern können. Ich konnte kaum glauben, daß es erst Dienstag morgen war. Ich mußte das überprüfen. Ich wälzte mich aus dem Bett und suchte nach meiner Uhr mit der Tag-/Datum-Funktion. Schließlich fand ich sie in der Spüle und las den Tag, das Datum und die Zeit ab. Es war kurz nach halb zehn.

Ich spülte meinen Mund im Badezimmer mit kaltem Wasser aus und betrachtete das Gesicht, das mich aus dem Spiegel anstarrte. Ich sah beschissen aus und fühlte mich auch so. Vorsichtig berührte ich den Klumpen auf meinem Hinterkopf und entschied mich, die Pflaster draufzulassen. Ich fand ein zerrissenes Sweatshirt, das über der Stange des Duschvorhangs hing. Es paßte perfekt zu meiner Stimmung. Ich ging zurück ins Wohnzimmer und zog mir eine frische Jeans an, dann wühlte ich in der Kommode nach sauberen Socken.

Ich machte mir einen Becher Tee und plante meinen Tag.

Ich brauchte unbedingt ein Auto, und dann mußte ich rauskriegen, wer mich so dringend aus dem Weg haben wollte, daß er die schwarz-weiße Minstrel-Show abzog, um mich in die Scheiße zu reiten. Und warum? Wo war ich da bloß wieder reingeschliddert? Soviele Fragen rasten durch mein Hirn, daß ich kaum meinen eigenen Namen wußte. Ich entschied mich, meinen Kopf klarzubekommen, indem ich etwas tat. Zuerst spülte ich meine schmutzige Tasse unter dem Wasserhahn aus, dann zog ich meine alte Lederjacke an und stiefelte los, um Charlie in seiner Werkstatt zu besuchen.

Fox hatte recht gehabt. Ich fühlte mich nicht unbedingt wie ein Superheld, als ich an der Bushaltestelle stand und dann eingeklemmt zwischen zwei Pensionären und ihrem Dienstags-Einkauf im Untergeschoß eines Busses durch die Straßen kroch.

In der Werkstatt entdeckte ich Charlie, der unter einem Ford Escort-Van arbeitete. Ich trat gegen seinen Fuß, und er rollte unter dem Vehikel hervor.

»Wie geht's dem Jag?« fragte ich, nachdem er aufgestanden war und wir uns höflich nach der Gesundheit des anderen erkundigt hatten.

»Mies«, sagte er und kratzte sich mit einem öligen Daumen am Kinn. »Ausgesprochen mies. Wer immer das war, er hat's gut und gründlich gemacht. Worum geht's hier?«

»Ich erzähl's dir ein ander Mal, Charlie«, erwiderte ich. »Wenn ich's selber weiß.«

»Da bin ich aber gespannt.«

»Ist er zu reparieren?«

»Natürlich. Man kann alles reparieren, wenn man genug Geld hat. Hast du das?«

»Kommt drauf an«, sagte ich. »Wieviel brauch' ich?«

Er brütete, wie das alle Mechaniker tun. »Mindestens eins-fünf«, sagte er.

»Oh Gott«, entgegnete ich schockiert.

»Hey, hey«, protestierte er. »Deine Schüssel sieht wirklich schlecht aus.«

»Wo ist der Wagen?« fragte ich.

»Hinten, unter der Plane.«

Ich marschierte aus der Garage heraus in einen kleinen Ziegelanbau. Ich entdeckte die schlanke Form des Jaguar unter einem Tuch. Ich zog die Bedeckung weg und betrachtete den Schaden. Der E-Type war tatsächlich im Eimer. Schlimmer, als ich gedacht hatte. Ich deckte ihn wieder zu und marschierte traurig zurück nach vorn. Charlie lehnte am Escort und reinigte sich die Fingernägel mit einem Metallstreifen. Er sah mich an, während ich näherkam.

»Mies«, sagte ich.

»Hab's dir gesagt.«

»Wann kannst du anfangen?«

»Sobald ich ein bißchen Geld hab', für die Teile.«

»Okay, ich besorg' dir was«, sagte ich, obwohl ich keine Ahnung hatte, woher. »Kann ich ihn hier stehenlassen?«

»Natürlich kannst du das, solange du willst. Ich kümmere mich drum.«

»Danke«, sagte ich, sah mich einen Moment lang um und stellte dann die große Frage.

»Kannst du mir vielleicht was leihen?«

Er dachte nach, dann grinste er breit. »Vielleicht hab' ich was«, sagte er. »Aber nicht viel.«

»Irgendwas«, drängte ich. »Ich brauch' bloß Räder.«

Er ging in den kleinen Verschlag, der als Büro fungierte, und nahm ein paar Schlüssel von einem Haken an der Wand. Dann führte er mich durch die Garage, am E-Type vorbei und hinaus auf ein offenes Gelände hinter den Gebäuden. Lauter Schrottwagen standen dort herum.

»Versuch den mal«, sagte er.

Er zeigte auf einen großen amerikanischen Wagen, oder zumindest die Überreste davon. Ein Pontiac Trans-Am. Keine bestimmte Farbe. Die Karosserie war mit grauer Grundierung gesprayt, hier und da aber bis zum nackten Metall abgeschliffen, auf dem kleine Rostflecken saßen.

Die Motorhaube war hellgelb und der Kofferraum dunkelbraun. Der Wagen mußte mal ein Vinyldach gehabt haben, aber es war abgerissen worden, und alles, was geblieben war, war eine dünne schwarze Folie, rauh wie ein schlecht rasiertes Kinn. Die Vorder- und Hinterreifen hatten verschiedene Durchmesser und Breiten. Die Vorderreifen waren Weißwand, die Hinterreifen ragten mindestens zehn Zentimeter auf jeder Seite unter der Karosserie hervor. Um die kleinen dicken Räder hinten auszugleichen, war der Wagen höhergelegt worden, und große Stoßdämpfer waren zu sehen.

»Schöner Wagen, Charlie«, sagte ich.

»Mach dich nicht lustig«, entgegnete er. »Der oder keiner.« Dann fügte er mit einem schiefen Grinsen hinzu: »Natürlich kannst du jederzeit bei Avis anrufen«. Ich schnitt eine Grimasse.

»Hör mal«, sagte er. »Du hast acht Zylinder hier.« Er klopfte auf die Motorhaube. »Vielleicht ist er unter vierzig ein bißchen ruckelig, aber das gibt sich. Und dann gehts los. Ich hab' die großen Federn eingebaut und vorne und hinten mit extra Stahlpaneelen verschalt. Ich hab' darüber nachgedacht, mit dem Biest Stock-Car-Rennen zu fahren, aber dann hatte ich keine Teile mehr.«

»Prima, Charlie«, sagte ich. »Sieht aus wie ein Wagen, der perfekt zu mir paßt.«

Ich klappte die Fahrertür auf. Das Innere roch muffig. Quer über die Vordersitze lag ein Streifen Nylongewebe.

»Was zum Teufel ist das?« fragte ich.

»Fallschirmstoff«, sagte Charlie stolz. »Das Ding hat ziemlich starke Bremsen, und so fliegst du nicht durch die Windschutzscheibe. Du weißt, wie du das benutzt, oder?«

»Yeah, ich habe die ›Dambusters‹ gesehen«, entgegnete ich so trocken ich konnte.

Ich schob den Stoff beiseite und setzte mich auf die verschlissenen Polster. Dann versuchte ich, den Wagen mit dem Schlüssel, den Charlie mir gegeben hatte, anzulassen. Der Motor ratterte, ging aber nicht an. Ich versuchte es wieder. Vergeblich.

»Warte mal«, sagte Charlie, ging um den Wagen herum und öffnete die Motorhaube. Er fummelte im Motorraum herum.

»Versuch's nochmal«, sagte er, als er wieder erschien.

Ich versuchte es zum dritten Mal. Nichts.

»Mehr Choke«, befahl er.

Ich gehorchte. Dieses Mal ging der Motor mit lautem Rumpeln, das den ganzen Wagen vibrieren ließ, an. Im Rückspiegel sah ich Rauchwolken aus dem Doppelauspuff aufsteigen. Der Rauch war erst schwarz, dann blau, schließlich grau, dann wurde es weniger.

»Laß ihn eine Minute laufen, dann ist alles okay«, sagte Charlie und grinste wieder.

»Bin ich versichert, das Ding zu fahren?« fragte ich.

»Probier's doch aus«, entgegnete er.

Vorsichtig schob ich den Choke hinein, und das laute Röhren des Motors wurde zu einem gedämpften Grollen.

»Fahr ihn einfach mal«, sagte mein Mechaniker-As. »Du wirst dich bald an ihn gewöhnen.«

Ich hob meine Hand zum Gruß vom Steuerrad, legte einen Gang ein und hoppelte durch die Pfützen über den matschigen Untergrund, an der Garage vorbei und hinaus auf die Hauptstraße.

Etwas ruckelig unter vierzig, hatte er gesagt. Na, das stimmte schon mal. Der Wagen klang wie ein Sherman-Panzer, der die Norwood Road entlangfährt. Jedesmal, wenn ich im Verkehr steckenblieb oder vor einer Ampel hielt, begann der Motor zu mucken, und ich mußte etwas Gas geben. Das Röhren des Aufpuffs hallte zwischen den Ladenfronten, und Köpfe drehten sich, um den schrottreifen Wagen anzustarren. Als ich meine Straße erreichte, hatte ich mich längst peinlich berührt auf dem Fahrersitz zusammengekrümmt. Ich parkte vor dem Büro; halbwegs erwartete ich, daß auch dessen Fenster eingeschlagen wären.

Alles war still und heil, und sogar der Postbote hatte mich ausgelassen.

Mein Kopf tat immer noch weh, also ging ich auf ein oder zwei medizinische Brandys rüber in den Pub. Während ich trank, versuchte ich wieder einmal, die Ereignisse der vergangenen Tage in einen sinnvollen Zusammenhang zu bringen, und wieder einmal gelang es mir nicht. Ich entschied mich, daß ich sobald wie möglich mit George Bright sprechen mußte. Ich ging zurück ins Büro und wählte seine Nummer. Er meldete sich sofort.

»George«, sagte ich, als er den Hörer abnahm.

»Ja, am Apparat«, war die Antwort.

»Nick Sharman.«

»Oh«, sagte er.

Aus irgendeinem Grund schien er sich nicht zu freuen, mit mir zu sprechen.

»Ich muß Sie sehen, George. Es haben sich ein paar Dinge ergeben.«

»Ich weiß«, sagte er. »Ich wurde gestern ins Leichenschauhaus gezerrt, um einen Körper zu identifizieren.«

»Wenigstens war es nicht Patsy«, sage ich.

»Nein, Gott sei dank.«

»Können Sie in mein Büro kommen?«

»Ich bin nicht sicher.«

»Sie waren sicher, als wir das letzte Mal gesprochen haben. Was ist los?«

»Nichts.« Dann überlegte er es sich anders. »Ich komme, so schnell ich kann«, sagte er.

»Beeilen Sie sich, George. Ich warte.«

Er legte ohne ein weiteres Wort auf.

Irgend etwas störte ihn. Das war sicher. Irgend etwas anderes als der Besuch im Leichenschauhaus. Ich mußte nicht lange darauf warten, ihn zu fragen.

Ungefähr zehn Minuten später fuhr sein Mercedes Saloon vor und hielt hinter dem Trans-Am. Die glänzende Lackierung von Georges Wagen ließ meinen noch mieser aussehen. George stieg aus. Er war angezogen, als wolle er im Dulwich Golf Club an die Bar. Er trug einen zweireihigen Cardigan aus dunkelblauer Wolle, ein weißes, bis oben hin zugeknöpftes Polohemd und eine Hose, die so aussah, als sei sie von Tavatini aus schwarz-grauem Prince-of-Wales-Stoff maßgeschneidert. An den Füßen schwarz glänzende Straßenschuhe. Er sah klasse aus. Sein Outfit sorgte dafür, daß ich mir noch bescheuerter vorkam.

George kam langsam durch meine Bürotür, stand da und sah mich an.

»Hatten Sie eine schlechte Nacht?« fragte er.

»Kann man schon sagen, George. Eher einen schlechten Tag, wenn ich ehrlich bin. Nett, daß Sie sich so schnell gemeldet haben. Sie müssen sich wirklich Sorgen gemacht haben.«

»Ich wußte nicht, daß Sie verhaftet worden waren«, sagte er lahm.

»Und es hat Sie auch nicht besonders interessiert, das rauszukriegen.«

Er sagte nichts.

»Was ist mit Ihnen los, George?« fragte ich.

»Dieses Mädchen im Leichenschauhaus.«

Er sah aus, als würde er gleich wieder anfangen zu weinen. Armer Kerl.

»Dumm gelaufen, George. Aber wie gesagt, es war nicht Patsy, oder?«

»Nein. Aber sie hätte es sein können, und vielleicht ist sie es das nächste Mal.«

Ich zuckte mit den Achseln.

»Es scheint, als hätte ich in ein Hornissennest gestochen«, sagte ich. »Jemand will nicht, daß ich nach Ihrer Tochter suche. George, jetzt verraten Sie mir mal: Wer könnte das sein?«

»Ich habe keine Ahnung.«

»Ich habe bloß mit zwei Leuten darüber geredet«, fuhr ich fort. »Den einen hat's nicht interessiert, und der andere ist ein Freund von mir, der Sie nicht kennt und kein Hühnchen zu rupfen hat. Er würde also wohl kaum dafür sorgen, daß jemand so auf mich losgeht. Ich muß Ihnen zwei Fragen stellen. Erstens, warum haben Sie sich nicht in den Drogenkliniken der Umgegend nach Patsy erkundigt? Sie wußten, daß sie Dope nahm. Und zweitens, wem haben Sie erzählt, daß Sie mich engagiert haben, nach ihr zu suchen?«

»Ich habe Ihnen schon gesagt«, sagte er, »daß ich nicht wußte, wieviel sie mit Drogen zu tun hatte. Ich habe erwartet, daß die Polizei das überprüft.«

Dann hätte er ihnen allerdings von der Kiste mit Zubehör berichten sollen, die er in Patsys Schrank gefunden hatte.

»Und ich habe nur ein paar Leuten von Ihnen erzählt«, fuhr er fort. »Meine Angestellten wissen es. Es war offensichtlich, daß etwas nicht in Ordnung war. Ich vergaß Anweisungen, war einfach nicht up to date. Mein Vorarbeiter kam zu mir, und ich habe ihm alles erzählt. Die anderen Männer waren sehr nett, sehr hilfsbereit. Sie haben mir eine große Last von den Schultern genommen. Außerdem kannten sie Patsy, weil sie ja bei uns gearbeitet hat. Nette Leute.«

»Rührend«, sagte ich. »Noch jemand?«

»Ich glaube, ich habe es ein paar Leuten in meinem Club erzählt.«

»Club?«

»The Conservative Club. Da trinke ich.«

Ich hätte es wissen müssen.

»Soll ich vielleicht nach einer rechtslastigen Faschistenarmee suchen?« sagte ich. »Das halte ich für nicht sehr wahrscheinlich. Die Flinte von dem Typen war bestimmt nicht für die Moorhuhnjagd.«

Ich sah, wie Georges Augen größer wurden, als ich die Waffe erwähnte, sagte aber nichts weiter dazu. Ich entschied mich, die Club-Connection zu ignorieren. »Wie steht es mit Ihren Angestellten?« fragte ich. »Kann ich mit ihnen sprechen?«

»Es wäre mir lieber, wenn nicht«, sagte er und sah sich im Zimmer um, wie ein Hund, der nach seinem Lieblingsknochen suchte. »Hören Sie, Sharman, es wäre mir auch lieber, wenn Sie nicht mehr nach Patsy suchten. Es wird zu gefährlich. Ich hätte nicht gedacht, daß Sie dermaßen viel Staub aufwirbeln würden.«

»Sie sind unglaublich, wissen Sie das?« fragte ich. »Sie wollten, daß ich nach Patsy suche, weil die Polizei nichts tat. Und zwar, obwohl sie selbst zugegeben haben, daß Sie Informationen zurückgehalten haben, die vielleicht geholfen hätten. Und jetzt, wo etwas passiert, wollen Sie, daß ich einfach aufhöre. Ich glaube, daß Sie einfach nicht wissen, was Sie wollen. Aber jetzt ist es zu spät. Ich möchte diese Jungs wiedersehen. Sie haben meinen Wagen kaputtgeschlagen, und sie haben versucht, mich reinzulegen. Sie haben einen Schaden von mindestens fünfzehnhundert Pfund angerichtet, und da ist das hier noch nicht mit eingerechnet.« Ich berührte die Beule an meinem Hinterkopf. »Es ist jetzt eine persönliche Sache.«

George sah mich aufgeregt an. »Hören Sie«, sagte er. »Ich zahle für den Wagen. Das ist das mindeste, was ich tun kann. Ich lasse Ihnen einen Scheck ausstellen, sobald Sie eine Rechnung einreichen, und ich lege noch was drauf für den Ärger. Sie haben meine Adresse. Geben Sie mir Ihr Konto durch, und Sie haben innerhalb von vierundzwanzig Stunden Ihr Geld. Aber ich möchte nicht, daß Sie weiter nach Patsy suchen, das ist alles.«

George wurde patzig, und das fehlte mir gerade noch. Ich wußte, daß ich einen Kunden verlor.

»George«, sagte ich und versuchte, ihn wieder auf die richtige Schiene zu setzen. »Letzte Woche haben Sie geweint, damit ich den Fall annehme. Heute, noch nicht mal sieben Tage später, sind Sie bereit, fast alles zu bezahlen, damit ich ihn fallenlasse. Was ist in Sie gefahren?«

»Nichts.«

»Ich glaube Ihnen nicht.«

Ich war lange genug bei den Bullen, um zu wissen, wann jemand log. Er begann zu protestieren.

»Okay, okay«, unterbrach ich ihn. »Aber was ist mit Patsy? Ist sie Ihnen egal?«

»Natürlich nicht«, protestierte er. »Aber ich würde das lieber der Polizei überlassen. Die haben einfach mehr Leute.«

»Das ist genau das, was ich Ihnen gesagt habe, als Sie zum ersten Mal bei mir waren, und Sie haben gesagt, *fuck them*. Und jetzt sage ich Ihnen, *fuck you*. Ich möchte die Männer treffen, die für Sie arbeiten. Wann kann ich vorbeikommen?«

»Ich will nicht, daß Sie die irgend etwas fragen«, unterbrach er. »Ich möchte, daß Sie Ihre Ermittlungen sofort einstellen. Ich verbiete Ihnen weiterzumachen. Schicken Sie mir die Rechnung für Ihren Wagen, und ich bezahle sie. Das ist alles. Ich gehe jetzt.«

Und er ging. Ich sah zu, wie er sich abwandte und das Büro verließ, in den Wagen stieg, die Tür zuknallte und mit quietschenden Reifen davonfuhr. Ich sah ihm nach und konnte nichts dagegen tun. Ich wünschte, ich hätte ihn ins Bein gebissen.

Wenn ich aufgesteckt hätte, als George es mir befohlen

hatte, wenn ich das Auto hätte reparieren lassen und ihm in Rechnung gestellt hätte, wie anders wäre alles gekommen. Wieviel Leben hätte ich gerettet, wenn ich mich um meinen eigenen Kram gekümmert hätte?

Dieser Gedanke verläßt mich nie, nicht einmal jetzt. Ich muß die volle Verantwortung tragen. Ich war einfach zu stur. Ich war sicher, daß der große Detektiv am Ende das Rätsel lösen und mit dem Mädchen in den Sonnenuntergang reiten würde.

Ich war besessen von Patsys Bild. Ich holte es wieder aus dem Umschlag. Ich betrachtete es lange Zeit.

Ich wußte, daß ich die Spur nur in dem Haus in Brixton aufnehmen konnte, in das mich der Schwergewichtler gelockt hatte. Ich mußte Fox' Drohungen und Georges Wunsch, die Ermittlung zu beenden, ignorieren und dorthin zurückkehren.

16

Ich versuchte, Terry Southall in der Klinik zu erreichen. Ich sprach mit Precious, die mir sagte, daß er den ganzen Tag Hausbesuche machte. Ich erklärte ihr, daß es sehr wichtig sei und daß er mich anrufen sollte, wenn er sich bei ihr meldete. Er hatte meine beiden Nummern, aber ich gab sie ihr trotzdem noch einmal.

Ich entschied zu warten, bis es dunkel war, bevor ich nach Brixton zurückkehrte, und verbrachte den Nachmittag zu Hause. Ich pflegte meinen kaputten Kopf und mein angeschlagenes Ego mit einem Fläschchen Gin, das ich vorhin beim Schnapsladen gekauft hatte. Ich war nicht sicher, was von beidem mehr wehtat, aber beides war sehr schmerzhaft.

Ich lag stundenlang auf dem Bett und lauschte leise Radio Four. Ich trank und döste und träumte von toten Mädchen, die auf windigen Straßen tanzten.

Als es dämmerte, war ich ziemlich genervt und bereit, mich mit der ganzen Welt anzulegen. Bewaffnet bloß mit einer kleinen Taschenlampe und einem Bauch voll Gin fuhr ich wiederum nach Brixton. Ich entschied mich, eine Ecke von dem Haus entfernt zu parken. Nicht, daß irgend jemand den alten Pontiac kaputtschlagen würde; die Mühe mußte sich keiner mehr machen.

Außerdem würde das verlassene Wrack vorher abgeschleppt werden.

Ich stellte den Wagen in der dunkelsten Ecke ab, die ich finden konnte. Dann schlich ich wie ein Verbrecher die Straße entlang, duckte mich in die Schatten. Die meisten Gebäude in dem Block waren dunkel, inklusive desjenigen, das ich besuchen wollte. Ich ging durch den kleinen Garten und probierte die Haustür. Abgeschlossen. Ich tastete nach den Klingelknöpfen und drückte auf alle drei. Nichts zu hören. Ich hatte kein Werkzeug bei mir, und ich hatte noch nie ein Schloß mit einer Kreditkarte öffnen können, also machte ich es mir leicht und trat die Tür ein. Soweit ich sehen konnte, hatte sie nur ein Schloß, und ein kräftiger Tritt änderte auch das. Von innen überprüfte ich die Lage. Mein Tritt hatte die Schrauben, die das Schloß festhielten, aus dem verrotteten Holz des Türrahmens gerissen. Ich drückte die Schrauben mit den Fingern wieder rein und zog die Tür hinter mir zu.

Ich durchsuchte das Haus und ließ hinter mir die Lichter an. Ich begann unten und arbeitete mich nach oben. Niemand zu Haus. Als ich entdeckte, daß der Stromzähler mit einem dicken Kabel umgangen worden war, wurde endgültig klar, was für Leute – wenn überhaupt – sich hier aufhielten. Sehr gefährlich, so ’was, dachte ich, aber nicht so tödlich wie die Injektion von 98prozentig reinem Heroin.

Während ich suchte, schien sich das Haus nach innen gegen mich zu lehnen. Die dünnen Mauern kamen näher, während ich mich in den Zimmern umsah. Die Tapeten, die an den Wänden hingen, waren feucht und blaß, und hier und da pellten sie ab wie die Haut von einer alten Leiche. Bloß zwei Zimmer schienen in letzter Zeit bewohnt worden zu sein. Eines war das, in das der Schwergewichtler mich gebracht hatte, damit ich seine letzte Bewohnerin kennenlernte. Die Polizei hatte es durchsucht und alles, was sie gefunden hatten, lagerte jetzt in der Brixtoner Polizeiwache. Das Zimmer war staubig vom Fingerabdruck-Puder. Er lag auf allen Oberflächen wie Zucker auf einem Doghnut. Trotzdem sah ich mich um, versuchte, keine Fingerabdrücke in dem Puder zu hinterlassen, und verfluchte mich, weil ich keine Handschuhe mitgebracht hatte. Während meiner Suche lauschte ich auf Geräusche von unten. Ich hätte mir die Mühe sparen können, denn nichts rührte sich. Mein Kopf begann, in der Stille zu klopfen. Das Zimmer machte mich fertig. Ich konnte die Gegenwart des toten Mädchens spüren, wie einen Stich, den ich nicht kratzen konnte.

Der einzige andere Raum, der in Gebrauch zu sein schien, lag im Erdgeschoß nach hinten heraus. Darin befand sich eine Doppelmatratze, mit einem Bettbezug und ein paar schmutzigen Laken nett zurechtgemacht. Ein alter Ofen stand in einer Ecke, einigermaßen sauber und fettfrei, darauf ein Kessel und eine Pfanne. Ein Plattenspieler auf dem Boden, daneben ein paar Schallplatten. Ich sah sie durch. Nicht viel, was mir gefiel. Sex Pistols, Clash, Cramps, Anti-Nowhere League, The Stranglers und ein paar Rockabilly-Compilations bildeten eine kleine Sammlung. Erstaunlich, was man schon vom Musik-Geschmack her über eine Person erfährt.

Ein uralter, angeschlagener Schrank stand neben dem Bett, und darin hingen einige Männer-Kleidungsstücke. Fast alles schwarz, Stil etwa ’76. Ich war offensichtlich in ein Punk-Nest gestolpert. Ich beschloß, zu warten und herauszufinden, ob er zurückkam.

Ich lief wieder durch das ganze Haus und schaltete die

Lichter aus. Im dünnen Strahl meiner Taschenlampe ging ich zurück in das Hinterzimmer, zog mir einen alten Sessel heran und ließ mich nieder.

Ich saß im Dunkeln, und langsam nahm die Einrichtung des Zimmers vor meinen Augen wieder Formen an. Wieder einmal lauschte ich der Stille, durchbrochen nur von den leisen Geräuschen des Hauses und dem tropfenden Wasserhahn. Ich wartete ungeduldig, daß etwas passierte, und gleichzeitig genoß ich es, in dem gemütlichen alten Sessel zu sitzen und die Zeit vergehen zu lassen. Ich rieb meine Finger aneinander, und meine Haut wirkte trocken und pudrig. Ich kam mir alt und überflüssig vor, wie ich so auf jemand wartete, der vielleicht nie ankommen würde.

Urplötzlich hörte ich ein Geräusch. Die Haustür öffnete sich, und leise Schritte kamen durch den Flur auf das Zimmer zu, in dem ich saß.

Ich stand auf und ging zur Tür. Ich hörte, wie die Klinke heruntergedrückt wurde und jemand die Türe öffnete. Ich wartete, bis ich eine unscharfe Silhouette vor dem Dämmerlicht, das von der Straße in den Flur sickerte, ausmachen konnte, dann packte ich zu. Meine Hand erwischte den Aufschlag einer Lederjacke, und ich zerrte denjenigen, der sie trug, zu mir ins Zimmer.

Ich hörte einen gedämpften Schrei, ignorierte ihn aber. Ich hielt mit der einen Hand die Jacke fest, mit der anderen tastete ich nach dem Lichtschalter. Im hellen Schein der nackten Glühbirne betrachtete ich meinen Fang. Ein abgedrehter Junge mit langem schwarzen Haar, das irgendwie angeknabbert aussah. Er trug seine zerschrammte Lederjacke über einem weiten, ausgewaschenen, schwarzen Hemd und einer engen Jeans, die kunstvoll an den Knien zerrissen war. Sein Gesicht war angstweiß im erbarmungslosen Elektro-Licht, und ein paar rote Pickel waren um seinen Mund und die Nasenlöcher herum zu sehen. Er war jung, nicht älter als neunzehn oder zwanzig, und er roch schlecht, als wäre ihm was abgefault und er hätte es noch nicht mitgekriegt.

Er versuchte, sich zu befreien, aber ich war zu stark und hielt ihn fest. Als er das kapierte, änderte er seine Taktik und versuchte, die Spitze eines seiner Stiefel in meinen Bauch zu kicken. Ich wandte mich einfach ab und packte mit meiner freien Hand seinen linken Arm. Ich ließ seinen Aufschlag los, wirbelte ihn herum und verdrehte den Arm hinter seinem Rücken. Ich hielt ihn fest, den Mittelfinger von seiner Handfläche weggedrückt. Wenn er sich wehrte, brach der Finger, so einfach war das. Er holte Luft, um zu schreien, aber ich packte eine Faust voll fettigem Haar und riß seinen Kopf nach hinten. Der Schrei starb irgendwo in seinem Hals. Er war mein Gefangener. »Mach kein Lärm, beweg dich nicht, atme nicht zu laut, sonst breche ich dir deinen Finger«, flüsterte ich ihm ins Ohr.

»Laß mich los, du Arsch«, zischte er.

Ich zerrte seinen Kopf noch weiter nach hinten, bis sein blasses Gesicht anfing, grau zu werden.

»Nenn mich nicht so«, sagte ich leise, »oder ich werde dir wirklich wehtun.« Er blieb mucksmäuschenstill. Ich sagte: »Ich werde dich jetzt loslassen, aber laß die Dummheiten. Ich möchte nicht, daß du unnötig leidest. Aber du wirst es, wenn du mich dazu zwingst. Hast du das kapiert?«

Er rührte sich nicht, sagte nichts, also ließ ich ihn los. Er drehte sich um und sah mich an, rieb sich den Nacken. Ich starrte zurück.

»Setz dich aufs Bett«, befahl ich.

Er bewegte sich nicht, also stieß ich ihn gegen die Brust, in Richtung Bett. Ich konnte seine Knochen durch das Hemd fühlen. Er kapierte. Er setzte sich, ich blieb stehen.

»Wer zum Teufel sind Sie? Und was wollen Sie?« forderte er, nachdem er mich etwa eine halbe Minute lang angestarrt hatte.

»Polizei«, sagte ich. Es war das erste, was mir in den Sinn kam. Bisher hatte es immer geklappt.

»Quatsch, zeigen Sie mir Ihren Durchsuchungsbefehl«, forderte er. Die Welt schien sich geändert zu haben. Ich hob meine Faust.

»Das ist genug Durchsuchungsbefehl für mich«, sagte ich. Ich glaube, er konnte mir folgen. »Warst du gestern hier?« fragte ich.

Er sagte nichts.

»Es gibt zwei Möglichkeiten, wie das jetzt weitergeht«, sagte ich. »Entweder antwortest du mir, oder ich verprügle dich, und dann antwortest du mir. Niemand ist hier. Niemand interessiert sich für dich. Also, wie soll's laufen? Ich hab' nicht die ganze Nacht Zeit.«

»Das trau'n Sie sich nicht«, sagte er tapfer. Aber der Ausdruck auf seinem Gesicht verriet, daß er das selber nicht ganz glaubte.

»Sei nicht so scheißnaiv, Junge«, sagte ich. »Ich dachte, ihr Punks seid einigermaßen clever. Mir geht's am Arsch vorbei, was hier läuft. Ich will nur ein paar Antworten auf ein paar einfache Fragen. Es ist ganz leicht, sag' einfach die Wahrheit und ich gehe, dann ist alles okay. Keine große Sache.« Ich rauhte meine Stimme und meinen Akzent auf, das machte meistens Eindruck. Auf seinem Gesicht war zu lesen, daß er meinem rüden Tonfall Glauben schenkte.

»Was also wollen Sie wissen?« fragte er.

»So ist es gut«, sagte ich. »Warst du gestern hier?«

»Nachts«, entgegnete er.

»Vorher nicht?«

»Nein.«

»Waren die Bullen noch da?«

»Ich hab' gewartet, bis sie weg waren.«

»Wie lange?«

»Bis acht.«

»Okay, kanntest du das Mädchen, das oben lebte?«

»Welches Mädchen?« fragte er unschuldig.

Ich trat einen Schritt auf ihn zu.

»Du weißt, welches Mädchen«, quetschte ich zwischen zusammengebissenen Zähnen hervor. »Das Mädchen, daß sie gestern tot gefunden haben.«

»Okay. Ich kannte sie. Na und?«

»Wie hieß sie?«

»Wissen Sie das nicht?«

»Mach' mich nicht an. Sag' mir einfach ihren Namen. Nerv mich nicht.«

»Jane«, sagte er schließlich.

»Gut. Wann hast du sie zuletzt gesehen?«

»Weiß nicht, letzte Woche irgendwann.«

»Weißt du, wie sie gestorben ist?«

»Nein.« Es schien ihn auch nicht zu interessieren.

»Überdosis«, sagte ich.

Er zuckte mit den Achseln.

»Heroin«, fuhr ich fort.

Er zuckte wieder mit den Achseln. Ich begann, meine Geduld zu verlieren. »Spritzt du?« fragte ich.

»Was?«

»Nimmst du Heroin?«

»Nein.«

»Was dann?«

»Bloß manchmal 'n Joint.«

»Kennst du Patsy Bright?«

»Nie von ihr gehört.«

Sein Gesicht verriet, daß er log.

»War sie je hier?« fragte ich.

»Wer?«

»Patsy Bright«, sagte ich geduldig.

»Ich hab' Ihnen schon gesagt, daß ich ...«

Ich unterbrach ihn, indem ich ihn am Kragen seiner Jacke auf die Füße zerrte und ihm mit der flachen Hand eine Ohrfeige gab. Das Geräusch von Haut auf Haut hallte durchs Zimmer. Das Geräusch erinnerte mich lebhaft an zwei Vorfälle aus der Vergangenheit.

Erstens, wie ich in die Dunkelheit einer schmutzigen Garage kam und TS dabei entdeckte, wie er versuchte, zwei Police Officers daran zu hindern, einen schwarzen Teenager zuschanden zu treten. Zweitens, wie ich mich am vorigen Nachmittag gefühlt hatte, als Bachmann entschied, die Konturen meines Gesichts zu verändern.

Ich hatte nur einen Versuch. Ich hoffte, daß der Punk das

nicht merken würde. Ich kam mir immer noch wie ein Schwein vor, das einen dünnen kleinen Jungen schlug. Als ich ihn festhielt und zusah, wie seine Wange von der Kraft meines Schlages rot wurde, fielen mir zum ersten Mal seine Augen auf.

Ich packte ihn am Kiefer und sah ihm genau in die Augen. Seine Pupillen waren kaum stecknadelkopfgroß.

»Bloß manchmal 'n Joint«, höhnte ich. »Du verlogener kleiner Arsch. Was nimmst du?«

Er wandte den Kopf ab.

»Bist du auf Pillen?« fragte ich, zerrte sein Gesicht zurück in meine Richtung und war dabei nicht besonders liebevoll.

»Vielleicht, was geht's Sie an? Sie sind kein Cop«, flüsterte er trotz meines Griffs.

»Das ist mir egal. Daß du mich angelogen hast, paßt mir nicht.«

Ich ließ sein Gesicht los und hob die geballte Faust. Ich war's langsam leid, den harten Mann zu spielen.

Urplötzlich schien ihn jeder Kampfgeist zu verlassen.

»Bitte tun Sie mir nicht weh, bitte. Ich sag' Ihnen alles«, bettelte er, während er sich wieder setzte.

»Aber keine Lügen mehr, ja?«

»Alles klar«, stimmte er zu.

Ich schubste ihn zurück auf das Bett und zog mir den Sessel heran. Ich setzte mich so auf eine Armlehne, daß ich direkt auf ihn hinuntersehen konnte.

»Wie heißt du?« fragte ich. Ich bemühte mich, etwas freundlicher zu klingen. Noch etwas, das normalerweise funktionierte. Und dieses Mal war keine Ausnahme.

»Steve«, entgegnete er.

»Toll, Steve. Und, kennst du Patsy Bright?«

»Ja«, entgegnete er.

»Weißt du, wo sie steckt?«

»Nein, ich hab sie 'ne Weile nicht gesehen.«

»Wie lange?«

»Sechs Wochen, zwei Monate. Ich weiß nicht genau.«

»Wo hast du sie das letzte Mal gesehen?«

»Bei einem Cramps-Konzert in Hammersmith.«

»War sie allein?«

»Ja.«

Wir hätten zwei alte Freunde sein können, die über ihr zufälliges Zusammentreffen plauderten, so höflich waren wir.

»Hat sie je hier gelebt?«

»Hier? In diesem Loch? Hier hätte sie sich nicht mal begraben lassen.«

Ich machte mir nicht die Mühe, ihn auf die Ironie dieser Bemerkung hinzuweisen.

»War sie auf Drogen?« fragte ich.

Er starrte mich an, als hätte ich eine ausgesprochen dämliche Frage gestellt.

»Kommt drauf an, wie Sie das meinen«, entgegnete er.

»Du weißt, was ich meine.«

»Machen Sie Witze?«

Ich war es leid, daß er jede Frage mit einer Frage beantwortete.

»Ich mach' keine Witze. Los, sag' es mir.«

»Sie hat keine Drogen genommen. Jedenfalls nichts Hartes. Sie wollte sich nicht mit dieser Scheiße schmutzig machen. Sie hat sie bloß verkauft.«

Ich konnte kaum glauben, was er sagte. »Sie war eine Dealerin?« frage ich ungläubig.

»Klar war sie das, und zwar 'ne große. Sie hat nicht wenig verkauft, sondern viel.«

»Wieviel?«

»Kilos, sowas.«

»Quatsch«, sagte ich. »Ich glaub' dir nicht.«

»Es stimmt aber«, sagte Steve indigniert.

»Na gut, Kilos von was?«

»Smack und Coke.«

»Wo hatte sie es her?« wollte ich wissen.

»Ich weiß nicht.«

»Laß uns das mal klarkriegen«, sagte ich. »Du sagst, daß

Patsy Bright in großem Stil mit harten Drogen gehandelt hat. Sie ist erst achtzehn. Also muß jemand hinter ihr gestanden haben. Sie beliefert haben. Wer war das?«

»Ich sagte doch schon, ich weiß es nicht.« Wahrscheinlich war es auch sicherer für ihn, daß er es nicht wußte.

Ich dachte an Patsys Foto und fühlte mich von ihrem Engelsgesicht betrogen.

»Woher weißt du das alles?« fragte ich.

»Sie hat kein Geheimnis draus gemacht. Wir haben uns in Clubs getroffen. Ein paar von uns, die zusammen gesoffen haben. Aber 'ne Menge Leute mochten sie nicht. Sie ist verrückt, abgedreht.«

»Ich dachte, du hast gesagt, sie nimmt keine Drogen«, unterbrach ich ihn. »Wenn du mir nochmal Lügen erzählst, wirst du's bereuen.«

Jetzt guckte er wirklich ängstlich. Ich fing langsam an, ihm zu glauben, obwohl ich das nun wahrlich nicht wollte.

»Sie hat keine harten Sachen genommen«, erklärte er. »Aber sie mochte ganz gern Dope.« Er kicherte bei dem Gedanken. »Sie hat gesagt, sie fühlt sich dann sexy. Sie hat uns Smack und Coke gegeben, damit sie in der Clique bleiben kann. Ich hab' schon gesagt, 'ne Menge Leute mochten sie nicht. Und«, fügte er hinzu, »wer sagt denn überhaupt, daß man Drogen nehmen muß, um verrückt zu sein?«

»Sie hat eure Freundschaft mit harten Drogen gekauft?« wiederholte ich. »Ich dachte, du hättest gesagt, daß du keine nimmst, Steve. Mach' mich nicht wütend.«

»Ich hab' gelogen«, sagte er. »Aber jetzt sage ich die Wahrheit, ehrlich. Manchmal nehm' ich was, aber nicht soviel wie manche von den anderen. Die finden's echt geil, manche.«

»Hat sie sie abhängig gemacht?« fragte ich.

Er sah mich mit schläfrigen Augen an und sagte: »Wo ich drüber nachdenke, klingen Sie doch wie ein beschissener Cop. Woher zum Teufel soll ich das wissen?«

Und es ist dir auch egal, dachte ich.

Er klopfte auf seine Jacke. »Ich will 'ne Fluppe, okay?«

Ich nickte und fragte dann: »Hat sie deinen Freunden Dope verkauft, als sie Junkies geworden waren?«

»Nein, sie hat ihnen einfach 'was gegeben. Sie hatte echt viel. Sie hatte immer viel.«

Während wir redeten, hatte Steve seine Taschen durchsucht und schließlich ein zerknautschtes Päckchen mit zehn Embassy Filter hervorgeholt und ein Streichholzbriefchen. Er zog eine Zigarette und zündete sie an. Er hielt mir sogar das Päckchen hin, wie ein perfekter kleiner Gentleman. Ich lehnte ab.

»Hat sie das Mädchen oben beliefert?« fragte ich, als seine Zigarette zufriedenstellend brannte.

»Ich hab' doch schon gesagt, ich weiß es nicht. Ich hab' Patsy ewig nicht gesehen. Jane auch nicht.«

»Vorher, meine ich. Damals.«

»Vielleicht, wer weiß.«

»Gehörte Jane zu der Clique, mit der du unterwegs warst?«

»Nein«, er lachte gemein. »Sie war bloß ein dreckiger kleiner Junkie.«

»Es ist dir egal, daß sie tot ist?«

Er zuckte mit den Achseln. Das machte Steve gern.

»Jane hat von irgend jemand reines Smack gekriegt. Hast du davon was gehört?«

Ich griff nach Strohhalmen.

»Das wär geil. Das hätte ich gern«, entgegnete er.

Er schnippste die Asche von seiner Zigarette, und sie fiel aufs Bettlaken.

»Lebst du hier alleine?« fragte ich.

»Manchmal, manchmal nicht«, sagte er.

Ich konnte sehen, wie er einschlief und daß er an weiterer Konversation nicht interessiert war.

»Bist du sicher, daß Patsy dir nie gesagt hat, von wem sie die Drogen hat oder wem sie sie verkauft?« bohrte ich wieder. Ich mußte die Wahrheit herausfinden – oder irgendwas, das für die Wahrheit durchging.

Er deutete mit wackeligem Zeigefinger in meine Richtung. Die Schlafpillen taten ihre Wirkung. Oder vielleicht tat er auch nur so. »Sie hat gesagt, das ist geheim.«

»Ist sie mal hier mit dir gewesen?«

»Ich glaub' nicht, daß ich ihr Typ war». Er kicherte wieder. Kichern und mit den Schultern zucken, da war er groß drin.

»Wer war dann ihr Typ?« fragte ich interessierter, als ich hätte sein sollen.

»Woher soll ich das denn wissen? War mir auch egal. Ich krieg' immer 'ne Torte, wenn ich will.«

»Yeah, das glaube ich, Steve«, sagte ich. »Du bist ein Prinz. Ich wette, die Tussis umschwärmen dich nur so.«

»Ich werd' mal Rockstar«, sagte er schlapp, als hätte er die Worte so oft aus seinem eigenen Mund gehört, daß er sie nicht länger glaubte. »Aber irgendein Arsch hat meinen Baß geklaut.«

Wenn es nicht so tragisch gewesen wäre, wäre es lustig gewesen. Er ließ sich nach hinten auf die Matratze fallen und schloß die Augen. Ich nahm die Zigarette, die zwischen seinen Fingern glimmte, und drückte sie auf einer Untertasse aus, die auf einem Holzbrett in der Spüle stand. Der Wasserhahn tropfte immer noch, und die Tropfen trommelten auf die Außenseite einer alten Blechdose, die in der Spüle lag. Ich versuchte mit aller Kraft, den Hahn zuzudrehen, aber nichts passierte. Die Dichtung schien hinüber zu sein. Ich schob die Dose unter dem Hahn weg, und eine Kakerlake floh blindwütig in die Falten eines Geschirrhandtuchs.

Ich ging davon aus, daß ich in dieser Nacht aus Steve keine weiteren Informationen herauskriegen würde. Ich überließ ihn seinen Träumen von Ruhm und Geld.

Ich mußte so schnell wie möglich George Bright treffen. Ich wollte Antworten auf die Fragen, die sich aus dem Gespräch mit Steve ergeben hatten. Nicht zum ersten Mal, seit ich angefangen hatte, nach Patsy Bright zu suchen, hatte ich das Gefühl, daß jemand mich verarschen wollte. Und das nicht nur ein bißchen, sondern echt gründlich.

Ich fuhr geradewegs zurück zu Georges Haus in Dulwich.

Obwohl ich bestimmt fünf Minuten lang klopfte und klingelte, öffnete niemand. Ich fühlte mich erschöpft von dem, was Steve mir erzählt hatte. Ich hoffte, daß er log, wurde aber das Gefühl nicht los, daß er die Wahrheit gesagt hatte. Ich dachte darüber nach, in Brights Villa einzusteigen, aber mir fiel kein guter Grund dafür ein. Die Chance, daß ich in einem Haus dieser Größe über irgend etwas Wichtiges stolperte, war bestenfalls minimal. Außerdem würde ich bestimmt erwischt werden.

Also fuhr ich zurück nach Hause, saß eine Weile lang da und starrte Patsys Bild an.

Sie hatte angefangen auszusehen wie ein gefallener Engel.

Um halb eins ging ich zu Bett und schlief sofort ein.

17

Das Scheppern der Telefonklingel weckte mich in den frühen Morgenstunden. Ich fühlte mich, als wäre ich nur einen Augenblick lang eingenickt, während ich aus konfusen Träumen auftauchte. Es war stockdunkel im Zimmer, und ich tapste nach dem Licht neben meinem Bett. Als ich den Schalter fand, nahm ich meine Uhr vom Nachttisch. Es war halb zwei. Ich fluchte laut, während ich den Hörer von der Gabel nahm. Wer auch immer anrief, stand in einer Telefonzelle. Ich wartete, bis das Piepsen aufgehört hatte. Ich erkannte die Stimme sofort: »Nick, bist du das?« fragte sie. »Ich bin's – TS.«

Seine Zunge klang schwer, und er war weit entfernt, wütend oder stoned, und verzerrte Elektro-Funk-Musik hallte durch die Leitung, was es nicht einfacher machte, ihn zu verstehen.

»Ist ganz schön spät, Mann«, sagte ich. »Ich war schon im Bett.«

»Tut mir leid, aber ich muß mit dir reden.«

»Prima, ich hab' schon früher versucht, dich zu erreichen.«

»Ich weiß«, sagte er. »Ich habe mit Precious gesprochen. Wo warst du? Ich hab' den ganzen Abend bei dir angerufen.«

»Hab' mich amüsiert«, sagte ich, während das Telefon laut knisterte. »Wo zum Teufel bist du? Ich kann kein Wort verstehen, so laut ist es.«

»Ich bin im Olive«, entgegnete er.

»Du änderst dich auch nie, oder?« fragte ich.

The Olive Branch war ein Club in der Nähe der Brixton Road, dessen Klientel multi-kulturell, multi-sexuell und ziemlich hart war – und bizarr dazu.

»Ist der Schuppen immer noch offen?« fragte ich.

»Natürlich«, entgegnete er. »Hör mal, ich muß dich sehen.«

»Okay, wir treffen uns morgen früh.«

»Nicht morgen, jetzt.«

»Laß mich in Ruh'«, sagte ich. »Weißt du, wie spät es ist?«

»Wen interessiert das?« sagte er. »Ich glaube, jemand will dich reinlegen.«

»Das wäre nicht das erste Mal«, sagte ich ihm. »Wer ist es diesmal?«

Seine Stimme wurde leiser, dann konnte ich ihn wieder hören.

»Ich kann hier nicht reden«, brüllte er durch die Interferenzen. »Diese Leitung ist beschissen. Ich bin in einer Viertelstunde zu Hause. Kannst du kommen?«

»Ich bin im Bett.«

»Scheiß auf Bett, es könnte für uns beide wichtig sein, daß wir uns treffen. Ich weiß was Neues über das Mädchen, nach dem du suchst, und ich hab' ein kleines Problem.«

»Was weißt du? Was für ein Problem?« fragte ich, urplötzlich hellwach.

»Ich glaube, ich werde verfolgt.«

»Von wem?«

»Ich bin nicht sicher, es sind zwei, und es hat erst angefangen, als ich mich nach deiner Patsy Bright erkundigt habe.«

»Sind sie jetzt da?«

»Nein, deswegen will ich auch abhauen.«

Ich konnte im Hintergrund ein paar Frauen kreischen hören.

»Bist du allein?« fragte ich.

»Nein.«

»Jemand, den ich kenne?«

»Glaube ich nicht, sie geht noch zur Schule.«

»Häng sie ab«, sagte ich drängend. »Und wir treffen uns in zwanzig Minuten bei dir.«

»Keine Chance, Nick. Ich will rauskriegen, ob sie 'n Höschen anhat.«

»Sei nicht blöd, Terry. Es könnte gefährlich sein, wenn diese Leute sind, was ich glaube. Laß das Mädel sausen, Mann. Sie könnte auch in Gefahr sein.«

»Vergiß es, sie glaubt, ich bin ein Kriegsheld. Ich sage dir, Junge, das ist Liebe. Komm einfach. Wir warten auf dich.«

Ich wollte noch protestieren, aber Terry legte auf und ließ mich allein mit dem kalten Telefonhörer. Ich sank mit dem Telefon auf der Brust zurück ins Bett. Obwohl ich hundemüde war, war ich mehr als nur neugierig geworden. Und ich machte mir Sorgen, weil er glaubte, verfolgt zu werden. Das gefiel mir überhaupt nicht. Es schien, als sollte auf Teufel komm raus die Ermittlung des Aufenthaltsortes eines Mädchens vereitelt werden.

Ich kam mir vor, als wäre ich in ein Wolfsrudel marschiert, obwohl ich doch nur nach einem kleinen Hündchen suchte.

Ich kletterte aus dem Bett, ging ins Bad und spritzte mir kaltes Wasser ins Gesicht. Das Spiegelbild, das mich ansah, war mitternachtalt und leuchtend blaß. Ich trocknete mein

Gesicht ab und formte mit den Fingern eine jung-dynamische Grimasse.

Ich putzte mir die Zähne, um den Geschmack meines kurzen Schlafes loszuwerden, und dann suchte ich mir ein paar Klamotten. Ich zog eine alte Jeans an und einen zerknitterten Baumwollsweater.

Ich hoffte, daß Terry keine Überraschungsparty gab. Ich sah nicht gerade hervorragend aus.

Die Nacht war warm, aber feucht, und so zog ich einen Regenmantel an, schnappte mir meine Schlüssel und verließ das Haus.

Die Straßenlampen draußen waren im feinen Nieselregen von Lichtkreisen umgeben. Ich schlüpfte hinter das Steuer des Pontiac und drehte den Schlüssel im Zündschloß. Der Starter jaulte, aber der Motor ging nicht an.

Ich schlug frustriert mit der Handfläche auf das Steuerrad. Ich vermutete, daß Feuchtigkeit in die Zündung gekrochen war. Charlie hätte den Fehler innerhalb von Sekunden diagnostizieren und mir freie Fahrt geben können. Ich saß einfach nur da, verfluchte den Scheißwagen und wünschte mir, daß ich meinen Jaguar zurückhätte.

Schließlich stieg ich aus dem Trans-Am und schob ihn auf die Straße. Er rollte langsam den Berg hinunter, und es gelang mir, ihn zu starten, bevor ich die Ampel an der Kreuzung zur Hauptstraße erreichte. Ich ließ den Motor leerlaufen, bis die Temperaturanzeige sich regte. Als die Nadel schließlich aus dem blauen Bereich herausfand, war ich durch die vom Regen schwarzglänzenden Straßen fast bei Terrys Wohnung angelangt.

Die kurze Fahrt erinnerte mich daran, wie sehr ich die Nacht geliebt hatte. Ich hatte es geliebt, in den Schatten zu stehen und die Dunkelheit wie samtige Finger auf meiner Haut zu spüren.

Als ich noch bei der Polizei gewesen war, hatte ich immer die Nachtschicht vorgezogen. Die verlassenen Straßen im gelben Lampenlicht entlangzugehen, an stillen Häusern vorbei, war eine der wenigen schönen Erinnerungen, die ich an diese Zeit hatte.

Zum Ende hin war Laura darüber böse geworden, war über alles böse geworden. Am Anfang, bevor Judith geboren worden war, hatten wir uns gemeinsam in die Dunkelheit gestürzt. Als wir frisch verheiratet waren, haben wir in einem kleinen Reihenhaus in Horsham gelebt. In meinen freien Nächten im Sommer waren wir mit dem Jaguar spätnachts nach Brighton gefahren. Wir hatten die Fenster heruntergekurbelt, und Laura hatte ihren Rock hochgezogen, damit die warme Brise ihre Schenkel kühlte. Irgendwie kamen mir die Sommer damals wärmer vor als heutzutage.

Ich liebte sie damals so sehr, daß es tatsächlich wehtat, sie nicht zu berühren. Wir mußten also irgendwo im Dunkeln anhalten und uns lieben. Sie war blond und kühl, aber in diesen Nächten der Leidenschaft verbrannte mich ihre Haut. Sie erinnerte mich an ein wildes Tier, schmaläugig, lang und schlank, mit einem wilden Zug.

Ihr Orgasmus explodierte in Farben. Wie ein Regenbogen, der aus der See aufstieg und sich selbstmörderisch auf die Küstenfelsen stürzte. So sehr ich auch suchte, ich konnte niemals den Topf mit Gold an seinem Ende finden. Vielleicht, weil ich ihn die ganze Zeit in meinen Armen hielt und es nie begriff. Hinterher lagen wir beieinander, berührten uns kaum. Während unser Schweiß trocknete, lauschten wir den gedämpften Geräuschen der Nacht. Ich betrachtete sie im Mondlicht und bewunderte, was ich sah. Sie war die schönste Frau, die ich je gesehen hatte, mit dem freundlichsten Herzen der Welt. Ewige Schande über mich; ich habe ihr Herz wie eine Trockenblume zerdrückt.

Auf dem Nachhauseweg raste ich mit dem Wagen so schnell ich konnte über die schmalen Landstraßen, und dann schaltete ich ohne Warnung das Licht aus. Creedence oder The Doors hallten aus den Lautsprechern, und wir jagten durch die Nacht.

Laura schrie so laut sie konnte, halb aus Angst, halb aus Erregung. Der schwarze Wagen sirrte durch die Nacht wie eine Fee, die aus der Unterwelt entkommen war und seine neue Freiheit zelebrierte.

Wenn wir nach Hause kamen, pumpte immer noch das Adrenalin vom Sex und Speed durch unsere Venen, wir konnten nicht schlafen, saßen beisammen und warteten auf die Dämmerung, rauchten Joints im Garten, saßen auf den feuchten Stühlen und atmeten den Duft der Rosen ein, die ich so sorgfältig gezüchtet hatte.

Ich wünschte mir, daß ich das Glück, das wir damals gefühlt hatten, in Flaschen hätte füllen können, um es aufzubewahren für die Zeit, als die Schatten in meinem Leben lang und dunkel wurden. Dann hätte ich es ausgießen können wie Parfum, um seine Süße zu schmecken.

18

Ich weiß noch, daß ich auf die Uhr sah, als ich durch die Glastür des Hauses ging, in dem sich Terrys Wohnung befand.

Es war fünfundzwanzig Minuten nach zwei Uhr morgens, als ich die Lobby betrat. Exakt fünfundfünfzig Minuten, nachdem er mich angerufen hatte. Wegen der Probleme mit dem Wagen hatte ich so lange gebraucht, um zu ihm zu kommen.

Ich fuhr mit dem altersschwachen Lift hinauf in den dritten Stock und spazierte durch den Korridor zu seiner Wohnung. Ich klingelte, aber niemand öffnete mir. Das Haus war in den Zwanzigern gebaut worden, und die Tür des Appartements war ein dickes altes Ding, moosgrün gestrichen. Sie war mit zwei Schlössern gesichert, einem Yale und einem Mortice. Sie hatte eine Messingklinke, matt und abgegriffen mit den Jahren. Nachdem ich ein oder zwei Minuten gewartet hatte, klingelte ich nochmal. Immer noch keine Antwort.

Ich erwartete nicht, daß die Tür angelehnt wäre, nicht zu dieser unchristlichen Nachtstunde. Aber als ich die Klinke herunterdrückte, konnte ich die Tür langsam öffnen.

Zu jeder anderen Zeit hätte ich es bloß sorglos von Terry gefunden, die Tür nicht abzuschließen. Nach dem, was mir in den letzten paar Tagen zugestoßen war, war ich jedoch mißtrauisch und wünschte, eine Waffe bei mir zu haben.

Ich stieß die Tür weit auf. Sie bewegte sich langsam in geölten Angeln. Der Windfang war dunkel. Aber die Tür zum Wohnzimmer, direkt vor mir, stand einen Spalt breit offen, und im Zimmer leuchtete gedämpftes Licht. Von irgendwoher konnte ich Musik hören. Nur die dünnen Obertöne einer Aufnahme, keinen Baß, und noch irgend etwas anderes, wie ein weinendes Baby.

Lautlos schlich ich über den Teppich im Flur, stieß die Tür zum Wohnzimmer auf und sah hinein. Ich wollte Terrys Namen rufen, aber was ich sah, brachte mich zum Schweigen.

Es sah noch genauso aus, wie bei meinem letzten Besuch vor zwei Jahren. Gräßlich. Militär-Memorabilia überall. Gewehre, Pistolen, Schwerter und Bajonette waren an den Wänden angebracht. Über dem Kamin eine riesige Stars-and-Stripes-Flagge, an der Wand gegenüber eine kleinere, zerfetzte schwarze Flagge der vietnamesischen Armee. Bücher und Papiere waren überall verteilt. Modellmilitärautos standen auf jedem freien Platz. Neben der Tür befand sich ein Armee-Funkgerät mit einer langen Peitschenantenne. Wenig Möbel. Ein hochlehniger Stuhl, ein Kaffeetisch, ein ledernes Chesterfield-Sofa. Eine alte Stereoanlage stand auf blassen Pinienholzbrettern vor einer Wand. Daneben ein Fernseher samt Videorecorder, und auf dem Schirm war Martin Sheen damit beschäftigt, die Vietcong in großartigem Technicolor, aber ohne Ton, zu bekämpfen. Die Musik, die ich hören konnte, stammte von der Jimi Hendrix Experience. Der Sound kam durch Kopfhörer von der Stereoanlage. Der Verstärker mußte auf zehn aufgedreht worden sein. Die Kopfhörer lagen auf dem Teppich und pumpten ihren blechernen Krach ins Zimmer.

Die Luft roch verbraucht. Ich versuchte, nur flach durch die Nase zu atmen. Das andere Geräusch, das ich gehört hatte – das mich an ein weinendes Baby erinnert hatte –, kam von einem jungen Mädchen, das vor dem Sofa auf dem Boden lag. Typisches TS-Material. Wie er immer gesagt hatte, jung und dumm. Außer, daß sie immer noch dieses Geräusch machte, ein hohes Jaulen hinten im Hals. Es klang weich in der toten Luft, und Jimi spielte durch die Kopfhörer im Hintergrund.

Der Film hatte den Moment erreicht, wo eine Schiffsladung Soldaten auf einer Brücke über den Fluß nachts gegen den Feind kämpfte.

Der stumme Schirm war voll mit hellen Blitzen, wie ein Feuerwerk, und die Band spielte »Electric Ladyland«, und das Mädchen weinte. Eine kaum beschreibbare Szene.

Sie trug keine Strümpfe, und wenn ich Terry träfe, könnte ich ihm sagen, daß sie ein Höschen trug. Es war weiß, transparent, so daß ich ihr dunkles Schamhaar sehen konnte. Es war wahrscheinlich nicht transparent gewesen, als sie es angezogen hatte. Aber jetzt war sie es, weil sie in etwas saß, was ich für eine Pfütze ihres eigenen Urins hielt, der nicht viel Zeit gehabt hatte, im Teppich zu versickern. Ich konnte all das sehen, weil ihr kurzer Rock über ihre Taille hochgerutscht war. Ich versuchte, ihn hinunterzuziehen, um ihre Scham zu bedecken, aber er war zu kurz, bloß ein paar Zentimeter billiges Leder. Ich begriff bald, daß ich meine Zeit verschwendete. Ihre Scham war ihr egal, und auch, daß ich sie berührte. Sie war viel zu weit weg, um mich zu sehen oder etwas zu begreifen. Nicht jetzt, nicht bald, vielleicht nie mehr.

Ihre Augen waren aufgerissen, sahen aber irgendwo anders hin. Blaue Augen, wie zwei Murmeln in Porzellan.

Ihr Gesicht war jung und rund und unschuldig unter einer dicken Schicht Make up. Ihr Haar war steif und stachelig, fixiert mit Lack oder Gel, und es roch, als könnte es mal gewaschen werden.

Ich sprach sanft mit ihr, fragte, was los war, erhielt aber keine Antwort. Nur mehr Gejaule, weich und tief unten in ihrem Hals.

Ich schaltete Fernseher und Stereoanlage aus, dann ließ ich das Mädchen allein. Sie begann, vorsichtig vor- und zurückzuwippen, als ich das Zimmer verließ. Ich ging still, wie ich gekommen war, und sah in Schlafzimmer und Küche nach. Beide Zimmer waren leer und schienen unbenutzt. Blieb bloß das Badezimmer. Ich stieß die Tür auf und suchte nach der Strippe, mit der man das Licht einschalten konnte. Ich fand sie und zog vorsichtig daran. Ein helles Neonlicht wurde über mir lebendig. Ich war einen Augenblick lang geblendet vom Glanz der weiß schimmernden Porzellankacheln, die alle vier Wände bedeckten. Terry wartete auf mich. Genau, wie er es gesagt hatte. Bloß würde er mir nichts mehr über Patsy Bright an diesem warmen frühen Morgen erzählen.

Terry war brutal enthauptet worden, und sein Kopf thronte mitten auf dem Klosettdeckel. Sein Mund war mit Klopapier vollgestopft worden, um die Schreie zu dämpfen, die er ausgestoßen haben mußte, als er dem begegnete, der seinen Kopf vom Körper trennte. Das Papier hing zwischen seinen Lippen heraus und baumelte rosa zu seinem Kinn herunter. Der Gestank des Todes erfüllte meine Nase, zum zweiten Mal in zwei Tagen.

Ich stand in der Tür, direkt vor einem ekelhaften Blutsee, der von Wand zu Wand reichte. Rote Spritzer hatten die Kacheln auf einer Mauer bespritzt. Die Kraft des Schlags hatte eine Blutfontäne aus seinem Hals beinahe bis zur Decke hinaufschießen lassen. Ich wollte meinen eigenen Augen nicht trauen, also sah ich weg, als würde der Anblick dadurch verschwinden. Aber das tat er nicht, und als ich wieder hinsah, wurde der Horror noch schlimmer. Sehnen und Hautfetzen breiteten sich auf dem Toilettendeckel aus, und wäßrig-rosane Flüssigkeit lief aus Terrys Hals über das Plastik und dann über das weiße Porzellan der Schüssel, hinunter zu dem blutroten See auf den Linoleumfußboden.

Terrys Augen standen offen. Als ich in ihre Tiefe starrte, füllte sich mein Mund mit dem Inhalt meines Magens. Die Flüssigkeit blubberte dick und faulig zwischen meinen Zähnen. Ich wandte mich ab und spuckte die Kotze ins Waschbecken. Ich würgte wieder und wieder, bis bloß bittere Galle blieb. Ich wusch die stinkige Ferkelei mit klarem kalten Wasser weg. Ich nahm sogar einen Schluck und spülte meinen Mund aus, bevor ich mich genauer umsah. Die Zeit schien in der Wohnung stillzustehen. Meine Ohren füllten sich mit Stille, während ich die verzerrten Züge meines alten Freundes betrachtete. Das helle Licht spiegelte sich auf seiner Halbglatze, um die herum das Haar abstand, wie nach einem Elektroschock. Seine Haut war bläulich-weiß, und ich konnte beinahe die Stoppeln auf seinem Kinn zählen. Schließlich löste ich meinen Blick. Ich entdeckte, daß der Duschvorhang zugezogen war. Und mir fiel auf, daß Blutspritzer am Ende der Badewanne zu sehen waren. Ich sah eine unscharfe, bewegungslose Silhouette hinter dem milchigen Plastik. Ich schwitzte, meine Klamotten waren klatschnaß. Ich vermied es, in den Blutsee zu treten, beugte mich vor und zog den Vorhang beiseite. Ich wollte nicht gucken, aber ich mußte. Ich mußte alles sehen. Terrys kopfloser Körper saß in der Badewanne, die Füße unter die Hähne gestemmt. Die Emaille war mit Körperflüssigkeiten beschmiert. Terrys Hemd war mit dem Zeug durchtränkt. Ein Sägezahn-Bajonett lag in der Flüssigkeit, und ein Säbel steckte in seiner Brust, er fixierte das Foto von Patsy Bright, das ich ihm bei unserem letzten Treffen gegeben hatte, an seinem Torso. Dieser letzte, theatralische Touch gab mir den Rest. Ich drehte mich um und floh aus dem Raum. Ich stand im Flur, lehnte mich gegen die Mauer, und mein Herz zerriß meine Brust. Beinahe wäre ich weggerannt, kriegte mich aber wieder ein und begann nachzudenken.

Ich wußte, daß ich weder mit der Leiche noch in ihrer Nähe gefunden werden durfte. Ich würde nicht ein zweites Mal davonkommen, wenn ich mit einer Leiche entdeckt würde.

Mir war klar, daß ich wieder reingelegt worden war und daß mich die Gesetzeshüter dieses Mal glückstrahlend einschließen und den Schlüssel wegwerfen würden. Wirklich toll. Ein Körper, ein Zeuge und ich am Tatort. Wer würde schon glauben, daß ich nach dem Mord gekommen war. Nicht viele, da war ich sicher. Die Mörder, wer sie auch waren (und ich hatte da so meine Ideen), aber bei dem Mädchen waren sie zu weit gegangen. Ob sie ihr einen Platz in der ersten Reihe zugeteilt hatten oder nicht, ihre Schaltkreise waren in dieser Nacht durchgebrannt. Sie würde mit dem Finger weder auf mich noch auf irgend jemand anders zeigen. Pech gehabt, Jungs.

Ich fing an, hinter mir sauberzumachen. Ich ging in die Küche und fand ein einigermaßen sauberes Handtuch, mit dem ich alle Oberflächen, die ich berührt hatte, und ein paar, die ich nicht berührt hatte, abwischte. Widerstrebend kehrte ich zurück zu Terrys kopflosem Körper und riß vorsichtig Patsys Foto von der Schneide, die es auf der Wunde in seiner Brust festhielt.

Ich war kurz davor auszurasten. Ich konnte hören, wie ich diese merkwürdigen Geräusche machte, während ich das dünne Papier von seinem blutigen Hemd abzog. Ich glaube, daß ich mich bei ihm entschuldigte. Ich biß so fest ich konnte auf meine Lippe, damit ich aufhörte zu wimmern.

Als ich das blutgetränkte Foto in das Handtuch gewickelt und das Päckchen in die Tasche meines Regenmantels gezwängt hatte, tröpfelte Blut aus meinem Mundwinkel. Ich sah Terry noch einmal ins Gesicht, damit meine Augen diesen Anblick in mein Gehirn einbrennen würden und damit ich mich immer an den schrecklichen Horror erinnern würde, dann wandte ich mich ab und kehrte zurück zu dem Mädchen.

Ich schwöre, als ich zurück in das kleine Wohnzimmer ging und Terry hinter mir ließ, war ich geil wie nie. Ich sah das kleine Mädchen in ihrer Piß-Pfütze sitzen, sie wimmerte und wiegte sich vor und zurück, wie vorhin auch schon. Ich wollte sie in Grund und Boden rammeln. Ich bin nicht stolz auf dieses Gefühl. Vielleicht suchte ich mitten im Tod nach Leben, aber vielleicht ist das auch eine zu noble Erklärung. Vielleicht wollte ich bloß einen schnellen Fick. Ich sah sie da sitzen, ihre kleinen Brüste zeichneten sich durch ihr T-Shirt ab, die Nippel waren unter dem Stoff erigiert, und ich spürte ein Verlangen wie lange nicht mehr.

Ich werde nie erfahren, was vielleicht als nächstes passiert wäre, weil in diesem Augenblick die Sirenen die Nacht zerfetzten. Sie jaulten und hallten, und ich wußte, daß sie es auf mich abgesehen hatten. Prima Timing, dachte ich, aber leider kein Preis zu gewinnen.

Ich riß den Vorhang beiseite und sah auf die Straße hinunter. Ich sah zwei Polizeiwagen zum Bordstein schliddern, die Sirenen starben mit einem letzten Aufjaulen. Blaue Lichter blinkten und illuminierten die toten Fenster des Hauses gegenüber.

Ich ließ den Vorhang zurückfallen und rannte durchs Zimmer, an dem Mädchen vorbei und in den Flur. Zur Wohnungstür hinaus, und dann hörte ich schon die Schritte auf der Treppe, und der Anzeiger über dem Lift blinkte von G nach 1. Ich schlidderte auf dem polierten Boden, drehte mich um und rannte zurück in Terrys Wohnung. Knallte die Tür hinter mir zu. Raste durch den Flur, durch die Küche, stemmte das protestierende Fenster auf und kletterte auf die Fensterbank. Eine schmale, rostige Feuertreppe führte am Haus entlang. Ich kletterte hinaus auf das Metall, das unter meinem Gewicht wegsackte, und sandte Farbe und Rost in gleicher Menge hinunter in die Dunkelheit. Ich hastete den Fluchtweg entlang, dann hörte ich ein Geräusch von unten. Ich preßte mich ans Mauerwerk, weg vom diffusen Licht des Küchenfensters, und erstarrte. Ich blinzelte hinunter und konnte gerade noch die

Silhouette eines Mannes in Uniform ausmachen. Ich bewegte mich vorsichtig über die Feuertreppe und versuchte, nicht noch mehr Dreck loszutreten. Nach ein paar Schritten war ich um die Ecke des Gebäudes und außer Sicht.

Dicht neben Terrys Block stand ein anderes Gebäude, das seit Jahren leerstand. Das Haus war nur zwei Stockwerke hoch, und das Flachdach war etwa dreieinhalb Meter unter mir. Es war meine einzige Chance zu entkommen. Ich konnte ihre Stimmen schon hinter mir hören. Ich betete, daß das Dach mein Gewicht aushalten würde – und sprang. Als ich landete, sandte mein schlimmer Fuß einen stechenden Schmerz durch meinen Körper, so intensiv, daß ich beinahe ohnmächtig wurde. Ich sah Farben, die noch keinen Namen haben, und biß kräftig auf meine blutige Lippe, damit ich nicht schrie. Ich muß einen irren Lärm gemacht haben, aber niemand rief die Polizei oder riß die Fenster auf. Einen Augenblick später schleppte ich mich über das Flachdach zu einem Loch, in dem einstmals eine Tür gewesen war. Sie war längst zu Feuerholz geworden.

Ich hinkte schier endlose Treppenfluchten hinunter, bis ich der Zivilisation in Form eines Ausgangs begegnete, der mich auf einen Kiesweg führte, der an einer anonymen Gasse endete. Ich machte mich auf die Suche nach dem Trans-Am.

Mittlerweile war ich völlig orientierungslos. Ich brauchte einige Zeit, den Wagen zu finden. Außerdem mußte ich noch Ausschau nach Polizisten halten. Was für ein Glück, daß ich vorsichtshalber den Pontiac etwas abseits geparkt hatte. Während ich über den Bürgersteig zu meinem Wagen hinkte und mich so dicht wie möglich in die Schatten der Häuser drückte, fiel mir ein, daß ich Terrys Augen nicht geschlossen hatte. Ich hatte ihn blicklos ins Nichts starren lassen. Solange ich lebe, werde ich mir wünschen, daß ich mir die Zeit genommen hätte, Terrys Augen zu schließen.

Meine Glückssträhne hielt an. Ich traf niemanden auf

meiner Flucht. Ich hörte bloß mehr Sirenen und sah noch mehr blaue Blinklichter in der Ferne.

Der Wagen startete beim ersten Mal, und ich fuhr direkt nach Hause. Plötzlich gefiel mir die Nacht überhaupt nicht mehr. Als ich meine eigene friedliche Wohnung erreichte, zerrte ich das Bündel aus meiner Tasche. Ich wußte alles über gesetzliche Beweissicherung, und ausgerechnet dieses wichtige Indiz vom Tatort zu entfernen, konnte mir mächtig Ärger einbringen. Ich stopfte das ganze Bündel in einen schwarzen Müllsack und verstaute ihn hinten in meinem kleinen Gefrierfach. Nicht sehr originell, aber es mußte reichen.

19

Den Rest der Nacht saß ich da und wartete, daß die Polizei kam. Sie hätten mich beinahe am Tatort in Terrys Wohnung erwischt. Das wäre hübsch gewesen, wenn sie mich über seine Leiche gebeugt gefunden hätten. Ich fragte mich, wer die Jungs gerufen hatte. Wieder mal brauchte man nicht besonders viel Phantasie, um es zu erraten.

Ich sah zum Fenster hinaus und beobachtete, wie die Dämmerung durch den Nieselregen brach. Ich trauerte auf meine eigene Art um TS und spülte die Erinnerung an ihn mit dem Rest des Gins herunter, den ich am vergangenen Tag angefangen hatte.

Er mußte den Falschen über Patsy Bright befragt haben. Aber warum ein solch grauenhaftes Verbrechen. Ich sah immer noch seine Leiche vor mir, und seine toten Augen starrten mich an. Ich versprach mir selbst, daß ich diesen Mord so bald wie möglich sühnen würde.

Ich hätte mich rasieren sollen, aber ich wollte mich nicht aus der Nähe im Spiegel betrachten. Ich glaube nicht, daß mir gefallen hätte, was zu sehen war. Ich machte mir endlose Tassen Tee zwischen den Gläsern Gin. Draußen auf der Straße wurde es lebendig, als die Leute zur Arbeit gingen, die meisten gegen acht Uhr dreißig, dann wurde es wieder ruhig.

Ich würde gern sagen, daß ich sie um ihre Normalität beneidete, aber ehrlich gesagt tat ich das nicht. Ich wußte, daß die meisten von ihnen in stiller Verzweiflung lebten. Ich hatte zuviele Babies gesehen, die von normalen Müttern totgeschlagen, und Frauen, die von normalen Ehemännern zerstückelt worden waren. Ich konnte die Verzweiflung in mir wachsen fühlen, während ich zum Fenster hinaussah, und ich fragte mich, wie gut die Heilung meines Zusammenbruchs gewesen war.

Meine Nerven summten vor Streß, und ich tat besser etwas, bevor ich wieder ausrastete.

Ich fühlte mich schmutzig, alles juckte, aber ich schaffte es nicht, neue Klamotten anzuziehen, also schnappte ich mir einfach meinen Regenmantel und marschierte los.

Ich ging zu Fuß zum Büro und schloß auf. Ein einsamer Brief wartete auf mich. Keine Briefmarke, also mußte er persönlich zugestellt worden sein. Ich öffnete ihn und las die maschinengeschriebene Nachricht, getippt auf schlicht weißes Papier, Briefpapier.

Sharman: Kümmer Dich um Deinen eigenen Kram
Denk an Deine Tochter

Natürlich anonym. Was hatte ich auch erwartet?

Zumindest hatte der Schreiber nicht ›Ein Freund‹ ans Ende gesetzt. Das wäre etwas zu melodramatisch gewesen.

Wenn ich gedacht hatte, daß ich gestreßt gewesen war, bevor ich den Brief gelesen hatte, so wußte ich, nachdem ich ihn gelesen hatte, was Druck wirklich bedeutete.

Die Schrauben wurden angezogen.

Jetzt kam ich aber wirklich auf 180. Was glaubten diese Leute eigentlich, wer ich war? Sie schienen zu denken, daß sie mir einfach so folgen konnten, meine Freunde umbringen konnten und jetzt auch noch meine Familie bedrohen. Und daß sie damit durchkommen würden. Aber sie hatten eine Sache vergessen.

Der einzige Mensch, der mir noch etwas bedeutete, war mein Kind. Wenn sie es wagten, meiner Tochter etwas anzutun, dann mußten sie sich wirklich in acht nehmen.

Ich schwitzte unter meinem leichten Regenmantel. Ich schüttelte ihn ab und sah auf die Uhr. Zehn Uhr zehn. Ich griff nach dem Telefon und wählte auswendig die neue Nummer meiner Ex-Frau.

»Hallo«, sagte sie nach ein paarmal Klingeln.

»Laura, ich bin's«, sagte ich. Pause.

»Was willst du?« fragte sie.

Warmherzig wie immer. Ich wußte nicht recht, was ich sagen sollte.

»Komm schon, Nick. Was willst du?« wiederholte sie.

»Ich weiß nicht recht, wie ich das sagen soll« sagte ich.

»Was sagen? Spuck's schon aus.«

So sprach eine wahre Lady, wie immer.

»Kannst du für ein paar Tage irgendwo hinfahren?« fragte ich.

»Ich bin irgendwo«, entgegnete sie.

»Nein, ich meine irgendwo anders.«

»Warum?« wollte sie wissen. Ich wußte, daß sie schon jetzt ihre Geduld verlor.

Ich schien eigentlich immer diesen Effekt auf sie zu haben.

»Ich habe einen Brief wegen Judith bekommen.«

»Vom wem? Was für einen Brief? Worüber redest du überhaupt?« Ich konnte den alten Tonfall in ihre Stimme kriechen hören, teils Angst, teils Ärger.

»Ich befürchte, es ist eine Drohung.«

»Was soll das heißen, eine Drohung? Sie ist doch bloß acht Jahre alt. Wie kann jemand ein acht Jahre altes Kind bedrohen? Was hast du jetzt wieder angerichtet? Hast du es der Polizei gemeldet?«

Sie sagte das Wort »Polizei«, als täte es ihr im Mund weh.

»Noch nicht, ich habe das verdammte Ding gerade erst bekommen.«

»Was steht drin?«

»Es ist nicht spezifisch.«

»Oh, es ist nicht spezifisch«, unterbrach sie. »Das ist eine Schande. Nicht spezifisch. Woher weißt du dann, daß es eine Drohung ist?«

»Laura«, sagte ich, »hör mir doch einfach mal zu, ja? Da steht nicht drin, daß irgendwas bestimmtes passieren wird. Es steht eigentlich überhaupt nichts Richtiges drin. Aber ich glaube, ich weiß, wer ihn geschickt hat, und diese Jungs meinen es ernst. Ich möchte, daß du mit Judith irgendwo hinfährst, wo ich mir keine Sorgen um euch machen muß.«

»Was für Jungs?« wollte sie wissen. »Du meinst, du kennst diese Leute?«

»Nicht besonders gut. Wir saufen nicht zusammen. Wir reiben auch nicht die Ärsche aneinander, falls du das meinst.«

Ich wollte nicht unhöflich sein, aber seit dem Ende unserer Ehe ist es ihr immer wieder gelungen, das Übelste in mir hervorzukehren. Wenn ich versuche, cool zu bleiben und eine Situation, die sich schnell von mir fortentwickelte, im Griff zu behalten, hinderte sie mich daran, oder vielleicht hinderte ich mich auch selbst daran.

An ihrem Ende der Leitung herrschte Stille. Dann hörte ich im Hintergrund Judiths Stimme.

»Kann ich bitte mit Judith sprechen?« fragte ich.

»Nein, kannst du nicht«, entgegnete Laura. »Hast du ihr nicht schon genug Leid zugefügt?«

Ich konnte die Tränen in Lauras Stimme hören.

»Laura«, sagte ich, »muß ich denn jetzt schon betteln, um mit meiner eigenen Tochter zu sprechen?«

Sie schwieg, dann sagte sie: »Schon gut, Nick. Du hast gewonnen, wie immer, aber ich werde Louis holen.«

Gewonnen wie immer; ich fand es immer wieder erstaunlich, wie falsch sie mein unglückseliges kleines Leben wahrnahm.

Der Hörer knallte auf irgend etwas, dann hörte ich Frauenstimmen murmeln, und dann wurde der Hörer wieder hochgenommen.

»Hallo Daddy«, sagte die Stimme meiner Tochter.

»Hallo, Sweetheart. Wie geht es meiner Lieblingstochter?«

»Mir geht's gut, Daddy, aber Mami weint.«

»Ich weiß, Darling. Ich befürchte, ich habe ihr vielleicht Angst gemacht.«

»Warum hast du das getan?« fragte Judith verblüfft.

»Ich wollte es nicht, aber mach' dir keine Sorgen. Sie wird gleich wieder okay sein.«

»Versprochen?« fragte sie.

»Versprochen.«

Ich würde versuchen, das Versprechen zu halten, aber im Leben gibt es nun mal keine Garantien. Versuchen Sie mal, das einer Achtjährigen zu erklären.

»Wann sehe ich dich?« fragte sie.

Alles war in Ordnung. Ihre Mami würde okay sein. Daddy hatte sein Wort gegeben. Ich hoffte, Laura würde ähnlich leicht zu überzeugen sein.

»Ich weiß nicht, ich glaube, ihr werdet eine Weile verreisen.«

»Auf Urlaub?«

»Ja, ein kleiner Urlaub.«

»Oh, prima. Kommst du mit?«

Ich konnte kaum glauben, daß sie das gefragt hatte. Was für eine kleine Wahnsinnige. Als ob wir vier auf ein kuscheliges Wochenende fahren könnten. Ich liebte sie so sehr. Zum erstenmal seit Tagen lächelte ich, dann lachte ich. Niemand würde ihr etwas antun, solange ich Atem in meinem Körper hatte.

»Was ist los, Daddy?« fragte sie.

»Warum lachst du?«

»Das ist nicht wichtig, Judy. Aber ich glaube nicht, daß

ich mitkommen werde. Du wirst dich mit Mami und Louis amüsieren.«

»Daddy?« Plötzlich flüsterte sie. Das hieß, daß Geheimnisse in der Luft lagen.

»Was?«

»Mami ist Louis holen gegangen. Kann ich dich was fragen?«

»Natürlich, was denn?«

»Darf ich Louis mögen?« fragte sie.

»Wie meinst du das?« fragte ich zurück.

»Darf ich ihn mögen? Macht es dir was aus?«

Noch ein freundliches Herz, dachte ich. Wie lange wird es dauern, bis auch deins gebrochen ist?

»Natürlich macht es mir nichts aus«, sagte ich. Ich schwöre, ich hatte einen Kloß im Hals, als ich das sagte. »Du solltest ihn sogar mögen, ich weiß, daß er dich mag.« Ich weigerte mich, »lieben« zu sagen.

»Mag Mami ihn wirklich?«

»Oh ja, sehr gern sogar.«

Ich fragte mich, warum dieses Geständnis so weh tat.

»Aber du wirst immer mein richtiger Daddy sein.«

»Ich weiß, Darling, und du wirst immer mein kleines Baby sein.«

Bis du achtzehn bist, dachte ich, mit Dope im Schrank und nichts als Ärger am Hals.

»Ich bin kein Baby mehr«, sagte sie empört. »Du darfst mich nicht so nennen. Mami hat es gesagt.«

»Ich kann einfach nicht vergessen, wie du ausgesehen hast, als ich dich zum erstenmal gesehen habe«, erklärte ich. »Du warst so winzig. Ich vergesse, daß du groß geworden bist.«

Sie erbarmte sich meiner.

»Na gut, Daddy«, sagte sie verschwörerisch, »du kannst mich so nennen, wie du willst.«

»Danke, mein Schatz«, sagte ich. »Ist Mami schon zurück?«

»Sie kommen gerade rein.«

»Gib sie mir nochmal, und viel Spaß im Urlaub.«

»Okay, tschüs dann«, sagte sie. »Ich lieb' dich.«

Dann war sie weg. Ich sagte: »Ich lieb' dich auch.« In die leere Luft.

Laura war wieder zu hören.

»Louis ist hier«, sagte sie.

»Hör mal, Laura«, sagte ich, »er ist sicher Spitze, wenn es um Zahnheilkunde geht. Aber ich bin nicht sicher, ob er für so etwas gewappnet ist. Könnt ihr nicht einfach ein paar Tage wegfahren, du und Judith? Irgendwohin, wo dich keiner kennt? Ein kleiner Urlaub?«

»Mach mir keine Vorschriften, Nick. Louis geht hin, wo ich hingehe. Glaubst du, ich könnte so etwas vor ihm verbergen?«

Sie weinte wieder. Ihre Schluchzer wurden leiser, dann war Louis zu hören.

»Was genau ist los, Sharman?« fragte er.

»Hallo, Louis«, sagte ich müde und wiederholte die Fakten, die ich Laura schon gesagt hatte.

Er dachte eine Weile nach, aber Gott sei Dank nicht zu lange.

»Wir können tatsächlich«, sagte er, »eine Weile wegfahren. Aber diese Sache ist unverzeihlich, Sharman, und ich mache dich dafür verantwortlich. Kannst du deine schmierigen Geschäfte nicht aus unserem Leben heraushalten? Mir gefällt es überhaupt nicht abzuhauen, wenn es dir paßt.«

»Fahr einfach irgendwohin, wo dich keiner kennt«, sagte ich lahm, »und paß auf, daß du nicht verfolgt wirst.«

»Zuerst ruf' ich die Polizei an.«

»Es wäre mir lieber, du tätest das nicht.«

»Klar, natürlich. Aber wir leben in einem zivilisierten Land, und ich verlange Schutz für meine Familie.«

»Es ist nicht deine Familie, es ist meine«, sagte ich.

Ich glaube, ich hätte noch mehr gesagt, wenn er nicht aufgelegt hätte.

Ich starrte den toten Hörer in meiner Hand an, dann dachte ich an den Mord an Terry.

Ich hätte Louis noch ein oder zwei Dinge über die Zivilisation in diesem Land erzählen können.

Aber zumindest hatte der neue Mann meiner Frau zugehört, und er würde etwas tun.

Als nächstes rief ich John Reid an.

Ich erwischte ihn zu Hause. Ich erklärte die Situation noch einmal und achtete sorgfältig darauf, nichts über Terry Southall zu sagen. John stimmte mir zu, daß ein paar Urlaubstage für meine Familie die beste Reaktion auf die implizite Drohung in dem Brief war, den ich bekommen hatte. Er bat um Louis' Adresse, damit er sich an die lokale Wache wenden konnte.

»Geh bloß sicher, daß sie nicht verfolgt werden«, sagte ich schließlich.

»Okay, ich ruf' die Wache an, sobald ich dich aufgelegt habe.«

»Zumindest hat Louis es begriffen und keine Panik gekriegt«, sagte ich dankbar.

»Klingt wie ein Superkumpel, der gute Louis«, sagte John. »Aber du, du mußtest ja weitermachen, nicht? Du mußtest dich mit Sachen abgeben, die dich nichts angehen.«

»So bin ich eben«, entgegnete ich.

»Und sieh nur, wohin es dich gebracht hat. Jetzt muß schon deine Kleine ihren Kopf hinhalten.«

»Schon gut, John, ich glaube, ich habe verstanden.«

Wir schwiegen beide.

»Übrigens«, sagte er, »ich bin froh, daß du mich nicht erwähnt hast, als du neulich mit Fox gesprochen hast.«

»Meinst du nicht eher, als er mit mir gesprochen hat?« fragte ich. »Außerdem glaube ich, daß er weiß, daß wir uns getroffen haben.«

»Wie auch immer. Aber es geht ihn einfach nichts an. Ich bin einfach froh, daß du's ihm nicht gesagt hast.«

»Ich bin eben auch ein Superkumpel.«

»Yeah, und wenn du das nicht wärst, wärst du jetzt allein. Hör mal, ruf mich später wieder an. Ich werd' mich jetzt mal für dich um diese Briefsache kümmern. Und mach' dir keine Sorgen, Laura und Judith wird es gutgehen. Das garantiere ich dir.«

»Danke, John«, sagte ich und legte auf.

Danach, als ich allein in meinem Büro saß und Angst um das Leben meines Kindes hatte, entschied ich mich, mir eine Waffe zu besorgen.

20

Ich brauchte eine Waffe, und mir fiel nur ein Ort ein, an dem ich vielleicht eine bekommen könnte. Bloß war es etwas zu früh am Tag, um dort aufzukreuzen, schließlich war der Chef des Ladens dafür berühmt, niemals Tageslicht zu sehen. Also ging ich los, sammelte den Pontiac ein und fuhr nach Clapham, um in Ruhe in einem kleinen Pub, den ich dort kannte, ein paar Biere zu trinken. Ich hatte eine Menge, worüber sich nachzudenken lohnte. Ich wußte, daß ich mich nicht besonders klug anstellte. Wahrscheinlich würde ich eine bessere Figur als Fensterputzer, denn als Privatdetektiv abgeben, und mehr verdienen würde ich wahrscheinlich auch.

Alle hatten gesagt, ich sollte den Fall ruhen lassen, und wahrscheinlich hatten sie alle recht. Aber es erschien einfach zu simpel. Es kam mir vor, als wäre alles, was ich tat, vorbestimmt. Ich wurde die ganze Zeit manipuliert, und ich konnte nicht erkennen, von wem und warum. Ich war ein pawlowscher Hund, der für seinen Streß nicht mal einen Keks bekam.

Patsy Bright mußte sich ein paar schöne Freunde gemacht haben, oder Feinde; das wußte ich noch nicht. Aber ich hatte mir vorgenommen, die Kette zu durchbrechen. Denn nur so konnte ich das Rätsel lösen, dessen Bestandteil ich mittlerweile geworden war. Ich saß und trank, dachte mir Theorien aus, trank weiter und verwarf sie. Schließlich unterbrach die Glocke für die *last orders* meine verworrenen Gedanken. Ich trank aus und verließ den Pub. Ich stieg in den Wagen und fuhr zur Clapham Junction. Ich parkte die Schüssel auf einer gelben Linie in der Nähe des Marktes und drängelte mich durch die Menschenmenge zum Emerald's Club.

Ich muß jetzt etwas über Emerald's erzählen. Es ist kein Club, den man mit seiner Großmutter besuchen würde, es sei denn, die Alte wäre mächtig gut drauf. Es ist ein rauher kleiner Saufclub am Ende einer schäbigen Gasse in der Nähe vom Junction-Bahnhof. Es gibt nur einen Grund, dort hinzugehen, und der ist, alkoholische Drinks nach der Sperrstunde zu kriegen. Naja, und um flotte Klamotten zur Schau zu stellen, von einem von Emeralds jungen Mädchen flach gelegt zu werden, Dope zu kaufen, in Ruhe einen kleinen Überfall zu planen oder, wie in meinem Fall, eine Waffe zu erwerben, ohne auf die Formalität einer Lizenz, die das Gesetz unseres schönen Staates verlangt, wert zu legen. Es ist nicht gerade *nett* dort, glauben Sie mir.

Ich marschierte in die Sackgasse, an deren Ende der Club lag. Die unscheinbare Front des heruntergekommenen alten Gebäudes ließ nicht ahnen, daß sich darin ein hübscher kleiner Saufladen befand. Durch eine offene Tür konnte man eine Treppe sehen, die im Keller verschwand. Dort unten befand sich eine weitere Tür. Ich konnte den dumpfen Beat der Musik dahinter erahnen. Emerald's war offen. Vor der zweiten Tür stand ein großer Schwarzer, der einen braunen Trainingsanzug trug. Seine muskulösen Arme und Beine dehnten den Stoff beinahe bis zum Zerreißen. Er trug eine Art Afro und einen goldenen Ohrring. Ich zeigte ihm mein einnehmendstes Lächeln.

»Guten Tag«, sagte ich fröhlich.

»Was zur Scheiße willst du?« fragte er. Nicht gerade der warme Willkommensgruß, auf den ich gehofft hatte.

»Ich möchte zu Emerald«, entgegnete ich.

»Wem?«

»Emerald«, wiederholte ich.

»Nie von ihm gehört.«

»Das glaube ich nicht, und ich glaube außerdem, daß er dort drin ist«, sagte ich. Emerald hatte die letzten zwanzig Jahre zwischen drei Uhr nachmittags und elf Uhr nachts in dieser Bar Hof gehalten, da war ich ganz sicher. Obwohl er manchmal zwischendurch anderen Geschäften nachging, glaube ich nicht, daß er jemals das Auf- und Abschließen der Tür versäumt hat. Der schwarze Mann drückte einen Zeigefinger von der Größe einer kleinen Gurke gegen meine Brust. Mir fiel auf, daß seine Fingernägel bis zum Nagelbett abgeknabbert waren.

»Wenn ich sage, daß ich noch nie von ihm gehört habe, habe ich nie von ihm gehört. Du glaubst mir besser, Bleichgesicht. Und jetzt verpiß' dich. Du bist hier nicht erwünscht.«

»Hören Sie«, sagte ich immer noch lächelnd. »Ich möchte bloß, daß Sie hineingehen und Emerald sagen, daß Nick Sharman hier ist. Nick Sharman, haben Sie's verstanden? Wenn er mich nicht sehen will, kein Problem. Dann hau' ich einfach wieder ab. Aber ich muß ihn dringend sprechen, und ich werde nicht gehen, bis er weiß, daß ich hier bin.«

»Und wenn nicht?«

Ich starrte den riesigen Mann an. Seine Arme waren so dick wie meine Beine. Ich wußte, daß meine Chance, mich an ihm vorbeizudrängen, kleiner war, als die, Suppe mit einer Gabel zu essen. Ich hatte es einfach nur satt, herumgeschubst zu werden. Ich wollte zurückschubsen.

»Dann gibt's Ärger«, sagte ich. »Das letzte, was ich jetzt brauche, ist Ärger, vor allem mit Ihnen, aber ich verspreche Ihnen, wenn es dazu kommt, werden Sie es bereuen. Ich gehe nicht, bis Emerald es will.« Der schwarze Mann starrte mich an. Ich starrte zurück. Ich dachte, er würde mir gleich eine in die Fresse hauen. Ich hätte nichts dagegen unternehmen können, außer umzukippen.

»Was wollen Sie von ihm?« fragte er schließlich.

»Das ist meine Sache, aber er wird mich sehen wollen«, sagte ich und hoffte, daß der Schläger überzeugt war, denn ich war es nicht. Er starrte mich weiter an, dann zuckte er mit den Achseln, drehte sich um und klopfte kräftig an die Tür. Einen Augenblick später wurde sie von einem anderen, ebenso großen Schwarzen geöffnet. Der hatte Dreadlocks bis zur Hüfte und trug einen grün-orange-schwarzen Trainingsanzug. Jetzt konnte ich Ramsey Lewis deutlich aus der Juke-Box grölen hören.

»Sag' Emerald, daß Mick Sharman ihn sehen will«, sagte der erste Schläger zum zweiten.

»Nick«, sagte ich.

Die Tür wurde uns beiden vor der Nase zugeschlagen, und ich hörte einen Riegel einschnappen. Der erste Schwarze rempelte mich beiseite und sah die Treppe hinauf.

»Das ist doch keine Razzia«, sagte ich. Er ignorierte mich. Der Riegel klickte erneut, und langsam öffnete sich die Tür. Der zweite Schläger bedeutete mir hereinzukommen, und ich betrat das innere Reich.

Emerald's Club bestand aus einen großen Keller, der gleichermaßen nach Schweiß, billigem Parfüm und dem Fisch und den Hühnchen, die in der Küche hinter der Bar zubereitet wurden, duftete.

Die Bar selbst war L-förmig und aus poliertem Mahagoni. Sie nahm drei Viertel der Wand gegenüber der Tür ein, durch die ich gekommen war. In der Mitte des Raumes stand ein Billard-Tisch mit blauem Filz. Rechts eine riesige Wurlitzer Juke-Box. Darin hatten einmal einige der besten Singles in ganz London gesteckt. Viele lange Nachmittage hatte ich Münzen in den Wurlitzer-Schlitz gesteckt und Otis und Aretha und ihren Soul-Brüdern und -Schwestern zugehört, wie sie vom Herzschmerz klagten. An der linken Wand hingen ein paar Glücksspiel-Automaten, die alten mit den Früchten, wo man hundert Pfund gewinnen kann. Nicht dieser neumodische Dreck, wo man erstmal Elektroinstallateur werden muß, um drei Pence zu gewinnen. Dies waren einarmige Banditen, angeschlagen und abgegriffen. Vor der Bar waren ein paar mit Linoleum beklebte Tische und einige wackelige Holzstühle zu einem Eßbereich arrangiert worden.

In der Lücke, die der rechte Winkel der Bar ließ, standen die einzigen anderen Sitze im Laden. Zwei hohe hölzerne Barhocker mit dicken roten Plüschoberteilen. Der in meiner Richtung war leer, auf dem anderen sah ich die eigenartige Silhouette meines alten Freundes Samuel Watkins alias Emerald alias *Em the Gem*. Vor ihm auf dem Tresen stand ein weißes Tastentelefon. Neben dem Telefon lag eine gefaltete Zeitung.

Da es noch früh am Nachmittag war, waren erst wenige Gäste im Raum. Ein Mann saß da und versuchte, Brathühnchen zu essen und gleichzeitig zu grinsen, und zwei Rastas spielten Pool. Ein Dritter stand gegen die Juke-Box gelehnt und behielt den Spielstand im Kopf.

Der zweite Schläger, der mich hereingelassen hatte, schüttelte seine Dreadlocks wie eine Debütantin und klappte die Tür hinter mir zu. Das Billardspiel stoppte, und der Hühnerfresser hielt mit offenstehendem Mund inne, um mich anzusehen.

Ich ging hinüber zu Emerald. Er war ein großer Mann. Wie groß, hatte ich vergessen, oder er hatte zuviel Fischstäbchen gegessen, seit wir uns das letztemal getroffen hatten. Wenn Emerald stand, war er etwas über einsachtzig groß, und er mußte mindestens hundertfünfundzwanzig Kilo wiegen. Sein Körper war in einen der engsten und maximal schrecklich gestylten Anzüge diesseits der Motown Revue 1964 gezwängt. Ein grauer seidener Einreiher. Das Jackett hatte drei Knöpfe, war sehr kurz und hatte zwei kleine Einschnitte am Rücken. Die Hose war knalleng und kurz genug, vier oder fünf Zentimeter schwarze Socken zu zeigen. Seine Füße, die unglaublich klein für einen so großen Mann waren, waren in kleine spitze Lederschuhe geschnürt. Sein Stehkragen-Hemd war violett, dazu trug er einen schmalen dunkelgrauen Schlips. Am kleinen Finger der linken Hand steckte ein Goldring, mit einem der größten grünen Steine, die ich je gesehen hatte. Daher sein Spitzname.

»Immer noch gut angezogen, Em«, sagte ich, als ich die Bar erreichte.

Er wirbelte auf seinem Stuhl herum und breitete die Arme aus, als wollte er mich umarmen. »Mein alter Freund Nick«, sagte er, »wie geht's dir?«

»Ich leide, Em, ich leide«, entgegnete ich.

»Also bist du ins Emerald's gekommen, um dich zu entspannen. Eine weise Entscheidung, mein Freund.« Seine Gesichtszüge wurden ernst. »Ich habe gehört, daß dir schlimme Dinge geschehen sind, Nicky. Warum bist du so lange weggeblieben? Ich dachte, daß Freunde gerade in schlechten Zeiten zusammenhalten.«

Emeralds Mutter war Baptistin. Sie hatte ihren Sohn strikt nach der Bibel erzogen. Wenn er betrunken war, konnte Emerald große Stücke der Schrift wortwörtlich zitieren. Seine Spezialität war das Buch der Offenbarungen. In einem anderen Leben wäre er vielleicht Prediger geworden, und sogar ein guter. »In jedem Leben muß es regnen«, sagte ich. »Und ich bin kurz davor zu ersaufen.«

Er lachte laut und tief.

»Wie geht es deiner kleinen Judith?« erkundigte er sich. Er hatte eine Schwäche für mein kleines Mädchen, seit ich sie, als sie gerade laufen konnte, in einen West End Store mitgenommen hatte, um den Weihnachtsmann zu besuchen. Auf dem Nachhauseweg hatte ich im Club Halt gemacht, um mir einen verdienten Drink einzuverleiben, schließlich waren Horden von Kleinkindern nicht unbedingt meine Vorstellung von einem amüsanten Nachmittag.

Sie hatte den ganzen Laden für sich eingenommen. Die Wortwahl der Freier hätte einen Sonntagsschulausflug veredelt. Die Mädchen hatten sie wie eine Prinzessin verwöhnt, und Emerald hatte genug Spielzeug und Süßigkeiten kommen lassen, um die Titanic zu versenken. Zuerst hatte Judith den großen schwarzen Mann etwas merkwürdig gefunden. Dann hatte er ihr den Ring gezeigt, den er am Finger trug. Ich habe ihn weder vorher noch hinterher diesen Ring je abnehmen sehen, aber er gab ihn meinem Kind. Sie war fasziniert davon, wie der Stein tausend Lichter in ihre Augen blitzen ließ. Nach dreißig Minuten hatte sie sich zufrieden in Emeralds Schoß gekuschelt und war eingeschlafen, den Ring hielt sie in ihrer kleinen Faust. Bevor wir gingen, mußte ich ihn ihr aus der Hand winden. Natürlich war Laura ausgerastet, weil ich Judith in »diese Räuberhöhle«, wie meine liebe Frau den Club nannte, mitgenommen hatte. Aber als ich mich daran erinnerte, wie mein kleines Mädchen an das Jackett des schwarzen Mannes gekuschelt ausgesehen hatte, wußte ich, daß ich sie ihm jederzeit anvertrauen konnte.

»Sie ist jetzt nicht mehr so klein«, entgegnete ich. »Und es geht ihr gut.« Ich wollte die Details erstmal auslassen.

»Schön, dich zu sehen, Nick. Aber du hast Sorgen«, sagte Emerald.

»Da hast du recht, Em«, entgegnete ich. »Ich habe ein paar Probleme.«

»Du weißt, daß ich dir helfen werde, wenn ich kann, aber zuerst mußt du etwas trinken. Ich finde, daß mir ein Drink immer hilft, und glaube mir, ich hab' auch 'ne Menge Probleme.«

Ich sah hinüber zu dem Schläger mit den Dreadlocks. Er lehnte mit überkreuzten Armen an der Tür.

»Du hast ein paar Muskeln angeheuert, die dir helfen, sie zu lösen«, sagte ich. »Du warst früher diskreter.«

»In Zeiten wie diesen brauche ich ein paar offensichtliche Muskelmänner. Die Welt hat sich verändert, seit wir uns das letztemal getroffen haben. Also, was möchtest du trinken?«

»Was hast du?« fragte ich.

»Dasselbe alte Zeug.« Emerald's war nie berühmt gewesen für die große Weinkarte. Ich entschied mich für einen leichten Rum mit Coke. Emerald winkte dem Mädchen hinter der Bar zu, das sich außer Hörweite herumtrieb. Niemand setzte sich gern dem Vorwurf aus, den Boß vom Emerald's zu belauschen.

»Weißen Rum mit Coke für meinen Freund und dasselbe für mich«, rief Emerald. Sie brachte uns zwei große Gläser, dann kehrte sie zurück ans andere Ende der Bar und fing an, Gläser zu polieren, während sie das wiederaufgenommene Billardspiel im Auge behielt. Ich ging hinüber zur Juke-Box und wählte ein paar nette Songs aus, um den Geräuschpegel oben zu halten, damit Em und ich in Ruhe reden konnten. Ich wählte die Four Tops, Thelma Houston und ein paar Blue Note-Singles, die Emerald irgendwo aufgetrieben hatte. Die ersten Takte von »The Preacher« halfen, meinen Streß-Level ein wenig zu senken. Dann kehrte ich zurück zu dem großen Mann.

»Nette Sachen, Em«, sagte ich. »Warst du wieder mal einkaufen?«

»Französische Importe«, entgegnete er. »Teuer, aber jeden Penny wert.«

Der Sound von Jimmy Smiths' Hammond Orgel wirbelte durch den Club.

»Immer noch der alte Mod, oder?« Eher eine Feststellung, als eine Frage.

»Immer, mein Freund, immer«, entgegnete er mit einem breiten Grinsen.

Wir saßen eine Weile stumm da, wie alte Freunde das gern tun, nippten an unseren Drinks und lauschten dem Jazz. Ich beugte mich vor und nahm die Zeitung vom Tresen. Es war die Frühausgabe des heutigen »Standard«. Die Seite mit den Renn-Ergebnissen war aufgeschlagen. Ich faltete die Zeitung zurück, so daß ich die Titelseite lesen konnte. TS' Mord war die Schlagzeile. »**Kopfloser Körper-Horror**« war die fette Schlagzeile. Vorsichtig legte ich meine Hände mit den Handflächen nach unten auf die Bar, um das Zittern zu stoppen. Ich überflog die Story. Wenig harte Informationen.

Offensichtlich hatte Scotland Yard einen anonymen Anruf bekommen. Wahrscheinlich gerade nachdem ich dort angekommen war. Das namenlose Mädchen litt im Krankenhaus weiter an seinem Schock. Die Polizei war begierig, sie zu befragen. Ein unidentifizierter Mann war zu Fuß vom Tatort geflohen. Das muß ich gewesen sein. Terrys Vergangenheit wurde gestreift. Modedesigner, angesagter Fotograf, Kriegsberichterstatter, ein paar Takte über seine Kopflosigkeit und die Tatsache, daß er ein vom Greater London Council kofinanzierter Drogenberater gewesen war. Schließlich fing der Reporter an zu spekulieren. »Drogenmord«, »Ritualmord». Da die Schlachterei in Brixton stattgefunden hatte, war jede Unterstellung erlaubt. Ich ignorierte das, ich wußte es besser. Nur der letzte Satz beunruhige mich. Da stand: »Die Polizei versucht dringend, Precious Smith zu erreichen, die mit Southall im Drogenzentrum gearbeitet hat. Möglicherweise ist sie im Besitz relevanter Informationen über den Mord.«

Ich vermutete, daß Precious schnell untergetaucht war. Sie war mir nicht wie jemand vorgekommen, der Polizei-Ermittlungen unterstützt. Bleib bloß weg, Presh, dachte ich, und falls sie dich kriegen, vergiß bloß, daß es mich gibt.

Ich faltete die Zeitung zurück zu den Rennergebnissen und warf sie auf die Bar. Als ich aufsah, starrte Emerald mich an.

»Frag' nicht, Em«, sagte ich.

»Werde ich nicht«, sagte er. »Aber ich dachte schon, daß ich den Namen kenne.«

»Denk einfach nicht dran.«

»Er war hier, ja? Mit dir?«

»Vergiß es.«

»Schlechte Nachrichten.«

»Du sagst es.«

Wir saßen wieder schweigend da, aber die Stille wirkte irgendwie anders. Die Bar begann sich zu füllen, während der Nachmittag verging. Ich saß da und sah die Menschenmenge wachsen, trinken und plaudern und den einzigen Weißen im Laden anstarren. Schließlich brach Emerald wieder das Schweigen. »Nicky, mein Junge«, sagte er. »Du warst lange Zeit weg. Jetzt kommst du ganz angespannt her und versuchst cool zu sein, um es zu verstecken.«

Ich warf ihm einen warnenden Blick zu.

»Okay, okay«, wiegelte er ab und legte eine riesige Hand auf meine, um mich zu beruhigen. »Ich sage nichts dazu.« Er tippte auf die Zeitung. »Ich hab' dich bloß vermißt, in der Zeit, in der du weg warst, und ich habe nicht das Gefühl, daß du um der alten Zeiten willen hier bist.«

»Nicht nur«, entgegnete ich. »Aber selbst wenn, ist es ziemlich schwierig, heutzutage hier reinzukommen. Dein Mann vor der Tür hat gesagt, es gibt dich nicht.«

Ein Lachbeben erschütterte Ems Riesenkörper.

»Ich weiß, Mann«, sagte er. »Heutzutage kommen nicht mehr viele Weiße. Ihr macht zuviel Ärger, zuviel Streit, und die Mädchen sagen, es wurde zuviel getratscht. Und ihr wechselt die Themen zu schnell für uns arme *Darkies*.«

Ich ignorierte den letzten Satz und sagte: »Immer noch Mädchen, ja, Em?«

»Aber natürlich«, entgegnete er. »Der Laden würde ohne sie nicht derselbe sein. Bleib' ein Weilchen und lern' die neuen Gesichter kennen.« Er machte eine Pause. »Und triff die alten wieder.«

»Irgend jemand besonders?« fragte ich.

»Mach dich nicht über mich lustig, Nick. Du weißt, wen ich meine.«

»Dafür habe ich heute keine Zeit, Emerald.«

Er schwieg wieder, dann sagte er: »Ich kann dir nicht helfen, wenn ich nicht weiß, was das Problem ist. Traust du mir nicht mehr?«

»Natürlich tu' ich das«, entgegnete ich, dann erzählte ich ihm zögernd meine Geschichte. Ich erwähnte TS am Rande und etwas detaillierter den Brief, der Judith betraf. Als ich mit den ausgewählten Highlights fertig war, betrachtete er mich traurig.

»Du hast große Probleme«, sagte er leise. »Aber was kann ich für dich tun?«

»Besorg' mir eine Waffe.«

»Hey, Mann, was soll das denn? Komm mir nicht mit dieser Pistolen-Scheiße.« Er lachte mit dem Mund, aber seine Augen blieben kalt.

»Ich meine es todernst«, sagte ich mit leiser Stimme.

»Pistolen sind nicht mehr mein Stil. Ich hab' dir gesagt, die Welt hat sich verändert».

»Zum Schlechteren, Emerald. Mindestens eine Kanone ist schon hier.« Emerald verdrehte die Augen. »Versuch nicht, mich anzuschmieren«, fuhr ich fort. »Ich kenne dich, Freundchen. Einer der Gründe, warum du diesen Schuppen immer noch hast, ist, weil die Bullen dann wenigstens wissen, wen sie im Augen behalten müssen.«

»Aber nicht mehr«, unterbrach Emerald. »Ich hab' dir gesagt, ich bin sauber.«

»Ungefähr so sauber wie ein gebrauchtes Tempo. Also, besorgst du mir was zum Schießen oder nicht?«

Emerald versuchte es anders und war plötzlich beleidigt. »Du verletzt mich, Nick«, sagte er. »Kommst rein und redest davon, Leute umzulegen, bevor du deinen ersten Drink intus hast. Das ist nicht sehr freundlich.«

»Wer hat was davon gesagt, Leute umzulegen?« fragte ich. Ich konnte auch beleidigt sein.

»Das mußt du nicht. Dein Gesichtsausdruck, als du die Zeitung gelesen hast, reichte. Und selbst wenn nicht, was zum Teufel willst du mit einer Pistole? Fliegen an die Wand nageln? »

Darauf ging ich ein. »Selbstverteidigung«, sagte ich.

»Nicht mal dafür. Nicht mehr«, sagte er. »Aber hör' mal, geh nicht wütend weg. Ich muß ein paar Anrufe machen, und dann betrinken wir uns, wie damals.«

»Damals ist vorbei, Emerald, hat dir das keiner gesagt? Es ist härter geworden. Alte Freunde sollten zusammenhalten, also jag' mich nicht davon.«

Er beugte sich vor und tippte mir sanft auf die Brust. Sein

Ring glitzerte im Licht. »Du hast nichts mehr im Rücken, Nick«, sagte er. »Wo du kein Gesetzeshüter mehr bist. Wir sind immer noch Freunde, aber nur solange du cool bleibst. Also reg' dich ab und alles ist in Ordnung.«

Ich grub meine Finger in seinen Oberarm. Unter dem Fett harte Muskeln. Ich drückte so fest ich konnte. Ich entdeckte nur wenig Schmerz hinter seinen dunklen Augen.

»Em«, sagte ich, »erspar' mir die Geschichten. Ich habe vielleicht nichts mehr im Rücken, aber ich kenn' ein paar deiner schlüpfrigen Geheimnisse.«

»Sachen von gestern«, grunzte er und schüttelte meine Hand ab.

»Das werden wir sehen, oder?« fragte ich. »Ich könnte ja mal ein paar Anrufe machen. Ich glaube, ich krieg die Nummer von der Wache auf dem Lavender Hill grad noch zusammen.«

»Droh' mir nicht, Sharman, nicht in meinem eigenen Revier, sonst wirst du auf 'ner Planke rausgetragen.«

»Dann red' kein dummes Zeug, Em. In den letzten paar Tagen bin ich angespuckt, angeschissen, angelogen und zusammengeschlagen worden. Und jetzt bedroht jemand meine Tochter.« Ich machte eine Pause, als mir klar wurde, daß der schwarze Mann nichts dafür konnte, daß ich in der Patsche saß und daß ich es nicht an ihm auslassen sollte. »Mein Gott, Em«, sagte ich, »was zum Teufel ist los? Wir sind alte Freunde, die sich zu lange nicht gesehen haben, und jetzt drohen wir einander. Es ist mein Fehler, tut mir leid. Diese Sache macht mich verrückt.«

Ich lächelte bedrückt und legte meine Hand auf seinen Arm, aber diesmal sanft.

Plötzlich erschienen die Dreadlocks neben mir. »Ist alles okay, Boß?« fragte er und betrachtete mich gehässig.

»Alles prima, Junge«, entgegnete Em. »Bloß eine Meinungsverschiedenheit. Zurück an die Arbeit, Josh, und wenn ich je wieder was davon höre, daß jemand hier drin 'ne Knarre bei sich hat, bist du schneller wieder beim Arbeitsamt, als du denken kannst. Du und dieser Depp da draußen. Ihr seid hier, um für Sicherheit zu sorgen, nicht um eure hübschen Gesichter zu bewundern.«

Josh schlich mit zwischen den Beinen eingeklemmtem Schwanz davon. Em wandte sich an mich und sagte: »Ich verstehe deine Lage. Freunde sind Freunde, und du bist zu mir gekommen. Entspann dich und trink noch was.«

Nachdem wir unsere Drinks bekommen hatten, saß Em da und sah eine Weile durch mich hindurch. Ich saß ebenfalls da und beobachtete, wie die Besucher ihren Spaß hatten. Der Laden war mittlerweile ziemlich voll. Ich erkannte ein oder zwei der Trinker, aber die meisten waren mir fremd. Zwei von Ems Mädchen kamen herüber, um Hallo zu sagen. Sie flirteten eine Minute mit mir, dann entließ Em sie mit einer Bewegung seiner fetten Hand.

»Hast du Geld, Nick?« fragte er.

»Ich bin so arm wie ein ausgesetzter Hund«, entgegnete ich.

»Was willst du denn dann? 'ne Leih-Knarre?«

»Was nötig ist, besorge ich«, sagte ich ihm.

Er dachte einen Augenblick nach, dann entschied er sich.

»Ich kann von hier nicht anrufen«, sagte er, »weil Wände Ohren haben und manche Telefone auch. Hast du 'ne Nummer, unter der ich dich später erreichen kann?«

Ich schrieb ihm meine Privatnummer auf die Rückseite einer meiner Visitenkarten.

»Sei da, wenn ich anrufe, oder die Sache ist gestorben.«

Ich sagte ihm, daß ich den ganzen Abend da wäre, und verließ den Club. Auf dem Weg nach draußen sah ich noch einmal Ems Mädchen. Sie winkten mir zu und kicherten. Ich winkte und kicherte zurück.

Ich nahm ein *takeaway* Hühnchen Madras mit in meine Wohnung. Ich dachte an Kater. Ich hoffte, daß es ihm gutging, da ich in letzter Zeit keine Möglichkeit gehabt hatte, ihn zu füttern. Ich schmeckte das Essen kaum und ließ das meiste davon in der Folie.

Ich probierte Lauras Nummer, aber niemand ging ran. Ich betete, daß sie und Judith, und meinetwegen auch

Louis, in Sicherheit waren. John Reid war auch untergetaucht. Ich sprach mit seiner Frau, aber sie hatte keine Ahnung, wo er sein könnte. Ich sagte ihr meinen Namen nicht. Ich brauchte keine weiteren nostalgischen Momente. Schließlich probierte ich es bei George Bright. Wieder kein Glück.

21

Ich ging hin und her und schob immer wieder den Vorhang beiseite, um hinauszusehen. Ich war frustriert und wütend. Schließlich, kurz vor neun, als es schon dunkel wurde, klingelte das Telefon. Emerald war dran.

»Hallo, Nicky«, sagte er. »Geht's dir gut?«

»Ganz prima, Emerald. Wie steht's?«

»Ich hab' was für dich. Bist du noch ein Weilchen zu Hause?«

Ich sagte ihm, daß ich dableiben würde. Ich sagte ihm allerdings nicht, daß vielleicht auch die Bullen vorbeikommen könnten, um ein paar Fragen zu stellen, die einen Körper betrafen, den sie in einer Badewanne in Brixton gefunden hatten. Warum sollte ich etwas, das ein schöner Abend werden konnte, gleich von Anfang an vermasseln?

»Wie ist deine Adresse?« fragte er.

Ich sagte sie ihm.

»Hab' ich Platz vorzufahren?« wollte er wissen.

Ich nahm das Telefon mit zum Fenster und sah hinunter auf den Asphaltfleck, den wir, die stolzen Besitzer der mit Leichtbauwänden unterteilten Wohnhöhlen euphemistisch als »Die Auffahrt« bezeichneten. Bloß einer der anderen Bewohner des Hauses besaß einen Wagen. Er stand ordentlich vor dem Haus. Genug Platz, daß ein weiteres Vehikel daneben parken konnte. »Sieht gut aus«, sagte ich und erklärte ihm die Lage des Hauses.

»In Ordnung«, sagte Emerald. »Ich bin in ungefähr 'ner halben Stunde da. Ich fahr direkt vor. Halt nach mir Ausschau.«

»Was fährst du heutzutage?« fragte ich. Ich hätte darauf gewettet, daß es ein weißer BMW wäre.

»Einen BMW«, sagte er.

»Welche Farbe?«

»Schwarz.«

Nah dran, dachte ich, aber kein Hauptgewinn.

»Siebener?« fragte ich.

»Woher weißt du das?«

»Das ist mein Job.«

Er kicherte durchs Telefon. »Halt nach mir Ausschau«, wiederholte er und legte auf.

Es dauerte fast eine Stunde, bis er auftauchte, und es war total dunkel geworden. Ich sah den großen schwarzen Wagen die Straße entlangschnurren, dann anhalten und rückwärts in die Auffahrt setzen. Ich rannte nach unten und ging zur Haustür hinaus. Emerald hatte den Motor und die Lichter ausgeschaltet. Der Wagen stand direkt vor mir, schwarz glänzend wie eine monströse Kakerlake. Die Nacht war still, abgesehen vom Ticken des Motors, der in der ruhigen Luft abkühlte. Einen kurzen Augenblick lang empfand ich Panik. Ich stand perfekt für eine Falle. Ich beugte mich hinunter und starrte durch das Rückfenster. Emeralds silbergrauer Anzug schimmerte sanft im Licht der Straßenlampen. Der Rest des Wagens schien leer zu sein, also entspannte ich mich. Ich haßte es, so paranoid zu sein, aber ich konnte nichts dagegen tun.

Ich ging zur Fahrerseite des Wagens. Das Fenster glitt elektrogesteuert leise nach unten. Emerald streckte sein großes Grinsegesicht durch das Loch.

»Hi, Nicky«, sagte er. »Tut mir leid, ich bin ein bißchen zu spät.«

»Kein Problem, Em, was hast du für mich?«

»Nur die Ruhe, Mann«, sagte er, als er die Tür öffnete und seinen Riesenkörper aus dem Wagen hievte. Mir fiel auf, daß die Innenbeleuchtung ausgeschaltet war. Ich war froh, daß der große Mann auf meiner Seite war. Er bedeutete mir, zum Kofferraum zu gehen. Er schloß ihn auf und hob sanft den Deckel. Ein kleines Lämpchen beleuchtete den Kofferraum, aber da der Wagen mit der Schnauze zur Straße stand, waren wir vor neugierigen Passanten abgeschirmt. Ich sah mich nach dem Haus um. Alles ruhig. Alle waren mit *News at Ten* beschäftigt. Über Emeralds Schulter guckte ich in den Kofferraum. Er war leer, abgesehen von einem schwarzen Müllsack. Der Zwilling von dem, der in meinem Eisfach lag – und in dem sich das Bild befand, das ich früher am Tag von Terrys Brust abgezogen hatte. Ich unterdrückte ein Schaudern.

»Guck rein«, sagte Em, dem es nicht gelang, seine außerordentlich gute Laune zu verbergen.

Ich öffnete den Sack und rollte das Plastik zurück. Der Inhalt war klasse. Im gelben Glühen der Kofferraumbeleuchtung sah ich den Pistolengriff einer Flinte. Ich holte die Waffe heraus und kapierte, daß ich eine Franchi Spas mit Innendurchmesser 12 in der Hand hielt, mit klappbarer Gewehrstütze. Sie war keine sechzig Zentimeter lang, und das fette Magazin unter dem kurzen Lauf machte sie zu einer sehr geschmackvollen Waffe.

»Große Scheiße, Em«, sagte ich. »Das ist schwere Artillerie.«

»Süß, nicht?« entgegnete er.

Ich warf die Waffe zurück in den Sack.

»Ich guck's mir später an, allein«, sagte ich.

»Das ist nicht alles«, sagte er.

Ich wühlte tiefer im Sack und entdeckte drei schwere Kartonschachteln.

»Nimm die hier«, sagte Emerald und zeigte auf die größte der drei. Ich öffnete die Schachtel und fand einen kurzschnäuzigen Revolver. Er hatte einen schwarzen Gummigriff, und die Metallteile glänzten ölig. »Colt

Cobra«, sagte Em stolz. » Kaliber .38. Brandneu, nie abgefeuert.«

»Du bist ein Schatz, mein Freund«, seufzte ich. »Was ist in den anderen Schachteln?«

»Patronen für die Flinte und fünfzig Schuß für den Colt.«

»Wieviel?« fragte ich.

»Geht auf mich, Nicky«, sagte er, dann packte er meinen Arm, bis die Muskeln sich verkrampften. »Aber keine beschissenen Gefallen mehr, kapiert? Wir sind immer noch Freunde, aber wir sind jetzt quitt. Und wenn du jemals jemandem erzählst, wo diese Waffen herkommen«, er zog seinen Finger über seinen Hals, »bist du ein toter Mann.«

»Alles klar, alter Freund«, sagte ich und holte den Sack aus dem Kofferraum.

»Familien sind heilig, Mann«, sagte Emerald. »Und jedes Schwein, das sie in Geschäfte verwickelt, verdient, was es kriegt. Sag' mir, was passiert ist, wenn's vorbei ist. Falls ich's nicht vorher im Fernsehen sehe.«

Er kicherte, knallte den Kofferraumdeckel nach unten, huschte zur Fahrertür und stieg in den Wagen. Er sah aus dem Fenster, nachdem er den Motor angelassen hatte.

»Teresa ist gekommen, als du schon weg warst. Sie fand es schade, daß sie dich verpaßt hatte. Sie hat mir gesagt, du sollst auf dich achten und sie bald mal besuchen. Sie hat gesagt, daß sie dich niemals vergessen hat.«

Das Fenster summte zu, und er fuhr die »Auffahrt« hinunter, bog auf die Straße ein und verschwand mit einem leichten Reifenquietschen in der Nacht. Ich nahm den Sack mit hoch, beruhigt von seinem Gewicht, und verbrachte den Rest der Nacht damit, die Waffen zu säubern, Zieh- und Zielübungen zu machen und an Teresa zu denken.

Ihr Name war ein Hammer aus der Vergangenheit. Teresa Monette war eine kaffeebraune Schönheit, die in Emerald's Club arbeitete. Sie war groß, in hochhackigen Schuhen fast so groß wie ich. Ihre Augen waren die größten, die ich je gesehen hatte. Sie schwammen im Weißen wie schwarze Oliven in zwei Schälchen Milch. Ihr Haar schien aus ihrer Kopfhaut zu explodieren und strömte wie ein schwarzer Wasserfall über ihren Rücken. Ihr Gesicht und ihre Figur ließen den übelsten Sünder nach seiner Bibel greifen.

Ich hatte sie das erste Mal getroffen, als ich einen Nachmittag im Club damit verbrachte, meine Sorgen zu ertränken. Wir mochten uns sofort, und sie ignorierte ihre potentiellen Kunden, um mir bei einer Flasche Gin Gesellschaft zu leisten. Ich fand es eigenartig, daß eine so offensichtlich intelligente Frau davon lebte, ihren Körper zu verkaufen. Als ich das Thema ansprach, befahl sie mir zornig, mich um meinen eigenen Kram zu kümmern. Klar. Ich habe es nie wieder erwähnt. Wir haben stundenlang über Bücher geredet, über Musik und Kochen. Vor allem im Kochen war sie, wie ich überrascht feststellte, Expertin. In den folgenden Monaten behielt ich sie schützend im Auge. Nicht, daß sie es nötig gehabt hätte. Emerald und seine Jungs paßten auf sie auf. Sie marschierte stolz durch das Niemandsland, in dem sie lebte. Die Mädchen aus Emeralds Team waren in den Straßen Südlondons sicherer als die meisten Ehefrauen. Ich bin kein Fan von Zuhältern, aber wenn eins der Mädchen bedroht wurde, ging es nicht zur Polizei. Emerald kümmerte sich um die Sache, und bei ihnen gab's keine Bewährung. Mehr als ein Kerl, der patzig geworden war, war mit ein paar doppelten Brüchen vor St. Tommy's abgeworfen worden.

Es geht sogar das Gerücht – und wer bin ich, einem hübschen Gerücht keinen Glauben zu schenken –, daß, wenn ein bestimmter Bereich der Docklands in ein britisches Disneyland verwandelt würde und die Bagger die stillen Wasser aufwühlten, sie mehr als ein oder zwei versunkene Autos finden werden, deren Fenster offenstehen und an deren Steuerräder fein säuberlich ein paar Leichen gebunden sind.

Teresa entpuppte sich als die sprichwörtliche Nutte mit Herz, und glauben Sie mir, davon gibt es nicht allzu viele, egal, was Sie im Fernsehen gesehen haben. Oder vielleicht wurde sie auch einfach nur eine gute Freundin. Ich muß zugeben, daß es, als es zwischen Laura und mir immer schlechter ging, Zeiten gab, in denen ich meinen Frieden zwischen Teresas schlanken Schenkeln fand. Oft schlief ich mit meinem Kopf zwischen ihren Brüsten ein, und meine betrunkenen Tränen näßten ihre weiche, dunkle Haut.

Aber das war, bevor ich durchdrehte und zu leben begann wie ein Mönch. Ich wußte, daß der Anblick von uns zwei, wie wir in einem chinesischen Restaurant bei gegrillten Shrimps Händchen hielten, eine Menge hochgezogene Augenbrauen und ein zynisches Lachen unter meinen Polizei-Kollegen auslöste. Aber nichts hätte mich weniger interessieren können. Als ich anfing, Drogen zu nehmen, hatte Teresa versucht, mir zu helfen. Es war die reine Ironie, eine komplette Verkehrung der erwarteten Rollen. Die Hure versuchte, den Cop zurück auf den richtigen Weg zu bringen. Eine hoffnungslose Aufgabe. Ich hatte sie das letzte Mal gesehen, kurz bevor ich kündigte. Sie kam mich besuchen, nachdem ich angeschossen worden war. Sie brachte mir einen Strauß weiße Rosen. Sie wollte mit mir ins Bett gehen, und ich wollte es auch. Die Stationsschwester hatte uns unterbrochen, und traurig hatten wir uns voneinander getrennt. Die Schwester war mit einem mißbilligenden Gesichtsausdruck auf und ab gegangen, bis Teresa verschwand. Seitdem hatten wir uns nicht mehr gesehen. Ich war froh, daß sie sich an mich erinnerte. Ich hoffte, daß ich mich einmal wieder mit Teresa treffen konnte, wenn ich die Gegenwart überlebte.

22

Ich war also bewaffnet, allerdings nur mit Pistolen und nicht mit Wissen. Ich kam mir vor, als wäre ich bei hohem Tempo aus dem Takt gekommen und zum Depp gemacht worden. Zwei Jahre von der Straße runter, und meine Raffinesse war auf Null. Am Donnerstag morgen schlief ich aus, oder zumindest lag ich lange im Bett und betrachtete die feinen Risse in der Decke über mir. Als Junge in meinem kleinen Zimmer daheim hatte ich mir vorgestellt, daß das die Grenzen ferner Kontinente waren, die ich eines Tages entdecken würde. An diesem Morgen schienen sie Straßen darzustellen, die nirgendwo hin führten.

Schließlich hievte ich mich aus dem Bett, duschte und rasierte mich. Unter der Dusche schampoonierte ich mein Haar und entfernte die klebrigen Pflaster von der Wunde an meinem Kopf. Es war immer noch eine große Beule zu spüren, aber die Wunde war verschorft und schien zufriedenstellend zu heilen.

Der Morgen war neblig, aber ich konnte sehen, daß die Sonne durchzubrechen versuchte, und der Wettermann im Radio vesprach mir einen ununterbrochen sonnenbeschienen Augusttag. Also entschied ich mich ausnahmsweise einmal gegen Blue Jeans. Ich paarte eine neckisch blau gemusterte Armani-Hose mit einem blaßblauen langärmligen Chambray-Hemd. Ich fand meine dunkelblauen Espadrilles unter dem Bett und trug sie ohne Socken. Ich bewunderte mich im Spiegel und war bereit für was auch immer der Tag bringen mochte. Natürlich war ich das nicht, aber warum sollte ich mir das eingestehen.

Ich versuchte, Laura anzurufen, aber niemand ging ran. Ausnahmsweise war ich tatsächlich einmal hungrig, also briet ich mir Rühreier. Ich tanzte in der kleinen Küche umher und sang laut die Songs aus dem Radio mit, während ich die Eier briet. Aus irgend einem Grund ging's mir gut, obwohl wahrscheinlich nur Gott wußte, warum. Ich hätte deprimiert sein sollen, aber ich legte keinen Wert darauf und war einfach weiter gut gelaunt.

Ich machte es mir an dem kleinen Frühstückstresen bequem, der die Küche vom Wohnzimmer teilte, aß meine Eier und trank drei Tassen Tee. Gegen elf klingelte das Telefon. Laura war dran. Sie klang fern, im doppelten Sinn des Wortes.

»Geht es dir gut?« fragte ich, erleichtert ihre Stimme zu hören.

»Ja, aber nicht deinetwegen«, sagte sie.

»Bitte, laß das jetzt, Laura«, sagte ich erschöpft. »Mir wird schwindlig, wenn ich dauernd in Deckung gehen muß.«

Sie schwieg, und ich lauschte dem Knistern in der Leitung.

»Ja, Nick, uns geht's gut.« Sie betonte das »uns« deutlich.

»Wo bist du?« fragte ich.

»In einem Hotel«, entgegnete sie.

»Wo?«

»Ist das wichtig?«

»Nicht wirklich. Wenn du es mir nicht sagen willst, sag's mir nicht. Solange es dir gutgeht. Wie geht's Judith?«

»Ihr geht's auch gut. Sie glaubt, sie wäre auf einer Überraschungstour. Und irgendwie hat sie wahrscheinlich recht.«

»Und Louis?« erkundigte ich mich.

»Ich hab' nicht angerufen, um zu plaudern, Nick. Ich hab' bloß angerufen, um dich zu beruhigen. Dein Freund hat mich darum gebeten.«

»Wer? John?«

»Ja«, entgegnete sie.

»Gut. Ich bin froh, daß er helfen konnte. Ich habe gestern mit ihm gesprochen«, sagte ich.

»Er war ungewöhnlich hilfsbereit für einen Polizisten«, kommentierte sie. Wieder wußte ich, wie weh ihr das Wort Polizist tat. Sie hatte es meinem Job nie vergeben, zwischen uns zu treten, wie sie es immer genannt hatte. Ich hätte gedacht, mittlerweile hätten die kostenlosen Zahnbehandlungen sie von dieser fixen Idee geheilt.

»Hat Louis bei der Polizei angerufen?« fragte ich.

»Ja, und sie waren offensichtlich nicht besonders hingerissen von dir. Hat dich noch niemand besucht?«

»Nein. John sagte, er würde für mich bürgen. Das wird die Sache erst mal glattgebügelt haben. Ich hatte genug von den Bullen.«

»Ich auch, glaub' mir.«

»Dann ist ja alles in Ordnung. Du bist sicher, daß euch niemand gefolgt ist?«

»Ich bin sicher. Wir haben uns den Wagen von einem von Louis Freunden geliehen. Wir haben uns auf einer Raststätte getroffen und beim Tanken die Wagen getauscht. Dann sind wir die andere Richtung die Autobahn entlang gefahren und schließlich weiter über die Landstraßen. Ich glaube, Louis hat es sogar Spaß gemacht.«

»Wir spielen nicht ›Dempsey und Makepeace‹, Laura«, warnte ich. »Es ist ernst.«

»Ich weiß, Nick. Wir nehmen es ernst.« Ich könnte beinahe die Wärme in ihrer Stimme fühlen. Genau wie früher, bevor alles schief ging. Dann erinnerte sie sich ihrer selbst. »Ich muß los. Louis wartet«, sagte sie.

»Sei vorsichtig und melde dich. Grüß Judy von mir«, gelang es mir zu sagen, bevor sie ohne Gruß auflegte. Vielleicht hatte sie die Wärme auch bemerkt und beschlossen, mich wieder in die Kälte zu stoßen. Aber was hatte ich erwartet? Eine Liebeserklärung?

Kaum hatte ich den Hörer aufgelegt, klingelte es wieder. Gute Güte, war ich heute morgen beliebt. John Reid war dran. »Guten Morgen, Nick«, sagte er. »Du hast ja tolle Öffnungszeiten. Hat der gute alte George Bright dir noch 'nen Scheck in den Arsch geschoben?«

»George hat mich vor zwei Tagen gefeuert«, entgegnete ich.

»Ach je, ein kluger Mann. Das Geschäft läuft also nicht so gut?«

»Das Geschäft ist abgeblasen, John. Jetzt geht es um mich. George Bright hat damit nichts mehr zu tun. Er war in dem Moment Vergangenheit, in dem ich den Brief wegen Judith bekommen habe.«

»Genau darum ruf' ich an«, sagte John, jetzt in offiziellem Ton. »Die Kacke ist echt am Dampfen. Ich hab' versucht, die Sache so geheim wie möglich zu halten, aber *Louis the Lip* hat seine Wache angerufen, kaum daß er dich gestern aufgelegt hatte. Fox hat Wind davon bekommen, und glaub' mir, dann macht er auch welchen. Du hast echt Glück, daß du nicht im Einzugsbereich unserer Wache wohnst, sonst hättest du gestern abend noch auf einen kleinen Plausch vorbeikommen können. Wahrscheinlich gleich mit dem Gummiknüppel zwischen die Augen. Und in Streatham hast du auch nicht allzu viele Fans.«

Er hatte absolut recht. Es war wirklich ausgesprochen glücklich gewesen, daß die Bullen nicht auf eine kleine Unterhaltung vorbeigekommen waren. Sie hätten vielleicht Em und mich mit einem Sack voll illegaler Waffen mit Munition erwischt. Das hätte Fox so passen können.

»Scheiß auf die«, sagte ich. »Was soll ich denn tun? Mich beim diensthabenden Sergeanten melden? Mich in die Schlange einreihen, hinter all die Trottel, die ihre Hunde vermißt melden? Oder daß jemand ihnen die Milch von der Veranda geklaut hat?«

»Darum geht es nicht«, sagte John. »Ich habe mich selber wieder vor dich gestellt. Keine Ahnung, warum. Und bislang hat niemand diesen Drohbrief gesehen. Ich nehme doch an, daß es ihn gibt?«

»Was glaubst du wohl?« fragte ich verärgert. »Daß ich dieses Drecksding erfunden habe, um Louis und die Mädels aus Spaß auf eine kleine Reise zu schicken? Du hältst mich wohl für bekloppt. Natürlich gibt es ihn. Ich hab' ihn bei mir.«

»Ich will ihn haben«, sagte John, als hätte ich nichts gesagt. »Man hat mich angewiesen, mich selber um die Sache zu kümmern. Und zwar über den Kopf des diensthabenden Sergeanten in Streatham hinweg. Er war nicht sehr begeistert. Es heißt, ein Ex-Cop, der uns unter ... wie soll ich sagen? ausgesprochen miesen Umständen? verlassen hat, kriegte jetzt eine Extrawurst gebraten.«

»Es ist mir egal, wie du's sagst, John, solange Judith in Sicherheit ist.«

»Ich hoffe bloß, daß die Presse nichts davon erfährt«, sagte er.

»Auf die scheiß' ich auch.«

»Schon gut, du Wichtigtuer«, unterbrach er mich. »Wir wissen alle, wie tough du bist. Tu' mir einen Gefallen und halt den Mund. Und jetzt will ich dich zusammen mit dem Brief sehen.«

»Wo?« fragte ich. Ich hatte John sowieso nur selten beeindrucken können.

»Gut, weißt du noch, wo wir in Waterloo immer was getrunken haben?«

»Ja.«

»Erinnerst du dich noch an den Pub im Markt?«

»Ja, den spanischen wie auch immer?«

»Genau, The Spanish Patriot.«

»Natürlich erinnere ich mich daran.«

»Gut, wir treffen uns da in einer Stunde, und vergiß den Brief nicht.«

»Das ist doch ein ziemlich heruntergekommener Schuppen, oder?«

»Was glaubst du, was du bist? Ein Pfadfinder? Und er ist auch nicht mehr heruntergekommen. Die Brauerei hat sich drum gekümmert.«

»Es ist doch hoffentlich kein Brasserie-Pub wie auf dem Festland, oder?« fragte ich mißtrauisch.

»Du bist auch nie zufrieden, oder? Natürlich nicht. Das ist doch wohl kaum mein Stil, oder? Es ist okay, glaub' mir. Sei einfach in einer Stunde da.«

»In Ordnung«, sagte ich, dann legte auch er einfach auf. Ich überlegte, ob überhaupt niemand mehr ›Auf Wiederhören‹ sagte.

Ich pusselte noch eine Weile herum, spülte mein Frühstücksgeschirr ab und machte das Bett. Ich steckte den Brief in die Innentasche eines weißen zweireihigen Jacketts, und danach steckte ich den Colt Cobra in eine der Seitentaschen. Ich hoffte, er würde den Stoff nicht ausleiern oder irgendwelche scheußlichen Ölflecken machen.

Es ging mir besser, weil ich wußte, daß Laura und Judith in Sicherheit waren. Ich fuhr langsam und vorsichtig nach Waterloo, über den Denmark Hill und die Walworth Road entlang. East Street Market war belebt wie immer, und ich vergnügte mich damit, den Mädchen Südlondons in ihren Sommerkleidern nachzusehen.

An jenem Morgen waren ein paar echte Schönheiten unterwegs. Die Sonne hatte sie wie exotische Blumen hervorgezaubert. Sie nutzten den herrlichen Tag, um ihre neuen Kleider zu zeigen. Ich kam mir irgendwie schrecklich vor, weil es mir so gutging. Ich hatte vor noch nicht mal achtundvierzig Stunden einen alten Freund massakriert gesehen, aber ich konnte das einfach vergessen und das Wetter genießen. So sind Menschen eben. Ich entschuldige mich nicht dafür. Ich konnte nichts tun, um ihn zurückzuholen, also sah ich einfach weiter den Frauen auf der Straße nach. Urplötzlich kehrte meine Libido zurück.

Ich erreichte Waterloo pünktlich und fuhr hinunter zum Lower Marsh Market, um John zu treffen. Der Pub, in dem wir gesoffen hatten, war immer etwas schmierig gewesen, aber jetzt war er aufgeputzt und in einen »Viktorianischen Palast« verwandelt worden, was auch immer das sein sollte.

Ich parkte ordentlich zwischen zwei Vans, die gerade ausgeladen wurden.

Da auf dem Markt vor allem Klamotten und Elektrogeräte verkauft wurden, war vor der Mittagszeit, wenn die Büroarbeiter hier auftauchten, nicht viel los, also gab es immer noch Park-Platz am Randstein. Ich schnappte mir mein Jackett vom Rücksitz und stieg aus dem Wagen. Als ich abschloß, tauchte ein kleiner Typ mit Brille neben mir auf.

»Sie können da nicht parken«, sagte er mit einem verächtlichen Blick auf den Zustand des Pontiacs. »Gleich kommt jemand, um abzuladen.«

»Es ist noch Platz«, sagte ich höflich.

»Nein, Mann, er parkt immer hier.«

»Schade«, sagte ich und wollte gehen.

»Ja, Mann, schade für Sie. Es wird ihm nicht gefallen.«

»Wer ist es denn? King Kong?« fragte ich. Der kleine Mann verzog keine Miene.

»Schlimmer«, sagte er.

Ich wußte, was er wollte. »Hör' mal«, sagte ich und grabbelte in meiner Jackett-Tasche nach ein paar Münzen, die ihn dazu bringen sollten, auf meinen Wagen aufzupassen. Ich kannte die Märkte hier in der Gegend, und es war eine Münze wert, keinen Ärger zu kriegen. Als ich in der einen Tasche herumfummelte, fiel der Colt einfach so aus der anderen und klapperte zwischen uns auf den Bürgersteig. Beide starrten wir die Waffe auf dem Boden einen Herzschlag lang an. Glücklicherweise kam niemand vorbei, und da der Pontiac Linkssteuerung hatte, war ich zum Bürgersteig hin ausgestiegen und der Wagen schützte uns vor den neugierigen Blicken der Einkäufer auf der anderen Straßenseite. Der kleine Mann starrte die Waffe an, dann mich, dann wieder die Waffe. Er war kurz davor zu salutieren.

»Machen Sie sich keine Sorgen, Sir«, sagte er. »Sie parken hier, und ich werde mich persönlich um ihren Wagen kümmern. Wird mir ein Vergnügen sein.«

Beinahe lachte ich laut. Ich wußte nicht, wer das größere Arschloch war, er oder ich.

»Das tun Sie mal«, sagte ich, beugte mich hinunter, hob die Pistole auf und steckte sie in meinen Hosenbund. Ich zog mein Jackett an und knöpfte es zu, um die Waffe zu verbergen. »Sonst werde ich mich um Sie kümmern.«

»Kein Problem, Boss«, sagte er. »Vertrauen Sie mir, lassen Sie den Wagen hier stehen, solange Sie mögen.« Dann wandte er sich ab und rannte beinahe davon. Ich mußte in

Zukunft vorsichtiger sein. Die verfluchte Kanone hätte losgehen können. Ich hätte mich sogar in meinen anderen Fuß schießen können.

Ich spazierte in die Kneipe. Sie hatte sich tatsächlich mächtig verändert. Früher gab es hier Spucknapf und Sägespäne, mittlerweile Eiche und Velour. Ich entdeckte John sofort, er saß auf einem Stuhl an der Bar und las die Morgenzeitung.

»Hallo, John«, sagte ich. Er sah von seiner Ausgabe der *Sun* auf. »Liest immer noch gute Zeitungen, wie ich sehe.«

John checkte mich ab. »Guter Gott, Nick, was trägst du denn da? In dem Jackett siehst du aus wie ein verfluchter Kellner.« Er starrte meine Füße an. »Und kannst du keine Socken anziehen? Was glaubst du, wer du bist? Boy George?«

»Sehr lustig, John«, entgegnete ich.

»Was willst du trinken?« fragte er.

Ich entschied mich für ein Bier und wartete, daß die Barkeeperin es zapfte. Ich konnte erkennen, was John an dem Laden gefiel. Die Frau, die das Bier servierte, war groß und brünett. Mit Absätzen bestimmt einsachtzig. Sie hatte eine ausladende, ordentlich eingeschnürte Figur, aber ich konnte mir vorstellen, wie sie aussah, wenn sie ihr Korsett ablegte.

»Brenda«, sagte John. »Das ist Nick Sharman, er war auch mal Bulle.«

»Freut mich«, sagte Brenda mit einem breiten, rotlippigen Lächeln. Als sie den Mund öffnete, um zu sprechen, bemerkte ich, daß auf ihren Zähnen roter Lippenstift klebte.

»Hallo«, sagte ich. »Ist anders geworden, seit ich das letzte Mal hier war. Was ist mit Dot und Tom passiert?« Ich meinte das Pärchen, das den Pub besessen hatte, als ich hier Stammgast gewesen war.

»Sie wohnen jetzt an der See«, entgegnete die große Brenda. »Ein hübsches kleines Rentnerhäuschen in Bournemouth.«

Sie stellte mein Glas vor mich, und John bezahlte. Ich nahm einen Schluck, des süßen, kalten Getränkes. Brenda hätte bestimmt gerne noch weiter geschnackelt, aber John grummelte: »Arbeit« und führte mich hinüber zu einem stillen Tisch in der Nähe der Eingangstür des Pubs.

»Ich hab' schon kapiert, was dir hier gefällt, John«, sagte ich. »Ich wette, diese Brenda macht dich ganz schön an.«

»Nicht, daß ich wüßte«, entgegnete John ernsthaft.

»Natürlich, alles klar. Ich wette, du hast hier ein paar Desserts genommen und vielleicht auch mal das Hauptgericht? Sag schon, wie sieht sie nackt aus?« fragte ich grinsend. »Ich wette, sie ist überall weiß. Ist das ihre echte Haarfarbe? Ich finde, sie sieht wie ein Rotschopf aus.«

»Halt jetzt die Klappe, Nick, ja? Ich hab' nicht den ganzen Tag Zeit. Wo ist der Brief?« Ich langte in meine Innentasche und holte die maschinengeschriebene Notiz hervor. John hielt sie vorsichtig, an einer Ecke des Umschlags. Ein echter Profi.

»Ich nehme mal an, du hast deine dreckigen Pfoten überall draufgetatscht?« fragte er.

»Yeah, das habe ich wohl. Da wußte ich ja noch nicht, daß es Beweismaterial ist. Ich habe schließlich keine übernatürlichen Kräfte und kann durch Umschläge hindurch lesen.«

John ignorierte meine Unschuldsbeteuerungen, las mehrere Male sorgfältig den Brief, faltete ihn ordentlich wieder zusammen und steckte ihn in eine Plastiktüte, die er aus seiner Tasche holte.

»Hat sich Laura bei dir gemeldet?« fragte er.

»Ja«, entgegnete ich. »Sie hat heute morgen angerufen, direkt vor dir.«

»Hat sie dir gesagt, wo sie ist?«

»Nein, das wollte sie nicht.«

»Gut.«

»Ich nehme an, daß war deine Idee?«

Er sagte nichts.

»Weißt du es?« wollte ich wissen.

»Ja.«

»Na toll, es heißt ja immer, daß der Ehemann der letzte ist, der etwas erfährt.«

»Du bist nicht mehr ihr Mann. Louis ist das.«

»Wirklich, John, vielen Dank für die Mitteilung«, sagte ich beleidigt.

»Werd' nicht patzig zu mir, Nick, bloß weil du immer noch in deine Ex-Frau verliebt bist.«

Ich wollte protestieren, aber er schnitt mir mit einer knappen Geste das Wort ab.

»Wir müssen darüber nicht streiten. Mir ist es sowieso egal«, sagte er. »Außerdem verschwendest du deine Zeit. Ich habe ihr gesagt, sie soll niemandem erzählen, wo sie steckt, und da bist du eingeschlossen. Vor allem am Telefon.« Dann wechselte er plötzlich das Thema. »Was glaubst du, wer den Brief geschrieben hat?« fragte er. »Ist doch offensichtlich«, entgegnete ich. »Die Schweine, die ich in Brixton getroffen habe. Die, denen ich das hier verdanke.« Ich legte meine Hand auf meinen Hinterkopf. »Irgendwas Neues über die inzwischen?«

»Nicht viel«, entgegnete John. »Die Wohnung war voller Fingerabdrücke. Nichts, was wir brauchen könnten. Bloß ein Aufenthaltsraum für jeden Junkie aus der ganzen Gegend. Du hättest mal sehen sollen, wie die Matratze in dem Zimmer des Mädchens aussah.« Er schnitt eine angeekelte Grimasse.

»Ich war auch noch mal da«, sagte ich.

»Ach wirklich?« Er betrachtete mich durch zusammengekniffene Augen. »Du hast jeden einzelnen Schlag verdient, den du dir einhandelst, weißt du das?«

Ich ignorierte seinen Blick und redete einfach weiter. »Ich hab' einen Typ namens Steve getroffen, der wohnt im Erdgeschoß, nach hinten raus. Er hat mir gesagt, daß Patsy Bright mächtig dealt.«

»Mit was?« John sah urplötzlich interessiert aus.

»Starkes Zeug«, sagte ich. »Vor allem Heroin und Koks.«

»War er stoned, als er dir das gesagt hat?«

»Ja.«

»Da hast du's. Du bist so einfältig, du glaubst alles, was du glauben willst. Ich war auch nochmal da, gestern, und außer mir war keiner da. Mit wem auch immer du geredet hast, er ist abgezwitschert. Ich schätze, du hast ihn verjagt. Hast 'n bißchen zu sehr zugelangt, ja? Das wäre typisch. Abgefuckte Junkies schlagen.«

»Leck mich am Arsch, John«, sagte ich. »Ich kann auch nichts richtig machen, oder?«

»Nicht viel«, entgegnete er. »Du bringst bloß unschuldige Leute in Gefahr.«

»Es gibt keine unschuldigen Leute mehr«, sagte ich düster. Ich konnte den Schatten auf meine gute Laune fallen spüren.

»Wo hast du das denn gelesen?« fragte er sarkastisch.

Ich machte mir nicht die Mühe zu antworten. Wir saßen da und tranken, und John zündete sich eine Zigarette an. Nachdem eine Minute vergangen war, sagte er: »Ich möchte, daß du die Nase eine Weile untenhälst. Überlaß die ganze Sache mir und der Polizei. Du machst dich wieder sehr unbeliebt, und das ist nicht lustig. Es kursiert schon die Idee, dich mal wieder an den Geschmack von Porridge zu gewöhnen. Die Erinnerung auf der Wache reicht lang zurück, und die Leute sind reizbar. Wenn ich mich nicht irgendwie für dich verantwortlich fühlen würde, würde ich dich einbuchten lassen. Also, zum letztenmal, halt' dich raus und kümmere dich um deinen eigenen Kram. Deine Familie ist in Sicherheit, und du läßt den Fall Bright fallen. Kannst du nicht auch 'ne Woche verreisen? Besuch deine Mutter oder so.«

»Vielleicht hast du recht, John«, sagte ich matt. Aber ich wußte, daß ich bis zum bitteren Ende dabei bleiben würde.

»Dann tu's auch«, sagte er und trank sein Glas mit einem Schluck leer. »Ich muß jetzt los, aber ich melde mich. Das beste wäre, wenn ich dich dann nicht erreichen könnte.«

»Okay, John«, sagte ich. »*Take it easy*«.

Er stand auf, winkte Brenda zum Abschied zu, die über die Zapfhähne hinweg zurückgrüßte, und verließ die Bar.

Als er ging, bemerkte ich, daß ich anfing, mich über ihn zu wundern. Er hatte kein Wort über den Mord an TS verloren. Kein einziges Wort.

23

Ich trank in Ruhe aus und dachte über das nach, was John mir gesagt hatte. Schließlich verließ auch ich den Pub. Brenda verabschiedete mich mit einem kurzen Nicken. Offensichtlich war ich nicht ihr Typ. Ich ging hinaus auf die heiße Straße. Die Temperatur stieg weiter an, aber ich hatte meine gute Laune verloren. Auf dem Markt pulsierte das Leben, und noch mehr Trucks waren angekommen, um abzuladen. Der kleine Mann stand neben dem Pontiac und dirigierte den Verkehr darum herum.

»Perfekt«, flüsterte ich ihm ins Ohr.

»Oh, hallo Boss«, sagte er erschrocken. »Bitte sehr, niemand parkt Sie ein, sehen Sie.«

»Danke«, sagte ich. »Möchten Sie einen Drink?«

»Nein, nein. War mir ein Vergnügen.«

»Was ist mit dem Typ passiert, der normalerweise hier parkt?« fragte ich.

»Dem geht's gut, er ist da drüben, dem geht's echt gut. Ich hab' das klar gemacht«, sagte der kleine Mann und deutete vage in irgendeine Richtung.

»Das war doch nicht so schwierig«, bemerkte ich. »Nächstes Mal halte ich wieder Ausschau nach Ihnen.«

Sein Gesicht nahm einen leichten Grünstich an, und er schluckte. »Jederzeit, Guv, ich kümmere mich um Ihren Wagen. Robbo ist mein Name.«

»In Ordnung, Robbo«, sagte ich und bleckte meine

Zähne in Anlehnung an ein Lächeln. Ich schloß den Pontiac auf und kletterte hinein. Ich schnallte mich an, ließ den Wagen an, der mit den üblichen schwarzen Rauchwolken aus dem Auspuff zum Leben erwachte. Ich legte den Gang ein und fuhr langsam durch die Menschenmenge.

Bevor ich weitererzähle, lassen Sie mich Ihnen ein wenig die Geographie von Lower Marsh erläutern, bloß falls Sie noch nie dort einkaufen waren. Es ist ein relativ langer, schmaler Durchfahrtsweg, der von Ost nach West den Hintereingang des Waterloo-Bahnhofs und die Westminster Bridge Road verbindet. Die Straße ist ungefähr gleichmäßig in zwei Einbahn-Sektionen geteilt, die in verschiedene Richtungen zeigen. Man kann von Waterloo oder von Westminster aus hineinfahren, aber man kann auf keiner Seite offiziell hinausfahren. Der einzige Ausweg ist die Frazier Street, eine außerordentlich schmale, kleine Gasse, die vom Markt auf die Bayliss Road führt, die parallel zur Lower Marsh läuft. Sind Sie verwirrt? Macht nichts, das sind auch die meisten Fahrer, die in diesen Irrgarten geraten. Es ist ungefähr so, als drückte man ein Ecclair an beiden Enden gleichzeitig zusammen. Dann schießt alles in der Mitte heraus.

Ich kam von Waterloo. Ich mußte an einer weißen Linie halten, dann links, weg vom Markt, abbiegen. Alle Wagen von Westminster aus kamen mir entgegen. Vor allem einer fiel mir auf. Ein leuchtendroter Ford Capri parkte an der Ecke Marsh/Frazier. Zwei Männer saßen auf den Vordersitzen. Entsetzt erkannte ich die beiden als die zwei Weißen aus der Wohnung in Brixton. Der Blonde und Schlaghose. Letzterer saß auf dem Fahrersitz. Sie mußten mir von daheim gefolgt sein. Während ich mich im Verkehr hatte treiben lassen und versuchte, Schulmädchen unter den Rock zu gucken, hatten sie mich verfolgt.

Als ich abbremste, um links abzubiegen, startete der fette Mann den Capri. Ich bog in die Frazier Street ein, der Capri hinter mir her. Ich fuhr langsam die Straße hinunter, die bloß einen Wagen breit war, weil alle Markt-Verkäufer rechterhand parkten. Mit einem Auge behielt ich den Rückspiegel im Auge und sah, wie der Blonde einen Arm und den Kopf aus dem Seitenfenster des roten Wagens steckte. Er hielt etwas in der Hand. Plötzlich explodierte der rechte Außenspiegel des Pontiac mit einem lauten Klirren und Krachen. Das Schwein hatte auf mich geschossen. Soviel zu Johns Ratschlag, in Deckung zu gehen. Ja, genau, dachte ich, du sagst es.

Ich trat das Gaspedal des Trans-Am durch und spürte, wie er ausbrach, dann packten die breiten Räder wieder die Straße, und er schoß wie eine Rakete los. Ich knallte den zweiten Gang rein und wirbelte nach links in die Bayliss Road, mit quietschendem Gummi Richtung Osten. Der Capri blieb hinter mir. Ich fuhr in Richtung Old Vic, und als ich sah, daß die Ampel an der Kreuzung zur Waterloo Road grün war, versuchte ich, das Pedal noch tiefer in den Boden zu treten. Charlie hatte mich vor dem trägen Verhalten des Wagens unterhalb von vierzig Meilen gewarnt, aber jetzt beschleunigte er wie ein Windhund. Ich schoß über die Ampel, kickte den Schalthebel in den dritten und spürte die beruhigende Reaktion des großen Motors. Der Capri war dicht hinter mir, fiel aber zurück. Es war wie damals, als ich einen Polizeiwagen fuhr. Ich begann, laut den Straßenzustand anzusagen, wie beim Polizei-Fahrunterricht.

»Ampel vor uns«, sagte ich. »Rot.«

Ich kuppelte aus und knallte den Schaltknüppel zurück in den zweiten. Der Wagen wurde ohne Hilfe der Bremsen langsamer. Mit soviel Pferdestärken, wie diesem Kerlchen unter der Haube steckten, mußte ich sie nicht benutzen. Der Capri kam schnell hinter mir her. Ich kurbelte das Servo-Lenkrad ganz nach links, um in die Hatfields abzubiegen, damit ich nicht an der Ampel halten mußte. Ich fuhr durch eine Pfütze, und Wasser spritzte auf die Windschutzscheibe. Ohne nachzudenken benutzte ich den Scheibenwischer, damit ich wieder sehen konnte.

Ein Telecom-Van kam mir entgegen und blockierte den

Weg, also fuhr ich auf den Bürgersteig und gurkte drum herum. Ich hoffte bloß, daß niemand mir in der Kurve unter der Eisenbahnbrücke entgegenkäme, drückte auf die Hupe und betete. Charlie hatte eine Hupe eingebaut, die die ersten fünf Takte von »Dixie« spielte. Einfach super. Irgendein Depp in einem Datsun Cherry versuchte, vor mir aus der Joan Street einzubiegen. Ich hupte wieder und sah sein erschrockenes Gesicht, als er entgeistert bremste. Die Hatfields lag eine halbe Meile weit leer vor mir. Ich beschleunigte, schaltete hoch und bemerkte, daß ich schnell auf die Stamford Street zufuhr, was einen kontinuierlichen Verkehrsstrom bedeutete, es sei denn, jemand ging über den Zebrastreifen, der direkt östlich der Kreuzung, auf die ich zufuhr, über die Straße führte.

Vor mir konnte ich nur fließenden Verkehr sehen. Der Capri klebte wieder hinter mir, und der Blonde reckte sich aus dem Fenster und schoß wieder. Ich sah im Rückspiegel eine kleine Flamme und eine Rauchwolke aus dem Lauf der Waffe schießen. Nichts schien den Pontiac getroffen zu haben, aber trotzdem sank ich in meinem kuscheligen Sitz weiter nach unten. Ich betete um ein Wunder und trat voll aufs Bremspedal. Die Reifen griffen, rutschten, griffen wieder. Ich konnte verbranntes Gummi riechen. Ich schlidderte ans Ende der Hatfields, guckte kurz nach rechts und sah einen Tanklaster auf die Kreuzung zufahren. Er war nur Meter entfernt, als ich in den ersten schaltete und vor dem Laster über die Straße zog. Ich schlidderte in die Stamford Street und hörte den Lastzug laut hupen, aber ich war schon weg und beschleunigte. Ein schneller Blick in den Rückspiegel zeigte mir bloß den Kühlergrill des Lasters und das wütende Gesicht des Fahrers hinter seiner Windschutzscheibe. Plötzlich schoß der Capri an ihm vorbei und drängelte sich hinter mich. Oh Scheiße, dachte ich, dieser fette Sack kann ganz gut fahren. Ich sah, daß sich der Verkehr an dem Kreisel vor uns staute, also kurbelte ich das Steuer nach rechts, und ab ging's in die Coin Street, wo ich ein Trio junger Frauen über die Straße scheuchte. Das

Heck des Pontiac brach aus, aber ich kriegte es mit einer kleinen Gegensteuerung unter Kontrolle. Der verfluchte Capri folgte mir, als führe er auf Schienen. Ich bog am National Theatre in die Upper Ground ein, dann wieder nach links und die Steigung hoch, um den Kreisel am Südende der Waterloo Bridge zu erreichen. Der Colt drückte in meinen Magen, also zerrte ich ihn aus meinem Hosenbund und warf ihn auf den Beifahrersitz. Ein einziges Mal hoffte ich, den bekannten weißen Umriß eines Rover-Polizeiwagens zu entdecken, aber Polizisten sind nie da, wenn man sie braucht. Irgend etwas hinten am Trans-Am knallte, und ich sah wieder in den Spiegel. Blondie traf besser. Ich wußte, daß ich etwas tun mußte, und zwar schnell. Dann fiel mir ein, daß Charlie mir von den Verstärkungen erzählt hatte, die er in den Pontiac eingebaut hatte, um damit Stock-Car-Rennen zu fahren. Ich schlängelte mich am Kreisel an den anderen Autos vorbei, verpaßte nur knapp einen einstöckigen roten Bus und schummelte mich auf die Waterloo Bridge.

Auf der äußeren Spur fuhr ein Taxi mit ungefähr zwanzig Meilen die Stunde, also überholte ich es innen, dann wechselte ich wieder die Spur und steuerte den Trans-Am zur Einfahrt der Strand-Unterführung. Der Capri war ungefähr zwei Wagenlängen hinter mir. Die Tunnelöffnung war frei, und ich machte bestimmt knapp neunzig, als ich in den Tunnel tauchte. Ich verlor für den Bruchteil einer Sekunde die Kontrolle über den Wagen und spürte, wie ein Reifen am Bordstein entlangschrammte. Ich fluchte panisch und riß das Steuer nach rechts, drückte aber weiter das Gaspedal durch. Ich konnte die Mauern vorbeihuschen sehen. Der Capri hinter mir. Wenn Blondie jetzt schießen würde, wäre ich das perfekte Ziel. Er reckte den ganzen Oberkörper aus dem Wagenfenster und schoß. Ich sah vor mir ein Stückchen Mauer wegsplittern. Genau in diesem Moment trat ich voll auf die Bremse. Ein gräßliches Quietschen von den protestierenden Reifen hallte durch das Innere des Tunnels, als das Gummi sich in die Metalloberfläche verbiß. Ich quietschte aus Angst vor einem Überschlag. Während ich bremste, benutze ich auch die Motorbremse, um noch langsamer zu werden. Ich schaltete in den ersten und ließ die Kupplung kommen. Der Wagen ruckte und glitschte, und der Gurt schnitt sich schmerzhaft in meine Brust. Die Reflexe des fetten Mannes waren zu langsam. Der Capri knallte mit ohrenbetäubendem Lärm gegen das Heck des Pontiac. Blondie flog zackig aus dem Wagenfenster auf die Straße. Dampf hüllte die beiden Wagen ein und erfüllte den Tunnel. Immer noch im ersten Gang beschleunigte ich und fuhr davon. Mit einem metallenen Kreischen löste sich etwas von einem der Wagen und klapperte zu Boden. Der Capri blieb mit eingedellter Schnauze im Tunnel stehen. Blondie taumelte auf die Füße und hob die Pistole, aber es war zu spät. Ich war um die Kurve und schon im Kingsway, bevor er schießen konnte. Ich fuhr Richtung Covent Garden und dann durch die kleinen Nebenstraßen, bevor ich den Schaden an meinem Wagen untersuchte. Ich parkte vor einem Laden, in dem es so wichtige Dinge wie rosafarbene Leder-Filofaxe und durchsichtige Plastik-Armbanduhren gab. Ich persönlich bevorzugte für Notizen die Rückseite eines Umschlags und eine echte Rolex. Ich saß im heißen Wagen und beobachtete, wie ich zitterte. Schließlich stieg ich aus und ging zum Heck des Trans-Am. Eine Rücklicht-Abdeckung war verschwunden, es gab bloß noch nackte Glühbirnen. Ich mußte die Stoßstange des Capri bei dem Unfall weggeknallt haben, weil meine immer noch da war. Verbogen, aber ordentlich festgenietet. Die Grundierung war zerkratzt, und das Metall wirkte auch nicht mehr ganz neu, aber keine große Sache. Im Geiste dankte ich Charlie und seiner Werkstatt. Ich entdeckte ein Einschußloch im Kofferraumdeckel. Ich hatte Glück gehabt, wenn es auf der anderen Seite gelegen hätte, hätte der Tank dran glauben müssen, und dann wäre ich jetzt medium. Ich lehnte mich schwach gegen den Wagen und wünschte mir eine Zigarette. In der Ferne hörte ich Polizeisirenen und hoffte, daß meine Möchtegern-Mörder doppelte Armreifen bekämen. Eins-A-Chance, dachte ich. Ich fuhr auf einer umständlichen Route nach Hause und verzog mich auf mein Zimmer, um mit meiner Waffensammlung zu spielen. Etwas anderes fiel mir nicht ein.

24

Gegen acht an jenem Abend klingelte es bei mir. Ich saß im Halbdunkel auf dem Bett, starrte an die vor mir liegende Wand und hielt den Colt Cobra locker in der rechten Hand. Ich erschrak bei dem Geräusch, dann glitt ich vom Bett und ging hinüber zum Fenster. Die Straße draußen lag still in der einsetzenden Dämmerung, und die orangenen Straßenlampen leuchteten vor blassem Abendhimmel.

Keine verdächtigen Wagen vor dem Haus, und ich konnte niemand vor der Tür stehen sehen, also dachte ich, daß ich besser mal nachschaute. Ich schlich auf nackten Füßen leise die Treppe hinunter, die Waffe in der Hand. Ich schaltete das Licht im Flur nicht an, um kein Ziel für irgendwelche potentiellen Schützen, die vielleicht vor dem Haus herumlungerten, abzugeben. Ich gewöhnte mich ziemlich schnell daran, paranoid zu sein. Vorsichtig öffnete ich die Haustür einen Spalt breit und blinzelte hinaus. Eine Frau stand im Schatten, hatte mir den Rücken zugewandt und sah hinaus auf die Straße. Als sie hörte, daß sich die Tür öffnete, drehte sie sich auf dem Absatz um. Ich konnte sie in der Dämmerung kaum sehen.

»Nick?« fragte sie zögernd.

Ich kniff die Augen zusammen und versuchte, durch die Dunkelheit zu starren.

»Teresa, bist du das?« fragte ich. Sie stand da und sah

mich an, dann stemmte sie in der altbekannten Art die Hände in die Hüften, und ich wußte sicher, daß sie es war.

»Gott, du bist es«, sagte ich ungläubig.

»Kannst du im Dunkeln kein Mädchen mehr erkennen?« fragte sie. »Oder muß ich lächeln, damit meine Zähnchen leuchten?«

»Ich glaub's nicht, was tust du hier?« fragte ich so blöd, wie man es tut, wenn jemand auftaucht, mit dem man mal geschlafen hat und der einem jetzt fremd geworden ist.

»Ich besuche einen alten Freund, was sonst?« Ihre Stimme war ein oder zwei Grad kälter geworden. Sie war empfindsam wie immer und reagierte auf jede Nuance in meinem Tonfall. Ich trat zurück und öffnete die Tür weit.

»Ich hab' an dich gedacht«, sagte ich. »Ich war bei Em. Es ist so eine Überraschung, daß du hier bist.«

»Angenehm?«

»Was glaubst du denn? Komm rein«, sagte ich und ließ sie rein, dann sah ich noch schnell die Straße auf und ab. Sie war absolut verlassen. Als ich auf dem kleinen Podest vor der Tür stand, bemerkte ich, daß ich immer noch den Colt in der Hand hielt und stopfte ihn eilig in die hintere Hosentasche. Ich folgte Teresa ins Haus und schaltete das Flurlicht ein. Ich betrachtete sie im gelben Schein der Glühbirne. Sie sah genauso aus, wie ich mich an sie erinnerte. Schön, vielleicht sogar noch schöner als beim letzten Mal, wo ich sie im Krankenhaus gesehen hatte, vor fast zwei Jahren.

»Du siehst gut aus«, sagte ich.

»Du nicht«, entgegnete sie und betrachtete mein Gesicht. »Du siehst krank aus. Schläfst du nie?«

»Nicht viel. Hat Emerald dir meine Adresse gegeben?«

»Wer sonst? Und wechsle nicht das Thema. Bist du krank, oder was?«

»Vor allem oder was. Bist du jetzt Ärztin?«

»Du weißt besser als die meisten, was ich bin. Was ist mit dir los?«

»Nichts.«

»Toll , dein nichts, begrüßt du Besucher immer mit einer Kanone in der Hand?«

Ich lächelte halbwegs empört. Teresa bemerkte alles.

»Nicht so laut«, sagte ich. »Es muß ja nicht gleich die ganze Welt wissen. Laß uns raufgehen, meine Wohnung ist ganz oben.«

Ich folgte ihr die drei Stockwerke hinauf, und die ganze Zeit sah ich, wie sich ihr Hintern unter dem engen Lederrock bewegte. Sah gut aus. Wie Wasser für einen Mann, der vor Durst beinahe umkam.

Ich zog die Vorhänge vor meine Fenster, bevor ich das Licht einschaltete. Sie stand mitten im Zimmer und sah sich um.

»Ist das alles? Nicht sehr groß, oder?« fragte sie wesentlich akkurater, als es mir gefiel.

»Das sagen alle«, entgegnete ich.

»Hast du viel Besuch?«

»Yeah, letzte Nacht eine Dinnerparty für achtzehn, mit silbernem Service, du hast gerade die Reinmachefrauen verpaßt.«

»Sei nicht zynisch, Nick. Paßt nicht zu dir.«

»Tut mir leid, setz dich.«

»Wo?« fragte sie und sah sich um. Auch das taten alle.

»Bett oder Sessel«, sagte ich.

Sie setzte sich auf die Ecke des Bettes und schwang ihre langen Beine hoch, zeigte mir mehr als ein wenig Schenkel und lehnte sich gegen das Kissen, das am Kopfende lag, genau dort, wo ich eben noch in der Dunkelheit gesessen hatte.

»Paßt zu mir«, sagte sie. Ich lachte fast.

»Ich hab' mir gedacht, daß du das Bett wählst«, sagte ich. »Du veränderst dich auch nicht, oder?«

Sie setzte ein harmloses Gesicht auf und fragte: »Nicht?«

»Vielleicht bist du sogar schlimmer geworden.«

»Vielen Dank«, sagte sie und schaute unschuldig durch ihre langen Wimpern. Insgesamt war sie ungefähr so unschuldig wie eine alte Kupplerin.

»Tu nicht so schüchtern, Tess. Ich weiß es besser, erinnerst du dich? Willst du was trinken?«

»Klar, was hast du?«

»Bier, Bier oder Wodka.«

»Wodka on the rocks, bitte.«

»Sophisticated Lady.«

»Laß dich nicht anpissen«, sagte sie, lächelte aber, um dem Satz die Schärfe zu nehmen.

»Wenn ich mich richtig erinnere, war ich der einzige, der das durfte.«

Sie zog eine hübsche kleine Schnute, und ich ging das Eis aus dem Kühlschrank holen. Als ich mich hinunterbeugte, sah ich den häßlichen Plastiksack, den ich hinter die Eisschale gestopft hatte. Ich ignorierte ihn und schrieb den kalten Schauer, der mir über den Rücken rann, dem Umgang mit den Eiswürfeln zu. Ich war froh, als ich die Kühlschranktür zuwerfen konnte. Ich kippte eine Handvoll Eis in jedes der zwei hohen Gläser mit den dicken Böden und fügte einen reichlichen Schuß farblose Flüssigkeit aus der Wodkaflasche hinzu.

»Keine Zitrone, tut mir leid«, sagte ich.

»Ich bin sicher, das werde ich überleben«, entgegnete sie.

Ich reichte ihr eins der Gläser und behielt meins in der Hand, während ich mich in den Sessel setzte und meinen Fuß neben sie auf das Bett legte.

»Wie geht's deinem Bein?« fragte sie.

»Gut, meistens. Manchmal tut's weh, wenn's kalt ist.«

»Hast du den Typ getroffen, der dich angeschossen hat?«

»Ja, ein paar Mal. Zufällig sogar heute.« Ich erzählte keine weiteren Details.

»Wieder Freunde?«

»Ich glaube schon«, entgegnete ich. Auch darüber hatte ich nachgedacht, als ich vorhin alleine dagesessen hatte.

»Gut«, sie schien zufrieden zu sein, obwohl ich nicht wußte warum, da sie nie besonders scharf auf John Reid gewesen war. In der Vergangenheit hatte sie oft einen ausgesprochen unhöflichen, westindischen Slang-Ausdruck benutzt, wenn sie von ihm sprach.

»Tanzt du immer noch?«

Die Frage überraschte mich.

»Machst du Witze?« fragte ich. »Ich hab' nicht getanzt seit dem Schuß. Ich bin nicht gut in Form, und außerdem bin ich zu alt.«

»Oh nein, du warst so toll.« Was für ein Schatz sie war.

»Danke, Tess, wenn du das sagst, ist das ein echtes Kompliment.« Und das war es, denn wenn sie auf dem *dance floor* erschien, ließ sie alle anderen blaß aussehen.

»Erinnerst du dich nicht mehr an das alte Motto?« fragte sie

»Natürlich: ›Wer nicht tanzen kann, kann nicht ficken!‹«

Wir riefen es im Chor, und dann fingen wir beide an zu lachen, obwohl ich zugeben muß, daß es mir Mühe bereitete zu lachen.

»Was hat Emerald dir erzählt?« fragte ich, um schnell das Thema zu wechseln.

»Nicht viel, er hat sich sehr bedeckt gehalten. Er sagte, daß du vielleicht in irgend einem Schlamassel steckst.«

»Und dann hat er dir meine Adresse gegeben, damit du mitten reinlaufen konntest. Wie nett.«

Sie rückte ein Stück näher an mich heran. »Es ist nicht seine Schuld, Nick; ich mußte es ihm mühsam aus dem Kreuz leiern. Was ist los? Sag' es mir.«

Ich wußte, daß sie sich Sorgen um mich machte, und ich war dankbar dafür. Aber andererseits war sie eine weitere Person, der man in meinem Namen Schaden zufügen könnte. Und davon konnte ich keine weiteren mehr brauchen.

»Nichts, was ich nicht im Griff hätte«, sagte ich, knallhart wie ich war. Jeden Moment konnte ich sie zusammenschlagen oder mit meinem Fuß auf den Teppich stampfen, einfach so.

»Natürlich«, sagte sie. »Ich bin beeindruckt.«

»Bist du hergefahren?« fragte ich. Wechselte wieder das Thema.

»Ich fahr' immer noch nicht«, sagte sie. »Ich bin mit dem Taxi gekommen. Es hat mich an der Ecke abgesetzt.«

»Gut, daß ich da war«.

»Ich hab' Freunde angerufen, die hier in der Nähe leben. Wenn du weg gewesen wärst, hätte ich die besucht.«

»Ich komm' mir vor wie eine Bushaltestelle«, sagte ich gehässiger, als ich es meinte.

»Hör' auf damit, Nick«, sagte sie. »Was ist in dich gefahren?«

»Nichts, Tess, tut mir leid, ich bin bloß ein bißchen angespannt.«

Ich erinnerte mich der Pistole in meiner Tasche, ging quer durchs Zimmer und legte sie in die oberste Schublade meiner Kommode, zu den sauberen Socken. Ich ließ die Schublade offen. Unter den gegebenen Umständen vielleicht nicht gerade diskret. Teresa beobachtete mich mit aufgerissenen, ängstlichen Augen.

»Diese Dinger können ziemlich ungesund sein«, sagte sie.

»Du redest wie im Fernsehen, Teresa«, entgegnete ich.

»Und du benimmst dich wie im Fernsehen. Was zum Teufel glaubst du, wer du bist?« Ich blieb vor der Kommode stehen und sah zu ihr hinüber.

»Sag's mir doch, wenn du sowieso schon alles zu wissen scheinst«, sagte ich.

»Tut mir leid, entschuldige bitte, daß ich auf Erden weile. Ich glaube, ich geh' besser.« Sie knallte ihr Glas auf den Nachttisch, zwei Tropfen spritzten auf das polierte Holz, das Licht brach sich darin und schickte zwei winzige Regenbögen in meine Richtung. Sie erhob sich vom Bett und starrte mich an. Ich ging zu ihr hinüber und stellte vorsichtig mein Glas neben ihres. Plötzlich wollte ich unbedingt, daß sie blieb. »Geh' nicht«, bat ich. »Ich wollte nicht unhöflich sein. Es passieren bloß soviele Dinge, die ich nicht verstehe. Und daß du hier bist, macht die Sache noch komplizierter.«

Sie schien sich an mir vorbeidrängen zu wollen. Ich packte ihr Handgelenk und zog sie nahe an mich heran. Sie wollte sich losmachen, aber ich hielt sie fest. Ich hab' ja schon gesagt, daß ich kräftig war. Gott, manchmal hatte ich vor mir selber Angst.

»Tess«, flüsterte ich ihr ins Ohr. »Ich entschuldige mich, ehrlich. Tut mir leid, daß ich mich wie ein Arschloch aufführe. Erinnerst du dich, ich bin's, Nick, dein alter Kumpel?« Einen Augenblick später entspannte sie sich und schmiegte sich an mich. Ich konnte das Parfüm in ihrem Haar riechen und den scharfen Duft der Haut darunter. Ich ließ ihr Handgelenk los und ging einen Schritt zurück. Sie setzte sich wieder aufs Bett und nahm ihr Glas auf. Während sie trank, sah ich sie an.

Ihr Haar war lang und fest und dunkel wie immer. Ihr Gesicht erinnerte mich an einen schwarzen Engel. Perfekte Haut, braune Augen, die wie Sterne leuchten oder wütend funkeln konnten, hohe Wangenknochen und lüsterne Lippen, bedeckt mit dunkelrotem Lippenstift. Sie trug einen dicken weißen Baumwoll-Sweater, ihr Lederrock endete oberhalb des Knies und ließ schwarze Fischnetz-Strümpfe sehen und schwarze Wildlederschuhe mit dünnen, hohen Absätzen. Die Schuhe begannen gerade, an den Spitzen zu glänzen.

»Bist du heute nacht in Zivil?« fragte ich.

»Ja, heute habe ich frei.«

Wir setzten uns und lächelten ein dummes Lächeln, wir begannen einzusehen, wie notwendig es war, unsere alte Freundschaft aufzufrischen. Als ich sie betrachtete, fiel mir auf, wie sie sich Winzigkeiten unter ihren Klamotten bewegte. Es setzte mich fast in Verlegenheit, ihr dabei zuzusehen, wie sie begann, sich anzutörnen.

»Ach, Tess«, sagte ich. »Was soll das überhaupt alles? Hat Emerald dich als eine Art Willkommensgeschenk zu mir geschickt?«

Sie fand die Idee keineswegs anstößig. »Es war unser beider Idee«, entgegnete sie.

»Ihr seid mir ein Paar«, sagte ich. »Unglaublich.« Ich sprang aus dem Sessel auf, ging zu ihr hinüber und setzte mich neben sie auf die Bettdecke.

»Warum hast du mich nicht einfach angerufen?« fragte ich. »Du mußt doch gewußt haben, daß ich dich gern gesehen hätte.«

»Ich hatte Angst. Es war lange her.«

»Bis du verrückt? Ich hab' mich so nach dir gesehnt. Aber du mußt nicht als Geschenk verpackt ankommen.«

»Tut mir leid«, sagte sie.

»Muß es nicht, ich bin froh, daß du da bist.«

»Aber du hast gesagt, ich mache die Sache noch komplizierter.«

»Das habe ich, und das tust du auch. Ich bin ein bißchen durcheinander. Ich weiß nicht, was ich will.«

»Du wußtest es mal. Mich.«

Sie beugte sich zu mir herüber und küßte mich. Der Kuß schmeckte nach warmen Stränden und blauem Himmel. Ich spürte, daß mein Blut heiß und dick wie Lava durch meine Venen rann. Als sie mich küßte, begann ich zu lächeln.

Sie zog sich zurück und betrachtete mich eingehend. »Was ist los?« fragte sie.

»Ich lächle bloß. Stört dich das? Es ist in letzter Zeit nicht oft vorgekommen.«

»Bin ich so lustig?«

»Halt den Mund«, sagte ich, und wir küßten uns wieder. Während des Kusses berührte sie meinen Hinterkopf. Ich zuckte bei der Berührung zusammen. Sie drehte meinen Kopf herum und betrachtete die Wunde.

»Was ist passiert?« fragte sie.

»Jemand hat versucht, meinem Hirn etwas Luft zu verschaffen.«

»Warum versuchst du immer, den harten Mann zu markieren? Es sieht so aus, als hätte er beinahe Erfolg gehabt.«

»Da solltest du erstmal den anderen sehen.«

»Schon wieder.«

»Okay, Tess, du hast gewonnen. Ich konnte dich sowieso nie an der Nase herumführen. Ich hab' von jemandem einen Schlag auf die Birne kassiert, der versucht hat, mir einen Mord anzuhängen. Judith ist bedroht worden. Deswegen habe ich die Kanone. Und jetzt möchte ich nicht, daß diese Leute auch noch von dir erfahren und daß du mir wichtig bist, sonst versuchen sie vielleicht auch, dir etwas anzutun. Deswegen solltest du nicht hier sein.«

Sie saß da und sah mich eine Weile an. »Ich gehe gleich«, sagte sie. Dann beugte sie sich vor und küßte mich wieder. Dieses Mal war ich bereit dafür und küßte sie ebenfalls. Ihr Mund war feucht und warm und paßte perfekt zu meinem. Wir küßten uns lange und intensiv. Obwohl ich anfing, die ganze Aufmerksamkeit zu genießen, gab es da noch ein kleines Problem, einen kleinen Störenfried in meinem Kopf. Ich zog mich zurück.

»Eins solltest du wissen«, sagte ich.

»Was?«

»Ich habe mit keiner Frau geschlafen, seit ich das letztemal mit dir geschlafen habe.«

»Du machst Witze«, sagte sie ungläubig.

»Es ist wahr.«

»Aber das ist zwei Jahre her, vielleicht sogar mehr.«

»Ich weiß.«

»Bist du jetzt schwul?«

»Ich glaube nicht«, sagte ich. »Ich hab's nicht versucht.«

»Warum nicht?«

»Ich hab' keinen Mann getroffen, der mir gefiel.«

»Das doch nicht, du Dummkopf. Warum hast du die ganze Zeit mit keiner Frau geschlafen?«

»Mein Gott, Teresa«, sagte ich. »Ich hab' schließlich keinen Vertrag als Karnickel unterschrieben.«

»Ein Karnickel ist eine Sache«, sagte sie. »Aber völlige Enthaltsamkeit ist eine andere. Ich versteh's einfach nicht. Du hast es doch gemocht. Du hast es sogar sehr gemocht, und du warst gut dabei«, fügte sie hinzu.

Meine natürliche Bescheidenheit verbat mir die leiseste

Reaktion, aber es war schön zu wissen, daß es ihr gefallen hatte.

»Ich war krank«, sagte ich. »Da oben.« Ich tippte mir auf die Stirn. »Ich hab' lange gebraucht, um damit fertig zu werden. Und danach hab' ich niemand getroffen, den ich wollte oder der mich wollte. Und es gab zuviele Frauen in meiner Vergangenheit, um Ausschau zu halten. Zuviele Erinnerungen.«

»Warst du ernsthaft krank?« fragte sie.

»Jeder, dem ich davon erzähle, will wissen, ob ich eingeliefert wurde. Das wurde ich nie. Ich hatte einen Zusammenbruch. Sowas kommt vor, und eine der Folgen ist, daß man kein besonders großes sexuelles Verlangen mehr hat, vor allem, wenn man unter Streß steht, und das tue ich im Moment.« Ich dachte eine Minute lang nach. Ich war irritiert von meinen Gefühlen Patsy und dem Mädchen gegenüber, das ich in Terrys Wohnung gefunden hatte. Die Gedanken wogen aber zu schwer, und ich schob sie beiseite. »Hatte ich jedenfalls nicht«, fuhr ich fort. »Dann hatte ich wieder, aber irgendwie komisch.« Ich bemerkte Teresas Blick. »Mach' dir keine Sorgen«, sagte ich. »Es ist nicht zu abartig.« Als wäre es nicht abartig genug, von einem Foto oder einem katatonisch zuckenden Mädel angetörnt zu werden. »Ich schätze, ich war dabei, gesund zu werden, oder wie man es auch nennen will, und dann ist heute was passiert, was mich mächtig zurückgeworfen hat.«

»Was?«

»Jemand hat versucht, mich zu erschießen.«

»Mein Gott, Nick«, sagte Teresa. »Was ist bloß in deinem Leben los?«

»Es ist besser, wenn du das nicht weißt.«

Sie schien mir zu glauben.

»Ich kann dich also nicht anmachen?« fragte sie.

»Gestern hättest du es gekonnt«, entgegnete ich. »Aber im Moment, ich weiß nicht. Vielleicht ja, aber vielleicht ist es auch die Zeit und die Mühe nicht wert.«

»Es scheint dir egal zu sein«, sagte sie.

»Das ist es natürlich nicht, aber ich habe gelernt, nicht mehr daran zu denken. Das macht es bloß noch schlimmer. Die Ärzte haben gesagt, wenn es besser würde, merke ich es von alleine.«

Teresa dachte eine Weile darüber nach, dann sagte sie: »Mach' dir keine Sorgen darum, Nick. In meinem Job treffe ich eine Menge Typen, die ihn nicht hochkriegen.«

»Vielen Dank, Tess«, sagte ich. »Jetzt geht's mir aber viel besser.«

»Du kennst ja sicher das Sprichwort.«

»Welches?«

»Fuck you, wenn du keinen Spaß verstehst.«

Bei diesen Worten stand sie auf und begann, sich auszuziehen. Oh Gott, dachte ich, viele Männer würden dafür bezahlen, das zu sehen. Halt, viele Männer bezahlen, um das zu sehen. Und da saß ich nun und bekam das alles umsonst und wußte, daß ich nichts damit anfangen konnte. Ich wollte, aber da war mein Zusammenbruch, der immer noch mein Leben überschattete. Und die zwei Leichen, die ich in dieser Woche gesehen hatte, und dann die Mörderjagd auf mich und die Drohungen Judith gegenüber. Ich wußte, ich würde es nicht schaffen. Ich konnte mich nicht konzentrieren. Ich war mir der Tatsache, daß unter dem Bett, auf dem ich saß, eine geladene und entsicherte Flinte lag, deutlich bewußt, und ich lauschte viel zu sehr auf ungebetene Besucher. Gesetzliche und ungesetzliche. Ein glamouröses Leben, aber ziemlich anstrengend.

Teresa zog ihren Sweater aus; sie trug keinen BH. Ihre braunen Brüste waren fest und wohlgeformt, die dunkelvioletten Nippel standen aufrecht. Als nächstes öffnete sie den Reißverschluß ihres Rocks und ließ ihn zu Boden gleiten, dann kickte sie ihn gegen die nächstliegende Wand. Ihre Schuhe landeten einer nach dem anderen daneben. Sie trug Strümpfe, die sie in einer Sekunde abgerollt hatte. Dann stand sie vor mir, bloß in einem schwarzseidenen Bikinihöschen. Sie zog es mit einer fließenden Bewegung aus, kam zu mir, legte sich neben mich und nahm mich in die Arme.

Irgendwo hinten in meinen Gehirn, oder wo auch immer das geschieht, begannen rostige Schlösser sich zu bewegen, und die Bolzen der lange ungenutzten Türen der Emotionen begannen zurückzugleiten. Ich kam mir vor wie ein Teenager, der zum erstenmal eine nackte Frau sieht.

»Leg' dich hin«, befahl sie. »Wir üben jetzt.«

Im Schein der Nachttischlampe sah ich sie an. Nicht zum erstenmal fragte ich mich, wie jemand sie als schwarz bezeichnen konnte. Sie hatte tausend verschiedene Farben und Farbschattierungen. Ihr Haar war dunkel, aber ihr Körper schwankte zwischen Kaffee und bitterer Schokolade, ihre Handflächen und die Fußsohlen waren blaßgelb und braun umrandet. Ihre Zunge war dunkelrosa, und zwischen den Beinen, wo ihr Haar wie ein Pelz wuchs, hatte sie die Farbe von Erdbeer-Sorbet. Ich begann ihren Mund zu küssen, dann ihren Hals, ihre Brüste. Ich nahm ihre Nippel in meinen Mund, einen nach dem anderen, und kaute sanft mit Zunge und Zähnen. Ich spürte, wie sie auf mich reagierte. Ich küßte sie unter den Armen und spürte die Stoppeln ihrer Rasur an meiner Zunge. Sie schmeckte bitter und salzig, und dazu kamen die Chemikalien des Deodorants, das sie benutzte.

»Du schmeckst lecker«, flüsterte ich.

»Du meinst, ich schmecke wie eine Nigger-Hure.«

»Korrekt.«

»Du Schwein.«

»Aber ich liebe den Geschmack von Nigger-Huren wie dir.«

Sie entspannte sich, und ich kuschelte mich in ihre Armbeuge. Sie begann, sanft zu stöhnen. Ich drehte sie auf den Bauch. Ich kam mir vor wie ein großartiger Liebhaber. Der große Liebhaber, der es nicht brachte. Aber nicht für ewig, dachte ich. Mir passierten eine Menge Dinge, die mir lange nicht passiert waren. Und wenigstens mit einer lebendigen Frau.

Ich begann, ihren Hintern zu kneten, und langsam spreizte sie ihre Beine. Ich rollte sie wieder auf den Rücken, und sie bewegte sich passiv unter meinen Händen. Ihr Schamhaar war fest und lockig und sah aus, als sei es in Öl getränkt. Ich begann, ihren Bauch zu küssen, dann ließ ich meinen Kopf weiter nach unten zwischen ihre Beine rutschen. Meine Zunge schoß aus meinem Mund, um ihre Klitoris zu lecken, und ich spürte ihre Hände auf meinem Rücken; sie drängte mich, fester zu küssen. Ich kümmerte mich nicht darum. Ich rollte mich vom Bett und begann, ihre Beine zu küssen und zu beißen. Sie rollte sich auf die Seite, und ich küßte ihre Kniekehlen. Ich erinnerte mich, wie sehr sie das liebte. Ich wanderte noch weiter nach unten, bis zu ihren Füßen. Ich saugte an ihren Zehen und biß fest auf ihre lackierten Zehennägel, bis sie Protest schrie. »Komm wieder hoch«, sagte sie. Ich tat es. Ich küßte wieder ihren Mund, und sie steckte ihre Zunge in meinen, so daß ich daran saugen konnte. Ich legte meine Hand auf ihr nasses Schamhaar und fand ihre Klit mit meinen Fingern. Ich begann, damit zu spielen, erst sanft, dann fester, bis ich ihren Atem rauh in ihrem Hals hören konnte.

»Fester«, bettelte sie. »Fester, Nick.«

Ich bearbeitete sie so hart ich konnte und begann, ihr all die Dinge, die sie tun sollte, ins Ohr zu flüstern, und all die Dinge, die ich tun wollte. Ihr Atem ging rauh und tief, und ich wußte, daß sie kurz vor einem Orgasmus stand.

»Komm schon, Baby«, forderte ich. »Komm schon.«

Sie schrie einen kleinen stummen Schrei, dann warf sie sich gegen mich. Ich konnte die Frau in ihr riechen, und ihr Gesicht und Hals waren deutlich dunkler geworden, weil das Blut an die Oberfläche der Haut gerauscht war. Wir hielten einander fest, und langsam wurde unser Atem wieder normal.

»Du hast dich erinnert«, flüsterte sie.

»Ja.«

»Wie fühlst du dich?« fragte sie vorsichtig.

»Das weißt du doch«, entgegnete ich. »Vielleicht bist du

doch eine Ärztin. Oder zumindest eine Krankenschwester. Wenn wir zusammen daran arbeiten, könnte wahrscheinlich eine vollständige Heilung bald erreicht werden.«

»Aber nicht jetzt?« fragte sie enttäuscht.

»Im Gegenteil«, entgegnete ich. »Es ist eine Menge passiert, aber es ist zu früh, Tess. Und außerdem mußt du los. Wenn wir anfangen, würde es vielleicht die ganze Nacht dauern.« Ich korrigierte mich grinsend. »Oder zumindest bis Viertel nach zehn.«

Sie grinste zurück. »Du hast ja viel vor«, neckte sie mich.

Ich wollte nicht damit anfangen. »Im Ernst, Tess«, sagte ich. »Ich könnte es nicht ertragen, wenn dir etwas passiert, und je länger du bei mir bist, desto wahrscheinlich wird das.«

»Ich habe doch Emerald, der kümmert sich um mich.«

»Ja, und Gott sei dank dafür. Richte ihm etwas von mir aus. Sag' ihm, daß er sich ganz besonders um dich kümmern soll. Er wird wissen, was ich meine.«

»Okay«, sagte sie.

Sie lag mit gespreizten Beinen nackt auf dem Bett. Als ich nicht darauf reagierte, deckte sie sich zu. Ich holte uns neue Drinks und setzte mich wieder in den Sessel. Wir saßen still beisammen und tranken unsere Wodkas.

Schließlich brach sie das Schweigen. »Gib mir meine Handtasche, ja, Nick?« bat sie. Als sie hereingekommen war, hatte sie die Tasche direkt hinter der Tür abgestellt. Sie war nicht besonders groß, aber ich wußte aus Erfahrung, was sich darin befand. Genug Kosmetika, um eine Theatergruppe zu schminken, ein dickes Taschenbuch und mindestens ein Satz Klamotten zum Wechseln. Ich ging und holte sie ihr. Sie wog eine Tonne. Sie öffnete sie, und nachdem sie eine Weile darin herumgegrabbelt hatte, holte sie einen Joint hervor. Kurz und fett und in gelbes Papier gerollt.

»Stört es dich?« fragte sie höflich.

»Nicht im mindesten«, entgegnete ich ebenso höflich. Wir hatten beide die Benimmschule des Lebens besucht.

»Hast du Feuer?«

Ich holte ihr ein Streichholz aus der Küche, und sie zündete die Zigarette an. Nach einem langen Zug bot sie sie mir an.

»Nein, danke«, lehnte ich ab.

»Mein Gott, du hast dich verändert.«

»Ich weiß, ich hab' sogar richtige Zigaretten aufgegeben.«

Ihre Stimme war angestrengt davon, den Rauch in der Lunge zu halten. »Du bist ein Saubermann geworden, was, Nicky-Boy?«

»Vielleicht.«

»Das freut mich«, sagte sie. »Als ich ankam, dachte ich, du würdest immer noch aus Tüten voller Koks leben.«

»Zu wenig Schlaf hat denselben Effekt«, sagte ich.

Ich konnte das Gras in der warmen Luft des Zimmers riechen. Es mischte sich mit dem Geruch von Teresas Geschlecht und erinnerte mich an viele Dinge aus der Vergangenheit.

»Gut?« fragte ich.

»Das beste.«

»Was für welches?«

»Kolumbianisches.«

Ich war beeindruckt.

»Na ja«, sagte ich. »Solange es nicht aus Südafrika ist.«

Sie lächelte ein mildes Lächeln, als das Dope seine Wirkung tat. Ich kam sogar vom Rauch in der Luft drauf. Ich wollte sie die ganze Nacht im Bett behalten, aber ich konnte nicht.

»Wohin gehst du? Soll ich dich fahren?« fragte ich.

»Nein, alles klar. Ich geh' meine Freunde besuchen. Ich bleib' über Nacht da. Das heißt, ich werde bloß zwei Straßen weiter schlafen. Löst das irgend etwas bei dir aus?«

»Ja«, entgegnete ich, und das tat es auch. Es ließ mich Angst um sie haben. Aber das sagte ich ihr nicht.

»Ich bring' dich hin«, sagte ich.

»Das mußt du nicht«, entgegnete sie. »Ich schleich mich alleine raus. Das bin ich gewöhnt.«

»Mach dich nicht kleiner, als du bist, Teresa. Du bist mehr wert als das.«

»Ich weiß genau, was ich wert bin. Auf den Penny genau.«

Ich konnte nie einen Streit mit ihr gewinnen.

»Sag mir wenigstens, wo du wohnst«, bat ich.

»Okay.«

»Schreib's hier drauf.« Ich gab ihr meinen Notizblock und einen Stift. Sie kritzelte etwas auf eine leere Seite. Ich nahm den Block zurück und steckte ihn in meine Tasche.

»Du kannst jederzeit vorbeikommen«, sagte sie. »Du bist immer willkommen.«

»Wie oft gehst du inzwischen zu Emerald?« fragte ich.

»Jeden Tag um fünf. Ich esse da was.«

»Wenn das, womit ich mich gerade herumplage, gut ausgegangen ist, werde ich auch eines Tages um fünf da sein. Behalt' einfach die Tür im Auge.«

»Und wenn es nicht gut ausgeht?« fragte sie mit gerunzelter Stirn.

Beinahe hätte ich gesagt, wenn nicht, könnte sie eines Tages um fünf auf mich trinken und dann vergessen, daß sie mich je getroffen hatte. Aber ich sagte es nicht.

»Wird es schon«, entgegnete ich.

Vielleicht glaubte sie mir nicht, weil sie plötzlich aufsprang, und ich wußte, wenn ich genau hingeschaut hätte, wären da Tränen gewesen. Also schaute ich nicht hin. Es wäre zu einfach gewesen, sie zu bitten zu bleiben. Sie zog sich an, wandte mir dabei den Rücken zu und sagte dann: »Paß auf dich auf, versprich mir das. Ich werde jeden Tag die Tür im Auge behalten. Aber laß nicht zuviel Zeit vergehen, ich bin es leid, auf dich zu warten.« Sie wandte sich um und sah mich an. Ich sah eine Zukunft in ihrem Blick und sagte beinahe die Worte, die wir beide hören wollten. Aber irgend etwas hielt mich davon ab, und sie ging ohne ein weiteres Wort. Ich sah ihr vom Fenster aus nach. Sie blickte sich nicht um. Nichts rührte sich auf der Straße. Niemand folgte ihr, kein Wagen scherte aus, als sie über die Straße ging und im Dunkel der Nacht verschwand.

Das letzte, was ich von ihr hörte, war das Klick-Klack ihrer hochhackigen Schuhe auf dem Asphalt. Aber auch das erstarb bald in der Dunkelheit. Ich legte mich zurück aufs Bett und roch ihr Parfüm auf dem Kissen, bis ich voll angezogen einschlief.

25

Irgendwann in der Nacht mußte ich mich ausgezogen haben und unter die Bettdecke geschlüpft sein. Ich weiß noch, daß es eine Nacht des unruhigen Schlafes war, und ich wurde verfolgt von Träumen; von Laura, Teresa, Patsy Bright und all den anderen Leuten, denen ich in der vergangenen Woche in die Quere gekommen war.

Ich stand früh auf und zog mich an – *Dressed To Kill.* Eine enge, ausgewaschene Jeans, Baseball-Stiefel, ein Oxford-Button-Down-Hemd und eines dieser bunt gemusterten, weiten Baumwoll-Jacketts, die in jenem Sommer so beliebt waren. Als Haupt-Accessoire steckte ich den Colt Cobra in meinen Hosenbund, hinten, vom Jackett-Schoß bedeckt. In meine Hosentasche stopfte ich ein Dutzend Patronen in Reserve, ein kalter, metallener Klumpen in der Nähe meines Geschlechts. Dummerweise mußte ich die Flinte daheim lassen. Ich versteckte sie zusammen mit der passenden Munition sowie den restlichen Patronen im niedrigen Dachboden des Hauses. Ich hatte mich entschieden, endlich in die Offensive zu gehen. Dieser Freitag würde mein Tag sein. Der Tag, den Fall Bright ein für alle Mal zu Ende zu bringen. Ich fuhr mit dem Trans-Am zum Büro und parkte davor. Ich hatte mir vorgenommen, George Bright aufzutreiben und mit seinen Mitarbeitern zu reden. Ich war sicher, daß einer oder mehrere von ihnen Informationen hatten, die mir nützen würden.

Kein Zeichen von Kater, also nahm ich an, daß er mich wegen meiner Unstetigkeit gegen eine regelmäßigere Futterquelle eingetauscht hatte.

Es war früh, noch nicht mal neun, und in Georges Lagerhaus ging niemand ans Telefon. Ich entschied mich, selbst hinzufahren. Ich ging wieder raus zum Pontiac und stieg ein. Ich saß lange Zeit da und starrte auf die Instrumente. Schließlich ließ ich den Motor an; die Zündung funktionierte jetzt. Ich legte den ersten Gang ein und fuhr los. Nach Herne Hill. George Brights Visitenkarte lag auf dem Beifahrersitz neben mir.

Das Lagerhaus befand sich in der Nähe des Bahnhofs, und ich parkte den Wagen dicht an einer Mauer, die den Lagerhof umschloß. Ich konnte von dort aus den Lärm der Züge hören. Georges Lagerhaus stand allein mitten in einem Block, der wiederaufgebaut werden sollte. Es war wie ein Fort konstruiert, aus grauem Stein, an dem mit Beton Reparaturen vorgenommen worden waren, und auch die Anbauten bestanden daraus. Die langen, schmalen Fenster zur Straße hin waren dreckig, und ich konnte Moos an den Mauern wachsen sehen, wo das Wasser aus der Regenrinne leckte. Links vom Hauptgebäude befand sich ein Durchlaß, der von der Straße auf einen Platz führte, der auf drei Seiten von hohen Ziegelmauern umgeben war. Ein schweres Eisengitter sicherte die Einfahrt, und es war mit einem großen Messingschloß, das eine Kette zusammenhielt, abgeschlossen. Durch das Gittertor konnte ich sehen, daß der Hof selbst ein Lehmplatz war, über den ein hubbeliger Weg führte. Es war still wie in einer Kirche. Zur Straße hin, meinem Parkplatz gegenüber, war eine große Metalltür zu sehen, in Stein eingemauert. Darüber befand sich ein Holzschild mit den Worten BRIGHT LEISURE in Chrombuchstaben. Das Chrom war genauso farblos wie der Rest des Gebäudes. Eine recht mitgenommene Gegensprechanlage hing neben der Tür. Ich stieg aus dem Wagen und ging hinüber zum Lagerhaus. Ich drückte auf den Knopf der Gegensprechanlage und wartete. Eine kraksige Stimme fragte nach meinem Begehr. Es hätte irgend jemand sein können. »Nick Sharman für George Bright«, sagte ich in das Plastikteil. Keine Antwort. Ich stieß gegen die Tür, aber die war abgeschlossen. Nach ein paar Sekunden summte ein Summer, und ich stieß wieder gegen die Tür. Diesmal ging sie auf, und ich trat ein in Georges kleines Reich.

Hinter der Tür befand sich ein Empfangsraum. Das Zimmer war beige gestrichen, auf dem Boden lag dunkelgrüner Teppich. Fotos von Juke-Boxen und Flipperautomaten hingen an den Wänden. Sie sahen alle aus wie Relikte der späten Fünfziger. Drei geschlossene Türen führten aus dem Raum irgendwohin. Zwischen zwei dieser Türen, vor der Wand, die mir gegenüberlag, stand ein dunkelbraunes, ledernes Chesterfield-Sofa. Davor stand ein niedriger, gläserner Couchtisch mit einigen Handelsmagazinen. Direkt vor mir hinderte mich ein heller Holzschreibtisch, auf dem ein Telefon und eine Schreibmaschine standen, weiter in den Raum zu gehen. Hinter dem Tisch stand ein Schreibmaschinenstuhl. Da mußte Patsy gesessen haben, wenn sie für ihren Vater arbeitete. Ich stellte sie mir dort vor. Abgesehen von den Möbeln war der Raum leer.

Die mittlere der drei Türen öffnete sich und George Bright betrat den Raum. Er trug einen grauen, einreihigen Dreiteiler, ein graues Hemd und einen grauen Schlips. Ich warf einen Blick auf seine Schuhe, die waren Gott sei dank nicht auch noch grau. Er trug schwarze Guccis. Ich muß zugeben, daß Georges Garderobe erstklassig war. Ich stand da, wartete und kam mir recht deplaziert vor. George eilte auf mich zu. Ein Blick in sein Gesicht verriet mir, daß ich ungefähr so willkommen war, wie ein Schinken-Sandwich in einer koscheren Snackbar.

»Was wollen Sie hier, Sharman?« rief er. »Ich dachte, ich hätte Ihnen gesagt, daß ich Sie nicht mehr brauche.«

Jetzt wurde mir klar, wie sich ein benutztes Kleenex fühlen mußte.

»Und ich habe Ihnen gesagt, daß es jetzt persönlich ist«,

sagte ich. »Und mittlerweile ist es sogar noch persönlicher geworden.«

Ich erzählte George von dem Brief, den ich in meinem Büro gefunden hatte. Als ich fertig war, hatte sein Gesicht einen schockierten Ausdruck angenommen und seine Hände zitterten. »Ich weiß nicht, was ich sagen soll.« Er sprach jetzt nicht mehr laut. Seine Stimme war heiser und tief. Ich nahm es ihm nicht übel. Ich wußte auch nicht, was ich sagen sollte.

»Sagen Sie nichts, George«, sagte ich. »Bringen Sie mich einfach zu den Leuten, die für Sie arbeiten. Sie haben Ihnen gesagt, daß Sie mich engagiert haben, und dann sind diese merkwürdigen Dinge losgegangen.«

»Was ist mit den Leuten, denen Sie was erzählt haben?« unterbrach mich George.

»Sie sind beide völlig unverdächtig«, entgegnete ich. »Einer ist der Detective Sergeant, bei dem Sie Patsys Verschwinden gemeldet haben, und der andere ...« Ich zögerte. Ich konnte George kaum von Terrys kopflosem Körper erzählen, der jetzt im Leichenschauhaus verrotte. »Der hat nichts mehr zu sagen«, behauptete ich halbherzig.

George schien das nicht aufzufallen.

»Ich werde mit Ihren Männern reden, George, ich frage nicht um Erlaubnis, ich teile es Ihnen hiermit mit.« Er sah mich bittend an. »Übrigens«, fuhr ich fort. »Sie haben mir nie gesagt, wieviele es gibt?«

»Zwei, bloß zwei«, entgegnete er. »Fest angestellte. Manchmal brauche ich noch Aushilfen, bar auf die Hand, verstehen Sie?« Ich verstand.

Die graue Ökonomie erhob ihr Medusenhaupt.

»Wie heißen sie?«

»Das geht Sie nichts an«, blökte er.

»Sagen Sie's mir, George«, insistierte ich.

»Lynch und Grant«, kapitulierte er.

»Beschreiben Sie sie.«

»Wie meinen Sie das?«

»Wie ich's sage, beschreiben Sie sie.«

Er dachte eine Weile nach.

»Lynch ist groß und hat dunkle Haare und einen Bart, und Grant wird langsam dick, er hat graue Haare, aber er ist auch ziemlich groß, bestimmt einsachtzig.« Die Beschreibung half mir nicht weiter.

»Wo sind sie?«

»Ich hab' schon gesagt, daß ich nicht möchte, daß Sie mit ihnen reden. Ich habe bloß Ihren Namen erwähnt. Außerdem scheinen Sie nicht zu verstehen, daß ich ganz einfach nicht will, daß Sie noch etwas wegen Patsy unternehmen. Das habe ich Ihnen doch schon oft genug gesagt.« Er schien immer wütender zu werden, je mehr Zeit verging.

»Hören Sie jetzt auf mit diesem Mist, George«, sagte ich durch zusammengebissene Zähne. »Es ist mir völlig egal, was Sie wollen. Jetzt geht es darum, was ich will, und ich möchte mit Ihren Männern reden, und wenn Sie mich daran hindern ...« Ich beendete den Satz nicht. Ich hätte ihm sonst wahrscheinlich in die Fresse geschlagen. »Also, wo zum Teufel sind sie?« fragte ich abschließend.

Ich nehme an, George ahnte, wie mir zumute war.

»Sie liefern gerade etwas aus. Sie werden vor heute nachmittag nicht zurück sein.«

»Haben Sie eine Auslieferungsliste?« fragte ich. »Dann treffe sich sie unterwegs.«

»Sie sind heute früh losgefahren. Sie liefern was in Leicester aus. Die erwischen Sie nie, kommen Sie doch später wieder.«

»Zeigen Sie mir das Fahrtenbuch«, forderte ich. Ich erkenne Scheißmärchen, wenn man sie mir unter die Nase reibt, und was George mir erzählte, waren hundertprozentig welche.

»Wir arbeiten nicht so. Ich geb' ihnen einfach die Lieferscheine, damit sie sich die unterschreiben lassen können, und die Adressen stehen da drauf. Außerdem kennen sie sowieso die meisten Kunden. Dies ist bloß eine kleine Firma.«

»Haben Sie eine Liste Ihrer Kunden?«

»Natürlich.«

»Zeigen Sie mir, wo sie hin sind, und ich rufe an.«

Ich glaube nicht, daß ihm die Idee gefiel, aber er sagte: »Na gut, kommen Sie, das Buch liegt in meinem Büro, unten.«

Ich folgte George durch dieselbe Tür, durch die er in den Empfangsraum gekommen war, und sie führte direkt in einen fensterlosen Lagerraum. Wir gingen hindurch und dann eine Treppe runter in den Keller. George führte mich durch einen nackten Flur und eine Tür an dessen Ende. Ich fand mich in einem kleinen Büroraum wieder. Es roch nach alten Fritten und Schweißfüßen. George steckte offensichtlich den Großteil seiner Gewinne in sein Wohnhaus und seinen Wagen. Die Mauern waren weiß gestrichen und gelb von Nikotin. Direkt unterhalb der Decke in einer Ecke befand sich ein kleines, nicht zu öffnendes Fenster mit schmutzigem Glas. In der Mitte des Zimmers stand ein alter, zerkratzer Schreibtisch mit ein paar Papieren und einem Telefon darauf. Hinter dem Tisch ein Chefsessel, der mit einem undefinierbaren grauen Stoff bezogen war. Neben dem Stuhl, direkt an der Mauer, ein alter Metallsafe. Das einzige weitere Möbelstück im Zimmer war ein angeschlagener Aktenschrank aus dunkelgrünem Metall. Obenauf thronten ein elektrischer Wasserkochtopf, ein paar angedepperte Tassen und Becher sowie Teebeutel und Instant-Kaffee. Auf dem Boden lag irgendein Teppichrest, abgetreten und an den Ecken ausgefranst.

»Das also ist das Zentrum Ihres kleinen Universums«, sagte ich. »Ich bin beeindruckt. Es ist wie zu Hause«, sagte ich und versuchte, etwas Verachtung in der Stimme mitklingen zu lassen. George ignorierte es, ging um den Tisch herum und setzte sich. Aber er hatte natürlich auch noch nie mein Zuhause gesehen. Da es keine weiteren Stühle gab, machte ich es mir auf der Schreibtischecke bequem. Er öffnete eine tiefe Schublade und holte eine Flasche Brandy und zwei schmutzige Gläser hervor. »Ein bißchen früh, nicht, George?« wollte ich wissen.

»Trinken Sie doch einen kleinen, während ich diese Telefonnummer für Sie nachschlage«, sagte er.

»Sie meinen, Sie wissen sie nicht?«

Er sah mich an, als wäre ich blöde. »Nicht auswendig. Ich habe eine Menge Kunden. Sie steht in diesem Buch.«

Er holte einen alten Ordner aus einer anderen Schublade, öffnete ihn und blätterte darin herum. Entweder war er ausgesprochen clever, oder er sagte die Wahrheit. Ich goß großzügig Brandy in die Gläser, während er suchte. »Hier«, sagte er, zog das Telefon zu sich heran und begann zu wählen.

»Lassen Sie mich«, sagte ich.

Er schob mir das Buch herüber und zeigte auf den Namen eines Clubs in Leicester. Ich wählte die Nummer und lauschte dem Klingeln. Nach dreimal Klingeln meldete sich der unvermeidliche Anrufbeantworter.

»Sehr gut, George«, sagte ich. »Wieder eine Scheißmaschine.«

»So ist das nun mal«, sagte er und sah auf die Uhr. »Niemand geht um diese Zeit in Clubs ans Telefon. Sie haben geschlossen, und irgendein Barkeeper sitzt rum, begeht Mundraub und wartete auf die Lieferung. Meine Geschäfte finden außerhalb der Öffnungszeiten statt. Was hatten Sie denn erwartet?«

Mir war nicht klar, ob er versuchte, mich zu linken oder nicht. Ich knallte den Hörer auf die mechanische Stimme und erhob mich. »Schreiben Sie die Nummer für mich auf«, befahl ich. Er schrieb sie auf einen Fetzen Papier, während ich meinen Brandy austrank. »Ich versuch's später wieder. Wenn ich keine Verbindung kriege, komme ich wieder her. Sie sagen Ihren Leuten besser, sie sollen auf mich warten, sonst wird es wirklich unangenehm.« Ich wußte nicht genau, was das heißen sollte. Vielleicht würde ich eine Gorilla-Maske tragen.

»Fein«, sagte George unbeeindruckt. »Das werde ich tun.«

Ich folgte ihm zur Eingangstür. Wir blieben kurz stehen,

um uns voneinander zu verabschieden. George stand eine Stufe über mir. Das machte ihn größer als mich. Das gefiel mir nicht. George grinste komisch, als er begann, die Tür zu schließen. Ich dachte daran, ihn unter seinen Schlangenleder-Gürtel zu treten. »Ich habe neulich Nacht mit einem von Patsys Freunden gesprochen«, sagte ich. Georg wurde bleich, bis sein Gesicht dieselbe Farbe hatte wie sein Anzug. Er sagte nichts. »Ich hab' ihn da gefunden, wo er Stoff mit Jane Lewis geteilt hat. Sie erinnern sich an das Mädchen, oder? Sie haben Ihren Körper Montag nachmittag im Kühlhaus besichtigt.«

»Ich erinnere mich«, sagte George.

»Scheint ein netter Junge zu sein«, fuhr ich fort. »So wie er es erzählt, waren sie bloß zwei Kinder, die zusammen ihren Weg in der Welt machen wollten und die sich in der schönen alten Brixton Town 'ne Bude teilten. Bloß sie und jeder andere Drogie in der Gegend. Und wer hat den Stoff geliefert? Unsere süße kleine Patsy Bright.«

Ich tat, als wollte ich gehen.

»Was?« patzte George, die Hände zu Fäusten geballt. Ich drehte mich zu ihm um. »Er hat mir gesagt, daß Patsy gedealt hätte, ziemlich viel und mit ziemlich harten Drogen.«

Ich hatte den Eindruck, George würde ohnmächtig werden oder mich schlagen oder beides. »Haben Sie irgend jemand anders diese völlig unsinnige Geschichte erzählt?« wollte er wissen.

»Vielleicht habe ich es erwähnt.«

»Jetzt passen Sie mal gut auf, Sharman«, sagte er und hastete zu mir herunter. Zu nah. Sein Atem roch nach Brandy und Wut, oder war es Angst? »Wenn Sie irgend jemand gegenüber das auch nur andeuten, dann sehen wir uns vor Gericht. Patricia war ein gutes Mädchen.« Er schwieg. »Ist ein gutes Mädchen«, sagte er dann, in einem anderen Tempus. »Und ich lasse nicht zu, daß Sie ihren Namen besudeln.«

Er hob seine immer noch zu Fäusten geballten Hände.

Sie hatten die Größe von kleinen Blumenkohlköpfen. Mir wurde klar, daß George früher mal richtig kräftig gewesen sein mußte. Ich fragte mich, ob er in den Fünfzigern in irgendeiner der berühmten Südlondoner Gangs gewesen war.

Er öffnete eine der Fäuste und legte seine Hand auf meine Schulter. Sie war schwer. Sein Gesicht war jetzt nicht mehr grau, sondern leuchtendrot. Er schien meine Gedanken gelesen zu haben, denn er sagte: »Unterschätzen Sie mich nicht, Sharman. Ich seh vielleicht nicht mehr so aus, aber früher ...« Er ließ den Satz unbeendet, als müßte mich das beeindrucken. Er tat mir mehr leid, als er mich wütend machte. Ich konnte mich nicht mehr mit weiteren Drohungen abgeben. Schlimmer konnten die Drohungen sowieso nicht werden.

»Lassen Sie's, George«, sagte ich und zuckte mit den Schultern, um seine Hand von meiner Schulter zu entfernen. »Es ist zu spät. Sie müssen mehr tun, als irgendwelche Verfügungen zustellen zu lassen, um mich aufzuhalten.«

»Ich werde ...«, sagte er. Ich habe nie herausgefunden, was.

»Nein, werden Sie nicht«, unterbrach ich. Ich drehte mich um und ging zum Wagen. George blieb auf der kleinen Treppe vor dem Lagerhaus stehen und sah mir nach. Als ich aufschloß, sah ich zu ihm zurück. Plötzlich wirkte er wie ein alter Mann. Ich fragte mich, was in mir vorgehen würde, wenn irgendein Typ meine Drohungen ignorieren und einfach nur davongehen würde, zu überzeugt, daß ich bluffte, um sich Sorgen darüber zu machen, daß er mir den Rücken zuwandte. Ich stieg in den Wagen und fuhr davon. George schrumpfte in meinem Rückspiegel bis er verschwand, als ich um die Ecke bog.

Ich fuhr zurück nach Tulse Hill, stellte den Wagen vor den Pub und sah kurz ins Büro. Keine Post, kein Nichts. Irgendwo im Osten dräute ein weiterer Sturm am Himmel.

Ich hatte wieder keine Fortschritte gemacht. Ich ging in den Pub und ersäufte ein paar Sorgen. Nicht alle, es gab keine Flasche, die groß genug dafür war. Ich ließ die Bürotür offen stehen und hing mit dem Rest der Arbeitslosen vor dem Pub in der Sonne herum. Die Stunden vergingen, und ich fragte mich, wo meine Ex-Frau und meine Tochter waren. Ich fragte mich, wo Patsy Bright war. Ich fragte mich, was der Sinn des Lebens war. Ich fragte mich ... Ich kam mir ungefähr so nützlich vor wie ein Schneider in einem Nudisten-Camp.

Ich ertrug die Mittagszeit, sah die anderen Trinker kommen und gehen. Ich wurde zum Fixstern. Ich trank nicht zuviel, ich betrachtete die Bierflaschen als Meilensteine auf einer langen, geraden Straße nach Nirgendwo. Gegen drei hörte ich das Telefon auf meinem Schreibtisch klingeln. Ich rannte über die Straße und riß den Hörer hoch. John Reid war dran. Keine Vorreden. Er kam direkt zum Punkt. »Was zum Teufel hast du angestellt?« wollte er wissen.

»Bier getrunken«, entgegnete ich.

»Nicht heute, gestern.«

»Bier getrunken«, sagte ich.

»Ich meine es ernst, Nick, du Arsch. Ich hab' dir doch gesagt, du sollst in Deckung gehen!«

»Du könntest sowas erwähnt haben.«

»Wer ist denn dann gestern durch Waterloo gerast, hat Menschen in Gefahr gebracht und um sich geschossen, bitte schön? Was glaubst du eigentlich, wo du bist? In New York?«

»Ich habe nicht geschossen.«

»Also warst du es«, sagte er.

»Hör mal, John«, unterbrach ich ihn. »Kaum hatte ich den Pub verlassen, haben diese Typen, die mich zusammengeschlagen haben, die mir einen Mord anhängen wollten und die meine Tochter bedroht haben, angefangen, Zielschießen auf mich zu veranstalten. Ich hatte keine Lust, dumm rumzustehen und mit ihnen darüber zu diskutieren.«

»Kannst du nicht mal fünf Minuten keinen Ärger haben?«

»Sieht nicht so aus. Hast du sie übrigens gekriegt?«

»Nein, aber wir haben die Überreste ihres Autos. Wo wir gerade über Autos reden, eine Anti-Terror-Einheit sucht nach dieser komischen Schüssel, die du fährst.«

»Die steht hier«, sagte ich.

»Das sollte ich ihnen sagen.«

»Warum tust du's nicht?«

»Aus demselben Grund, aus dem ich ihnen noch gar nichts erzählt habe. Sie wissen nicht, daß du es warst, sonst hättest du jetzt schon ein paar in die Fresse gekriegt.«

»Was ist denn das für 'n Grund?«

»Die alten Zeiten, nehme ich an«, entgegnete er.

Ich sagte nichts.

»Und, Nick?«

»Ja.«

»Ich habe das Gerücht gehört, daß ein Kopfgeld auf dich ausgesetzt ist.«

»Machst du Witze?« fragte ich.

»Nein, du hast ein paar wichtige Leute ziemlich verärgert, scheint's.«

»Ich hab' überhaupt nichts getan.«

»Hör mal, ich kann jetzt nicht reden. Ich habe das Gefühl, daß ich lauter kleine Jobs aufs Auge gedrückt kriege, damit ich mich nicht um dich kümmern kann. Ich kann jetzt nichts für dich tun. Also folg' meinem Rat und verschwinde heute nacht. Tauch einfach unter. Ich ruf' dich morgen früh an, und dann treffen wir uns und klären diese Sache ein für alle Mal. Kann ich mich darauf verlassen, daß du das tust?«

»Ich muß heute nachmittag zu George Bright«, sagte ich.

»Bleib' weg von ihm«, sage John müde. »Du riskierst dein Leben, wenn du nicht vorsichtig bist.«

»Wie Terry?« fragte ich.

»Wer?«

»Terry Southall«, sagte ich.

Eine lange Pause.

»Natürlich, du kanntest ihn, nicht?«

»Komm schon, John, du weißt, daß ich ihn kannte.«

»Das tut mir leid, Nick. Ich bin nicht darauf gekommen.«

»Wer war's?«

»Wir wissen es nicht. Zumindest glaube ich, daß wir es nicht wissen. Es ist nicht mein Fall, aber ich werde mich erkundigen und dir morgen früh alles erzählen.«

»Wieviel Uhr?« fragte ich.

Er dachte einen Augenblick lang nach. »Gegen zehn«, sagte er.

»Ich werde da sein. Hast du was von Laura gehört?«

»Ja, sie hat sich gemeldet.«

»Nicht bei mir.«

»Ich habe ihr gesagt, daß sie das nicht soll. Außerdem bist du nicht unbedingt ihr Lieblingsmann.«

»Noch was Neues? frage ich. »Ist alles in Ordnung mit ihnen?«

»Natürlich ist es das. Mach' dir keine Sorgen, sie sind in Sicherheit. Bleib bloß heute nacht in Deckung. Ein paar Cowboys werden nach Einbruch der Dunkelheit auf dich Jagd machen.«

»Wer hat das Kopfgeld ausgesetzt. Weißt du das?«

»Morgen, Nick. Ich werde bis morgen alles rauskriegen.«

»Wissen sie, wo ich wohne?«

»Das ist kein Geheimnis, oder?«

»Wohl nicht.«

»Dann verschwinde aus der Stadt, Nick«, sagte er. »Komm morgen zurück, und ich ruf' dich an.«

»Ich werde da sein.« Er sagte auf Wiedersehen und legte auf. Ich drückte die Gabel herunter, ließ sie los und wählte, nachdem ich den Wählton gehört hatte ›Bright Leisure‹. Keine Antwort, kein Anrufbeantworter. Dieses glitschige Schwein wollte mich reinlegen.

Ich dachte, ein kurzer Abstecher nach Herne Hill wäre nicht allzu gefährlich. Also schloß ich ab und fuhr hinüber zu Georges Lagerhaus.

Das Lagerhaus sah irgendwie einsam aus. Ich versuchte, ihn aus einer Telefonzelle anzurufen, die funktionierte – zumindest beinahe. Auf dem Spiegel in der Zelle klebte ein Zettel, auf dem stand, daß man von dem Telefon aus bloß Notrufe aufgeben konnte. Ich probierte, einen Operator zu kriegen, und nachdem ich mit ihr mindestens zwei Stunden lang debattiert hatte, wählte sie für mich George Brights Nummer. Keine Antwort. George war verschwunden. Jetzt war ich dran.

26

Ich ging nicht nach Hause. Ich hatte irgendwo in meinem Rückgrat das unangenehme Gefühl, daß ich Besuch bekommen würde, wenn ich das täte. Aber ich hatte keine große Wahl, wo ich die Nacht verbringen konnte. Ich kannte einfach niemanden mehr, jedenfalls niemanden, dem ich traute. Ich sah in mein Notizbuch, in das Teresa ihre Adresse hineingeschrieben hatte. Sie hatte gesagt, daß ich jederzeit willkommen wäre, und jetzt war jederzeit, zumindest was mich betraf. Ich entschied mich, sie unangemeldet zu besuchen. Möglicherweise wäre sie weg, aber es war ein Versuch wert. Bloß wollte ich nicht, daß irgend jemand mir folgte. Ich stieg wieder in den Trans-Am, drehte den Zündschlüssel und wartete, daß der Motor aufhörte zu heulen und nur noch vor sich hingrummelte. Ich legte einen Gang ein, fuhr vom Rinnstein weg, reihte mich in den fließenden Verkehr ein und fuhr Richtung Streatham. Ich nahm den South Circular, Richtung Norden, bog aber in Clapham ab und fuhr den Lavender Hill in Richtung der Kreuzung hinunter. Ich sah die ganze Zeit über regelmäßig in meinen Rückspiegel, konnte aber nicht feststellen, ob ich verfolgt wurde. Ich erwischte einen Parkplatz hinter Arding & Hobbs und verschwand durch eine der Hintertüren im Laden. Sofort blieb ich stehen, konnte aber niemanden entdecken, der verdächtig aussah, bloß ein paar Kunden, die kamen und gingen. Ein oder zwei sahen mich irritiert an, aber ich zuckte bloß mit den Achseln und grinste dämlich zurück, als würde ich darauf warten, daß meine Frau mit einem Berg Marks & Sparks-Tüten auftauchte. Nach ein paar Minuten begann ich, im Laden umherzutigern, langsam und unentschlossen, wie jeder beliebige Einkaufsbummler, der nach neuen Schuhen sucht oder den aktuellen After-Shave-Entwicklungen. Ich ging an einer der Haupttüren, die auf die St. John's Road führten, vorbei und warf einen Blick auf die Taxischlange an der Ecke. Ein paar schwarze Taxen warteten auf den Strom der Pendler vom Bahnhof. Ich ließ meinen Blick durch den Laden wandern. Alles schien okay zu sein. Ich zog einen Zehner aus meiner hinteren Hosentasche. Ich ging durch die Glastüren und direkt vor einem 37er, der gerade auf die Bushaltestelle fuhr, über die Straße. Ich ging schnell, kümmerte mich nicht um die grüne Ampel und huschte durch den Verkehr hinüber zum Taxistand. Ich riß die Hintertür des vordersten Wagens auf und plumpste auf den Rücksitz. Der Fahrer ließ seine Zeitung sinken und wandte sich halb um.

»Fahren Sie«, sagte ich.

»Wohin, Mister?« fragte er.

»Fahren Sie einfach«, sagte ich, beugte mich vor und schob den Zehner durch die Trennwand in seine Hand. »Ich sag' Ihnen wohin.« Er knallte einen Gang rein, und wir ruckten auf die Straße. »Geradeaus«, sagte ich.

»Was ist los?« fragte er aus den Mundwinkeln, während wir den Berg hinauffuhren.

»Frauenprobleme«, entgegnete ich.

»Ach ja?«

»Yeah, die von jemand anders.«

»Alles klar«, sagte er gut gelaunt und schnitt einen Brauerei-Laster. Ich wandte mich um und besah mir die Wagen hinter uns. Alles schien in Ordnung zu sein.

»Hier links«, sagte ich. Er überfuhr eine dunkelgelbe Ampel und schwenkte das Taxi Richtung Fluß. Niemand folgte uns. »Machen Sie eine Rundfahrt«, wies ich ihn an. »Hoch nach Vauxhall, dann zurück nach Stockwell, und wenn Sie dabei ein paar rote Ampeln übersehen, macht mir das auch nichts aus.«

»Das kostet was.« Die Sache schien ihm zu gefallen.

»Kein Problem«, sagte ich. »Dem Typen zu entwischen ist es wert.«

»Alles klar«, sagte er.

»Und wenn es Ihnen nichts ausmacht ...«, fuhr ich fort.

»Was?«

»Keine Unterhaltung, ich muß nachdenken.«

»Kein Problem, Mann. Ich bin stumm wie ein Grab.«

Das Taxi fuhr die Queenstown Road entlang, reihte sich in den Kreisverkehr ein und schlich dann zum Vauxhall Cross. Der Fahrer gurkte durch ein paar Gäßchen, die nicht einmal ich gekannt hatte, und fuhr schließlich, nach einem kurzen Halt unter einer Eisenbahnbrücke neben einer Baustelle zurück bis zur Stockwell Tube. Er war gut, das muß ich zugeben, und er wußte es. Ich gab ihm noch einen Zehner, als er mich in der Larkhall Lane herausließ. »Wenn ihr Ehemann hinter Ihnen her war, haben wir ihn jetzt abgeschüttelt«, sagte er grinsend, während er sein Geld wegsteckte.

»Danke«, sagte ich.

»Passen Sie auf sich auf«, entgegnete er im Wegfahren. »Und tun Sie nichts, was ich nicht selbst tun würde.«

Ich blieb eine Weile auf der leeren Straße stehen, dann wandte ich mich um und spazierte in die verlassene Bar hinter mir. Ich bestellte ein Bier, ließ mich auf dem fleckigen Vinyl einer Eckbank nieder und beobachtete die Tür. Niemand kam hinein, bis ich fast fertig mit meinem zweiten Drink war, und dann war es auch nur ein Pensionär mit Spazierstock und einem mottenzerfressenen alten Hund an einem Seil statt einer Leine. Ich entspannte mich danach ein wenig, trank noch ein Bier und lauschte der Juke-Box.

Yeah, »A Whiter Shade of Pale« lief auch auf dieser, aber ich hatte es nicht ausgesucht. Die Adresse, die Tess mir gegeben hatte, war nur zwei oder drei Straßen von meinem derzeitigen Aufenthaltsort entfernt, aber ich wartete, bis ein paar Zecher mehr am Tresen strandeten, bevor ich ging. Ich spazierte durch einsame Straßen unter einem dunkel dräuenden Himmel. Es sah aus und fühlte sich an, als läge ein weiteres Gewitter in der Luft. Ich wußte nicht, ob es daran lag oder an mir, daß die Luft sich dick und statisch aufgeladen anfühlte. Die Straßenlampen klickten nacheinander an, als ich an ihnen vorbeiging; sie wiesen mir einen erleuchteten Pfad durch die Düsternis.

27

Ich klopfte zwischen neun Uhr dreißig und Viertel vor zehn an ihre Tür. Ein sanftes Licht schimmerte hinter dem milchigen Glas, aber ich hörte keinen Ton. Ich klopfte wieder und lehnte mich dann gegen die Ziegelmauer. Ich hörte das sanfte Patschen von Füßen, bevor ich eine diffuse Form ausmachen konnte. Sie öffnete die Tür, soweit es die Sicherheitskette zuließ. »Hallo Tess«, sagte ich.

»Nick, so bald«, sagte sie zur Begrüßung.

»Yeah, ich bin hoffentlich nach der Stoßzeit. Kann ich reinkommen?«

»Natürlich, bei mir zu Hause ist Sperrbezirk, oder hattest du das schon vergessen?«

Sie machte mit der Kette rum und öffnete dann die Tür. Ich antwortete nicht, glitt einfach nur zur Tür hinein und schloß sie vorsichtig hinter mir. Ich wandte mich um und legte die Kette wieder vor. Wir standen da und sahen einander im Flur an. »Was ist los?« fragte sie.

»Das übliche«, sagte ich.

»Trägst du eine Kanone?«

»Nein, ich freu mich bloß, dich zu sehen.«

»Sehr lustig«, sagte sie, ohne auch nur das mindeste bißchen eines Lächelns zu zeigen.

»Ja, ich bin bewaffnet.«

»Ich will es nicht sehen.«

»Kein Problem.«

Sie führte mich ins Wohnzimmer, wo ein tragbarer Farbfernseher stumm in einer Ecke vor sich hin arbeitete. Ich konnte nicht erkennen, was lief; die Gesichter auf dem Schirm waren verschwommen, als wären sie von feiner Gaze bedeckt.

»Hast du Hunger?« fragte sie.

»Könnte sein, was hast du?«

»Eier, Schinken.«

»Und Bananen?«

»Warum nicht?«

»Ich liebe deine gebratene Banane.«

»Irgendwo ist da doch ein Witz.« Zum erstenmal berührte sie mich. Sie legte ihre Hand auf meinen Arm. Ihre Nägel waren lang und rot.

»Dann komm«, sagte sie. »Aber ohne die Kanone.« Ich ging hinüber zur Kommode, zog die oberste Schublade heraus und legte die Cobra vorsichtig auf einen Stapel Papier, dann folgte ich ihr in die Küche. Sie war groß und weiß und hatte ein Fenster zu einem überwucherten kleinen Hintergarten. Alle Fenster standen offen, damit die schwüle Nachtluft hereinströmen konnte.

Irgendwo weit weg, auf der anderen Seite des Flusses, vermutete ich, blitzte es. Die Blätter an den Bäumen leuchteten für eine Sekunde elektrisch grün. Teresa zitterte in der Hitze.

»Ich hasse Gewitter«, sagte sie.

»Ich liebe sie«, entgegnete ich.

»Ich erinnere mich.«

Sie öffnete den Kühlschrank und holte die Eier und ein Päckchen Schinken heraus. Sie ließ den Bacon in die Pfanne gleiten und schaltete das Gas an. Sie holte eine große Banane aus dem Korb auf der Kommode, pellte sie und schnitt sie in Scheiben. Urplötzlich versetzten mich die Hitze und der Duft der Frucht zurück in eine andere Wohnung in einem anderen Stadtteil in einem anderen vergessenen Sommer.

Teresa und ich hatten gerade begonnen, uns regelmäßig und ernsthaft zu treffen. Meine Frau befand sich auf einem anderen Planeten, und ich, mit Hilfe bestimmter illegaler Substanzen, ebenfalls.

Ein Wochenende blieb ich bei Teresa. Ich erzählte Laura eine Schwachsinns-Story von einem Seminar in Bramshill. Ich weiß nicht, ob sie mir geglaubt hat, und es war mir auch egal. Sie war möglicherweise froh, mich achtundvierzig Stunden los zu sein.

Tess und ich blieben das ganze Wochenende zu Hause. Wir vögelten, bis wir nicht mehr konnten. Es war tropisch heiß. Der Himmel war seit Wochen wolkenlos, und die Stadt kochte wie ein billiger Kessel. Wir trugen so wenig Klamotten wie möglich, aber das half auch nichts, und ich sah die Schweißtropfen von Teresas Nacken über ihren Rücken laufen, bis sie von ihrem Slip aufgesogen wurden. Ich hatte den Glastisch in ihrem Wohnzimmer abgeräumt, und die Oberfläche war mit Coke-Staub verschmiert. Wir rauchten Dope, schnupften Coke, vögelten, tranken kalten, starken Wodka mit ein wenig Saft, aßen ein bißchen Pizza und China-Futter und vögelten wieder. Sie hatte ein paar Bananen gekauft und sie in eine Glasschüssel auf die Fensterbank gelegt. Als sie sie gekauft hatte, waren sie grün gewesen, aber ich konnte sie im Sonnenlicht, das durch das Fenster hereinschien, beinahe reifen sehen. Das Zimmer war erfüllt mit dem Duft der gelb werdenden Früchte und der Joints, die wir rollten und rauchten, und vom Geruch nach verschwitztem Sex und verschwitzten Körpern. Spät am Abend, als die Sonne schließlich hinter den Horizont stürzte und die Hochhäuser schwarz und golden schimmerten, saßen wir vor dem Fenster auf dem Bett, erschöpft und angetörnt von Sex und Alkohol und Drogen und lauschten den Zügen, die durch die Stadt ratterten, bis es stockdunkel war, und wir in den Armen des anderen einschliefen.

»Einen Penny für deine Gedanken«, sagte Teresa, und ich war zurück in der Wirklichkeit.

»Ich hab' an deine Wohnung in Battersea gedacht, erinnerst du dich?«

Sie lächelte. »Ja, die gute alte Zeit.«

»Gut genug für mich«, sagte ich.

Sie ließ den Bacon abtropfen und schaufelte zwei Eier und die gebratene Banane auf einen Teller. »Ketchup?« fragte sie.

»Nur ein bißchen.«

»Das sagst du immer.«

»Es verändert sich nicht viel, oder?« fragte ich.

»Nicht?«

Ich zuckte mit den Achseln. »Ich weiß nicht«, sagte ich mit dem Mund voll Eiern.

Sie setzte sich und sah mir beim Essen zu. Sie spielte mit ihrem Haar und dem Saum des Rocks ihres Kleides. Das Essen war gut. Sie holte mir ein Bud aus dem Kühlschrank, und ich trank aus der Flasche. Es schmeckte kühl und erfrischend, als ich damit die letzten Bissen herunterspülte. Schließlich stellte sie die unvermeidliche Frage: »Warum bist du gekommen?«

»Ich bin auf der Flucht«, sagte ich, nur halb im Scherz.

»Ernsthaft?«

»Ich bin nicht sicher, aber ich glaube schon. Aber mach' dir keine Sorgen, ich habe keine Freunde mitgebracht.«

»Möchtest du über Nacht bleiben?«

»Kann ich?«

»Natürlich. Du wärst nicht gekommen, wenn du etwas anderes erwartet hättest, oder?«

Ich ignorierte die Frage. »Gehst du nicht aus?« fragte ich stattdessen.

»Nicht heute nacht. Ich habe so eine Art Urlaub.«

»Costa del Stockwell?«

»Ungefähr so.«

Ich saß da und trank das Bier aus. »Du bist sicher, daß dir niemand gefolgt ist?« fragte sie, als ich die Flasche in den Mülleimer warf.

»Ganz sicher.«

Sie entspannte sich ein wenig und zündete sich eine Marlboro an. Sie inhalierte den ersten Zug nicht, ließ den Rauch einfach nur als grauweißen Strudel zwischen ihren Lippen kreisen. Ich starrte die Zigarette gierig an. »Willst du eine?« fragte sie. Ich nickte, fiel ihr aber in den Arm, als sie mir das Päckchen herüberschob.

»Aber ich werde nicht«, sagte ich.

»Wie du willst, du tust ja sowieso immer, was du willst.«

»Mach' ich irgendwas falsch?« fragte ich.

»Nur das übliche.«

»Was?«

»Du benutzt Leute, du benutzt mich!«

»Tess, das tu ich nicht, ich schwör's.«

»Ich wußte, du würdest kommen, wenn ich nützlich sein könnte.«

»Dann gehe ich.«

»Wohin?«

»Keine Ahnung«, sagte ich. »Ich spaziere durch die Straßen.«

»Du melodramatische Schwuchtel. ›Ich spaziere durch die Straßen‹«, imitierte sie mich, und zwar ziemlich gut. »Du weißt, daß ich dich nicht rauswerfe.«

»Ich weiß«, sagte ich.

»Da, siehst du's.«

»Mein Gott, Tess«, sagte ich. »Was ist in dich gefahren?«

»Es tut mir leid, ich hatte 'ne miese Woche.«

»Warum?«

»Es ist nicht mehr gut.«

»Was?«

»Was ich tue.«

»Ich fand dich immer ziemlich gut«, entgegnete ich einigermaßen taktlos.

Sie warf mir einen wütenden Blick zu. »Mach jetzt keine Witze, Nick«, sagte sie. »Es ist meine Arbeit. Was zum Teufel ist so großartig an *deiner* Arbeit?«

Darauf hatte ich nun wirklich keine Antwort.

»Ich hasse es, von diesen Dreckschweinen betatscht zu werden.«

»Dann hör' doch auf.«

»Und was soll ich statt dessen machen?«

»Was du willst.«

»Sag's mir, Nick, du bist doch so klug. Was soll ich machen? Was für eine Karriere würdest du mir wohl vorschlagen?«

Ich sagte nichts.

»Siehst du, auch keine tollen Ideen. Also, ich hab' für 'ne Weile aufgehört, und was glaubst du wohl, hab' ich getan?«

Ich sagte nichts.

»Ich war jedenfalls nicht Kassiererin bei Sainsbury's. Ich hab' in einer Peep-Show gearbeitet, wie findest du das?«

Ich sagte nichts.

»Eine schmierige kleine Peep-Show in der Wardour Street. Weißt du, was das heißt?« Ich schüttelte den Kopf, das war besser, als nichts zu sagen, aber ich wußte immer noch nicht, worauf sie hinaus wollte. Meinte sie es moralisch oder philosophisch? Ich sollte es bald erfahren. »Es heißt, daß ich meine Pussy für 'nen halben Dollar einer Bande Arschlöcher hinhalte. Weißt du, wie sich das anfühlt?« In jener Nacht war sie voller Fragen. Ich schüttelte wieder den Kopf. Ich begann, mich wie ein Metronom zu fühlen.

»Natürlich weißt du's nicht«, ihre Stimme wurde lauter, voll von unterdrückter Wut. »Ich mußte meine Möse für jemand aufmachen, den ich nicht kenne, jemand, den ich nicht sehen konnte, jemand, dem ich nicht mal vorgestellt worden bin. Weißt du, wie das ist?«

Wieder mein Kopfschütteln.

Sie kam so nahe, daß ich ihren Speichel ins Gesicht bekam. »Es ist ekelhaft«, schrie sie. »Gott verflucht ekelhaft.

Du würdest deinen tollen Schwanz auch nicht für ein paar Mäuse herzeigen, oder?«

Immer noch schüttelte ich meinen Kopf.

»Es erniedrigt dich als Mensch.« Sie war kurz davor zu weinen. »Und einmal im Monat muß man sich unbezahlt krank melden. Das kostet mich echt Geld. Das ist nicht fair. Nur wenig Kerle finden's geil, wenn einem 'ne Strippe aus dem Spalt hängt. Und das ist alles, was es ist, ein Spalt für fünfzig Pence und 'n bißchen Schamhaar.« Sie hörte auf. Ich war froh darüber. Mein Kopf schüttelte sich so schnell, daß ich das Gefühl hatte, mein Gehirn würde jeden Augenblick anfangen, zu meinen Ohren hinauszusickern. »Also hab' ich wieder angefangen.«

»Tut mir leid«, sagte ich schlapp.

»Was weißt du schon? Nichts, wie immer, klar.«

»Was ich auch sage, Tess, es interessiert dich nicht. Du willst es nicht hören. Ich weiß, daß es da draußen tough ist, vor allem für eine alleinstehende Frau.«

»Erspar' mir diesen Scheiß, ja, als nächstes sagst du, vor allem für eine schwarze Frau. Sag's bloß nicht. Das würde mich schwer nerven.«

»Noch mehr als du ohnehin genervt bist?« fragte ich.

»Ja, wenn du es unbedingt wissen willst«, sagte sie.

Ich sah sie an.

»Guck mich nicht so an, Nick«, sagte sie kalt. »Was glaubst du eigentlich, wer du bist? Du beschissener liberaler weißer Bastard. Wenn du mit einem Nigger redest, glaubst du, du bist echt ein Supertyp. Wenn du einen Nigger fickst, glaubst du, du bist was besonderes. Mister Superschwanz. Und dann gehst du los und erzählst all deinen Freunden davon. Falls du überhaupt welche hast, was ich bezweifeln möchte. Verdammt, Nick. Seid nicht so verdammt herablassend zu jedem Schwarzen. Wenn ihr seht, wie sich ein Neger die Schuhe selbst zubindet, macht ihr darum einen riesen Tanz. Ihr springt auf und ab und klatscht in die Hände, als wär's 'ne tolle Sache. Warum laßt ihr uns nicht einfach in Ruhe?«

Ich war verwirrt. Sie war so launig wie das Wetter. »Ich muß irgendwas nicht kapiert haben«, sagte ich. »Erzähl mir doch bitte mal genau, was hier los ist.«

»Weißt du's nicht?«

»Nein.«

»Es ist, weil ich dachte, ich wäre längst über dich hinweg, und dann hab' ich gehört, daß du zurück bist, und ich mußte es einfach ausprobieren, und natürlich war ich nicht über dich hinweg.« Ich mußte genauso belämmert ausgesehen haben, wie ich mich fühlte. »Es ist, weil ich dich liebe, du Dummkopf«, sagte sie und stürzte mir in die Arme.

28

Sie kippte um wie ein Stein, und ich mußte sie auffangen, sonst wäre sie zu Boden gestürzt. Ich fiel beinahe selber, als sie gegen mich kippte. Ich hielt sie fest und küßte ihren Mund und flüsterte, daß ich sie auch liebte, und wissen Sie was? Ich tat es wirklich.

»Du freust dich wirklich, mich zu sehen«, sagte sie, als wir auftauchten, um Luft zu holen. »Ich dachte, du könntest ihn nicht hoch kriegen.«

»Ich hab' dir gesagt, ich bin bewaffnet«, flüsterte ich in ihren Hals.

»Dann mußt du zwei Waffen haben.«

»Vielleicht schon.«

»Tja, diese möchte ich sehen.«

»Bedien' dich.«

Sie glitt sofort an mir herunter und kämpfte gerade mit meinem Gürtel und Mister Levis Silberknöpfen, und dann war alles vorbei.

Der Fernseher beschäftigte sich in seiner Ecke immer noch mit sich selbst. Ich starrte direkt auf den Schirm. Irgendeine Spätnachrichtensendung lief, und da, urplötzlich, wurde das dämliche Gesicht des Sprechers durch ein Bild von Terry ersetzt, das vor Jahren aufgenommen worden war, als er noch Haare hatte. Dann erschien ein Foto des Mädchens, das ich in seiner Wohnung gesehen hatte. Ich konnte nicht hören, was dazu gesagt wurde, und als nächstes lief ein Bericht über das Cricket-Spiel im Oval. Der kurze Blick hatte gereicht. Alles kam zurück wie ein Film, der zehn oder zwanzig mal zu schnell lief. Und der Film lief rückwärts, rückwärts aus Tess' Wohnung zu Terrys Wohnung, zurück zur Wache, zum Krankenhaus, und zu dem Krankenhaus vor dem Krankenhaus, und zu dem Schuß, bis der Film Gott sei dank endete und mich mit nichts zurück ließ, nicht mal mehr einem Ständer. Es war vorbei.

Das schlimmste war, daß ich Teresa nichts davon erzählen konnte. Sie wäre echt ausgeflippt. Sie dachte, es wäre ihre Schuld, und ich widersprach ihr nicht. Ich wußte, daß sie wütend war. Sie sah zu mir hinauf. »Das ist typisch!« zischte sie. »Willst es wohl für dich behalten.«

»Nein, Tess«, sagte ich, aber das reichte nicht. Sie stand wieder auf und zerrte das einfache schwarze Kleid, das sie trug, über ihren Kopf. Darunter trug sie nur ein kleines weißes Höschen. »Du verdammter Schlappschwanz«, sagte sie angeekelt und warf sich auf das lange weiße Sofa vor dem Fernseher. »Na, wenn du es nicht bringst, mach' ich es eben selber.« Sie schob sich die Finger in die Möse und begann, mit sich selbst zu spielen.

»Was ist los, Nick?« fragte sie atemlos. »Kannst du keine richtige Frau mehr ertragen? Oder liegt es daran, daß ich es für Geld tue? Ist es das, was du nicht aushältst? Traust du mir nicht, Süßer? Ist es, weil ich jede Nacht untreu bin?« Sie versuchte es anders. »Warum bestrafst du mich dann nicht? Komm schon, Nick, zeig' mir, daß du ein Mann bist.« Sie schwitzte und keuchte. Ich war tierisch genervt und wurde bei ihrem Anblick wieder geil und war wütend auf sie und die Welt.

»Komm schon, Nick«, wiederholte sie. »Bestraf' mich,

du alte Sau.« Ich ging zu ihr hinüber und sah auf sie hinunter. »Komm schon, Nick.« Sie schrie beinahe. Ich konnte meine Fingernägel in meine Handflächen einschneiden spüren, so fest ballte ich die Fäuste.

»Wichser«, sagte sie und kam.

Ich hätte sie umbringen können. Sie setzte sich auf und grinste mich an, und ich schlug sie so heftig, daß sie vom Sofa auf den Boden plumpste. Sofort sprang sie wieder hoch und knallte mir einen rechten Haken rein, der einen meiner Weisheitszähne lockerte. Gott, war sie stark. Der Schlag erwischte mich völlig unvorbereitet und ließ mich gegen die Lehne des Sofas taumeln, das umkippte und mich auf dem Boden vor den Kleiderschrank ablud. Sie war sofort über mir wie eine Teufelin. Sie hechtete über das Sofa, hackte mit den Nägeln ihrer rechten Hand nach meinem Gesicht, und es gelang mir grade noch, sie am Gelenk zu packen und die Haut auf meiner Wange zu schützen. Ich hielt sie fest, aber sie war so stark und glitschig, daß sie mir beinahe entwischte. Plötzlich entspannte sie sich. Ich sah Speicheltropfen auf ihrem Kinn. Wir sahen einander in die Augen, und ich hob meine Finger und wischte sanft die Tropfen weg. Ich wartete darauf, daß sie mich wieder angriff, als sich ihre Augen mit Tränen füllten wie Schmelzwasserseen und sie in meinen Armen völlig schlaff wurde. »Du kannst ganz schön zuhauen, Babe«, sagte ich durch meinen geschwollenen Mund.

»Besser als du, Nicky-Boy. Du schlägst wie ein Mädchen.«

Und ich hatte gedacht, ich wäre tough. Was für eine Enttäuschung.

Ich hatte vorher schon das Gefühl gehabt, daß ich sie umbringen könnte, aber jetzt war das Feeling noch stärker, bloß anders. Also rollte ich sie auf den Rücken und lieferte ihrem Körper einen kleinen Tod, während sie unter mir rituellen Selbstmord beging. Dann übernahm sie die dominante Rolle, und ich starb für die gute Sache. Schließlich schleppten wir uns ins Schlafzimmer und kippten aufs

Bett. Wir glitschten über die Laken, küßten und nippten aneinander wie zwei kleine Hündchen. Sie glitt wieder an mir herunter und machte mich mit ihrer Zunge wieder steif. Schließlich taten wir uns zum letztenmal zusammen und machten müde und verträumt Liebe. Mund an Mund, Brust an Brust und Geschlecht an Geschlecht. Sie war klatschnaß, so naß, daß ich dachte, ich würde gleich aus ihrer Möse flutschen. »Oh nein, Baby«, flüsterte sie. »So leicht kommst du nicht davon.« Sie legte ihre Beine um meine Hüfte, überkreuzte sie hinter meinem Rücken an den Knöcheln und zog mich in sie hinein. Wir kamen zusammen in einem hitzigen Rausch, dann rollten wir uns voneinander und lagen erschöpft und schwer atmend in der stickigen Nachtluft. Wir hielten Händchen und wandten uns einander zu und lächelten. »Ich liebe dich«, sagte sie.

»Ich dich auch«, sagte ich zurück.

»Verarsch mich nicht, Nicky«, sagte sie gähnend.

»Ich werd' es versuchen«, entgegnete ich, während ich sie berührte. Das war das wenigste, was ich jemandem versprechen konnte. Zu versuchen, ihn nicht zu verarschen. Tolles Gelöbnis.

Wir lagen eine Weile aneinandergekuschelt, sagten nicht viel. Schließlich schlief sie ein. Ich legte mich auf den Rücken und entspannte mich, betrachtete im sanftgelben Licht der Nachttischlampe die Decke.

Dann brachen sie durch die Tür und das Schlafzimmerfenster. Drei Männer, ich erkannte keinen, sie trugen Khaki und Blau und Tarnanzüge, und sie hatten alle halbautomatische Waffen. Ich schaffte es gerade noch, mich aufzusetzen, während sie ein widerwärtiges Dreieck mit ihren ekelhaften Waffen um das Bett herum bildeten. Drei Gedanken liefen Amok in meinem Hirn. Ich war verfolgt worden, trotz all meiner Cleverness. Sie hatten Tess und mich den ganzen Abend beobachtet. Und meine beschissene Pistole lag in der Kommodenschublade im anderen Zimmer.

Der Kleinste der drei zielte mit einer AK47 auf mich,

während der Größte sich dem Bett näherte, aber sorgsam darauf bedacht war, nicht in die Schußlinie zu geraten. Er sah auf mich hinunter. »Nette Show, Soldat«, sagte er. »Wir dachten, die Negernutte würde deinen Schwanz schlucken.« Dann donnerte er mir die Waffe, die er in der rechten Hand hielt, gegen die Rübe. Diesmal verlor ich den Weisheitszahn.

Ich wachte von meinem eigenen Schrei auf. Mein Herz schlug wie eine Drum-machine auf Selbstzerstörungstrip. Ich war in ein schweißnasses Laken verheddert. Bloß ein Traum. Trotzdem ging ich los und holte meine Waffe. Ich legte sie neben das Bett, wo Tess sie nicht sehen würde, wenn sie aufwachte, dann nahm ich sie wieder in die Arme und schlief wieder ein.

29

Ich wachte gegen sechs auf. Tess lag neben mir und schnarchte leise. Nicht unangenehm, bloß ein lautes Einatmen. Ich stieß sie in die Rippen, und sie rollte sich auf die Seite. »Schnarch' nicht«, sagte ich.

»Tu ich nicht«, entgegnete sie und schlief weiter. Nach einem kurzen Augenblick hörte ich wieder das leise Schnarchen. Ich grinste und stieg aus dem Bett.

Ich zog die Klamotten von gestern an und wusch mir in Teresas Badezimmer das Gesicht. Ich versuchte, mich mit einer dummen kleinen Wegwerfklinge zu rasieren. Ich vermutete, daß sie damit ihre Achselhöhlen kahlschabte. Wahrscheinlich hatte sie mit dem Ding, das ich jetzt über mein Gesicht zerrte, auch Bleistifte angespitzt. Der Spiegel hing mindestens zwölf Zentimeter zu tief für mich.

Ich benutzte auch ihre Zahnbürste, dann ging ich Kaffee machen. Sie hatte bloß Instant-Zeug, und das schmeckte wie heiße Eisenspäne. Ich brachte Tess eine Tasse. Sie wollte nicht aufwachen, also ließ ich sie auf ihrem Nachttisch stehen. Sie kam lange genug an die Oberfläche, um Goodbye zu sagen. Ich küßte sie kurz, und sie hielt mich am Arm fest und bat mich zu bleiben.

»Ich kann nicht«, sagte ich. »Ich würde gern, aber ich kann nicht.«

»Was hast du vor?« fragte sie.

»Dieser Scheiße endlich auf den Grund gehen. Hoffe ich.«

»Es wär' mir lieber, du kämst zurück ins Bett und gingest bei mir auf den Grund.«

Sie schien wacher zu werden.

»Ich täte nichts lieber.«

»Ich weiß«, sagte sie. »Aber du mußt losziehen, auf die Straße und die bösen Buben zur Raison bringen und ein Mann sein.«

»So ungefähr.«

»Du bist ein Narr, Nick.«

»Vielleicht.«

»Da gibt es kein vielleicht.«

Ich zuckte mit den Achseln und schnitt eine Grimasse. Was hätte ich denn tun können?

»Paß auf dich auf«, sagte sie.

»Das werde ich, und wir sehen uns bald bei Emerald's.«

»Ich warte auf dich.«

»Das will ich hoffen.«

Dann ging ich.

Es war an diesem Morgen schon warm, beinahe heiß, aber es hingen große Gewitterwolken am Horizont. Sie hingen da hoch, ruhig und bedrohlich. Irgendwie erinnerten sie mich an mein Leben.

Ich marschierte bis zur Bahnstation Stockwell und erwischte einen leeren Zug nach Balham. Die Gewitterwolken waren näher gekommen, als ich wieder auf die Straße ging. Ich setzte mich in das erste Taxi vor dem Bahnhof und ließ mich bis Clapham Junction fahren. Der Trans-Am stand immer noch hinter Arding & Hobbs. Ich hatte einen Strafzettel bekommen. Ich zog das Plastiktütchen unter dem Scheibenwischer hervor und warf es in einen Mülleimer vor dem Wimpy. Haltet Großbritannien sauber.

Niemand schien sich für den Wagen zu interessieren, während ich zurück in mein Büro fuhr. Niemand schien sich für das Büro zu interessieren, und auch nicht für mich. Wütend trat ich nach den Stühlen. Dann stellte ich sie wieder hin und setzte mich auf einen. Ich saß lange da und wartete, daß etwas passierte. Schließlich passierte etwas. Das Telefon klingelte.

Als ich mich meldete, sprach ich mit einem Mann mit kultivierter Stimme und leicht fremdem Akzent, den ich nicht einordnen konnte. Die Stimme fragte nach Nick Sharman.

»Am Apparat«, entgegnete ich. All die Jahre Benimmunterricht waren nicht verschwendet gewesen.

»Ich nehme an, sie suchen nach einer Miss Patricia Bright«, sagte die Stimme.

»Fast jeder, der mich anruft, nimmt das an«, entgegnete ich.

»Entspricht es der Wahrheit?«

Ich sagte, das täte es.

»Darf ich fragen, in welchem Zusammenhang?«

»Auf Wunsch ihres Vaters.«

»Leider hat sie keinen Vater.« Ich muß zugeben, daß er äußerst höflich war. Ich nicht.

»Hören Sie«, sagte ich. »Machen Sie jetzt keine dummen Scherze, ich bin heute gar nicht in der Stimmung.«

»Ich meine das absolut ernst«, sagte die Stimme.

Ich dachte einen Augenblick lang nach. Er klang so, als meinte er es wirklich ernst. »Wer sind Sie?« fragte ich. »Was wollen Sie?«

»Mein Name ist im Moment nicht wichtig, aber ich denke, wir sollten uns treffen, damit ich Sie Miss Bright vorstellen kann«, entgegnete er.

»Der letzte Versuch, Miss Bright kennenzulernen, hat

mir massive Skalp-Verletzungen eingetragen und mir beinahe eine Anklage wegen Totschlags oder Schlimmerem eingebracht, und sie war noch nicht mal da. Warum sollte ich Ihnen also glauben?«

»Es geht mich nichts an, was Ihnen in letzter Zeit widerfahren ist«, sagte die Stimme: »Aber ich kann Sie mit Sicherheit dem Mädchen vorstellen. Wenn Sie mein Angebot nicht annehmen wollen, ist das Ihr Problem. Wenn Sie umhertaumeln wollen wie ein blinder Mann im Sturm, so ist das Ihre Entscheidung. Ich bin ein ehrbarer Mann. Wenn ich sage, daß etwas passieren wird, wird es das auch. Ich verspreche Ihnen, Sie haben von mir nichts zu befürchten, wenn Sie sich zivilisiert benehmen.«

Ich hatte keine andere Wahl. »Wo und wann?« fragte ich ganz business-like. Er unterbrach mich. »Wir kommen zu Ihnen. Ich werde Sie in einer Stunde mit weiteren Informationen anrufen.« Das Telefon war tot. Er hatte aufgelegt.

Ich saß da und wartete und tat all die Dinge, die Privatdetektive angeblich tun, wenn sie glauben, daß ein Fall kurz vor dem entscheidenden Augenblick steht. Ich dachte darüber nach, was der Mann ohne Namen gesagt hatte: daß Patsy keinen Vater hatte. Was zum Teufel sollte das denn heißen? Schnell wählte ich George Brights Nummern. Im Lagerhaus ging wieder der Anrufbeantworter ran und bei ihm zu Hause meldete sich niemand. Ich wagte es nicht, noch mehr Anrufe zu machen, damit meine Nummer nicht besetzt war, wenn der Fremde mit seinen Instruktionen anrief. Falls er anrief. Ich saß da und machte mir Sorgen um meine Ex-Frau und mein Kind. Ich sah all den Leuten draußen auf der Straße bei ihren Besorgungen zu. Ich überlegte, ob es vielleicht doch nicht so schlecht war, normal zu sein, und wünschte mir, ich hätte bei einer Versicherung angeheuert. Ich spürte, wie sich das Metall des .38er in meinen Rücken bohrte und kämpfte den Drang nieder, noch einmal zu checken, ob er geladen war. Ich fragte mich, was in meinem Leben schiefgelaufen war. Fünfundvierzig Minuten nach dem ersten Anruf meldete sich der Mann ohne

Namen wieder. »Ich telefoniere von einem Autotelefon aus«, sagte er. »Wir warten auf Sie auf dem Friedhof Norwood. Wir parken neben dem Rosengarten, in der Nähe des Krematoriums. Parken Sie Ihren Wagen unten am Berg, und kommen Sie zu Fuß. Und allein.«

»Ich hoffe, Sie wollen mich nicht reinlegen«, sagte ich. Ich konnte die Erschöpfung in meiner Stimme hören.

»Mr. Sharman«, sagte die körperlose Stimme. »Bitte zwingen Sie mich nicht, mich ständig zu wiederholen. Es ist nicht meine Art, Scherze mit jemandem zu treiben. Wir werden exakt zwanzig Minuten auf Sie warten. Verschwenden Sie keine weitere Zeit.«

Der Anruf wurde abrupt beendet. Ich tat genau das, was er mir gesagt hatte. Ich schloß das Büro ab und fuhr mit dem Pontiac zum Friedhof. Er war bloß fünf Minuten von meinem Büro entfernt. Ich fuhr durch die massiven Tore und dann langsam die Straße entlang, die zwischen den Grabsteinen hindurch mäanderte. Es ist schön dort, obwohl ich nicht unbedingt meine Freizeit dort verbringen möchte. Als Kind habe ich an der Hand meiner Großmutter die Gräber meiner Familie besucht. Der Friedhof hatte mich immer mit Angst und Ehrfurcht erfüllt. Auch dieser Morgen war keine Ausnahme. Ich stellte den Wagen neben einem Schild, das zum Krematorium zeigte, ab und ging den Berg in Richtung des einstöckigen roten Ziegelgebäudes hoch. Etliche Wagen parkten davor, und ich vermutete, daß gerade jemand verbrannt wurde. Der Morgen war kühler geworden und eine leichte Brise zerrte an den Mänteln einer Trauergesellschaft, die am Fuße des Hügels vor einem Grab stand. Andere Menschen, die Blumen bei sich hatten, besuchten die Gräber ihrer ehemals Geliebten. Ich dachte kurz darüber nach, ob irgend jemand sich die Mühe machen würde, meine letzte Ruhestätte zu besuchen, dann entschied ich, daß Selbstmitleid ein dummes Gefühl war.

Ich ging weiter in Richtung des alten Teils des Friedhofes. Oben auf dem Hügel, direkt hinter dem Krematorium, stand ein Wagen. Nicht irgendein Wagen. Eine schwarze

Rolls-Royce-Stretch-Limousine. Der Lack glänzte wie ein Spiegel, und die dünnen Sonnenstrahlen blitzten auf den Chromleisten. Als ich näher kam, sah ich, daß die Seitenfenster beinahe so dunkel getönt waren wie das Metall. Der Wagen stand massig auf der Straße, groß und stumm wie die Gräber, die ihn umgaben.

Als ich den Wagen erreichte, öffnete sich die Fahrertür, und ein schwergewichtiger Mann in grauer Chauffeurs-Uniform und mit einem Gesicht wie aus Beton stieg aus. Die Uniform stand ihm sehr gut. In der rechten Hand hielt er einen Colt .45 US Army-Automatik. Rückblickend muß ich sagen, daß die Waffe ihm sogar noch besser stand. Der Fahrer zielte mit dem Colt ungefähr in meine Richtung und öffnete die hintere Türe. Ein großer dunkelhäutiger Mann stieg aus. Der Chauffeur schloß die Tür, bevor ich die Chance hatte hineinzuschauen. Der große Mann trug einen dunkelblauen zweireihigen Anzug, der ihm sicherlich nicht allzu viel Wechselgeld auf einen Tausendpfundschein beschert hatte. Sein Hemd war blendend weiß, und um den Stehkragen hatte er einen schmalen schwarzen Schlips geschlungen. Seine Füße steckten in polierten schwarzen Schuhen, die mit diskreten goldenen Schnallen geschlossen waren. Er trug einen schwarzen Trilby-Hut und eine Sonnenbrille. Ein maßgeschneidertes Outfit für den Friedhof. In der linken Hand hielt er eine leichte Maschinenpistole. Eine kleine, stupsnasige Waffe, nicht viel länger als die Automatik des Fahrers, aber mit massiver Feuerkraft. Aus dem Griff hing ein kurzes Magazin wie eine dicke, obszöne Metallzunge. Ich erkannte Marke und Modell. Eine Ingram MAC M10 9mm. Sie war mattschwarz lackiert. Statt des üblichen gewebten Riemens, der einem hilft, die Waffe ruhig zu halten, während man schießt, war ein handgefertigter Lederriemen an der Waffe befestigt. Jeder einigermaßen vernünftige Stadtterrorist hätte so ein Teil als Weihnachtsgeschenk geliebt. Im Magazin befanden sich 32 Schuß, die das Ding in weniger als zwei Sekunden ausspucken konnte, wenn es auf Vollautomatik stand. Sexy Designertod mit dem Aussehen eines hübschen Spielzeuges. Es hätte mich nicht überrascht, einen kleinen Diamanten auf dem Sicherungshebel zu entdecken.

Ich konnte spüren, wie der große Mann mich durch die dunklen Gläser musterte. Nach einem Augenblick begann er zu sprechen.

»Nun treffen wir uns doch noch, Mr. Sharman. Ich habe Sie die letzten paar Tage mit großem Interesse beobachtet. Sie scheinen ein außerordentlich neugieriger Mann zu sein.« Während er sprach, lehnte er sich gegen den Wagen, die Maschinenpistole ließ er locker herunterhängen.

»Das ist mein Job«, entgegnete ich.

»Nicht, wenn er sich mit meinem überschneidet.«

»Und der wäre?« erkundige ich mich höflich.

Glauben Sie mir, wenn das unfreundliche Ende einer MAC 10 weniger als zwei Meter von ihrem Bauch entfernt ist, ist alles, was Sie tun, äußerst höflich.

»Handel, kaufen und verkaufen. Eine Nachfrage finden und sie bedienen. Darum geht es doch im Leben, da stimmen Sie mir sicher zu.«

»Wenn Sie es sagen«, sagte ich.

»Ich sage es. Und ich kann Ihre Nachfrage, eine bestimmte junge Lady zu treffen, bedienen. Es scheint Ihnen wichtig zu sein, Patricia Bright zu lokalisieren. Allerdings haben Sie bei Ihrer Suche noch keine großen Erfolge vorweisen können. Ich muß gestehen, daß Ihr Einsatz als Detektiv mich nicht unbedingt mit Bewunderung erfüllt. Aber Ihre dürftigen Talente scheinen immerhin ein paar kleine Füchse in den Hühnerstall gesetzt zu haben, so wie es aussieht.« Er lächelte kalt. »Mitglieder der *Demi-monde* sind äußerst irritiert über Ihr Interesse an dem Mädchen. Ich muß gestehen, ich weiß nicht genau, warum. Aber somit schließen sich Ihre und meine Interessen aus. Also habe ich beschlossen, Sie, was die Familie Bright betrifft, etwas genauer ins Bild zu setzen. Ich hoffe, das wird dazu führen, daß Sie meine Arbeit nicht weiter stören.«

Ich war verblüfft und teilte ihm das mit. »Ich sage es nur ungern«, sagte ich, »aber ich habe keine Ahnung, wer Sie sind oder was Sie tun. Und ich muß zugeben, daß ich mich selten, wenn überhaupt, mit Leuten anlege, die Maschinenpistolen bei sich haben.«

»Ich beabsichtige nicht, Ihnen zu sagen, wer ich bin. Ich habe viele Namen, Sie können mich David nennen. Es ist auch unwichtig. Es kann ein anderes Rätsel sein, das Sie lösen dürfen. Immerhin sind Sie ein Detektiv, finden Sie es selbst heraus, wenn Sie es können. Viele Leute, die besser sind als Sie, haben es versucht und sind gescheitert. Aber Sie suchen nach Patricia. Ich habe bestimmte Interessen an ihr. Ergo kommen Sie mir in die Quere.«

Ich liebte sein Vokabular. »Ergo, *Demi-monde*«. David mußte eine klassische Erziehung genossen haben, oder er tat so, als hätte er. Das hatte ich auch, also war ich nicht beeindruckt, bloß eine gewisse Portion Neid auf seinen Anzug muß ich eingestehen.

»Kann ich sie sehen?« fragte ich.

»Natürlich. Deswegen habe ich Sie hierher gebeten«, entgegnete er.

»Wann?«

»Jetzt, denke ich«, sagte er und öffnete die hintere Tür des Rolls erneut. Dieses Mal wurde mir erlaubt, in den Wagen zu schauen. Auf dem Rücksitz saß Patsy Bright.

Ich konnte kaum glauben, daß ich sie schließlich doch noch sah.

»Patricia«, sagte der große Mann. »Komm raus und sag Hallo zu Mr. Sharman.«

Sie stieg aus dem Wagen ins Tageslicht. Ihr Gesicht war in Wirklichkeit sogar noch schöner als auf dem Foto, das ich so oft betrachtet hatte. Aber als ich genauer hinsah, bemerkte ich, daß ihre Haut ein wenig aufgedunsen war und sich dunkle Schatten unter ihren Augen bildeten. Und als ich ihr in die Augen sah, war dort etwas, das ihre Schönheit Lügen strafte. Eine Kenntnis des Lebens, die kein Mädchen ihres Alters haben sollte. Die Augen waren eine Million Jahre alt.

Sie war größer, als ich erwartet hatte, obwohl ich ihre Maße mittlerweile besser kannte als meine eigenen. Sie trug ein blaues Mini-Kleid, weiße Strümpfe und flache blaue Pumps, die exakt zu ihrem Kleid paßten. Am linken Arm trug sie über ein Dutzend Plastikreifen in Regenbogenfarben, die leise klapperten, wenn sie sich bewegte. In der linken Hand hielt sie eine einzelne langstielige Rose. Eigentlich kaum mehr als eine Knospe. Ich versuchte, die Sorte zu erkennen. Ich war sicher, daß ich selbst einmal so eine gezüchtet hatte. Aus irgend einem Grunde erschien es mir sehr wichtig, sie zu identifizieren. Aber ich konnte es nicht.

Patsy trug blasses Make up und leuchtend pinken Lippenstift, der mit dem düsteren Mascara kontrastierte, das ihre Lider bedeckte. Ihr Haar war länger als auf dem Foto und hing wie zwei goldene Schwingen, die ihr Gesicht umrahmten, hinunter auf ihre Schultern. Sie sah aus, als wäre sie gerade von der Bühne von »Blow up« heruntergestiegen. In der rechten Hand hielt sie eine Ray-Ban-Sonnenbrille mit rotem Gestell.

Ich war erleichtert, als sie sie aufsetzte.

Ich fragte mich, was ich zu jemand sagen sollte, den ich nie zuvor getroffen hatte, aber der meine Existenz derart geprägt hatte in einer Woche, die mir so lang wie ein ganzes Leben erschienen war. Jemand, in den ich aus lauter falschen Gründen verliebt war.

»Hallo, Patsy«, sagte ich nach einem Augenblick.

»Hallo« entgegnete sie pflichtbewußt.

»Ich hab' nach dir gesucht.«

»Ich weiß.«

»Dein Vater hat mich darum gebeten, er macht sich Sorgen um dich.«

»Mein Vater ist vor fünfzehn Jahren gestorben«, sagte sie.

Ich sah erst sie an, dann David, wie ich ihn nennen sollte, dann wieder sie.

»Was meinst du damit?« fragte ich verwirrt.

»Was ich sage. Mein Vater ist tot«, entgegnete sie. Obwohl ihr Akzent in Ordnung war, schwang Südlondon im Hintergrund mit.

»Wer ist denn dann George Bright?« fragte ich.

»Vielleicht darf ich das erklären«, sagte David. »George Bright ist Patsys Adoptivvater. Er ist außerdem der Mann, der ihre Karriere als Prostituierte gemanaged hat.«

Ich konnte kaum glauben, was ich hörte.

»Er hat angefangen, mich zu ficken, als ich zwölf war«, unterbrach Patsy mit bitterem Hohn in der Stimme. »Als ich geknackt war, hat er angefangen, mich zu verkaufen.«

Nach diesem kurzen Ausbruch begann sie wieder damit, die Rose zu bewundern. »Es hat angefangen, kurz nachdem George Brights Frau gestorben ist«, erläuterte David. »Und wie George mögen eine Menge Männer junge Kinder. Er hat ihnen nur zu gerne Patsys Dienste angeboten. Dann hat er herausgefunden, daß dort, wo er sie zur Arbeit hinschickte, großer Bedarf für teure Drogen herrschte. Also begann sie, auch dieses Bedürfnis zu befriedigen. Es entpuppte sich als das lukrativere Geschäft, und außerdem war es ausgesprochen sicher. Abgesehen von der Tatsache, daß einige Klienten weit oben im Establishment dieses Landes positioniert sind und die Sache gut decken konnten. Um die Phantasien exakt befriedigen zu können, wurde erwartet, daß Patsy ihre Schuluniform trug, während sie manche Dinge über sich ergehen ließ. So konnte sie selbstverständlich mit einem Ranzen voll Ware durch London fahren. Wer würde sich die Mühe machen, ein engelsgleiches Kind wie sie zu durchsuchen?« David lächelte wieder. »Ich muß zugeben, daß es eines gewissen diabolischen Witzes nicht entbehrt.«

»Wenn Sie das lustig finden«, sagte ich, »tun Sie mir leid. Aber was haben Sie damit zu tun? Was ist Ihr Geschmack? Kleine Jungs?«

Die Ingram zuckte in seiner Hand. »Mein Geschmack geht Sie nichts an«, sagte er bösartig. »Machen Sie sich nicht zum Moralisten. Hören Sie einfach zu.«

Ich hielt den Mund und lauschte gebannt.

»Bright war im Grunde ein Kleingauner«, fuhr er fort. »Um seinen Umsatz zu erhöhen und die Profite zu steigern, mußte er sich mit Partnern einlassen.« Er machte eine verächtliche Bewegung mit den Lippen. »Sie hatten wenig oder keine Phantasie. Kein Flair. Patricia begann, aus dem Markt, in dem sie sich befand, herauszuwachsen. Die Partner waren bloß an den Drogen interessiert. Wie auch immer, ich erfuhr, daß Patricia, wenn sie ihre Klienten besuchte, oft bestimmte, wie soll ich sagen, sensible Angelegenheiten in Erfahrung brachte. Diese Dinge waren offensichtlich verkäuflich. Ich trat mit einem Konzept, sie in den neunziger Jahren zu vermarkten, an Patricia heran. Sie hat, glauben Sie's oder nicht, eine ungewöhnlich genaue Erinnerung an Namen, Gesichter und Orte. Sie ist außerdem eine hervorragende Diebin. Es gibt Männer, mächtige Männer, in dieser Stadt, die bereit sind, großzügig für die Befriedigung ihrer Wünsche zu bezahlen. Manche von ihnen zahlen immer noch.«

»Erpressung?«

»Ein unschönes Wort, Mr. Sharman. Aber benutzen Sie es, wenn Sie müssen. Begreifen Sie jetzt, daß Sie außerhalb Ihres Reviers in Haifischwasser schwimmen?«

»Ich frage mich, warum George Bright mich ausgesucht hat?« fragte ich, ohne eine Antwort zu erwarten.

David sah mich einen Augenblick lang eigenartig an. »Wer weiß?« fragte er. »Vielleicht aus Gründen, die niemand von uns erraten kann.«

Ich ignorierte ihn und wandte mich wieder an das Mädchen. Sie konnte mich nicht einmal mehr wahrnehmen. Sie war auf ihrem eigenen Trip. Ich kannte das Gefühl gut. Ich hatte es oft genug selbst erlebt.

Ich sah wieder David an. »Was ist mit dieser Sache in Brixton?« fragte ich. »Die Punks und die Schläger, was haben die damit zu tun?«

»Patsy ist immer noch ein Kind«, entgegnete er. »Sie brauchte Freunde in ihrem eigenen Alter. Sie wollte ihre geliebten Musikgruppen sehen. Wir alle wollen von unseren Peers akzeptiert werden. Sie hat ihre Freunde nicht sorgfältig ausgesucht; es hat sie zu einer unglückseligen sozialen Schicht gezogen. Sie konnte und hat diese Freunde ohne George Brights Wissen mit Drogen versorgt. Es war eine einfache Möglichkeit, sich lieb Kind zu machen. Das ist natürlich eine kurzsichtige Verhaltensweise, und diese Episode ihres Lebens hat sie nun hinter sich.«

»Also hat sie Jane Lewis das reine Heroin gegeben, das sie umgebracht hat?«

»Nein, Mr. Sharman. Wie könnte sie? Sie hatte sich von George Bright und seinen Drogenquellen schon zwei Monate, bevor dieses Lewis-Mädchen starb, losgelöst.«

»Patsy hätte sie von Ihnen bekommen können. Sie haben mir gesagt, daß Sie eine geschickte Diebin ist. Sie ist offensichtlich gerade jetzt high. Also müssen auch Sie irgendwas mit Drogen zu tun haben. Sie haben diese Schüssel schließlich nicht mit Wohlfahrtsmarken bezahlt.«

»Ich muß Sie erneut enttäuschen. Patsy hat absolut keinen Zugang zu Drogen. Alles, was sie von mir bekommt, sind sorgfältig dosierte Indikationen, die auf klinische Weise zugeführt werden.«

Was für ein kaltschnäuziges Schwein. Wenn nicht zwei Waffen auf mich gezeigt hätten, wäre er um einen klinisch gebrochenen Arm reicher gewesen.

»Was also war dann die Tragödie?« fragte ich.

»Na, Ihr Freund Southall natürlich«, entgegnete er.

»Sie haben Terry getötet?«

»Wieder falsch. Ich sehe schon, ich muß mehr Licht in Ihr Leben scheinen lassen. Lassen Sie uns zurückkehren zu dem Nachmittag, an dem Sie in das Haus in Brixton gelockt wurden.«

Mein Kopf drehte sich. David schien alles zu wissen, das mir in letzter Zeit passiert war. »Woher zum Teufel wissen Sie das?« fragte ich.

Er zuckte mit den Achseln. »Darf ich fortfahren?« fragte er.

»Bitte sehr«, entgegnete ich.

»Die drei Männer, die Sie dort getroffen haben, arbeiteten für George Brights Partner. Sie markieren Mitarbeiter von ›Bright Freizeit‹. Ich nehme an, Sie haben sie nicht angetroffen, als Sie gestern das Lagerhaus besucht haben.«

Ich kam mir vor wie ein Idiot. Ich hatte George Bright geglaubt, als er mir gesagt hatte, daß es bloß zwei waren. Ich hatte ihm die Beschreibungen geglaubt, die er mir gegeben hatte. Ich hatte viel zu viel ohne Beweise geglaubt. Es wurde immer schlimmer, bevor es besser wurde.

»Der Blonde heißt Lynch«, fuhr er fort. »Der Neger ist Winston, und der andere ist Michael Grant. Sie brauchen diese Namen vielleicht, also schlage ich vor, daß Sie sich diese einprägen.«

Ich hoffte bloß, daß ich nicht so verwirrt aussah, wie ich mich fühlte.

»Lynch schlief mit Jane Lewis«, fuhr David fort. »Wenn der Euphemismus akzeptabel ist. Soweit ich weiß, wurde nur sehr selten geschlafen. Patricia hatte Lynch die Lewis vorgestellt. Manchmal begleitete Lynch Patsy, wenn sie in den Clubs Konzerte besuchte, und so traf er ihre Freunde. Um ganz offen zu sein, bezahlte er das Lewis-Mädchen für ihre Gefälligkeit mit Drogen, die er Bright und Co. gestohlen hatte.«

»Es scheint, daß jeder, der da arbeitet, Drogen klaut«, sagte ich.

»Natürlich«, sagte er. »Das liegt in der Natur der Sache.« Er schwieg und dachte einen Augenblick lang nach. »Etwas, worüber ich mir nicht sicher bin«, sagte er, »ist, ob er sie aus irgendwelchen eigenen Gründen umgebracht hat oder ob er sich der Qualität des Heroins in dieser speziellen Lieferung nicht bewußt war.«

Ich war froh zu hören, daß er nicht unfehlbar war.

»Wie auch immer«, fuhr er fort, »er hat den Körper benutzt, um Sie davon zu überzeugen, daß Patricia tot war. Als Sie das durchschaut hatten, entschied er sich zu versuchen, Ihnen den Mord anzuhängen. Nicht sehr clever, muß ich sagen. Lynch ist nicht der Intelligenteste aller Menschen.« David schüttelte traurig den Kopf. »Er sollte bleiben, was er ist, ein ausgeprochen kräftiger Mann.«

»Wer war der andere Mann in dem Haus?« fragte ich.

»Welcher andere Mann?« fragte er zurück.

»Ich dachte, Sie wüßten alles.«

»Manche Dinge weiß ich, ziehe es aber vor, sie nicht mitzuteilen. Sie müssen schließlich auch etwas für Ihr Geld tun.«

Mein Geld, das war ein Witz.

»Was glauben Sie, warum haben die mich nicht einfach umgelegt, wie Terry?«

»Fragen Sie den geheimnisvollen vierten Mann.«

»Waren Sie das?« Ich fischte im Trüben.

Er lächelte sein kaltes, hartes Lächeln. »Ich kann Ihnen versichern, wenn ich dagewesen wäre«, sagte er, »hätten sie mich sicherlich sofort umgelegt. Ich bin kein Freund von Bright und seinen Kumpanen.«

So stand ich da, den Mund offen, nicht viel klüger. Ich hatte das Gefühl, daß ich weiterbohren mußte, Fragen stellen mußte. »Was ist mit Terry? Wer hat den umgebracht?«

»Das sollten doch selbst Sie rausbekommen haben.«

»Meine Freunde aus der Wohnung?«

Er nickte. »Zwei von ihnen zumindest. Der blonde Lynch mit Hilfe von Winston.«

»Warum habe ich nicht mehr davon gehört?«

Wieder einmal ein Lächeln, so warm wie eine offenstehende Kühlschranktür. »Niemand hat das«, sagte er. »Die Ermittlung macht keine großen Fortschritte. Ich frage mich warum?«

Wieder das Lächeln.

»Aber warum mußten sie ihn töten?«

»Ich glaube, daß Southall möglicherweise ein besserer Detektiv war als Sie. Ich weiß, daß die jungen Drogenabhängigen in der Gegend, in der er arbeitete, ihm vertrauten. Offensichtlich hat jemand in jener Nacht mit ihm geredet. Jemand anders muß Lynch kontaktiert haben. Mit Drogen kann man viel kaufen. Sex, Informationen,

Macht«, zuckte er mit den Achseln. »Lynch und Winston gingen in den Club, in dem Southall sich aufhielt. Ich nehme an, daß sie ihm nach Hause gefolgt sind und ihn dort getötet haben.«

»Wieso wissen Sie soviel?«

»Ich hab' doch schon gesagt, Drogen können Informationen kaufen. Was man mir nicht sagt, deduziere ich. Warum versuchen Sie das nicht auch mal?«

Ich kam mir ungeheuer blöd vor; es sei denn, er log. Aber warum sollte er? Andererseits: Warum sollte er mir soviel erzählen? Ich wußte, daß er mich benutzen wollte, um Brights kleine Firma lahmzulegen. Er schien mich gut zu kennen. Vielleicht war ich blöd, aber ich war zäh. Wenn er mich auch nur halb so gut kannte, wie er vorgab, wußte er, daß nichts, außer mich umzulegen, mich daran hindern würde, die Sache endgültig zu klären. Er zielte mit mir wie mit einer Waffe und spazierte dann sauber davon. Und das schlimmste war, daß er recht damit hatte. Wir wußten beide, daß es funktionieren würde.

»Was ist mit den Drohungen gegen meine Familie?« fragte ich.

»Wieder ›nicht schuldig‹«, entgegnete er. »Ich nehme an, Bright hat Panik bekommen. Seine Organisation bricht auseinander, seit Sie angefangen haben, sich umzuhören.«

»Also habe ich auf meine ganz eigene Art auch was Gutes getan?«

»Sie haben mir unwissentlich bis zu einem bestimmten Punkt geholfen, das muß ich zugeben. Aber dieser Punkt ist jetzt überschritten. Brights Aktivitäten sind durch seine eigenen Korruptheit am Ende angelangt. Bald werde ich seine Geschäfte übernehmen können. Sie sind nicht mehr nützlich für mich, und außerdem scheinen Leute zu sterben, kaum daß sie in Kontakt mit Ihnen kommen. Deswegen erzähle ich Ihnen all das. Ich möchte nicht, daß Sie sich weiterhin mit Dingen beschäftigen, die mich angehen. Glauben Sie, sonst würde ich meine Zeit mit Ihnen verschwenden?«

Lügner, dachte ich. Natürlich würdest du das. Vor allem, wenn der Lohn dafür wäre, daß ich dir George einfach so aus dem Weg räume.

»Wie geht's jetzt weiter?« fragte ich.

Während ich sprach, sah ich im Augenwinkel einen dunklen Wagen vor dem Krematorium einparken.

Jemand schien zu spät und zur falschen Beerdigung gekommen zu sein.

Ich sah David wieder an, als er sagte: »Hören Sie, Mr. Sharman. Sie vergessen jetzt alles, was Sie über Patricia und mich wissen. Sie kehren zu Ihrem miesen kleinen Leben zurück und sammeln die Stücke auf, die übrig geblieben sind. Ich marschiere weiter nach oben.«

»Ich meinte, wie geht es mit Patsy weiter«, sagte ich.

»Sie wird sehr reich sein«, sagte David. »Sie wird reisen, lieben und Abenteuer erleben. Sie ist eine äußerst privilegierte junge Frau.«

»Quatsch!« unterbrach ich ihn. »Sie wird in einem Jahr tot sein. Gucken Sie sie doch an. Sie muß ständig high sein, sonst klappt nichts mit ihr. Ich wette, sie kriegt schon jetzt kaum mehr was geregelt. Was passiert, wenn sie so high ist, daß der einzige Weg nach unten führt?«

Ich packte sie an den Handgelenken und schob ihre Ärmel hoch. Sie wehrte sich nicht. Ich vermutete, daß sie daran gewöhnt war, von Männern herumgestoßen zu werden. David kam langsam auf mich zu, und der Lauf der Ingram knallte schmerzhaft in meine Seite. Ich hörte nicht auf. Ich betrachtete beide Arme. Keine Spuren.

»Wo spritzen Sie sie?« wollte ich wissen. »Zwischen den Zehen oder unter der Zunge, damit das Fleisch frisch bleibt für die Freier?«

Patsy sah uns nacheinander an.

»Ich habe mit Steve gesprochen, Patsy«, sagte ich direkt zu ihr. »Deinem Punk-Freund aus Brixton. Du warst mit ihm auf ein paar Konzerten, erinnerst du dich?«

»Steve«, sagte Patsy träumerisch. »Er ist nett. Er hat nie versucht, mich anzufassen.«

In ihrer Welt war das möglicherweise eine Definition von nett.

»Ja, Steve«, sagte ich. »Er hat mir gesagt, daß du nie Heroin genommen hast. Komm mit mir, Patsy. Ich hol dich runter, und du kannst von vorn anfangen.«

Das Maschinengewehr zuckte in Davids Hand, und ich konnte den Chauffeur hinter mir stehen spüren.

»Sharman«, zischte David, »Sie hatten bisher Glück, aber riskieren Sie nicht zuviel. Wir werden jetzt gehen, Patricia und ich. Sie müssen mit George Bright allein klarkommen. Lassen Sie uns da raus.«

Er schubste Patsy in den Wagen. Ich konnte den Colt in meinem Hosenbund spüren, aber ich wußte, daß ich keine Chance gegen die M10 hatte. Mal ganz abgesehen von dem Colt, den der Fahrer noch hatte.

»Gehen Sie von dem Wagen weg«, befahl David.

Ich entfernte mich langsam.

Er begann, selbst einzusteigen. Dann wandte er sich zu mir um. »Vergessen Sie nicht«, sagte er, »daß die Maschine immer ein Opfer verlangt.«

Dann setzte er sich neben Patsy. Ich sah ihn die Ingram sorgfältig unter dem Beifahrersitz verstauen. Das hintere Fenster summte hinauf und verbarg das Paar vor meinem Blick. Der Chauffeur starrte mich immer noch an. Er kroch hinter das Steuerrad, ließ den Wagen an, legte einen Gang ein und ließ den Wagen langsam von mir wegrollen. Ich stand auf der Straße und sah ihm nach.

Während ich dastand, glitt das linke hintere Fenster wieder hinunter, und ich sah Patsys Hand herauskommen. Sie warf die rote Rose in meine Richtung. Der Fahrer ließ sein Fenster geöffnet, und der Lauf der Pistole lag auf dem Türrahmen, während er mit einer Hand fuhr. Das ist das einzige Problem mit kugelsicherem Glas. Es funktioniert in beiden Richtungen.

Auf einer Seite des schmalen Asphaltweges, kurz bevor er die Hauptstraße traf, stand ein alter Walnußbaum. Die

Zweige reichten bis knapp über den Boden, und der Stamm war dick und mit runzeliger Borke bedeckt. Auf der anderen Seite, auf einer grasbewachsenen Anhöhe, stand ein Familiengrab. Es war einmal weiß gewesen, aber jetzt war es wettergrau und brach langsam zusammen.

Als der Rolls langsamer wurde, um abzubiegen, brach die Hölle los.

Hinter dem Baum kam der blonde Mann, Lynch, hervor, den ich in der Wohnung in Brixton bewußtlos geschlagen hatte. Er warf irgend etwas Schweres durch das Fenster des Fahrers. Von dort, wo ich stand, sah es aus wie ein Cricket-Ball. Als ich eine gedämpfte Explosion hörte und Rauch und Flammen aus dem Wagen schlugen, begriff ich, daß es eine Handgranate gewesen war.

Ich schätzte, daß der Wagen fast zwei Tonnen wog, und er zitterte nur ein wenig von der Explosion. Er rollte quer über die Straße und bumste gegen einen schweren viktorianischen Grabstein. Der Grabstein wurde aus der Erde gehebelt, hielt aber dem Gewicht des Wagens stand.

Der Schlaghosen-Weiße aus der Wohnung, Grant oder wie auch immer er in Wirklichkeit hieß, rannte hinter dem Mausoleum hervor. Er trug, was ich für die abgesägte Flinte hielt, die die Narbe auf meinem Kopf verursacht hatte. Offensichtlich wechselten sie sich tatsächlich mit den Waffen ab. Er steckte die Flinte durch das offene hintere Fenster des Wagens, durch das Patsy die Blume geworfen hatte und schoß zweimal schnell nacheinander. Die Schüsse hallten über den Friedhof, und ein Krähenschwarm flatterte von den Bäumen, auf denen die Vögel sich ausgeruht hatten. Ich hatte gerade die Rose aufheben wollen und war dabei erstarrt. Grant lud die abgesägte Flinte nach und sammelte die ausgeworfenen Hülsen auf. Lynch zog eine Pistole aus der Jackettasche und schoß auf mich. Ich hörte die Kugel links von mir durch die Luft zischen. Ich stand einfach da, paralysiert vor Angst. Ich wollte mich umdrehen und wegrennen, konnte mich aber nicht bewegen. Lynch schoß wieder, und die Kugel riß ein Loch in die Straße hinter mir. Ich konnte ihn nicht einfach so weiter auf mich schießen lassen. Ich zog meine .38er aus dem Hosenbund meiner Jeans und schoß dreimal zurück; ich zielte kaum.

Ich konnte nicht erkennen, ob ich jemand getroffen hatte. Ich vermutete, daß meine Hände viel zu sehr zitterten. Die Türen des Krematoriums öffneten sich und drei Männer in dunklen Anzügen und mit schwarzen Schlipsen hasteten heraus, dann standen sie verängstigt auf den Stufen. Lynch und Grant sahen einander an, dann rannten sie zu dem Wagen, der vor das Krematorium gefahren war, während ich mit David geredet hatte. Einer von ihnen war offensichtlich durch das Gebäude hindurch gehuscht, zum Hinterausgang hinaus, und dann hatte er sich mit dem anderen, den er unterwegs herausgelassen hatte, zu einem tödlichen Hinterhalt vereint.

Ich hätte besser aufpassen sollen, sie mußten mir von meinem Büro aus gefolgt sein. Soviel zu Leicester, George. Noch etwas, das ich ihm schuldete.

Die drei Männer aus dem Krematorium blieben stehen, während Lynch und Grant mit quietschenden Reifen entkamen.

Ich rannte hinunter zum Rolls. Während ich rannte, bedeutete ich den drei Männern, zu bleiben, wo sie waren. Ich benutzte dazu die Hand mit der Waffe. Ich glaube, sie kapierten, was ich sagen wollte, denn sie verschwanden wieder durch die Türen.

Zuerst checkte ich den Fahrerbereich des Wagens. Ich wollte nicht wissen, was mit Patsy passiert war, noch nicht. Ich konnte es mir nur zu gut vorstellen.

Die Granate war im Schoß des Chauffeurs explodiert. Durch den Rauch konnte ich sehen, daß sie den Großteil seiner Innereien herausgefetzt hatte. Ich konnte auch seine Oberschenkelknochen weiß durch die zerrissene Uniform blitzen sehen. Er saß in einem See aus Blut und Fleischfetzen. Ich mußte meinen Kopf abwenden, damit ich nicht bei dem Anblick und Geruch kotzte. Ich verfluchte die Mörder und mich selbst und George Bright.

Zögernd öffnete ich die hintere Tür. Ich wußte, was ich finden würde, aber das machte es nicht einfacher. Die Körper von Patsy und ihrem Kumpel waren auf dem breiten Ledersitz aneinandergesackt. Ich legte die Rose, die ich von der Straße aufgesammelt hatte, auf das Dach des Rolls und schob meine Waffe in die Tasche. Vorsichtig zog ich die Körper auseinander. Ich vermutete, daß David zuerst getroffen war, weil Patsys Leiche die große Brustwunde verdeckte, die er vom Schuß mit der doppelläufigen Flinte davongetragen hatte. Patsy war in den Kopf getroffen worden, und ein Großteil ihres Gesichts war weg. Blut, Hirn und blondes Haar waren auf dem Rückfenster verteilt. Es stank nach Cordit und frischem Blut. Es gab nichts, was ich für die beiden noch tun konnte.

Plötzlich erinnerte ich mich an die Ingram. Sie lag immer noch unter dem Sitz. Ich prüfte, ob der Sicherungshebel umgelegt war, hob sie auf und hängte sie mir an den Lederriemen über die Schulter. Ich sah hinauf zum Krematorium, jetzt stand ein Priester auf den Stufen und starrte mich an.

Wenn sie begriffen, daß die Schießerei zu Ende war und irgend jemand Tapferes herunterkommen und nachsehen würde, wollte ich nicht mehr da sein, um irgendwelche Fragen beantworten zu müssen. Ich nahm die Rose und rannte zwischen den Gräbern hindurch zu meinem Wagen.

30

Ich hinkte, als ich den Wagen erreichte. Mein Fuß machte mir wieder zu schaffen. Ich ließ mich hinter das Steuer fallen und betete, daß der Wagen gleich angehen würde. Er röhrte bei der ersten Schlüsseldrehung los, und ich quietschte zum Haupttor hinaus. Ich brauste an Besuchern und Trauergästen vorbei, die den Hügel hinauf zum Krematorium starrten, von wo die Explosion und die Schüsse zu hören gewesen waren. Ich schickte den Wagen rasant über die Hauptstraße und verschwand dann in dem Einbahnstraßen-Durcheinander. Meine Hände zitterten am Steuer, und ich konnte die Feuchtigkeit meiner Handflächen auf dem glatten Leder spüren. Ich war vor Angst und Anspannung am Ende, und ich war gleichzeitig erleichtert, daß ich unversehrt entkommen war. Der Wagen der Killer war längst weg. Ich nahm an, daß sie bereits in den kleinen Gassen, die die ganze Gegend durchzogen, untergetaucht waren. Ich fuhr so schnell ich mich irgend traute nach Süden, weg von London, hinaus in die Vorstädte.

Ich dachte nicht besonders klar, ich mußte einfach nur weg von dem Horror, den ich gesehen hatte, und die Informationen zusammenpuzzlen, die Patsy und der große Mann namens David mir enthüllt hatten.

Als ich an das Mädchen dachte, und daran, was ihr geschehen war, spürte ich ein schmerzliches Stechen in meinem Innern. Ich hätte meinem Versprechen treu bleiben sollen, mich nicht zu involvieren. Sich in ein Foto zu verlieben, war dumm. Ich hätte wissen können, daß, wenn mein Traum zu Fleisch wurde, er mich fallenlassen und etwas Dämliches tun würde, zum Beispiel umgebracht werden. Eigentlich enttäuschen einen immer alle Leute. Es muß etwas damit zu tun haben, menschlich zu sein. Ich sah die Rose an, die Patsy mir zugeworfen hatte und die ich auf das Armaturenbrett gelegt hatte. Tränen traten in meine Augen.

Ich war der einzige Überlebende, der alles wußte oder zumindest fast alles. Der einzige Gute jedenfalls. Es lag an mir, ob ich die ganze beschissene Geschichte ins Licht rücken und die Killer identifizieren wollte. Ich war also ein gefährlicher Mann. Zuviele Leute waren in meiner unmittelbaren Umgebung ermordet worden. Ich war einmal zu oft Augenzeuge geworden. Irgend jemand auf dem

Friedhof hatte sich bestimmt die Nummer des Trans-Am gemerkt. Wenn die Polizei den Wagen durch Charlie zurück zu mir verfolgt hatte, war ich der gesuchteste Verdächtige für ein ganzes Bündel brutaler Morde. Da war es egal, daß auch auf mich geschossen worden war. Es gab, soweit ich wußte, keine Zeugen dafür außer den Killern selbst. Ich war dagewesen, und das war's. Wenn man diese letzten Morde mit der Enthauptung von Terry Southall und dem Tod von Jane Lewis, Zufall oder nicht, zusammenschnürte, war ich Volksfeind Nummer eins. David hatte mir gesagt, daß die Maschine nach einem Opfer verlangt. Er hatte recht, und vielleicht würde ich es sein.

Es gab Grund genug, mich in Brixton einzubuchten, damit ich auf mein Verfahren in Bailey warten konnte. Ein verkrachter Ex-Cop, Drogen und jetzt fünf Morde in ebenso vielen Tagen. Das würde mir wohl kaum jemand als Zufall abkaufen. Ich mußte ein Mitglied der Gang finden, das aussagen würde. Jemanden, der die Wahrheit preisgab und mich vom Haken holte. Das war einfacher gesagt als getan. Es waren noch mindestens vier von ihnen übrig, vielleicht mehr, und alle hatten Blut an den Händen. Das schwache Glied mußte George Bright sein. David hatte mir gesagt, daß George begann, panisch zu reagieren. Ich hatte das auch selbst gesehen. Ich mußte ihn lebend auf die Polizeiwache bringen. Der Rest der Gauner mußte ziemlich sauer darüber sein, daß sie mich immer noch nicht erwischt hatten. Sie hatten genug Chancen gehabt, Gott war mein Zeuge. Bloß, daß ich bewaffnet gewesen war – und das Auftauchen der Trauergäste –, hatte mich auf dem Friedhof gerettet. Ich wettete, daß die Jungs sich in den Arsch traten, daß sie mich nicht schon in Brixton erledigt hatten, oder spätestens, als sie mich durch Waterloo gehetzt hatten. Ich lebte einfach nur noch aus Glück, und das war nicht gut genug.

Da war ich also, in einem Wagen, der jeden Moment heißer wurde, geflohen von einem Massenmord, gesucht sowohl vom Gesetz als auch von den Gesetzlosen. Ein klassisches B-Movie-Szenario, bloß war's Wirklichkeit und machte mir höllische Angst. Wohin auch immer ich mich wandte, es war eine Sackgasse, und es sah so aus, als würde ich am Ende selbst im Sack stecken.

Ganz mechanisch war ich bis Croydon gefahren. Ich sah auf die Uhr und entdeckte, daß es zehn vor zwei war. Ich brauchte verzweifelt einen Drink. Mein Mund war trocken und schmeckte bitter nach Angst und Verlust. Ich mußte bald anhalten. Wenn ich das nicht tat, würde ich irgendwo dagegenfahren, und das konnte ich nicht auch noch brauchen.

Ich fuhr zum Markt, und obwohl es belebt war wie immer, fand ich sofort eine Parkuhr. Ich verstaute die Ingram unter dem Fahrersitz und hoffte, daß kein jugendlicher Straftäter den Wagen knacken und die Ingram klauen würde. Aber ich konnte sie ja schlecht mit ins Einkaufszentrum nehmen. Ich stieg aus dem Wagen und marschierte in den ersten Pub, den ich entdeckte. Er war voll mit Einkäufern und Marktarbeitern, aber der Lärm gefiel mir. Ich bestellte ein Bier und drängelte mich in den hinteren Teil der Bar, wo ich sogar einen Sitz ergatterte. Ich checkte meine Besitztümer. Ich hatte meinen Führerschein, meine Bankkarte und ungefähr dreißig Mäuse in bar bei mir. Ich konnte Geld aus einem Geldautomaten mit meiner Bankkarte kriegen. Aber ich mußte jetzt einfach erst einmal das Schlimmste annehmen. Ich beschloß, daß ich noch weiter aus der Stadt raus mußte. Ich konnte es nicht riskieren, nach Hause zu fahren, um die Flinte oder frische Klamotten zu holen, aber ich hatte die Maschinenpistole und ein volles Magazin, außerdem eine Pistole, und wo ich hinwollte, würde es wohl kaum jemanden stören, wenn meine Unterhose ein bißchen schmuddelig war.

Ich hatte keine Ahnung, ob die Polizei die genauen Angaben zu dem Pontiac hatte oder nicht. Vorsichtshalber mußte ich davon ausgehen, daß sie sie hatten. Ich wollte keinen Wagen mieten, da die Daten aus meinem Führerschein dann in die Akten kämen und die Polizei jederzeit die Nummer des neuen Wagens herausfinden könnte. Wieder einmal, und bis dieser ganze Mist so oder so zu Ende war, mußte ich einen paranoiden pessimistischen Blickwinkel einnehmen. So würde ich möglicherweise meinen ersten Fall noch live erleben. Ich dachte darüber nach, einen Wagen zu stehlen, verwarf die Idee aber. Erstens hatte ich keine Ahnung davon, wie man Autos klaute, und zweitens würde ich garantiert erwischt und von irgendeinem beförderungsgeilen Sergeanten eingebuchtet werden. Und selbst wenn ich damit durchkäme, würde die Nummer nach ein paar Stunden bekannt sein, und ich wäre wieder am Arsch. Also blieb nur der Pontiac. Nicht unbedingt der diskreteste Wagen auf der Straße, aber naja. Als nächstes entschied ich, daß ich irgendwohin mußte, wo ich schlafen konnte. Meine Nerven waren am Ende. Ich brauchte ein wenig Frieden, bloß für ein paar Stunden, aber besser noch für die Nacht. Ich war vor Angst erstarrt, als die Schießerei auf dem Friedhof begonnen hatte. Ich brauchte etwas Zeit, um mich für das, was vor mir lag, wieder zu sammeln. Ich wußte genau, wohin ich wollte.

Irgendwohin, wo ich mir die Decke über den Kopf ziehen konnte.

Als irgend jemand *A Whiter Shade of Pale* auf der Juke-Box spielte, marschierte ich los, um eine Bank zu finden. Ich hob hundert Pfund ab und ging zurück zum Wagen. Unterwegs besuchte ich noch eine Drogerie und kaufte mir eine Zahnbürste, Zahnpasta und Rasierzeug. Selbst in Krisenzeiten wollte ich saubere Zähne und ein glattes Kinn haben. Außerdem legte ich einen Zwischenstop bei einem Schnaps-Shop ein und kaufte mir eine Flasche guten Scotch. Als ich wieder zum Wagen zurückkehrte, hatte ich das Gefühl, daß jeder auf der Straße mich beobachtete.

Genau da, wo ich den Wagen geparkt hatte, befand sich ein HiFi-Shop. Drinnen führten sie gerade einen neuen CD-Player vor. Sie spielten »Carmen«. Ich blieb stehen und hörte zu, während ich mich umsah, ob der Trans-Am überwacht wurde. Keine Scharfschützen mit Tarnjacken. Nicht mal ein Verkehrspolizist. Ich entspannte mich, als ich die Ingram dort fand, wo ich sie gelassen hatte. Ich kurbelte das Fenster herunter und lauschte der Musik, während ich im Wagen saß und entschied, wohin ich fahren würde.

Ich verließ Croydon Richtung Süden. Der Schuppen, in dem ich mich verkriechen konnte, mußte groß und anonym sein, voller Durchreisender. Das letzte, was ich brauchte, war eine neugierige Vermieterin. Ich fuhr in Richtung Flughafen Gatwick, aber nicht auf dem Motorway. Ich hatte fast sofort Glück. Ungefähr eine Meile vor dem Flughafen fuhr ich an einem einstöckigen Motel vorbei. Es hatte einen riesigen Parkplatz, der überschattet war von großen Eichenbäumen. Im Geiste dankte ich dem Architekten, der den Garten bepflanzt hatte. Ich fuhr in die äußerste Ecke und parkte den Wagen unter dem am dichtesten belaubten Ast. Es mußte das Paradies eines Autodiebs sein; als ich aus dem Wagen stieg, konnte ich das Motel überhaupt nicht sehen.

Ich fand eine alte Nike Sporttasche im Kofferraum des Pontiac. Sie war abgewetzt, aber noch in Ordnung. Ich wollte aussehen wie ein Vertreter unterwegs, der eine Nacht auf Spesen im Hotel verbrachte. Also packte ich die Toiletten-Sachen, die ich gekauft hatte, in die Tasche, dazu die Flasche Scotch und die Maschinenpistole. Ich ließ die Cobra in meinem Hosenbund stecken. Dann marschierte ich los, um zu fragen, ob Räume frei waren. Ich bekam ein Einzelzimmer mit Dusche, kein Problem. Das Mädchen an der Rezeption war überhaupt nicht an mir interessiert. Das tat meinem Ego nicht sonderlich gut, gab mir aber ein Gefühl von Sicherheit. Ich schrieb mich unter falschem Namen und mit falscher Autonummer ein. Ich zahlte bar im voraus und vertraute darauf, daß niemand nach einem nicht existenten Ford Sierra Ausschau halten würde.

Es gab keinen Pagen, also mußte ich mein Zimmer alleine finden. Noch ein Plus.

Das Zimmer war klein und roch nach dreckigen Socken, benutzten Aschenbechern und altem Sex. Aber das Bett war ein ordentliches Dreiviertel-Doppel, das Bad war sauber, und es gab einen Farbfernseher, der auf einem speziellen Kanal vierundzwanzig Stunden lang Spielfilme zeigte. Wenigstens mußte ich nicht denken, wenn ich nicht wollte. Auf dem Weg zum Zimmer hatte ich eine Eismaschine auf dem Korridor gesehen. Ich kehrte zurück und füllte eines der Zahnputzgläser aus dem Badezimmer mit Eis. In das andere stellte ich die Rose vom Friedhof, damit sie frisch blieb.

Ich schaltete den Fernseher ein, schaute »Zurück in die Zukunft« und trank Scotch on the rocks. Nicht, daß ich Scotch besonders mag, aber ich dachte, ein Privatdetektiv in einem schäbigen Hotelzimmer würde genau das tun.

Jetzt erinnert mich der Geschmack von Scotch immer an jene Nacht; ich trinke ihn nicht mehr sehr häufig. Aber er half, daß meine Hände aufhörten zu zittern, und blockte die Erinnerung daran aus, wie panisch ich unter Beschuß gewesen war. Als der Alk mir zu neuer Tapferkeit verholfen hatte, checkte ich die M10, um mich an ihre Bauweise zu gewöhnen. Das Magazin war voll geladen. Ich fragte mich, ob ich den Nerv hätte abzudrücken. Ich hatte erst einmal ein Maschinengewehr benutzt, auf einem speziellen Anti-Terror-Kurs, als ich noch bei der Polizei gewesen war. Mir war bloß noch in Erinnerung, daß sie die Tendenz hatten, während des Schießens nach oben zu rucken, sehr laut waren und nach Schießpulver stanken.

Als die Hälfte des Whiskeys alle war und ich noch zwei Filme geguckt hatte, bestellte ich ein Steak und eine gebackene Kartoffel beim Zimmerservice. Ich bat sie, eine Flasche Rotwein mitzubringen, weil Patsys Gesicht aus meinem Hinterkopf in mein Bewußtsein krabbelte, während ich Fernsehen glotzte. Ich wußte, es würde eine Menge Alkohol brauchen, um sie aus meinen Gedanken zu verdrängen.

Während ich darauf wartete, daß das Essen kam, schaltete ich auf dem Fernsehen die Abendnachrichten ein. Die Friedhofs-Morde waren Aufmacher. Gott sei dank gab es keine Nahaufnahmen. Sie hatten bloß den Rolls Royce aus der Ferne filmen dürfen. Es wurden auch keine Namen erwähnt. Die Nachrichtenleute hatten offensichtlich nur wenig harte Fakten. Sie versuchten, den Report des Dreifachmordes mit dem Interview eines Zeugen auszupäppeln, der im Krematorium gewesen war, als die Morde geschahen. Der Zeuge hatte die Explosion und die Schießerei nicht gesehen, aber er lieferte eine einigermaßen akkurate Beschreibung von mir. Ich wurde als dritter Schütze beschrieben. Na toll. Es wurde mitgeteilt, daß ich in einem großen amerikanischen Wagen entkommen wäre. Der Zeuge beschrieb auch Blondie und seine Partner. Sie waren in einem schwarzen Wagen geflohen. Das war alles. Als das Foto von Prinzessin Diana, die eine Nierentransplantationsanstalt eröffnete, auf dem Schirm erschien, schaltete ich zurück zum »Terminator« auf dem Spielfilm-Kanal. Eine angemessene Wahl.

Ich konnte das Essen kaum ertragen, als es endlich kam. Das Steak war trocken und die Kartoffeln noch halb roh. Der Salat, der das Essen begleitete, war schon alt gewesen, lange bevor er meinen Teller erreicht hatte. Ich aß, was ich konnte, und schob den Rest eine Weile auf meinem Teller umher. Ich trank den Wein direkt aus der Flasche. Er sah wie Blut aus und schmeckte ein wenig faulig, aber ich wurde langsam zu betrunken, um mir darüber noch Gedanken zu machen. Schließlich schlief ich vor laufendem Fernseher ein, mein Revolver lag neben mir auf dem Bett. In jener Nacht hatte ich den ersten der schrecklichen wiederkehrenden Träume, die mich seitdem quälen. Ich träumte, daß ich durch einen Garten voller Rosensträucher ging. Sie waren alle von derselben Art, wie Patsy sie auf dem Friedhof in der Hand gehabt hatte. Der Duft von den Rosenblüten war dicht und schwer. Ich wußte, daß in dem Garten Gefahren lauerten und daß sich Leute vor mir zwischen den Büschen verbargen. Und ich wußte, wer sie waren; es waren die Leute, die ich in den letzten paar Tagen tot gesehen hatte. Ich versuchte verzweifelt, sie nicht wahrzunehmen. Ich war sicher, wenn ich mit einem von ihnen sprach, würde auch ich sterben. Ich konnte die Augen der Kadaver auf mir ruhen fühlen, und ihr Verwesungsgeruch überlagerte den Duft der Rosen. Ich erwachte mit der .38er in der Faust, den Hahn zurückgezogen. Mein Finger zuckte am Abzug, nur eine Winzigkeit vor dem Abdrücken. Die Waffe zielte auf den Fernseher, auf dessen Schirm wieder »Zurück in die Zukunft« zu sehen war.

Vorsichtig entspannte ich den Hahn und steckte die Waffe unter mein Kissen. Ich trocknete meinen Schweiß mit dem Laken und schlief wieder ein.

Schließlich drängte sich der Morgen durch die dünnen Vorhänge meines Zimmers und zwischen meine Augenlider. Ich wachte schwitzend in der überhitzten Luft auf. Ich war angeekelt von meinem eigenen Geruch. Ich wälzte mich aus dem Bett, taumelte in das kleine Badezimmer und duschte. Dann rasierte ich mich und putzte mir die Zähne. Ich zog meine zwei Tage alten zerknitterten Sachen an und bestellte Kaffee beim Zimmerservice. Er war nur noch lauwarm, als er zwanzig Minuten später ankam, aber nach einem Kännchen begann ich, mich wieder einigermaßen menschlich zu fühlen. Ich überließ die Beseitigung aller Spuren meiner kurzen Anwesenheit dem Zimmermädchen und brachte meinen Schlüssel zurück zur Rezeption. Ich wurde von einer anderen Blondine erneut ignoriert und entschied, daß ich überraschend respektabel aussehen mußte. Ich war bloß ein bißchen angestoßen an den Ecken. Meine Augen leuchteten hellrot, aber nicht so, daß irgend jemand etwas dazu sagen würde. Glücklicherweise hatte ich keinen Kater. In meinem Blut mußte sich soviel Adrenalin herumtreiben, daß es den Alkohol neutralisierte.

Ich ging hinaus und fand meinen Wagen im Morgennebel. Er war unberührt und sprang sofort an. Ich fuhr zum Flughafen Gatwick. Urplötzlich war alles, was ich noch wollte, wegfliegen. Irgendein Flugzeug, irgendwohin. Ich bin sicher, wenn ich meinen Paß dabei gehabt hätte, wäre ich nach Spanien abgezischt. Ich kämpfte das Verlangen zu fliehen nieder und parkte den Pontiac auf dem Langzeitparkplatz. Ich schloß ihn ab und steckte die Schlüssel ein. Ich hoffte, Charlie würde seinen Wagen zurückbekommen. Er war von unschätzbarem Wert für mich gewesen, und irgendwie war ich stolz auf das Biest geworden. Aber jetzt hatte er seinen Nutzen erfüllt. Ich spazierte vom Parkplatz zur British-Rail-Station. Ein Zug nach Victoria würde in weniger als fünf Minuten losfahren, und ich kaufte mir ein Ticket. Ich kaufte mir auch eine Zeitung am Zeitungsstand. Die Morde waren der Aufmacher. Noch keine Verhaftungen. Die Zeitung hatte herausgefunden, daß internationale Drogendealer hinter den Verbrechen standen. Ich wurde wieder erwähnt, aber ohne Einzelheiten. Wie auch immer, sie hatten den Trans-Am identifiziert, auch wenn die Nummer, die sie abdruckten, an zwei Stellen falsch war. Vielleicht würde die Polizei ihn am Flughafen finden und daraus schließen, daß ich zur Costa Del Crime gejettet war. So oder so würden sie nach ein paar Stunden wissen, daß ich das nicht getan hatte, aber dann wäre es schon zu spät.

Ich stieg in den Zug und fuhr zurück in die Stadt. Das Abteil war fast leer, schließlich war Wochenende. Ich saß da und sah, wie das Land zu Vororten wurde und dann zur Stadt, und eine Tasche mit massiver Feuerkraft lag auf meinem Schoß. Ich stieg an der Victoria aus und nahm in einem Seitenstraßen-Café ein ordentliches Frühstück zu mir, dann spazierte ich durchs West End. Stundenlang wanderte ich durch die bekannten Straßen. Ich wußte, daß ich immer weniger Zeit hatte, aber ich konnte mich nicht dazu durchringen, auf die Südseite des Flusses zu wechseln. Mittags landete ich in Soho. Ich ging in einen Pub, trank aber bloß Fruchtsaft. In der Brewer Street besuchte ich die Frühvorstellung eines Pornofilms. Ich saß in dem leeren Kino, starrte die nackten Körper auf der Leinwand an und fühlte nichts. Ich fühlte mich kalt und emotionslos. Ich hatte alles aus meinem Geist verdrängt, außer dem Drang nach Rache. Ich verließ das Kino nach zwanzig Minuten und suchte eine Telefonzelle. Ich wählte George Brights Nummer im Lagerhaus. Überraschenderweise ging er nach dem ersten Klingeln ran. Ich sagte nichts, sondern legte bloß vorsichtig den Hörer wieder auf. Ich verließ die Telefonzelle und winkte mir ein Taxi heran.

31

Der Taxifahrer ließ mich vor den Toren des Brockwell Parks raus. Ich ging über die Straße und unter der Eisenbahnbrücke hindurch. Als ich das Lagerhaus erreichte, brannten Lichter im Erdgeschoß. Das Eisentor stand offen, und ich ging herum zur Rückseite des Gebäudes. Die Türen zur Laderampe waren geschlossen. Die Außentreppe, die hinunter in den Keller führte, sah vielversprechend aus, also ging ich auf Zehenspitzen hinunter. Ich konnte kein Lebenszeichen sehen, und mit etwas Glück würde George an diesem Wochenend-Nachmittag allein sein. Vor dem Kellereingang roch es nach Katzenpisse, und es lag Müll herum. Der Boden war glitschig feucht. So leise wie möglich watete ich durch den Müll und versuchte die Fenster, eines nach dem anderen. Alle waren versperrt und verriegelt. Am Ende des Ganges, hinter einer Ecke befand sich eine Tür. Ich versuchte die Klinke, aber natürlich war abgeschlossen. Mir war schlecht; nach allen meinen tapferen Vorsätzen gelangte ich nicht mal ins Haus.

Ich lehnte mich gegen die Mauer und versuchte, einen Plan auszuhecken. Während ich nachdachte, hörte ich, wie sich ratternd die Tür zur Laderampe öffnete. Ich blinzelte aus dem Kellerbereich durchs Eisengitter hinauf und sah, wie die Tür nach oben in der Mauer verschwand. In der

Öffnung stand der fette Mann aus Brixton, den ich vor kurzem auf dem Friedhof Norwood zwei Schüsse hinten in den Rolls-Royce hatte abgeben sehen. Der Mann, von dem David gesagt hatte, daß er Grant hieß, trug jetzt eine Khaki-Hose und ein Iron-Maiden-T-Shirt.

Ich öffnete den Reißverschluß der Sporttasche und fischte den Colt Cobra heraus, den ich hinten, außer Sicht, in den Hosenbund meiner Jeans steckte. Vorsichtig holte ich danach die M10 heraus und wickelte den Lederriemen um meinen Unterarm. Ich ließ die Tasche bei dem anderen Müll vor der Eingangstür liegen. Ich ging zurück und kletterte langsam die Steinstufen wieder hinauf. Grant bugsierte vorsichtig eine riesige Juke-Box ans Ende der Laderampe.

Business as usual bei George. Die Juke-Box war wahrscheinlich voll mit 1A peruanischem Schnee.

Zeug, für das man gern ein oder zwei Nasenscheidewände drangibt. Grant schien allein zu sein. Auf Zehenspitzen ging ich weiter, bis er deutlich zu erkennen war, aber von mir weg guckte.

»Umdrehen«, sage ich leise. Er erstarrte, dann ließ er die Juke-Box vorsichtig zurück auf ihre Füße sinken und drehte langsam den Kopf herum, bis er mich sehen konnte.

»*Hello again*«, sagte ich. »Und jetzt drehen Sie sich um, wie ich's gesagt habe, und lassen Sie Ihre Hände da, wo ich sie sehen kann.« Die Worten klangen gewollt und überdramatisch. Aber kombiniert mit der Maschinenpistole, die auf seinen Rücken zielte, schienen sie zu wirken. Er drehte sich auf den Fußballen um und stand mit ausgebreiteten Armen da. Urplötzlich hörte ich hinter mir einen Motor. Ohne nachzudenken drehte ich meinen Kopf und sah einen Hi-Ace-Truck mit den Worten »BRIGHT LEISURE« auf den Seiten durch die Einfahrt direkt hinter mir kommen und auf den Hof fahren. Am Steuer saß der Schwergewichtler. Die Ingram zielte nicht länger auf Grant, und der nahm seine Chance war und rannte zurück in die Schatten des Lagerhauses. Der Schwergewichtler trat, nachdem er mich und meine Maschinenpistole entdeckt hatte, auf die Bremse. Der Truck schlitterte über das nasse Pflaster. Als er endlich stand, versuchte er, den Rückwärtsgang einzulegen, schaffte es aber nur, den Motor abzuwürgen. Er versuchte verzweifelt, ihn wieder anzulassen, als ich zu ihm hinrannte und den Lauf des M10 durch das offene Fenster steckte.

»Laß das«, befahl ich. Sofort nahm er die Hand vom Zündschlüssel. »Aussteigen«, sagte ich. Dann trat ich einen Schritt von der Tür zurück, um ihm Platz zu geben, meinem Befehl nachzukommen. Er öffnete langsam die Tür und kletterte aus dem Truck. »Gesicht auf den Boden«, sagte ich und knallte ihm das Gewehr in die Seite. Er ließ sich auf den schmutzigen Boden fallen, als wollte er einige Liegestütze absolvieren. »Arme und Beine auseinander«, rief ich. Er gehorchte. Gerade, als ich ihn durchsuchen wollte, hörte ich schwere Schritte aus dem dunklen Lagerhaus. In der Düsternis sah ich Grant zur Laderaumtür rennen. Er hielt eben jene abgesägte Flinte in der Hand, die ich bereits im Einsatz gesehen hatte.

»Aufstehen«, sagte ich zu dem Schwarzen, der am Boden lag. »Hinter den Truck, schnell.« Er sprang auf, und ich zerrte ihn aus Grants Schußlinie hinter den Laster. Ich ließ die Ingram auf Höhe des Rückgrates des Negers stecken, meine linke Hand hatte sein Hemd gepackt. Ich blinzelte hinter der schützenden Karosserie des Hi-Ace hervor. Wir standen so dicht beieinander, daß ich seinen sauren Geruch wahrnehmen konnte.

»Die ist auf Vollautomatik«, zischte ich ihm ins Ohr. »Wenn ich abdrücke, liegt dein Mageninhalt auf dem Pflaster.«

Grant verkroch sich hinter der Juke-Box, die er auf der Rampe hatte stehen lassen. Ich sah, wie er zu uns hinüberschaute, beschützt von der Juke-Box. Meine Hand klebte schweißnaß am Griff der Ingram. Ich hatte wieder Angst. Ich wollte nicht auf einem schmutzigen Hinterhof in einem Südlondoner Slum krepieren. Ich wollte leben und würde alles tun, um dafür zu sorgen. Ich hämmerte die Schnauze der Ingram in die Niere des Schwergewichtlers und flüsterte ihm ins Ohr: »Langsam vor mir her.«

»Leck mich am Arsch«, sagte er. Die ersten Worte, die er gesprochen hatte, seit er auf den Hof gekommen war.

»Ich schieß' dich in den Rücken, wenn du's nicht tust, also los«, sagte ich drohend. Ich ließ sein Hemd los, um zu überprüfen, ob das Magazin der Maschinenpistole fest eingelegt war, und er nutzte seine Chance, um loszurennen. Er flitzte um den Truck herum und schrie: »Nicht schießen, ich bin's.«

Grant kümmerte sich nicht darum, vielleicht hatte er genauso viel Angst wie ich. Offensichtlich hatte er die Ingram erkannt. Als der schwarze Mann aus dem Schutz des Lasters kam, trat Grant hinter der Juke-Box hervor und schoß. Sofort verschwand er wieder hinter der Juke-Box. Der Schuß traf den Schwergewichtler mitten im Lauf, am Oberarm und in die Brust. Die Kraft der abgesägten Flinte ließ seinen Kopf nach hinten knicken. Eine Fontäne aus Blut, Haut und Hemdfetzen schoß aus seinem Körper, und eine Menge davon ging auf mich hernieder. Seine Beine zuckten noch, aber die Wucht des Schusses hatte seinen Körper umgeworfen. Er kippte langsam nach hinten und landete in einer schmutzigen Pfütze vor der vorderen Stoßstange des Trucks. Ich warf einen Blick durch das Seitenfenster des Lasters und sah durch die Windschutzscheibe Grant, halb hinter der Juke-Box versteckt. Er versuchte verzweifelt, seine Waffe nachzuladen. In der Aufregung mußte er beide Läufe leergeschossen haben. Das war alles, was ich brauchte.

Ich kam aus meinem Versteck und drückte den Abzug der Ingram. Die kleine Waffe rülpste laut in meinen Händen, und ich spürte ihr Vibrieren in meinen Armen. Ich hatte zu tief gezielt, aber der Rückstoß zerrte die Waffe hoch, genau wie ich es erinnert hatte. Die Schüsse trafen die Juke-Box, zerschmetterten buntes Glas, Plastik und Chrom, die in alle Richtungen davonstoben. Auf diese

Entfernung war es, als wäre nichts im Weg. Die Kugeln zerfetzten Grants Brust und warfen ihn nach hinten auf eine Werkbank, die unter seinem Gewicht zusammenbrach. Er war am Boden, Blut pulste aus seinen Wunden. Die Flinte lag neben ihm. Ich blieb einen Augenblick lang stehen, um durchzuatmen. Die Schießerei hatte weniger als zwanzig Sekunden gedauert. Es kam mir vor wie ein Leben lang. Für zwei von uns dreien war es auch so gewesen.

Ich checkte den Körper des Schwergewichtlers. Er war tot. Der Schuß hatte einen seiner Arme beinahe abgerissen. Die Pfütze, in der er lag, war mittlerweile tiefrot gefärbt. Ich fühlte nichts. Ich erinnerte mich, was er und Lynch meinem Freund Terry Southall angetan hatten.

Als nächstes rannte ich hinüber und sprang hoch auf die Laderampe. Grant lebte noch, aber nur gerade noch. Sein Herz schlug noch, aber das Blut konnte nirgends mehr hin. Seine Brust war aufgefetzt, Blut und irgendeine bläßliche Flüssigkeit sickerten über den Beton der Laderampe. Ich ließ ihn liegen. Ich bin kein Arzt, und selbst, wenn ich einer gewesen wäre, hätte ich nichts tun können.

Ich überprüfte das Magazin der Ingram. Zwölf Kugeln waren übrig, was hieß, daß ich zwanzig Schuß in Grants Körper gepumpt hatte. Das freute mich, er hatte es verdient.

Ich nahm die abgesägte Flinte auf, die er hatte fallenlassen; sie war leer. Ich fand zwei frische Patronen am Boden. Ich lud nach. Ich konnte spüren, daß noch mehr Leute im Lagerhaus waren, und ich brauchte alle Feuerkraft, die ich kriegen konnte, und außerdem wollte ich die Flinte als Beweisstück haben. Ich hängte mir die M10 mit dem Lederriemen über die Schulter und ging, Flinte vorgereckt, tiefer in das Gebäude. Langsam über die Laderampe und hinein in das Dämmerlicht des Lagerhauses.

Juke-Boxes, Videospiele und Flipper standen an den Wänden. Billardtische warteten in der Mitte eines fensterlosen Lagerraums; sie sahen aus wie große Särge unter ihren staubigen Plastikfolien. Die Ballustrade, die dicht unter dem Dach um den Raum herumführte, lag im Dunkeln. Das einzige Licht im Raum kam von schwachen Neonleuchten, die am Ende rostiger Ketten hingen und durch dünne, schlangengleiche Kabel mit Strom versorgt wurden. Ich ging zwischen den gelagerten Gegenständen hindurch, sah nach rechts und links. Alles war still, bis ich das Quietschen einer Gummisohle auf der metallenen Galerie über mir hörte, rechterhand.

Ich sah einen Blitz durch die Düsternis zucken und hörte die Explosion der Schüsse. Die ersten zwei Kugeln knallten in den Filz des Billardtisches vor mir. Die dritte traf mich in das Fleisch meines linken Oberarms. Ich fühlte mich, als sei ich vom Vorschlaghammer getroffen worden. Die Kugel wirbelte mich herum, und ich ließ mich in einen Gang, den die Reihen von Billardtischen formten, fallen. Reflexartig drückte ich einen der Abzüge der Flinte beim Fallen ab. Die Kugeln knallten harmlos gegen die Betonmauern des Lagerhauses.

Ich weiß nicht, ob ich ohnmächtig war oder nicht, jedenfalls lag ich auf dem kalten Stein und umklammerte die abgesägte Flinte. Die Ingram lag neben mir. Ich hörte Schritte die Metalltreppe von der Galerie herunterkommen. Durch Augenschlitze sah ich den blonden Mann, Lynch, in meine Richtung gucken. Ich gab einen zweiten Schuß aus dem anderen Lauf der Flinte ab. Er duckte sich außer Sicht und schoß dabei mit der Pistole. Die Kugeln schlugen Funken auf dem Steinboden, auf dem ich lag, und Splitter schnitten in die Haut meines Gesichts. Ich langte mit meiner rechten Hand nach der Maschinenpistole. Die Zeit verging und mein verletzter Arm begann zu klopfen. Ich konnte fühlen, wie sich das Blut in meinem Jackettärmel sammelte. Es war warm auf meiner eisigen Haut. Ich vermutete, daß fünf Minuten vergangen waren, aber es können genausogut fünf Stunden gewesen sein, als ich leise Schritte auf mich zukommen hörte. Ich ließ meinen Kopf auf dem kalten Boden liegen und betete, daß Lynch mir nicht zur Sicherheit eine Kugel in meinen Kopf jagte. Mit halbgeschlossenen Augen sah ich seine Füße in weißen Turnschuhen nährkommen. Abgesehen von dem Echo der Schüsse in meinen Ohren war es still.

Er kam langsam näher. Die Kombination der Blutspritzer aus der tödlichen Wunde des Schwergewichtlers, des Blutes aus meinem verwundeten Arm und der Bluttropfen, die dank der Betonsplitter über mein Gesicht liefen, mußten ihn überzeugt haben, daß ich tot war oder zumindest schwer verwundet. Ich versuchte, nicht zu atmen, als er näher kam. Er ließ seine Waffe seitlich herunterhängen. Die leere Flinte lag sichtbar auf dem Boden, aber die Ingram befand sich im Schatten. Er blieb stehen und kickte die Abgesägte weg von mir. Während er einen Moment abgelenkt war, hob ich die M10 und zielte in seine Richtung. Er versuchte verzweifelt, seinen Revolver hochzureißen, um sich zu wehren.

»Scheiß Idee, *Motherfucker*«, sagte ich, als ich den Abzug durchdrückte und beobachtete, wie die Kugeln ihn zerschnitten. Die Maschinenpistole war in weniger als einer Sekunde leer. Die Kugeln zischten durch seinen Körper hindurch und ließen ihn den Gang zurücktaumeln. Er stieß wortlose Schreie aus. Seine Pistole flog davon und landete irgendwo in der Dunkelheit. Dann fiel er um, und seine Beine zappelten spastisch in der Luft, und dann lag er still. Ich stemmte mich hoch, kam mir vor wie ein geschlagener Hund und wischte mir mit dem Ärmel das Blut aus den Augen. Mit der leeren Maschinenpistole in der Hand machte ich mich auf die Suche nach George Bright in seinem Allerheiligsten.

32

Ich trug die Ingram wie einen Talisman vor mir her, als ich die kurze Treppe in den Keller hinunterging. Ich hatte jeden Versuch, leise zu sein, aufgegeben, da der Lärm von den Schießereien selbst Dornröschen in der Abgeschiedenheit des Betonbaus erweckt hätte.

Ich konnte das klebrige Blut meinen linken Arm hinunterlaufen fühlen und hinterließ eine Tropfenspur auf den teppichlosen Stufen, während ich tiefer in die Innereien des Lagerhauses hinabstieg. Lichter brannten, aber es war nichts zu hören. Ich stieß die Tür zu Georges Büro auf. Er saß hinter seinem Schreibtisch. Sein Gesichtsausdruck hätte in Holz geschnitzt sein können. Auf seinem Tisch lagen lauter längliche, transparente Päckchen, die voll Puderzucker hätten sein können – aber ich wußte, daß sie es nicht waren. Hinter ihm stand der Safe mit angelehnter Tür. Mein Arm wurde langsam steif, und mir war ein wenig schwindlig. George registrierte meine Anwesenheit nicht. Ich sah mich im Büro um. Ein Geschirrhandtuch war auf den Griff des Elektro-Wasserkochers, der auf dem Aktenschrank stand, gelegt worden. Ich warf die Ingram sorglos auf den Schreibtisch und ging hinüber, um das Tuch zu holen. Eine Rasierklinge lag in einem Aschenbecher neben dem Kessel. Perfekt, um die Lines zu ziehen, dachte ich. Ich nahm die Klinge und schnitt in die Ecke des Tuches. Mit meiner rechten Hand und meinen Zähnen riß ich einen Streifen Stoff ab. Ich band das dünne Material ungeschickt knapp über der Schußwunde um meinen Arm. Ich knotete es so fest zu, wie ich mit Hilfe meiner Zähne konnte. Das erinnerte mich an die Vorbereitungen für einen Schuß Heroin, aber ich verdrängte diesen Gedanken schnell wieder. Meine kleine Erste-Hilfe-Aufführung war in absoluter Stille abgelaufen. Es machte mich irgendwie wütend, so stur übersehen zu werden.

»Also, George«, sagte ich, um die Stille zu brechen. »Ist das das Ende?«

»Sie ist tot«, sagte er dumpf.

»Ich weiß, ich war dabei«, entgegnete ich. Ich setzte mich auf den Stuhl auf meiner Seite des Schreibtisches und ließ meinen linken Arm schlaff an der Seite herunterhängen.

»War es nicht das, was Sie wollten?« fragte ich.

»Ich?« Er sah mich zum erstenmal an. »Ich, Sie Schwein? Natürlich nicht. Ich hab' sie geliebt.«

»Genug, um sie zur Hure zu machen?«

Von irgendwo weiter oben hörte ich ein leises Geräusch. Vielleicht eine Maus oder eine Ratte oder eines dieser Geräusche, die man in alten Häusern hört, während sie tiefer in den Boden sinken. Vielleicht auch nicht.

Ich ignorierte das Geräusch.

»Warum ich, George?« fragte ich. »Warum haben Sie mich für Ihren blutigen Plan ausgesucht?«

»Ich wollte, daß sie gefunden wird«, entgegnete er.

»Das wurde sie ja auch. Aber warum ich?« fragte ich ihn wieder.

»Das werden Sie nie verstehen«, sagte er. Da mußte ich ihm zustimmen.

»Ich habe sie geliebt«, sagte er wieder. Mehr und mehr begann ich, mich über ihn zu ärgern.

»Liebe«, ich spuckte das Wort aus. »Kommen Sie mir nicht mit Liebe.«

»Warum gehen Sie nicht einfach?« sagte er nach einer Weile.

»Einfach so, George, einfach so? Sie müssen doch wissen, daß ich das nicht kann.«

»Nehmen Sie eins von denen hier.« Er zeigte auf die Päckchen, die auf seinem Schreibtisch lagen. »Sie wissen, was es ist, oder? Sie mögen es. Er hat gesagt, daß Sie es mögen.«

Ich machte mir nicht die Mühe zu fragen, wer »er« war. George nahm eine Skalpell-Klinge von der Schreibtischplatte und schnitt ein Päckchen von einem Ende zum anderen auf. »Probieren Sie«, bot er an. Ich stippte meinen Finger in den Puder, der aus dem Schnitt im Plastik hervorquoll. Ich schmeckte den bitteren Staub auf dem Ende meiner Zunge und spürte sofort, wie die Kälte meinen Mund taub werden ließ. »Erstklassig, George«, sagte ich.

»Connoisseurs-Coke. Da ist noch niemand drübergegangen. Nehmen Sie eines und gehen Sie«, sagte er. »Jedes dieser Tütchen ist mindestens achtzig Riesen wert.« Er drehte sich mit seinem Stuhl um, sah auf den offenen Safe. »Oder Bargeld«, sagte er mit höher werdender Stimme. »Ich hab' viel Cash.« Er stand auf und ging zum Safe. Er öffnete die Tür ganz. Darin lagen lauter ordentlich gebündelte Banknoten.

»Ich habe gehört, daß Sie ein Kleingauner seien, George, aber das ist wohl falsch«, sagte ich. »Behalten Sie Ihre Drogen, ich habe damit nichts mehr zu schaffen. Und was Ihr Geld angeht, das würde mich nicht weit bringen. Zuviele Leute suchen mich. Nein, mein Freund. Sie sind es, den ich will. Ich brauche Sie, damit Sie allen sagen, wie ich reingelegt werden sollte.«

»Nein«, sagte er und drehte sich wieder um zu mir. Er ging ruhig zurück zum Tisch und hob die Ingram auf, die ich darauf geworfen hatte.

»Legen Sie sie hin, George, das beeindruckt mich nicht«, sagte ich freundlich.

Er schwang das Maschinengewehr herum und zielte auf meine Brust.

»Ich bring' Sie um«, sagte er.

»Nein, George«, sagte ich müde. »Mit dem Ding sehen Sie ungefähr genauso glücklich aus wie eine Nonne, die man erwischt, wenn sie die Batterien in ihrem Vibrator wechselt. Sie sind gewöhnt, daß andere Leute für Sie töten. Außerdem ist sie nicht geladen.«

»Damit kommen Sie bei mir nicht durch«, schnarrte er.

»Sie sind eine Nervensäge, George«, sagte ich und erhob mich vom Stuhl. Ich hatte unrecht, was das Töten anging. Er war bereit, den Abzug durchzudrücken, und er tat es.

Die M10 klickte metallisch, sonst passierte nichts. George starrte die Waffe frustriert an. Mit meiner guten Hand entriß ich ihm die Waffe und schlug ihm mit dem hinteren Ende gegen den Kopf. Er stürzte zu Boden und stieß dabei seinen Stuhl um. Ich schmiß die Ingram in die Zimmerecke, kniete mich neben ihn und fühlte an seinem Hals den Puls. Er war schwach, aber regelmäßig. Das letzte, was ich wollte, war, ihn umzulegen. Ich stellte seinen Stuhl wieder hin und ließ mich auf seiner Seite des Schreibtisches darauf fallen. Ich hörte wieder ein Geräusch, diesmal von der anderen Seite der Bürotür, und langsam bewegte sich die Tür nach innen. »Komm rein, John«, sagte ich. »Ich hab' mich schon gefragt, wo du dich versteckst.«

33

John Reid glitt ins Zimmer wie eine gefährliche kleine Schlange. Er trug wieder seinen beigefarbenen Burberry-Regenmantel. Dazu ein pinkfarbenes Lacoste-Hemd und ausgebeulte Blue-Jeans. Perfekte Freizeitklamotten für dienstfreie Cops. Er hätte zum Nachmittagseinkaufen in Arndale mit seiner Frau gehen können, mal abgesehen von der automatischen Pistole, die er mit der rechten Hand umklammerte. Er sah so ordentlich und gepflegt aus, so respektabel, so normal, wie er da stand, daß es mich wütend machte. Ich saß da und fixierte ihn mit etwas, von dem ich hoffte, daß es ein mörderischer Blick war. Wir starrten einander an. Er aufgemotzt, ich blutbespritzt, dreckig und verschwitzt, nach Kordit und Tod duftend, und zitternd, weil ich getötet hatte. Er mit einem offiziellen Durchsuchungsbefehl in der Tasche und ich im Angesicht Gott weiß welcher Anklage. Wenn ich irgendwann in meinem Leben jemand gehaßt habe, war es in diesem Augenblick, aber ich mußte mit ihm reden. Mußte kommunizieren. Mußte das letzte bißchen Wahrheit aus jemand herausbohren, der die Wahrheit behandelte, wie einen Zigarettenstummel, den er wegwarf, wann und wo es ihm paßte.

»Überraschung, Überraschung«, sagte ich. »Von allen Drogenhöhlen in allen Städten in der ganzen Welt mußt du in meine kommen?«

John starrte mich an, dann schnarrte er: »Immer noch Witze, Nick. Du blöder Wichser. Du kannst froh sein, noch am Leben zu sein, weißt du das eigentlich?«

»Ja«, entgegnete ich gereizt, »deine kleine Firma hat auch heute wieder ihr Bestes gegeben, mich um die Ecke zu bringen.«

»Und es sieht so aus, als hätten die Jungs beinahe Erfolg gehabt. Ich hätte sie machen lassen sollen, als sie wollten, schon vor Tagen. Das hätte mir eine Menge Ärger erspart.«

»Meinst du draußen in Brixton?« fragte ich, »oder als sie mich durch Waterloo gejagt haben und mit meinem Wagen Zielschießen geübt haben?«

»Das wäre mir egal gewesen«, entgegnete er.

»Du warst also der vierte Mann in der Wohnung?«

»Sehr gut, Nick«, entgegnete er sarkastisch. »Wie lange hast du gebraucht, um darauf zu kommen?«

»Ein bißchen länger, als ich hätte brauchen sollen. Und dann wollte ich es nicht glauben. Warum hast du ihnen nicht erlaubt, mich zu töten? Ich kapier's einfach nicht.«

»Weil du mir leid getan hast. Du hast so verflucht armselig ausgesehen, wie du da lagst, und da dachte ich, ich überlaß' dich einfach den Bullen.«

»Du bist vermutlich nie auf die Idee gekommen, daß meine lieben Ex-Kollegen mich nicht gerade mit Samthandschuhen anfassen würden.«

»Doch, allerdings«, sage er mit humorlosem Grinsen. »Und du weißt ja, wie sie Ex-Cops drinnen behandeln, oder?«

Ich wußte es, und ich freute mich nicht darüber. »Ich glaube, du lügst«, sagte ich, »ich glaube, du konntest der

Versuchung nicht widerstehen, mir gegenüberzusitzen. Ich glaube, du wolltest mir alles erzählen, bevor du mich umlegst. Du wolltest, daß ich weiß, wie clever du warst. Wie wenig du dich um die Gesetze scherst. Es war ein großer Fehler, John, mich am Leben zu lassen, damit ich weitermache.«

Seinem Gesichtsausdruck nach zu urteilen war er sich dessen wohl bewußt. »Ich weiß«, sagte er. »Deswegen durften sie es nochmal versuchen. Ich habe vergessen, was für ein Fahrer du bist, aber selbst als du ihnen am Donnerstag entkommen bist, hätte ich nie gedacht, daß du so weit kommst.«

»Ich hatte keine andere Wahl.«

»Warum hast du nicht aufgehört, als ich es dir geraten habe?« fragte er.

»Weil ich dauernd mit etwas aufhöre und es langsam satt habe«, entgegnete ich.

»Das Witzige ist«, sagte er, »daß du selbst, wenn du nicht aufhörst, immer noch völlig nutzlos bist.«

»Es ist aber auch witzig, daß jeder, der das gesagt hat, entweder tot ist oder zumindest aus dem Spiel.« Ich sah hinüber zu George Bright, der bewußtlos am Boden lag.

»Außer mir«, sagte John.

»Genau. Außer dir«, sagte ich. »Und mir«, fügte ich hinzu.Er sah mich an, als sei er überzeugt, daß dieses Stadium zeitlich begrenzt sei. »Tja, und nun?« fragte er.

»Nun, John«, entgegnete ich. »Fahren wir alle zusammen zur Wache und erzählen deinen Kumpels in Blau ganz genau, was in den letzten paar Jahren direkt vor ihrer Nase gelaufen ist.«

»Einfach so«, sagte John. »Genau wie im Abenteuerroman. Vergiß nicht, ich bin der mit der Waffe. Du erwartest von mir, daß ich einfach mitkomme und alles gestehe. Tja, falsch gedacht. Deinetwegen gebe ich doch nicht einfach alles auf, wofür ich gearbeitet habe.«

Ich saß da und sah ihn an, und er stand und sah mich an. Die Automatik zeigte auf meine Brust; er hatte die besseren Karten und wußte es. Mit der linken Hand fischte er aus seiner Manteltasche ein Päckchen Zigaretten und ein Feuerzeug. Er warf sie auf den Schreibtisch vor mich.

»Nimm eine raus, und zünd' sie für mich an«, befahl er.

»Ich hab' aufgehört«, sagte ich.

»Tu es«, schnarrte er.

Ich tat, wie geheißen, etwas ungeschickt, nur mit meiner rechten Hand. Der Rauch biß in meinem Hals. Es war die erste Zigarette, die ich seit über einem Jahr schmeckte. Fühlte sich gut an. Ich legte sie auf die Ecke des Schreibtisches. John bedeutete mir, mich wieder hinzusetzen, und ich ließ mich zurück in den Stuhl plumpsen. Er nahm die Zigarette auf und sog daran.

»Du bist ein Schwein, John«, sagte ich. »Nach allem, was wir zusammen durchgemacht haben. Ich hätte nie gedacht, daß es so endet. Ich dachte, wir wären Freunde.«

»Freunde, du machst Witze«, sagte er durch eine Rauchwolke. »Ich hab' dich nie leiden können. Du hattest alles. Alle Vorteile, und du hast nichts geschnallt. Sieh dich doch bloß an. Und dann«, fuhr er bitter fort, »hast du mir die Möglichkeit, aus dem ganzen Dreck befördert zu werden, vermasselt, du egoistisches Schwein. Du hast Beweise gestohlen, auf die ich aufpassen mußte, und es war dir egal, daß ich darunter leide. Du hast dich nie um jemand gekümmert, außer dir selbst. Ich wäre jetzt mindestens Inspektor. Du hast mich das gekostet, du Drecksack, und dann redest du von Freundschaft. Ich scheiß auf deine Freundschaft.«

Haß lag in seinem Blick, aber ich blinzelte nicht einmal. Es entsprach der Wahrheit, daß ich ihn und soviele andere, daß ich eine Woche brauchen würde, um mich daran zu erinnern, mißbraucht hatte. Aber das war Vergangenheit. Ich hatte für diesen Scheiß in Krankenhäusern bezahlt, und in langen schlaflosen Nächten, und die letzte Rate hatte ich mit der MAC M10 beglichen. Vielleicht aber auch noch nicht. Jedenfalls würde das Zahlungsmittel keine Entschuldigung an einen korrupten Cop sein.

»Was ist mit dir passiert, John?« fragte ich.

»Ich bin reich geworden.«

»Gratuliere. Du warst glücklich damit, ein guter Cop zu sein.«

»Komm mir nicht mit diesem Moral-Scheiß«, spie er. »Was weißt du schon davon, ein guter Cop zu sein? Du warst nie gut in dem Job, von Anfang an.« Die ganzen Komplimente ermüdeten mich langsam. »Vielleicht, John, aber wenigstens habe ich nie getan, als wäre ich etwas, was ich nicht war. Du hast neulich Nacht dagesessen und dir meine Geschichte angehört, als würde es dir etwas bedeuten. Ich habe dir von meiner Frau und meinem Kind erzählt, und du hast Mitleid geheuchelt. Du beschissener Betrüger.«

Dann fiel mir etwas Schreckliches ein.

»Wo sind Judith und Laura?« fragte ich mit einem grausamen Schock im Bauch. »Du hast diesen beschissenen Brief geschrieben, nicht? Damit ich dir sage, wo sie sind.«

Ich hatte mich halb aus meinem Stuhl erhoben. Er mußte die mörderische Wut in meinen Augen erkannt haben.

»Beruhige dich, ja«, sagte er und machte eine beschwichtigende Bewegung mit der Pistole in seiner Hand. »Mach' dir keine Sorgen um sie. Das war bloß eine Ablenkung. Ich wollte, daß du dich auf etwas anderes als den Fall Bright konzentrierst. Dein Kumpel Louis ist mit ihnen nach Schottland gefahren. Sie werden in ein oder zwei Tagen zurück sein. Ich führe keinen Krieg gegen Frauen und Kinder. Sie sind in Sicherheit, und das ist mehr, als man für dich sagen kann.«

»Bist du verrückt?« unterbrach ich ihn. »Du führst keinen Krieg gegen Frauen? Gestern habe ich Patsy Bright mit einem halben Kopf weniger gesehen. Was war das denn? Ein Spiel?«

Er schwieg lange Zeit. »Sie mußte sterben«, sagte er, »sonst hätte dieser Verrückte«, er zeigte auf George, »nie aufgegeben. Er war besessen von ihr. Dafür war auch das ganze Geld. Er wollte, daß du sie findest, und dann wollte er mit ihr nach Südamerika abhauen.«

George hätte sich die Mühe sparen können, dachte ich. Halb Südamerika lag vor mir auf dem Schreibtisch. »Aber was habe ich damit zu tun? Das ist es, was ich nicht verstehe. Warum ausgerechnet ich? Ich bin zurück in die Stadt gekommen, um ein paar Mäuse zu verdienen und mein Leben in Ruhe zu leben.«

»Ich hab' deine blöde Anzeige in der Zeitung gelesen«, entgegnete John. »Ich habe dich George gegenüber erwähnt. Ich hab' gelacht, als ich ihm von dir erzählt habe. Woher sollte ich wissen, daß er auf dich steht und dich engagiert?«

»Ich kapier's immer noch nicht«, sagte ich.

»Du kapierst sowieso nicht viel, nicht? Aber das war wohl schon immer so. Ich habe die Ermittlung ihres Verschwindens geleitet. Ich hab' einfach nur nichts getan. George konnte nicht zu einer großen Detektei gehen. Jeder halbwegs vernünftige Mensch hätte ihn sofort vor die Tür gesetzt. Da blieben bloß noch Nullnummern wie du. Als ich ihm erzählt hab', daß du unehrenhaft und auf Drogen warst, hat er offenbar gedacht, es gäbe keinen Besseren, um diese kleine dumme Fotze zu finden.«

»Du mußt ja richtig für mich geworben haben«, sagte ich.

»Ich hab' bloß die Wahrheit gesagt.«

»Bloß war es nicht die Wahrheit, John. Ich hab' mich verändert. Ich bin jetzt ehrlich, du bist die faule Nuß, nicht wahr?«

Er antwortete nicht. »Aber warum hast du nicht nach Patsy gesucht?« fragte ich.

»Weil ich die ganze Zeit wußte, wo sie war. Ich wußte, daß sie bei diesem dämlichen Araber war, mit dem zusammen sie gestern krepiert ist. Ich hab' bloß Bright nichts davon erzählt, damit er keinen Krieg anfängt, um sie zurückzukriegen.«

»Aber du hast es dann getan.«

»Das war kein Krieg. Das war ein Attentat. Sie mußten dran glauben. Vor allem, nachdem der Araber dir alles erzählt hat. Das hat er doch, oder?«

»Nicht alles. Er hat dich nie erwähnt. Ich frage mich bloß, warum?«

»Weil er sich mit mir zusammentun wollte. Er wollte Bright aus dem Weg haben und mit mir ein Konsortium bilden. Er wußte, daß meine Kontakte hervorragend sind.«

»Das ist nicht das, was er mir erzählt hat. Er hat mir gesagt, daß dein Mob auf dem Weg nach unten war. George wäre in Panik, und er würde bald das ganze Geschäft übernehmen.«

»Er hat gelogen, er dachte, du würdest für ihn George erledigen, aber er brauchte mich. Zugegebenermaßen war Bright die Schwachstelle. Aber auch der Araber machte nur Ärger. Ich hab' ihn erledigt, als ich mußte. Diese Erpresser-Geschichte mit Patsy Bright hat einfach zuviele Wellen geschlagen.«

»Also hast du ihn umlegen lassen, einfach so?«

Er zuckte mit den Achseln.

»Übrigens«, sagte ich, »wessen Idee war es, George den Brief zu schicken? Der, in dem stand, daß Patsy bald wieder zu Hause wäre?«

»Ich habe gesagt, daß es eine gute Idee wäre. Der Araber hat Patsy schreiben lassen.«

»Und hier sind wir nun angekommen«, sagte ich, »beim großen Finale.«

»So muß es nicht sein. Ich habe keine Leute mehr. Dafür hast du gesorgt. Aber du könntest das wieder ausbügeln. Zusammen könnten wir weitermachen. Wir könnten da weitermachen, wo Bright und ich aufgehört haben. Mann, du wärst in drei Monaten Millionär. Du könntest dich um den Verkauf kümmern und ich mich um die Sicherheit.«

Ich konnte kaum glauben, was er sagte. »Wovon redest du?« fragte ich ungläubig. »Weißt du nicht, wieviel Leichen diese Woche gekostet hat? Acht, John. Acht Leute sind gestorben. Glaubst du, du kannst das einfach aus den Akten streichen, ohne daß irgendwelche Fragen auftauchen?«

»Mit ein bißchen Hilfe krieg' ich das hin«, entgegnete er kühl.

»Wie hoch geht denn diese Sache?« fragte ich. »Du redest hier über Regierungsentscheidungen.«

»Hoch, Nick, sehr hoch.«

Ich dachte an den großen Mann auf dem Friedhof, den Araber, wie John ihn genannt hatte, oder David, wie er sich selbst genannt hatte, und was er mir über die mächtigen Männer mit den merkwürdigen Vorlieben erzählt hatte. Offensichtlich bewegte sich John heutzutage in gehobenen Kreisen.

»Beantworte mir noch eine Frage«, sagte ich, obwohl ich es wirklich satt hatte weiterzureden. Mein Hals war trokken, und es tat weh zu schlucken, und meine linke Schulter schmerzte höllisch. »Warum hat George mich wieder rausgeworfen, wenn er Patsy unbedingt zurück wollte?«

»Weil ich ihm gesagt habe, daß er das tun sollte, denn wenn du sie durch irgendein Wunder finden würdest, würde ich euch beide töten.«

»Du bist ein Schatz, John, weißt du das?«

Er schenkte mir einen dieser Blicke, die man normalerweise für etwas reserviert, das unter der Schuhsohle klebt, sagte aber nichts. »Ich wette, Fox hat damit nichts zu tun«, fuhr ich fort. »Dieser Depp«, sagte John. »Er ist so gradlinig, daß er kaum um die Ecke gehen kann.«

»Gott sei dank gibt es solche noch.«

Ich wußte jetzt, zu wem ich mit meiner Geschichte gehen konnte, wenn ich überhaupt noch gehen konnte.

»Gradlinigkeit ... Ehrlichkeit ...« sagte John. »Was weißt du schon davon? Du hast mich doch überhaupt auf die ganze Sache gebracht.«

»Ich?«

»Ja, du. Ich hab' gesehen, wie leicht du das Coke stiebitzt hast. Ich hab's versucht und habe ein bißchen Heroin verkauft. War ganz einfach.«

»Ein hübscher kleiner Nebenverdienst für dich«, sagte ich.

»Wie wahr, und jetzt kannst du ein Stückchen davon abhaben.«

»Nein danke. Zu starker Tobak für mich.«

»Du hast keine Wahl.«

»Ich hab' immer eine Wahl.«

»Diesmal nicht, Nick. Wenn du nicht mitmachen willst, bring ich dich um.«

Ich stand langsam auf. Ich wollte, daß John Reid dachte, daß es mir noch schlechter ginge, als ich aussah.

»Nicht so schnell«, sagte John drohend.

»Nur die Ruhe, John«, entgegnete ich. »Du hast mich überredet. Ich akzepektiere dein Angebot. Wie könnte ich auch ablehnen? Bring' mich einfach irgendwo hin, wo ich mich waschen kann und wo jemand sich meinen Arm anguckt. Ich fühl' mich beschissen.«

In seinem Blick konnte ich lesen, daß er mir nicht vollständig traute. Aber wenigstens zeigte seine Waffe nicht mehr genau auf mich.

Ich tat so, als taumelte ich und legte meine Hände auf den Schreibtisch, um nicht zu stürzen. Unter meinen Fingern spürte ich die Kokain-Tüte, die George aufgeschlitzt hatte. Langsam und vorsichtig packte ich das glatte Plastik. Ich sah John direkt in die Augen.

»Also, gehen wir?« fragte ich.

Der Lauf seiner Waffe entfernte sich noch weiter von mir. Das war meine einzige Chance.

Ich warf die Koks-Tüte nach seinem Kopf.

Von diesem Augenblick an lief alles in einer Art Zeitlupe ab.

Ich weiß noch genau, daß ich die Plastiktüte ihren Bogen durch die Luft beschreiben sah. Ein dünner Puder-Nebel drang aus dem Schlitz. Ich sah Johns linke Hand langsam auf Kopfhöhe steigen, als er versuchte, sein Gesicht zu schützen.

Es war zu spät. Das Päckchen traf ihn auf der Stirn und platzte auf. Eine Staubwolke explodierte um seinen Kopf, füllte seine Augen und ließ ihn sofort erblinden, aber es gelang ihm noch, den Lauf seiner Pistole wieder in meine Richtung zu richten. Mit der freien Hand rieb er sich über die Augen, um wieder sehen zu können.

Kaum hatte ich die Tüte geworfen, angelte ich nach meinem Revolver. Ich schob den Stoff meines Jacketts beiseite und spürte, wie meine Hand den Plastikgriff des Colts packte.

Ich wußte, wenn das Metall der Waffe irgendwo an dem ausgebeulten Stoff hängen blieb, würde ich sterben. Es gab einen atemraubenden Augenblick, als irgend etwas klemmte, aber dann war die .38er frei. Ich zerrte den Hammer mit dem Daumen zurück, während ich die Waffe auf John richtete. In der Zwischenzeit näherte sich mir das gefährliche Ende seiner Pistole auch wieder. Ich konnte in den Lauf der Automatik sehen, der in meine Richtung schwang. Die Mündung schien so groß zu sein wie der Blackwell-Tunnel. Ich beobachtete das, während ich ungeschickt meine Waffe auf John richtete und abdrückte.

Sofort lief alles wieder mit normaler Zeit ab.

Der erste Schuß traf John Reid rechts in die Brust. Die Kraft der Kugel knallte ihn gegen die Bürotür, die zuschlug.

Er schoß mit seiner Pistole. Die Kugel zischte an mir vorbei und ließ Putz aus der Wand hinter mir platzen.

Ich hielt die Cobra mit ausgestrecktem Arm, zielte aber etwas anders. Bevor ich wieder schoß, sah ich John die Augen weit aufreißen und realisierte, daß er wieder sehen konnte. Auf seinem Gesicht entstand ein Ausdruck, in dem sich Haß, Angst und etwas, das ich nur als Liebe deuten konnte, zu gleichen Anteilen mischte.

Er öffnete den Mund, um etwas zu sagen, und sagte bloß zwei Worte.

»Nicky, nicht.«

Ich wollte nichts mehr von ihm hören. Dann nicht, nie mehr.

Ich drückte wieder auf den Abzug und zielte auf sein Herz. Ich schoß und schoß, versuchte, dicht an dicht zu treffen, genau wie man es mir beigebracht hatte. Ich drückte ab, bis alle sechs Kammern des Colts nur noch leere Hülsen enthielten.

Es machte mir Gott verdammt noch mal Spaß.

John Reid wurde nur noch von der Kraft der Kugeln, die in seine Brust einschlugen, aufrecht gehalten.

Während ich schoß, konnte ich spüren, wie sich die kleinen Schweißtröpfchen auf meinem Zeigefinger mit den Öltröpfchen aus der Waffe zu einer klebrigen Substanz mischten, die meine Haut mit dem Metall zu verbinden schienen.

Die Schüsse hallten in meinem Kopf wider, bis ich dachte, meine Trommelfelle würden platzen.

Ich kam mir vor wie auf einem Acid-Flashback. Ich wurde angetörnt vom Tod. In dem kleinen gesunden Teil meines Hirns wußte ich, daß ich aufhören mußte, sonst würde ich völlig verrückt werden.

Als die Waffe leer war und keine Kugeln mehr Johns Körper trafen, glitt er langsam an der Tür hinunter, bis er am Boden saß. Er hinterließ lange, dicke, rote Blutschmiere auf dem Lack. Ich ließ meine Waffe zu Boden fallen und sackte in Georges Stuhl. Ich stützte meine Arme auf den Schreibtisch vor mir und legte meinen Kopf in meine Hände.

»Niemand mehr. Lieber Gott, laß niemand mehr da sein«, sagte ich laut.

Ich hatte schreckliche Visionen unendlicher Ströme von Menschen, die durch die Bürotür kamen, um von mir getötet zu werden, wie irgendeine abartige Hydra. Aber es war endlich still.

Ich saß eine Weile so da, und langsam kam ich wieder zu mir.

Ich wußte, daß ich Fox erreichen mußte. Er war der letzte Strohhalm, an den ich mich klammern konnte. Mit George Bright in seinem Gewahrsam wußte ich, daß die Wahrheit endlich ans Licht kommen würde.

Ich langte nach dem Telefon, das halb vergraben war unter den Drogen. Mit einem Schwung meines gesunden Arms fegte ich ein kleines Vermögen in Kokain auf den Boden und schaffte etwas Platz auf dem Tisch. Ich betrachtete die Päckchen, die auf dem Teppich lagen und dachte daran, daß ich früher einmal dafür getötet hätte, auch nur einen Teil davon in meinen Besitz zu bringen. Es war die reine Ironie. Jetzt, wo ich getötet hatte, hatte ich überhaupt kein Verlangen mehr nach der Droge.

Ich fragte mich, wieviele Leute, die mich damals gekannt hatten, glauben würden, daß es inmitten all dem Coke mein stärkstes Verlangen sein würde, eine Zigarette zu rauchen. Eine ganz normale King Size Zigarette. Ich betrachtete Johns Päckchen, das vor mir lag. Er würde es jetzt nicht mehr brauchen, also griff ich danach, holte eine Kippe heraus und steckte sie mir in den Mund. Ich nahm sein Feuerzeug und zündete sie an. Ich inhalierte tief, es schmeckte wundervoll. Dann erinnerte ich mich an Georges Brandy. Ich öffnete die Schreibstischschublade und nahm die halbvolle Flasche heraus. Es gelang mir, sie mit meiner guten Hand aufzuschrauben. Ich nahm die Flasche und setzte sie an meine Lippen, schluckte einen Mund voll. Die kühle Hitze der Flüssigkeit schmeichelte meinem Hals. Ich stellte die Flasche auf den Tisch, ging hinüber zu dem offenen Safe und starrte das sorgsam gebündelte Bargeld darin an. Ich nahm ein Notenbündel. Vor allem Fünfziger. Jedes Päckchen fünftausend Pfund.

Ich sah hinüber zu George, der immer noch am Boden lag. Er atmete regelmäßig und schnarchte leise. Dann sah ich hinüber zu John Reid, der tot an der Tür lehnte.

Ich erinnerte mich an Georges Versprechen, die Reparaturen an meinem Wagen zu bezahlen und auch ein bißchen was draufzulegen. Ein bißchen, dachte ich, dieser Scheißkerl schuldete mir mehr, als Geld kaufen konnte.

Jeder Tod, an dem ich teilgehabt hatte, hatte meine Seele etwas mehr zerstört, und jede Lüge, die ich geglaubt hatte, hatte meine Fähigkeit, die Wahrheit zu erkennen, vermindert. Ich nahm ein weiteres Bündel und steckte jeweils eins seitlich in meine Jackettasche. Zum Teufel, dachte ich, vielleicht würden die Polizisten sie konfiszieren, aber wer nichts wagt, der nicht gewinnt, wie meine Mutter immer sagt.

Ich fühlte keine Spur von Schuld, als ich das Geld wegsteckte. Ich sah mich im Safe weiter um. Ganz hinten, hinter den Geldstapeln, befand sich ein zwanzig mal dreißig Zentimeter großer und vielleicht zehn Zentimeter hoher Karton. Er war schwer, und ich nahm ihn heraus und stellte ihn auf die kalte Metalloberseite des Safes. Ich hob den Deckel ab und entdeckte einen Schatz. Die Schachtel war voller Fotos und Papiere. Die Fotos, einige in Farbe, andere schwarzweiß, waren eindeutig sexuell. Sie waren an verschiedenen Orten aufgenommen worden, aber alle in Innenräumen. Manche waren in Schlafzimmern aufgenommen worden, andere in Wohnzimmern. Die Fotos waren aus merkwürdigen Winkeln geschossen worden, und ich vermutete, daß die Kameras versteckt gewesen waren. Die Teilnehmer waren sehr jung und relativ alt. Ein paar der Kinder schienen höchstens sechs oder sieben zu sein, obwohl das schwer zu sagen war. Es war alles ziemlich ekelhaft, aber die älteren Männer amüsierten sich ganz offensichtlich. Es war scheußliches Zeug, und die Gewöhnlichkeit der Hintergründe machte es noch schlimmer. Alte Männer, die junge Mädchen und Jungs in jeder nur denkbaren und undenkbaren Position fickten. Die Fotos glitten durch meine Finger wie glitzernde Abbilder der Hölle. Der einzige Grund, aus dem ich sie ansah, war, daß ich einige der älteren Männer erkannte. Ich hatte ihre Gesichter schon im Fernsehen oder in der Zeitung gesehen. Jetzt sah ich sie wieder, wie sie sich mit kleinen Kindern amüsierten. Nach einer Weile konnte ich es nicht mehr ertragen. Ich schloß die Schachtel und stellte sie neben die Tür. Mit den Beweisen, die ich hier hatte, war ich in der Lage, selbst einen kleinen Erpresserring aufzumachen. Nachdem, was ich getan hatte, konnte ich alle Hilfe gebrauchen, die ich kriegen konnte.

Ich ging zurück zum Schreibtisch und setzte mich zum letztenmal in George Brights Stuhl. Wieder langte ich nach dem Brandy und nahm einen weiteren Schluck. Die Wirklichkeit wurde immer verschwommener. Die Erinnerung an die Schrecken der letzten paar Tage wurde bereits unscharf. Ob das am Alkohol lag oder an dem Blutverlust durch meine Wunde, wußte ich nicht.

Ich erinnerte mich an mein Versprechen Teresa gegenüber. Es war gut für mich gelaufen, zumindest bis jetzt.

Sie würde von mir in der Sonntagszeitung lesen und wissen, daß ich bald unsere Fünf-Uhr-Verabredung einhalten würde.

Dann hörte ich auf zu lächeln.

Ich konnte bloß hoffen, daß ich bei all den Gesetzen, die ich gebrochen hatte, überhaupt in der Lage wäre, in den nächsten zehn Jahren irgendeine Verabredung einzuhalten, abgesehen von Anwaltsmeetings.

Ich mußte irgendetwas tun. Ich konnte mir vorstellen, wie ich aussah. Blutverschmiert trank ich Brandy in dem heruntergekommenen kleinen Büro, das nach Schießpulver und Blut stank, und zwei wichtige Drogenschmuggler lagen am Boden. Der eine tot, der andere bewußtlos, umgeben von Geld, Drogen und Waffen.

Was konnte ich tun? Das ist Showbusiness.

Es würde eine lange Nacht werden.

Schließlich nahm ich den Telefonhörer ab und wählte dreimal die neun.

Krimis

bei Rotbuch

Mark Timlin, *Die Frau im Rollstuhl*

Es gibt ihn also doch, den zeitgenössischen europäischen harten Privatdetektiv aus der amerikanischen Schule von Chandler und Hammet. Der Brite Mark Timlin hat ihn erfunden. Er heißt Nick Sharman, ist gefeuerter Ex-Bulle und war ein bißchen korrupt und kokainsüchtig. Jetzt säuft er nur noch und hat sein Büro in Londons wildem Süden. Der Fall, den er untersuchen soll, ist alt, und alle Spuren sind erkaltet. Nur sein chronisch abgeräumtes Konto bewegt Nick Sharman dazu, ein Schrotflintenmassaker zu untersuchen. So richtig in die Gänge kommt er allerdings erst, als er beinahe Opfer eines Anschlags wird, zusammen mit seiner Tochter, auf die er als Wochenend-Scheidungsvater aufpassen soll. In der Glitzerwelt von Mayfair und auf den heruntergekommenen Straßen von Südlondon geht ihm allerhand verloren. Unter anderem die Frau seines Lebens, aber es wäre ohnehin nicht die erste gewesen.

Rotbuch Taschenbuch 83

Jerome Charyn, *Der gute Bulle*

Als man den obersten Polizisten New Yorks fragt, ob die Stadt von der Mafia zu kurieren sei, antwortet er: »Es gibt nichts zu kurieren. Die Mafia ist Big Business. Aber sie wird nicht an der Börse notiert. Sie braucht keine Börse. Sie braucht nur Bürger, die von der Stadtverwaltung nicht bekommen, was sie brauchen.« Ein Bulle, der so spricht, lebt gefährlich. Ein paar Wochen später verhaftet ihn die Abteilung für polizeiinterne Angelegenheiten. Anklage: Korruption.

»Das ist das New York der Gegenwart, besser als *Fegefeuer der Eitelkeiten*. Es ist eine absolut schwarze, bewegende Vision.«
James Ellroy

Rotbuch Taschenbuch 64

Krimis

bei Rotbuch

Jean Vautrin, *Bloody Mary*

Die Sozialbunkerstadt mit ihren Wohnwaben. Jeder in seiner Zelle. Und mittendrin, Aufgang C, Appartement 412, ein seltsames Glück. Lokomotive-Baba N'Doula, ein Air-France-Export aus Mali, der sich wie eine Spinne an zwei Drahtseilen die Fassade rauf und runter hangelt und sich mit einem Fensterleder Einblick in die Wohnwürfel putzt. Jean-Y., ein Typ aus der Banlieue, der mit Granaten in der Tasche gegen die Gesellschaft Amok läuft. Und Sam Schneider, ein mieser Bulle, der seiner Liebe zu Recht und Ordnung nicht gerade kaltblütig Ausdruck verleiht, was auch an Bloody Mary, seiner Gattin, liegen mag, einem verschärften Fall von Bovarysmus ...
»Nach Billy-ze-Kick ein zweites sprachschöpferisches und witziges Meisterwerk des Genres.« *Frank Lamers* in der WAZ

Rotbuch Taschenbuch 67

Tony Fennelly, *Der Hippie in der Wand*

Die Sixties sind längst Geschichte. Die Helden haben graue Schläfen und fette Bankkonten. Wieder andere sind tot. So auch ein Mann, der als Skelett mit Hüfthosen, Batik-T-Shirt und Friedenszeichen um den Hals beim Umbau eines Striplokals in New Orleans gefunden wird.
Das Unternehmen Wüstensturm läuft auf allen Fernsehkanälen, während der schwarze Lieutenant Frank Washington und die Ex-Stripperin Cherry sich durch die Leichen im Keller von Vietnamveteranen, Gouverneurskandidaten und Karrierejuristen arbeiten. Das Louisiana, das sie dort ans Licht bringen, sieht nicht nach Southern Comfort aus.

Rotbuch Taschenbuch 70

Krimis

bei Rotbuch

Jerome Charyn, *Marylin the Wild*

Marylin ist schön, jung, hat einen galoppierenden Verbrauch an Ehemännern, ein starkes Gefühl für Unabhängigkeit und eine Schwäche für Manfred Coen, genannt Blue Eyes. Der ist Cop und die rechte Hand von Isaac Sidel, dem großen blonden jüdischen Bullen von der Lower East Side. Der wird mit allem fertig, was in seinem heruntergekommenen Revier passiert, nur nicht mit seiner Tochter. Das wissen seine Feinde und halten sich an die wilde Marylin.
»Den Verklemmten empfehle ich die Romane Jerome Charyns, eines jüdischen Schriftstellers aus der Bronx, in dessen Krimis alle Personen, Gangster und Bullen, Juden sind.« *Daniel Cohn-Bendit, Pflasterstrand*
Rotbuch Taschenbuch 69

Lia Matera, *Studentenfutter*

Willa Jansson studiert in San Francisco und ist auf dem Weg zu einem ausgezeichneten Examen. Die Jagd der Studenten auf die Jobs ist gnadenlos. Es winken karriereträchtige Wallstreetangebote oder fette Regierungsposten, selbst die liberalen Kanzleien wollen ein Sternchen im Abschluß. Eine Mordserie unter den Jahrgangsbesten erschüttert die Fakultät und hetzt Althippies, Karriereanwälte, Penner und zerstreute Professoren aufeinander. Willa Jansson sitzt im Auge des Taifuns als mögliches Opfer und Hauptverdächtige. Und dann verliebt sie sich auch noch in den politischen Gegner ...
Sara Paretzky und Sue Grafton haben Gesellschaft bekommen: »Lia Matera hat die Gabe für den ganz großen Durchbruch.« *Newsweek*
Rotbuch Taschenbuch 68

Krimis

bei Rotbuch

William Marshall, *Postlagernd Jenseits*

– Wußten Sie, daß nach taoistischer Sitte die Leichen nach drei Jahren wieder ausgegraben, die Knochen in eine Urne gelegt und erneut beerdigt werden? Deshalb garantiert in Hongkong auch eine *Gesellschaft für die unbehüteten Knochen* die Verweildauer und Grabesruhe Verstorbener ohne Hinterbliebene.
– Wußten Sie, daß Sikhs niemals blauäugig sind? Deshalb muß ein britischer Under-cover-Polizist, auf der Suche nach dem Postsack-Attentäter, nicht nur einen Turban, sondern auch eine Sonnenbrille tragen.
– Wußten Sie, daß sich zu einer bestimmten Jahreszeit die Küstengewässer von Hongkong in eine brodelnde Suppe aus Meeresquallen verwandeln? Deshalb haben die Glatzenträger unter den rotchinesischen Flüchtlingen die besseren Chancen, den Suchscheinwerfern der Küstenboote zu entgehen.
Endzeitstimmung in der britischen Kronkolonie Hongkong: Der Pachtvertrag mit China läuft aus, die Hysterie geht um. Alles wird versucht, und nichts geht mehr. Der rote Drache lauert am Festland und schickt Lebenszeichen in Form von unvollständigen Leichen. Baut sich jemand im kommunistischen China einen Frankenstein zusammen?

Rotbuch Taschenbuch 82